T0283945

HIJOS
DE LA
MAGIA

ANDREA LONGARELA

HIJOS DE LA MAGIA

HISTORIAS DE
CATHALIAN

-LIBRO 2-

ALFAGUARA

El papel utilizado para la impresión de este libro ha sido fabricado a partir de madera procedente de bosques y plantaciones gestionadas con los más altos estándares ambientales, garantizando una explotación de los recursos sostenible con el medio ambiente y beneficiosa para las personas.

Hijos de la magia
Historias de Cathalian

Primera edición en España: febrero de 2024
Primera edición en México: abril de 2024

D. R. © 2024, Andrea Longarela

D. R. © 2024, Penguin Random House Grupo Editorial, S. A. U.
Travessera de Gràcia, 47-49, 08021, Barcelona

D. R. © 2024, derechos de edición mundiales en lengua castellana:
Penguin Random House Grupo Editorial, S. A. de C. V.
Blvd. Miguel de Cervantes Saavedra núm. 301, 1er piso,
colonia Granada, alcaldía Miguel Hidalgo, C. P. 11520,
Ciudad de México

penguinlibros.com

D. R. © 2024, Estudio Santa Rita, por las imágenes

ISBN: 978-607-384-351-5

Impreso en México – *Printed in Mexico*

A mis hijas, reinas de todos mis mundos

«Su luz vive en ti.
Su magia eres tú».

Celebración del nacimiento de Ziara de Faroa,
hija de la séptima Madre Luna

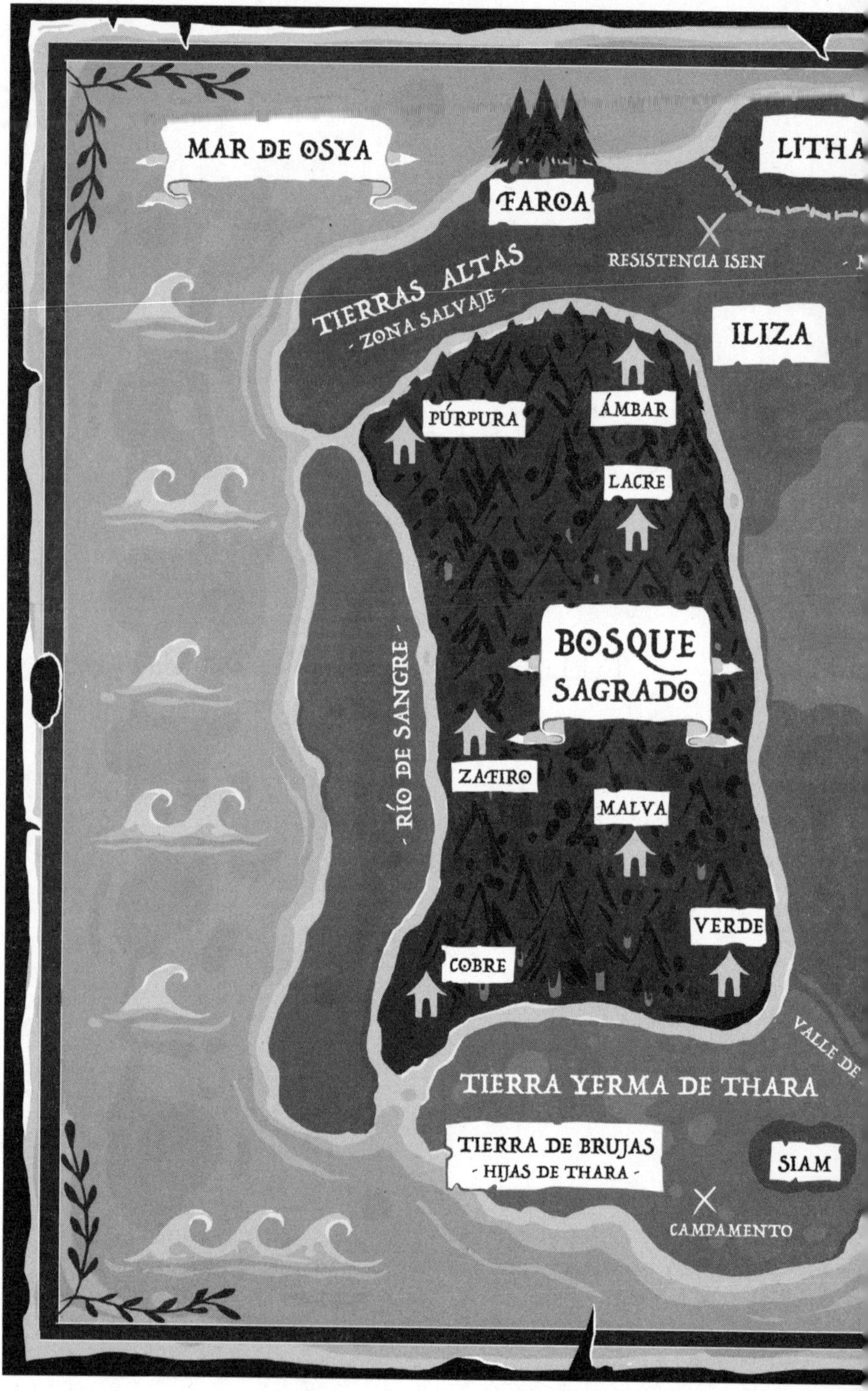
MAR DE OSYA
FAROA
LITHA
RESISTENCIA ISEN
TIERRAS ALTAS
- ZONA SALVAJE -
ILIZA
PÚRPURA
ÁMBAR
LACRE
BOSQUE SAGRADO
- RÍO DE SANGRE -
ZAFIRO
MALVA
VERDE
COBRE
TIERRA YERMA DE THARA
TIERRA DE BRUJAS
- HIJAS DE THARA -
SIAM
CAMPAMENTO

CATHALIAN

SANTUARIO DE DIOSES

E HUESOS

YUSEN

ACANTILADO
DE LAS CABEZAS
CORTADAS

RANKOK

N

O   E

S

ONIZE

ZIATAK

MAR DE BELI

ASUM

MONTAÑA
DE NIMERA

ISLAS ROJAS

El comienzo de todo

Cuenta la leyenda que hace mucho tiempo, en un lugar muy lejano, dos mares se tocaban en un punto. Sus aguas se unían en caricias sutiles y un romance inaudito. Los dioses marinos, que habían acostumbrado a luchar por delimitar su parte, dejaron de hacerlo. Osya y Beli se convirtieron en amantes, y su amor líquido se mecía y sentía en las olas y en la brisa de sal.

Sin embargo, no todos los dioses lo aprobaban. La diosa Tierra, habituada a las atenciones de Beli bajo sus aguas, dejó de sentir su roce y comenzó a llamarlo con nuevas especies marinas, corales rosados y plantas de colores y formas increíblemente bellas. Aun así, su adorado Beli ya estaba lejos. Pasaba las noches enredado con las olas de Osya y mirando el cielo.

La diosa Tierra, despechada, un día lanzó un rugido furioso y triste, y de las profundidades del agua se erigió un terreno vasto y fértil que se interpuso entre los amantes para siempre.

De las lágrimas de ambos, en ese territorio brotó la vida y se dividió en dos de manera natural. Del lamento de Osya nació Vadhalia, al oeste, que se convertiría en zona mágica salpicada por la esperanza de su corazón agrietado. Del pesar de Beli se alzó el reino humano de Cathalian, al este, mucho más terrenal y melancólico. A los Hechiceros se les cedió la punta norte; a las brujas, Hijas de Thara, la punta sur. Y, cuando la luna bañó con su luz una pequeña laguna en el pico más cercano a Osya, las Sibilas de la Luna brotaron de siete flores.

Durante mucho tiempo, los linajes vivieron en paz, en una armonía que tardaría en hacerse pedazos.

Pero la historia nos ha enseñado una y otra vez que el poder es capaz de corromper al alma más noble.

Igual que el amor...

I

—Ziara, ve al establo. Llévale comida a tu padre.

Mamá se limpió las manos con un trapo antes de dejarme un beso en la sien. Cogí la cesta y salí de la casa.

El verano llegaba a su fin, aunque hacía calor como para que el cabello se me pegara a la nuca. El sol se ocultaba en el horizonte y los mugidos de la vaca se oían por encima del viento según caminaba en su dirección. Levanté la tela que cubría los panecillos y no pude contenerme. Metí la mano y escogí el más pequeño. Estaba crujiente por fuera y esponjoso por dentro. En cuanto di el primer mordisco, la acidez de la frambuesa rompió en mi boca. Mamá los había rellenado de mermelada.

Cuando entré en la cuadra sentí miedo. La vaca yacía sobre el heno y el dolor cubría sus ojos negros. Papá estaba arrodillado a su lado, con las mangas dobladas hasta el codo. La sangre brillaba en sus brazos.

—Papá, ¿Flor está bien?

Pese a sus reticencias, él había acabado aceptando que aquella res ya tenía nombre.

—Sí, solo le está costando un poco.

Le tendí la cesta y se levantó para lavarse las manos en un caldero antes de disponerse a llenar el estómago.

—Gracias, hija.

—¿Cuándo nacerá?

—Aún no lo sé.

No había visto nada igual. Flor estaba sufriendo, habíamos pasado muchas tardes juntas para percibirlo en su mirada, y era mi amiga. No quería que pasara por aquello sola.

—¿Puedo quedarme?

—No, pero prometo contártelo en cuanto suceda.

—¿Aunque esté dormida?

—Aunque estés dormida.

Sonreí y salí del establo mucho más tranquila. Papá jamás me había mentido y siempre cumplía sus promesas. Seguramente me despertaría horas más tarde acariciándome el pelo y me diría que Flor y su bebé estaban sanos.

Fuera la luz había menguado, pero la luna me marcaba el camino de vuelta con su claridad.

La cuadra se encontraba a unos minutos de la casa. A mi alrededor, el prado se alzaba verde y denso. Las hierbas me hacían cosquillas en las rodillas.

De repente, vi un brillo. En la oscuridad del anochecer destacaba como una estrella caída del cielo. Le siguió otro resplandor. Y, después, muchos más. Motas de polvo que volaban como destellos y que me rodearon. ¿Y si eran hadas? Pese a las prohibiciones y al peligro que conllevaba, mamá me había hablado de pequeños seres alados y bondadosos que vivían en los árboles del sendero que bordeaba la granja. Costaba verlos, pero, a veces, se aventuraban por la noche en busca de flores con las que alimentar su magia.

Magia. Nunca la había visto, aunque sabía que hacía daño a las personas; sobre todo, a las niñas como yo. Por eso nunca salíamos de la granja; solo papá se ausentaba para comerciar en el pueblo y cambiar la leche, los quesos y la mermelada que hacía mamá por otros alimentos o aquello que necesitásemos.

Las luces revolotearon. Una de ellas me rozó la nariz y estornudé. Se movían. Se dirigían a una zona boscosa en la que nunca entrábamos a causa de su frondosidad. Era uno de los límites a los que no debía acercarme. Llevaba hasta el pie de una montaña. Mamá no me dejaba jugar cerca de allí. Decía que era peligroso por los desprendimientos de rocas; pese a ello, jamás había presenciado uno.

No obstante, mis pies las siguieron por voluntad propia y las luces me guiaron hacia una pequeña entrada de piedra escondida entre ramajes.

Una cueva. Un escondite secreto.

Me colé por el agujero y abrí la boca sorprendida por lo que veían mis ojos: nada menos que una pequeña laguna en el centro de una gruta. El agua era tan azul que brillaba. En la parte superior, la piedra se abría, dejando espacio para que la luna se reflejara en el agua.

Las bolas de luz se acercaron al estanque. Su destello era hipnótico. Avancé y alcé la mano para tocarlas, pero no resultaba fácil atraparlas. Cuando al fin se quedaron quietas, me puse de puntillas y estiré el brazo todo lo que fui capaz para rozar una de ellas con los dedos. Su suavidad me acarició la piel y se me coló por dentro hasta sentir que se me asentaba en el estómago. Entonces, cuando estaba a punto de apresar una con la mano, perdí el equilibrio y me caí dentro del agua.

Estaba tan fría que enseguida noté que me costaba moverme. Mi liviano vestido pasó a pesar lo mismo que si estuviera hecho de piedras. Pataleé e intenté agarrarme al borde, pero era resbaladizo y yo no sabía nadar. Además, una fuerza extraña tiraba de mí hacia abajo, igual que si unas manos *invisibles me hubieran agarrado los pies. Sentía la presión de unas cadenas inexistentes en los tobillos que me retenían e impedían mis movimientos cada vez más.*

Los ojos se me llenaron de lágrimas y tragué una bocanada de agua antes de percibir que esta me cubría entera.

Giré sobre mí misma. Recordé cuando papá me daba vueltas frente al fuego del hogar y las llamas bailaban a mi paso en una danza lenta e imperceptible que solo mi mirada captaba, mientras mamá tarareaba una canción. Entonces, la pequeña estrella de mi estómago se apagó y únicamente sentí el frío del agua y de la luz de la luna que estaba siendo testigo de todo desde su posición en el cielo.

Un miedo atroz me invadió. Una sensación de asfixia como jamás había sentido. Mi mente se bloqueó y solo podía pensar en mamá y papá, y en el consuelo de uno de sus abrazos.

El collar que siempre llevaba se me enredó en el cuello. Abrí los ojos y vi flotar la fina cadena de plata y la piedra blanca. También vi la claridad de la luna más intensa que unos instantes antes, lanzando destellos que chocaban con mi colgante y formaban un solo haz de luz. Por último, una sombra. La silueta de un chico y su mano borrosa entrando en la charca y buscando la mía.

—¿Estás bien?

Tosí hasta que vomité agua y los restos del delicioso panecillo. Sentí un calambre en el vientre. Los labios me temblaban. El frío de la humedad en mi piel seguía siendo demasiado intenso. El pavor se disipó y dio paso a un alivio que me empañó la mirada antes de dar forma a nuevas lágrimas.

—¿Qué ha sido eso?

—La luna.

Alcé el rostro y me encontré con el de aquel chico al que jamás había visto. Tenía el pelo del color de la noche y sus ojos brillaban como las hadas que me habían llevado hasta allí. En su sonrisa cabían mil sonrisas más.

—¿La luna? —repetí, arrugando la nariz con suspicacia.

—Su poder se ha despertado en ti cuando estabas en el agua, pero no has sabido controlarlo.

Fruncí el ceño y apreté los dientes, como hacía cuando me enfadaba con papá jugando a las cartas y lo pillaba haciendo trampas.

—Qué cosas más raras dices.

—Y tú qué cara más rara pones.

Me imitó y me hizo reír. Era divertido. Él me acompañó y su risa me recordó el sonido de las campanillas que colgaban de la ventana de mi dormitorio. Además, siempre estaba sola, así que la emoción de tener un amigo me embargó con fuerza. Únicamente contaba con Flor y, por mucho que la quisiera, la compañía de alguien con quien conversar me alegraba.

—Soy Ziara. ¿Y tú?

—Arien.

Se arrodilló para ponerse a mi altura y entonces me di cuenta de que era un desconocido. Me habían advertido cientos de veces de que, si un día me cruzaba con alguien en nuestros dominios, debía correr y gritar lo más alto posible para que no me hicieran daño; las niñas como yo estábamos en peligro en manos de la magia, me lo repetía mamá cada día en cuanto salía el sol y me lo volvía a repetir cuando me acostaba. Pese a ello, había algo en aquel chico que me resultaba familiar, como si ya lo conociese y supiera que podía confiar en él. Además, me había salvado la vida, así que tenía que ser bueno. El chico de risa de campanilla era bueno.

—¿Eres amigo de mi papá?

—No, pero puedo ser amigo tuyo, si quieres.

Lo deseaba como nada más en el mundo. Vivir allí, sin nadie alrededor, era un auténtico aburrimiento. Quizá Arien podría jugar conmigo a buscar hadas. Podría enseñarle la cabaña que me había construido papá en el granero y lucharíamos con las espadas de madera que acumulaban polvo en un rincón. Un mundo de posibilidades se abría ante mí y le sonreí con ganas. La ilusión se asentó en mi estómago y se contagió de la que danzaba en sus ojos.

Luego observé fascinada las luces, que continuaban bailando a nuestro alrededor, y salté en un nuevo intento por atraparlas.

—¿Y las hadas? ¿Vienen contigo?

—No son hadas. Es polvo de luna. Mira.

Arien estiró la mano y de su palma surgieron virutas plateadas que se alzaron hasta formar un remolino frente a nosotros. Nunca había visto nada semejante.

—Vaya…, ¿cómo haces eso?

—Magia.

Di un paso hacia atrás.

—La magia está prohibida.

Él sonrió.

—Por eso tiene que ser nuestro secreto. ¿Sabes guardar un secreto, Ziara?

II

En Faroa la luna brillaba de un modo distinto. Me daba la sensación de que su luz era más intensa y pura que en cualquier otro lugar. O quizá fuese que yo había comenzado a observar lo que me rodeaba con otros ojos. Unos que habían descubierto una inquietante verdad a la que aún no me había acostumbrado.

Me sentía una extraña en mi propia vida.

De algún modo, esa sensación siempre me había acompañado: jamás me había sentido cómoda del todo en los límites de la Casa Verde; pese a su generosidad y la de sus gentes, no había logrado encajar en el hogar que Redka me había proporcionado en Asum, y la corte de Onize, sin duda, tampoco era para mí. Por último, incluso en Ciudad de los Árboles, el lugar en el que debía sentirme mejor por ser el que me vio nacer, ese sentimiento se había agudizado hasta resultar realmente desagradable.

Desde que Missendra, la emperatriz de la Luna, me había revelado quién era yo a través de su mirada de hechicera, los recuerdos habían regresado con una nitidez sin igual. Descubrir mi pasado había provocado que las nieblas de mi mente se disiparan y que retazos de mi infancia se mostrasen con una claridad que me aturdía.

Cada noche soñaba con un Arien más joven que me atraía con pequeñas luces hasta llegar a aquella cueva.

—*¿Sabes guardar un secreto, Ziara?*

Lo había hecho con tanto ahínco que había acabado por borrar su recuerdo y convertirlo en un sueño que, de pronto, me acechaba con fuerza. En cuanto cerraba los ojos, volvía a encontrarme con esa versión de Arien que era físicamente similar a la que conocía, pero con un halo más inocente. Lo veía salvándome de mis propios poderes descontrolados dentro de la charca, los mismos que, pese a lo ya descubierto, aún me negaba a liberar.

Siempre había sentido el remolino de agua como una fuerza externa que intentaba hacerme daño, cuando, en realidad, se trataba del poder de la luna despertando en mí de un modo peligroso.

Eso me habían explicado.

Eso debía ayudarme a entender qué era lo que estaba ocurriendo en mi vida.

Eso me esforzaba por creer, pero me costaba, aunque una parte de mí sabía que era cierto desde el mismo momento en que Arien me había obligado a enfrentarme a su emperatriz y a mí misma.

No quería aceptarlo, pero mi piel había despertado, mis sentidos se habían activado y los presentimientos que me acompañaban en ocasiones, y que no comprendía, habían regresado con intensidad y les había encontrado una lógica. Había algo en mí diferente que siempre había obviado y a lo que, por fin, podía soltar los grilletes con los que lo mantenía oculto.

Allí, en Faroa, no tenía que esconderme. Estaba a salvo. Y, sin embargo, cohibirme era el único modo que había hallado de enfrentarme a esa nueva situación.

Recordaba detalles que no tenían explicación desde la percepción humana. Esas sensaciones que me aturdían cuando algo estaba a punto de suceder, premoniciones que me alertaban del peligro, como cuando sentí el ataque de Arien y los suyos antes de abordarnos en la llanura y perdí a Masrin. La emoción al ver los movimientos de las llamas siguiéndome cuando bailaba con papá frente al fuego, o aquel otro sueño, menos recurrente, en el que jugaba con una naranja y, de repente, el fuego se alzaba y nos rodeaba a mamá y a mí, hasta que ella me protegía bajo su falda. Y, sobre todo, la creencia siempre presente de que había algo que me hacía diferente a mis hermanas.

Magia. De eso se trataba. Por lo que los míos habían muerto y matado. La razón de todo lo malo que conocía dormía dentro de mí.

Tal vez debería haberme sentido aliviada y agradecida por que Arien al fin me hubiera mostrado quién era yo, pero, si miraba en mi interior, solo encontraba desdicha. La verdad había resultado ser una daga de dos filos, capaz de herirme a mí misma más hondamente que a mis enemigos. Siendo honesta, ni siquiera sabía quiénes eran mis rivales.

Gracias al que decía ser mi hermano de sangre, había descubierto mi auténtico origen o, al menos, la parte de él que me unía a la magia de forma irremediable.

Había sido engendrada por una de las Sibilas de la Luna. Se llamaba Essandora y correspondía a la séptima de las flores con las que los Hijos Prohibidos las representaban y honraban. El lirio de invierno. Recordaba la imagen de ellas que Hermine me había mostrado en su libro y me estremecía. Me costaba comprender que mi madre fuera aquel ser espectral de largos cabellos blancos y tez mortecina, y no Lorna, la mujer de pelo oscuro y ojos tristes que me había cuidado hasta los cuatro años. Incluso Hermine había sido más madre para mí que uno de esos entes mágicos que habían provocado una guerra sin fin.

Solo pensar que estaba unida a ella me producía un rechazo instantáneo.

Y luego estaba el hecho de que desconocía quién era mi padre. Yo había sido el resultado de los deseos incontrolables de las Sibilas en luna llena, como me había explicado Hermine en mis días de preparación. Una de las razas híbridas desperdigadas por el mundo. Ni siquiera era una auténtica Hija de la Luna, por mucho que ellos me hubieran aceptado como tal, sino que me encontraba en un limbo en el que no era humana pero tampoco pura.

Me sentía en tierra de nadie.

A ratos, me arrepentía de haber seguido las luces. Si no lo hubiera hecho, quizá Arien nunca me habría encontrado y mi vida habría sido muy diferente. No podía imaginar cuánto. Tal vez aún viviría con mis padres, los que me acogieron en mis primeros años de vida y a los únicos que recordaba como tales, habría permanecido oculta del mundo en aquella granja que, aunque por entonces me parecía un lugar aburrido, había sido un refugio en el que mantenerme a salvo. Comprenderlo todo despertó en mí una gratitud hacia ellos que mitigaba el dolor que me invadía cuando recordaba que me habían entregado.

Mi primer pensamiento al descubrir que Arien conocía mi hogar había sido para ambos. Las preguntas se me habían agolpado en la garganta y habían brotado de mis labios con una esperanza que rápidamente se había hecho pedazos. Arien me contó que la granja se hallaba en el sur de Iliza, en una zona boscosa de difícil acceso y tan escondida que ni siquiera comprendía cómo él había acabado descansando allí. Estaba en una misión de reconocimiento de la frontera con Onize y se había visto rodeado por un grupo de soldados humanos, así que se vio obligado a buscar un lugar seguro donde hacer noche antes de continuar. Al alcanzar la copa de uno de los árboles, había visto un pequeño bulto rojizo atravesando un prado con una cesta. Antes de ser consciente de lo que hacía, ya se encontraba dentro de la gruta y las luces creadas por sus manos habían salido en mi busca.

—*No me lo podía creer, pero tenías que ser tú. Percibía que el hilo tiraba de mí.*

Me contó que regresó al día siguiente para llevarme con él de vuelta a Faroa, cuando el ejército nómada del que se ocultaba ya se había alejado y tenía vía libre para transportarse con magia sin ser descubierto ni ponerme a mí en peligro. Sin embargo, no solo no me había encontrado, sino que la granja de mi infancia estaba vacía. Mis padres y yo nos habíamos marchado; ni siquiera Flor y su ternero seguían en el establo. Fue como si a todos nos hubiese tragado la tierra.

—*Pensé que les habrías hablado a tus padres de nuestro encuentro y que habrían huido contigo. Tardé mucho en comprender que, quizá, alguien más te había descubierto. Fue entonces cuando comencé a estudiar el Bosque Sagrado y a rondar las Casas.*

Entre los dos habíamos asumido que, sin su aparición en la cueva, las Ninfas Guardianas no habrían averiguado mi refugio ni me habrían llevado con ellas por orden del concilio hasta la Casa Verde. Él mismo me había confesado que llevaba años culpándose por aquella imprudencia con la que consiguió perderme la pista y que provocó que no volviéramos a vernos hasta el día que nos reencontramos en el Bosque Sagrado.

Yo me responsabilizaba por haber actuado de aquel modo infantil que me había conducido hasta Hermine, pese a que sabía que no era la culpable ni de mi destino ni de las decisiones de otros. Solo tenía cuatro años. Solo quería ver hadas y que el ternero de Flor creciera sano. Solo era una niña que deseaba un amigo y que se había cruzado con uno capaz de crear luz con sus manos.

Aunque tampoco había verdad en eso. La aparición de Arien se había debido a otro objetivo que no tenía nada que ver con la amistad, lo que había provocado que una desconfianza inmediata creciera en mi interior al pensar en él, de igual manera que la decepción por sentirme de nuevo esclava de los intereses de otros.

Su engaño me dolía. Y tal vez lo hacía más porque en ningún momento me había mentido, solo había jugado con las palabras y yo había caído en ese juego y tomado las decisiones que me habían llevado hasta aquel instante, en el que observaba mi reflejo en el espejo de una casa construida en un árbol legendario en Faroa, la ciudad de mis antiguos enemigos. Así que, de algún modo, la culpa caía nuevamente en mí.

Pensé en mis padres humanos y deseé que, estuvieran donde estuviesen en aquel momento, no se sintieran decepcionados por lo que estaba a punto de hacer.

—¿Estás lista?

—Sí.

Me volví, y la sonrisa de Feila me hizo escapar de mis cavilaciones. Aún no me había acostumbrado a esa versión tranquila y feliz que había surgido en ella desde que nos despertamos en Faroa después de huir del castillo de Cathalian y, con ello, de nuestro destino. Para Feila aquel lugar se había convertido enseguida en hogar, pese a no ser más que una humana que sus habitantes, aunque respetaban y habían aceptado con una cordialidad que a ambas nos había sorprendido, consideraban anodina. Se movía por la ciudad con soltura, sin miedo y con una fuerza que la hacía destacar por encima de la multitud. Pensaba a menudo que no me importaban las consecuencias de mis actos si el resultado era que estuviera lejos del duque y dichosa como jamás la había visto. Ansiaba el día en que todas las Novias del Nuevo Mundo pudieran sentirse igual y no presas de un destino escrito.

Salimos de la casa y fuimos en busca de Missendra, hacia lo que los Hijos de la Luna llamaban la Ciudadela Blanca. Se trataba de una construcción de anchas columnas y aspecto solemne que usaban para reunirse y que, entre otras cosas, era también el alojamiento de la emperatriz; una especie de centro de mando y toma de decisiones vitales para su raza.

Pese a la comodidad recién descubierta de llevar pantalones, la inquietud por lo que estaba a punto de suceder hacía que me encontrara a disgusto y percibía que la tela se me pegaba en exceso. Para tratarse de una ceremonia importante, no había gran diferencia en mi atuendo con el que usaba a diario, solo un ribete de plata adornaba los bordes de las mangas y el escote, una cenefa de lirios de invierno bordada que lanzaba destellos a cada paso que daba. Eso y el brillo plateado en mis mejillas; al mirarme al espejo me había parecido que un manto de estrellas sobrevolaba mi piel. Me recordaba levemente a las espirales ocres con las que Redka honraba al mar de Beli y me estremecí.

27

Pensar en él se había convertido en una costumbre, pese a que me había prohibido hacerlo para no derrumbarme. Necesitaba centrarme en los motivos que me habían llevado hasta allí y no en los remordimientos ni en las emociones que despertaban en mí al recordar a Redka y todo lo vivido a su lado.

«¿Qué pasaría por su cabeza si pudiera verme en este instante?», me pregunté, aunque prefería no meditar las posibles respuestas. La decepción estaba en cada una de ellas.

Según nos acercábamos, notaba la trenza de mis cabellos más tirante y el cuerpo más pesado.

Al llegar al final del pasillo y oír los murmullos del gentío que esperaba con impaciencia mi presencia, me temblaron las manos. También percibí el calor que desprendía el amuleto colgado en mi cuello. Seguía sin conocer su significado; no iban a concederme respuestas si no aceptaba mi destino o, más bien, el que ellos consideraban, aunque a esas alturas ya intuía que tenía relación con lo que eran y defendían. Lo rocé con los dedos y no supe cómo sentirme al respecto. La sensación de que me protegía siempre me había acompañado, pero de pronto conocer su origen me incomodaba y la palabra «traidora» se repetía sin cesar en mi cabeza como un mantra del que me costaba desprenderme.

Eso era. En eso me había convertido. Había traicionado el único mundo que conocía para descubrir lo que fuera que me esperase en aquella sala sin puerta.

Feila me estrechó el brazo en un gesto inesperado de apoyo antes de retirarse y marcharse, ya que su condición humana no le daba derecho a presenciar el ritual. Debía hacer aquello sola. Cogí aire y caminé con determinación y la mirada fija en la bóveda sin cristal que nos dejaba ver a la diosa Luna en todo su esplendor.

La estancia se había liberado de muebles y su blancura brillaba como si poseyera rayos de luz, pese a que estuviéramos sumergidos en la noche cerrada. A mi alrededor, los Hijos de la Luna me observaban en silencio. Vestían sus mejores galas, sencillas pero solemnes a su manera. Decenas de individuos de sangre plateada pura, los únicos verdaderos que quedaban después de la Gran Guerra, capaces de combatir con miles de soldados humanos y salir victoriosos. Los hijos de las siete Madres de la Luna engendrados junto con los Antiguos Hechiceros. Era imposible averiguar su edad por su aspecto, ni siquiera ellos sabían cuál sería su esperanza de vida, ya que eran los primeros de un linaje único, pero todos parecían jóvenes y en su mejor momento vital; destilaban fuerza y belleza; parecían invencibles.

Al fondo, la emperatriz Missendra me esperaba de pie y con las manos entrelazadas. Una mujer menuda, única entre sus hermanos, con su tez oscura y los ojos del color de ambas especies; uno, gris, y el otro, dorado. Tan Hija de la Luna como los demás y, a su vez, medio hechicera.

Por primera vez, un medallón colgaba en su cuello. Un trozo de luna del tamaño de una nuez.

Una parte de mí ansiaba huir, correr en dirección contraria y desaparecer, pero mis pies se movieron hacia ella, como si mi cuerpo hubiera aceptado mi sino antes que el resto de mi ser. Un paso tras otro que acortaba la distancia hacia un destino inesperado para el que me habían estado buscando, pero que yo tampoco había asimilado del todo.

El suelo crujía bajo mis pisadas. Un sonido suave y apenas audible que me retumbaba en los oídos. Mi respiración pausada se asemejaba a un gemido constante en mis entrañas. Mi corazón latía desenfrenado, pese a que mis movimientos transmitían una fingida serenidad que me erizaba la piel.

La sensación de seguir estando en manos ajenas me acompañaba. Pese a haberme alejado de Redka y de lo que hasta hacía poco creía que los dioses habían escogido para mí, continuaba sintiéndome fuera de lugar también aquí. Incómoda en un papel otorgado que, nuevamente, no había sido el resultado de mi elección.

—*La libertad es relativa.*

Recordé esa afirmación de Amina, la Novia de la Casa Ámbar que conocí en Asum, y me odié por valorar la posibilidad de que tuviera razón. ¿Y si la libertad no existía? ¿Y si la voluntad de uno no era más que la orden implícita de otro?

Aparté como pude esos pensamientos de mi cabeza, me erguí y caminé con la mirada fija en Missendra.

A mi derecha, noté la presencia de Arien sin verlo; desde nuestro reencuentro, me resultaba fácil sentirlo cuando estaba cerca. También percibí su orgullo por ser yo quien era; por ser él sangre de mi sangre. Su confianza depositada en mí. Su amor innato, tan grande como para jugarse la vida una y otra vez con el único objetivo de encontrarme y llevarme a la que creía que era mi casa.

El corazón me latió más fuerte.

No era el único que se sentía orgulloso por mi presencia; lo advertía en muchos otros que me contemplaban con un cariño que para mí no tenía sentido, porque no me conocían. No sabían nada de mí. Solo me asociaban con una creencia desconocida de la que muy pronto me harían partícipe. Podía respirar la esperanza que exudaban y que se me pegaba al cuerpo de una manera incómoda.

Sin embargo, tampoco podía ignorar la tensión de algunos Hijos de la Luna que no parecían confiar del todo en mi papel en su mundo. Aunque eran los menos, a ellos sí los comprendía, pese a que sus reticencias me mantenían en un estado constante de alerta.

Clavé la mirada en Missendra con seguridad, como si llevara toda la vida preparándome para ese momento, y no parpadeé cuando asintió con una pequeña reverencia que no creí merecer. Se colocó frente a mí, tan cerca que podía atisbar los remolinos centelleantes de sus ojos mágicos.

—Ziara, es un verdadero honor ser quien te inicie en tu renacer. Yo, Missendra, hija de Fineora, cuarta Madre de la Luna, y primera hechicera de Faroa, te presento hoy y aquí, en la Ciudadela Blanca, como nuestra hermana.

Las rodillas de todos los Hijos Prohibidos tocaron el suelo en señal de aceptación y respeto. La emperatriz retiró la piedra de su cuello y la alzó hasta que la luz de la luna la tocó y la iluminó. Después la posó sobre mi corazón, que latía desenfrenado bajo la liviana tela de mi camisa gris.

No quería estar allí, pero tampoco podía escapar. Sentí la asfixia que tantas veces me había angustiado en la Casa Verde en las tardes de invierno; tan parecida a la que me había aturdido dentro del claro de agua siendo solo una niña que buscaba hadas; tan diferente al alivio cuando salí del castillo de Dowen, aunque lo hiciera con el recuerdo de la boca de Redka sobre la mía.

—Ziara de Faroa, hija de Essandora, séptima Madre de la Luna, y descendiente de los últimos hombres —Missendra cerró los ojos con devoción y noté la humedad repentina que cubrió los míos, una emoción inexplicable que me brotó del interior y que se extendió por mi cuerpo hasta percibir que me ardía la piel—, yo te nombro primera hija híbrida de Faroa. Contigo, la historia cambia. Contigo, nuestro futuro es posible.

Sus palabras seguían siendo un enigma. Me faltaban respuestas que solo me darían cuando fuera una de los suyos. Por ese motivo estaba allí, asumiendo mi renacimiento como Hija de la Luna, pero ¿de verdad deseaba escucharlas? ¿Estaba segura de querer conocer la razón por la que resultaba valiosa para las manos que habían asesinado a mi pueblo?

No podía respirar. Me costaba poner orden a la constante incertidumbre en mi mente. Sentía que los ojos de los que me observaban me traspasaban hasta vislumbrar todas mis emociones.

Cuando el miedo se apoderó por completo de mí, el medallón lunar de la emperatriz se adhirió a mi pecho con una fuerza descomunal que me oprimía los pulmones y que se imantaba a mi propio collar.

Tiré de él para liberarme de su ahogo, pero fui incapaz de separarlos.

Me tambaleé y percibí que el suelo vibraba bajo mis pies.

No comprendía qué estaba sucediendo y, al observar el desconcierto en los ojos de Missendra, entendí que ella tampoco.

No pude controlar el temblor de las rodillas y caí bajo la atenta mirada de aquellos enemigos que se habían convertido en familia. «Familia». La palabra se me atragantaba y me dolía. El dolor se transformó en ira al pensar en Syla, en Guimar, en Leah, en todos aquellos que habían perdido y sufrido por la guerra y por culpa de los que me rodeaban en ese instante y me abrían las puertas de su vida.

Al pensar en Redka.

Los murmullos de asombro crecían a mi alrededor y se transformaban en un ruido sobrecogedor para mis oídos.

Apoyé las manos en el suelo y jadeé, intentando hallar aliento y consuelo para esa emoción desmedida imposible de manejar. Jamás había sentido nada igual. Era como si algo dentro de mí se expandiera y buscase paso para estallar hacia fuera, pero era incapaz de encontrarle una salida que aliviase ese desasosiego.

Percibí que esa fuerza incontrolable se deslizaba por mis extremidades y se concentraba en las yemas de mis dedos. Quemaban. Intenté moverlos, pero solo logré que me temblara el cuerpo y que ese poder inesperado se clavase contra el suelo con una furia que acabó por rajarlo. Una pequeña grieta casi imperceptible, pero que ahí estaba. Yo la había provocado con lo que fuera que aquella ceremonia de renacimiento estuviese despertando en mí.

Recordé la asfixia y el pánico que había sentido en el claro de agua ante el poder descontrolado de la luna activándose en mi interior y me esforcé por creer que estaba sucediendo nuevamente, pero, en el fondo de mi ser, sabía que no se trataba de eso. Era otra cosa. Algo desmedido. Desconocido. Imparable.

Lo sentía creciendo en mí.

Lo veía en los ojos temerosos de Missendra.

Levanté la mirada hacia la bóveda que se abría al cielo y busqué respuestas en su luz, pero no vi más que blancura inerte.

—Ziara, concéntrate en la piedra —me susurró la emperatriz—. Intenta tranquilizarte. Si no lo haces, estallará en ti.

Colocó el medallón, ya separado del mío, entre mis manos y lo apretó con las suyas. Entonces, sucedió. Fue solo una chispa, pero ambas la sentimos con tanta fuerza como para separarnos e impulsarnos hacia atrás. La piedra cayó al suelo. Yo me dejé caer con ella, derrotada, exhausta y con lágrimas empapándome el rostro y llevándose tras de sí el brillo plateado que coronaba mis pómulos.

La emperatriz contempló la quemadura de su mano antes de escondérsela a sus súbditos.

Mi piel latía por el calor del fuego, pero notaba sana.
El trozo de luna descansaba a mis pies partido en dos pedazos.

—Hermanos, ¡celebremos que nuestra hermana ha llegado a casa!

Con esas palabras, la emperatriz dio por finalizada la ceremonia y la algarabía rompió a nuestro alrededor. Arien apareció a mi lado y me ayudó a levantarme. Su expresión era de asombro y gozo, igual que la de los demás, mientras comenzaban un magnífico festejo que duraría hasta el amanecer.

Missendra recuperó la compostura y se unió a los suyos, ocultando eso que ambas sabíamos que no respondía a lo que debía ser una celebración como aquella. Otro secreto que despertaba y tomaba el control de mis instintos. Nuevas preguntas sin respuesta que cargar sobre mis hombros.

Recuperé el aliento y las fuerzas y me dejé llevar por la emoción ajena, que no sentía, mientras la música me rodeaba, los licores corrían y la alegría se desbordaba, pero mi mente volaba a otro baile muy diferente. A una mirada verde. Al calor de la burbuja que creamos aquel día el uno en brazos del otro.

A un beso.

Al mirar el anillo en mi dedo, creí ver que sus formas se desdibujaban.

III
Redka

—¿Alguna novedad?

Negué a Nasliam y me colé en las caballerizas. No soportaba que mis hombres me mirasen a la cara, no cada vez que les mentía. Desde que mi mundo se había desestabilizado, lo hacía constantemente y la sensación de que algo malo estaba a punto de suceder no me abandonaba. Quizá se debía a la culpabilidad que sentía o, tal vez, a esa tensión permanente que se respiraba en cada maldito rincón del castillo.

Desde el instante en el que se había avisado de la fuga del prisionero, se había iniciado una investigación paralela al estado de alerta. Los soldados se habían dedicado en vano a la búsqueda del Hijo Prohibido, mientras en palacio el consejo del rey se ocupaba de otra búsqueda muy diferente: la de un culpable. Pese a la magia con la que aquel ser contaba, resultaba obvio que había necesitado un cómplice para escapar; más aún, al haberlo hecho con dos rehenes. Se creía que Ziara y Feila habían sido secuestradas por el Hijo de la Luna, quizá con intención de utilizarlas para negociar su libertad en caso de necesidad. Era una buena coartada para ellas, aunque intuía que no se mantendría firme durante mucho tiempo.

Los demonios de plata eran fuertes, pero después de días de encierro y tortura, aquel ser estaría demasiado débil como para poder pasar por encima de todo el ejército de la corte él solo, así que la teoría de que alguno de los nuestros lo habría ayudado cobraba fuerza. Algo se nos escapaba. Y ese algo era la traición, nada menos, del comandante real de Ziatak.

¿Por qué lo había hecho? ¿Qué me había empujado a traicionar no solo a la corona, a mi pueblo y a los míos, sino también a mí mismo?

Ella.

Ella lo había roto todo en pedazos. Todo en lo que creía, los pilares en los que basaba mi vida y la única razón que me hacía levantarme con un objetivo por las mañanas. Proteger a mi raza era mi destino, lo único seguro y certero con lo que contaba. Yo era un soldado. Había soñado con serlo desde niño y me había convertido en uno desde el momento en que mi familia murió a manos de los Hijos Prohibidos. No conocía nada más allá del ruido de las espadas, del olor de la tierra bajo mis pies y de la piel curtida por el sol. Tampoco lo deseaba. Lo único que necesitaba era, batalla tras batalla, acercar a mi pueblo a esa victoria y a la paz que merecía después de tanto sufrimiento.

Y, de repente, Ziara había aparecido en mis sueños y todo en lo que creía se había tambaleado. No solo me había hecho cuestionarme mis actos con sus interminables preguntas, sino que había provocado que las respuestas me abrieran los ojos y observara desde otro prisma el mundo que me rodeaba. Uno que, ciertamente, no me agradaba del todo.

Ella había despertado una versión de mí mismo que nadie había sido capaz de activar. De pronto, no solo estaba el soldado, sino también el hombre; un hombre con deseos, con instintos, con algo más que sed de venganza. Con esperanza. Un hombre que creí que había muerto junto a los míos hacía demasiado tiempo, pero que solo aguardaba agazapado a la espera de algo por lo que mereciera la pena regresar.

Sus gestos, sus sonrisas, su fuerza, su curiosidad inquietante, su viveza, el desafío constante de sus miradas. Cada parte de ella me había empujado a abrir aquella puerta por la que no solo había permitido que escapara uno de mis enemigos, sino también mi lealtad y mi integridad.

Ziara había acabado con el guerrero y solo había quedado un hombre perdido que ansiaba que ella fuera feliz.

Aquella noche que cambiaría mi vida para siempre había pospuesto todo lo posible el aviso sobre la ausencia de mi esposa. El duque de Rankok estaba tan centrado en sí mismo que no había sido consciente de que la suya tampoco se hallaba en el castillo; por una vez, su egoísmo y estupidez habían servido de ayuda. Fue una dama la que explicó que Feila se había excusado antes de la cena para acudir al tocador con la muchacha del comandante. «La muchacha del comandante», así la había llamado y las palabras habían caído sobre mí como un jarro de agua helada. No tenían ni idea, porque Ziara era menos mía que el suelo terroso que en ese momento pisaba. Ziara no pertenecía a nadie más que a sí misma y así debía ser. Ni el destino había podido frenarla en su empeño por marcharse. Ni el miedo, si es que lo había sentido en alguna ocasión, porque hasta de eso dudaba.

Daba igual el maldito concilio cuando el instinto luchaba por salir y en ella primaba de un modo que me había asustado desde el principio.

Lo único que yo sabía hacer bien era proteger a los demás, pero de su naturaleza impetuosa no podría protegerla jamás.

Todavía con su imagen en mis pensamientos, sentí una presencia a mis espaldas y me volví. Nasliam me observaba con cautela, aunque sin miedo a lo que se pudiera encontrar, como les sucedía a tantos otros. Todos estaban preocupados por su comandante; los rumores sobre la desconfianza del consejo de Dowen se alimentaban cada día un poco más y en algunos de ellos yo era el protagonista. Temían por mi cargo, por las consecuencias que la huida del Hijo de la Luna y la pérdida de Ziara pudieran tener para mí e, incluso, por que finalmente se descubriera que lo que se decía fuera verdad. Pero los que me conocían bien se preocupaban, además, por mis sentimientos.

—Redka, ¿quieres que hablemos de ella? Ya sabes que…

Levanté la mano y Nasliam calló. Cerré los ojos y los recuerdos regresaron con fuerza.

El temor en su mirada de miel cuando los encontré escondidos en las caballerizas. Su agradecimiento sincero cuando los escolté hasta la puerta y la abrí sin hacer preguntas. El dolor que sentí cuando la vi marchar. Su beso, inesperado y embriagador, igual que había sido su llegada a mi vida.

—Soy un soldado, Nasliam. —Noté que él tragaba saliva y apretaba los puños por la impotencia; es imposible ayudar a un hombre que no lo desea—. Estoy forjado de acero, no de palabras. Llama al armero. Dowen ha ordenado entrenar a los nuevos ejércitos.

Asintió y se marchó, aunque sabía que lo hacía intranquilo no solo por su líder, sino por su amigo. También por una situación política que comenzaba a descontrolarse.

El rey había reunido a sus comandantes para informarnos de que debíamos estar preparados. La huida del Hijo Prohibido no había hecho más que avivar las ascuas de una guerra en ciernes y se esperaba una respuesta por su parte. Dowen llevaba tiempo buscando aliados y formando ejércitos no solo humanos, sino de diferentes razas con las que había negociado su apoyo. Aquello me incomodaba, pero comprendía que era parte del juego. Y ahora mi misión consistía en preparar para la batalla a jóvenes, la mayoría inexpertos, que creían fervientemente en la palabra de su rey. Jamás me había sucedido, pero últimamente me preguntaba a menudo cuántos de ellos aún vivirían cuando todo acabara. También, si merecerían la pena las muertes de los que no.

Recordé la primera vez que acudí al castillo. Llegué con dieciséis años, un caballo etenio y toda la rabia del mundo en mis huesos. Tenía edad para alistarme, aunque no estaba lo suficientemente preparado para formar parte del ejército real. Dowen me lo había dejado claro nada más verme.

—Muchacho, la rabia solo te hará morir antes de que seas consciente de estar luchando, y tu padre, que los dioses lo guarden, no me lo perdonaría jamás.

—Quiero servirle, majestad.

—¿Estás seguro? Vuelve a tu aldea, pronto soñarás con una joven hermosa. Podrás formar una familia y disfrutar de lo que tu hermano no pudo.

Pero yo no ansiaba una esposa. Yo solo quería luchar.

Rechiné los dientes al oír que nombraba a Guimar. Pensar en mi hermano o en mis padres hacía que la furia creciera en mi cuerpo y que la ira brillase en mis ojos. El rey vio esa fuerza en mi mirada y ladeó el rostro.

—Te pareces a él.

Cuadré los hombros con un orgullo evidente.

—Todos dicen que Guimar y yo éramos como dos gotas de agua de Beli.

Para mi sorpresa, el rey negó con la cabeza.

—No hablaba de tu hermano. Te pareces a tu padre. La misma fortaleza, el mismo arrojo.

En sus ojos vi la nostalgia de quien ha perdido a alguien que le importaba. En los míos se reflejó una emoción intensa. Jamás me habían comparado con mi padre. Mucho menos el rey, para quien había sido un amigo de verdad y no solo el comandante de su ejército.

—Gracias, majestad.

No pude ocultar el temblor de mi voz.

—Ve al Patio de Batallas y pregunta por el entrenador. Él te instruirá. Cuando considere que estás preparado, si todavía quieres luchar para mí, ven a buscarme y te daré lo que me pidas.

Y así había sido. Cuatro años había estado bajo la tutela del mismo entrenador que había formado a mi padre: Roix, un hombre que parecía llevar cien vidas a sus espaldas, de cuerpo arrugado y pelo canoso, pero aún con la fuerza de mil hombres y el espíritu de todo un ejército. Incansable, cruel en ocasiones y silencioso como un fantasma a punto de devorarte. No había sido fácil, pero había aceptado cada dificultad como un reto que me acercaba más a mi padre. Era la única razón que hallaba para que mereciera la pena seguir respirando. Tras ese periodo, más largo de lo que jamás pensé, me había presentado frente al trono de Dowen y había dejado rodar a sus pies la cabeza de un Hijo Prohibido, la última prueba de una formación un tanto peculiar que había superado con éxito. Me constaba que ningún otro había tenido que pasar por tal calvario. Mucho menos, cazar a un enemigo por mí mismo, sin ayuda. Había estado a punto de morir, la cicatriz que me atravesaba el costado y subía por mi espalda me lo recordaría cada día de mi vida, pero lo había vencido.

El rey observó aquella cabeza de ojos grises apagados y asintió con una sonrisa en los labios. Ni siquiera mostró asombro por mi proeza. Yo ya sabía que no conocería jamás a otro soldado capaz de enfrentarse solo a uno de ellos y salir victorioso. En eso me habían convertido. En un cuerpo de acero, furia y corazón helado.

—Igualito que él. Terco como una bestia —susurró Dowen—. ¿Qué quieres, Redka de Asum?

Sonreí entre dientes sin poder evitarlo.

Mi momento, por fin, había llegado.

—Quiero un ejército.

Lo había conseguido. Durante los cinco años siguientes había comandado a algunos hombres que habían visto morir a mi padre y a otros que había formado yo mismo y que me eran leales. Había acabado liderando un grupo de guerreros provenientes del mismo hogar, una aldea de sal y flores que no parecía tener nada especial, pero que constituía un rincón de esperanza que luchaba por mantener vivo.

Dowen me había responsabilizado del control de la Tierra Yerma de Thara, un terreno áspero e inhóspito con el que Ziatak compartía frontera y que había sido prácticamente asolado durante la Gran Guerra, pero en el que aún se desataban conflictos. No solo eso, sino que también era habitual zona de paso de los Hijos de la Luna y otras de sus razas aliadas, y, además, se rumoreaba que ansiaban asentarse allí para rodear cada vez más el Nuevo Mundo, aunque seguíamos sin conocer con exactitud sus verdaderos planes. De suceder, las casas de las Novias estarían cada vez más desprotegidas.

El rey confiaba en mí. Lo había hecho desde el principio, pese a que la razón de que me hubiera dejado en manos del viejo Roix se debiese a su deseo de que desistiera de mi empeño y volviera a Asum. Tiempo después, en una de nuestras charlas confidenciales, me confesó que le había prometido a mi padre protegerme, pero que, tras cuatro años observando mi perseverancia e integridad, había asumido que era igual de testarudo que mi progenitor y que no podía negarle a mi espíritu combativo lo que con tanta firmeza le demandaba.

—Eres un soldado, Redka, un Hijo de la Tierra. Si los dioses así lo han querido, tu padre, esté donde esté, tendrá que aceptar tu destino.

A partir de ese instante, no solo me convertí en un comandante, sino que Dowen me consideró merecedor de su respeto y de cierto espacio en su círculo íntimo. Quizá como un modo de ocupar el vacío que había dejado mi padre. Tal vez, porque los hombres poderosos como él necesitan una figura estable con la que contar en un mundo sumido en una paz inestable, en permanente riesgo de romperse. Y yo también había llegado a considerarlo un amigo. O eso creía.

Por numerosos motivos, una parte de mí sentía el deber de confesar la traición que había cometido y que se me juzgara por ella. Siempre me había considerado un hombre íntegro y fiel y, de haber sido la situación diferente, habría aceptado el precio por mi deslealtad con la cabeza alta, aunque eso hubiera significado que acabara rodando por el mismo suelo que ahora pisaba.

No obstante, el que pensaba así era el soldado, no el hombre. El hombre haría todo lo posible por protegerla a ella y eso empezaba por evitar que llegara a ser juzgada por sus actos. El hombre le había afirmado al rey una y otra vez, jurando incluso sobre la bandera de Cathalian, que no había tenido relación con la huida del prisionero ni con la fuga de las dos mujeres.

¿Y qué vale un hombre sin su palabra? Nada. Yo ya no valía absolutamente nada.

—¡Redka, espera!

Sonrah me abordó antes de salir del establo en busca de los nuevos soldados. Me cogió del brazo y me ocultó bajo un sotechado buscando cierta intimidad. Su actitud me tensó al instante.

—¿Qué sucede?

—Tu nombre ha salido a relucir nuevamente en el consejo.

Asentí y me pregunté cómo se habría enterado él tan rápido del contenido de una reunión a puerta cerrada que habría terminado poco antes de su llegada. Asumí que todos guardábamos secretos, incluso a los nuestros. Apreté los dientes ante la información que me confiaba, porque significaba que el recelo hacia mí era aún mayor de lo que yo pensaba. A Dowen la vida de las dos Novias no le importaba nada, pero sí quién pudiera haber ayudado al Hijo Prohibido y traicionado su confianza. El orgullo siempre ha sido un mal compañero de los hombres; más aún, de los que no saben qué significa perder.

43

—Te están vigilando, Redka.

—¿Intentas preguntarme algo?

Sonrah chasqueó la lengua, ofendido por mi reacción.

—Confío en ti, es lo único que me importa. Daría mi vida por ti, ¡maldita sea!

Me escupió las palabras contra el hombro y me apretó el brazo un instante entre los dedos.

—No liberé a ese Hijo Prohibido —susurré. Él negó con rabia.

—Sé que no lo hiciste, tienes a cien soldados que testificaron que no te encontrabas en Torre de Cuervo.

—¿Entonces? ¿De qué se me inculpa? Tampoco estaba con mi mujer. Me pasé la tarde con asuntos de Estado por orden del mismo Dowen, hasta que dieron la señal de alarma y os convoqué, Sonrah. Tú estabas allí.

—Lo sé. No hay dudas de que respondiste como el comandante que eres, pero las paredes hablan.

—¿Y qué dicen?

—Que no controlabas a Ziara.

Ahí estaba, la neblina que había sobrevolado nuestra relación desde el comienzo. Siempre había sabido que no nos comportábamos exactamente como se esperaba de nosotros, aunque habíamos creído ser lo bastante discretos como para que en la corte no pudieran recelar al respecto. Nadie compartía nuestro lecho como para saber qué ocurría dentro de él. Mientras la mantuviera sana y salva, no había espacio para las habladurías. O tal vez sí.

—No me casé con una yegua.

Para mi asombro, Sonrah se rio.

—Un poco terca sí que era. —Sonreímos y su expresión de nostalgia me golpeó en el pecho; no era el único que la echaba de menos—. Soy el primero que no los comprende, Redka, pero eso no significa que no haya límites. Existen para todos, lo sabes bien, el mundo ha sido forjado así. Hay quien dice que ella... —Sus palabras se quedaron en el aire y me observó con reparo.

—Vamos, Sonrah. Pocas cosas pueden asustarme a estas alturas de la vida.

Suspiró y se acercó más a mí para compartir esas teorías acerca de Ziara para las que yo había estado ciego. Tan ciego como para no darme cuenta de que, quizá, dejarla estar en el punto de mira de todo un palacio por esa actitud diferente que a mí me seducía solo era una manera de ponerla en peligro.

—Confraternizaba más con el servicio que con la corte. Pasaba mucho tiempo sola. Dicen que era frecuente cruzarse con ella deambulando por los pasillos o riéndose ante las páginas de un libro. Por no hablar de su aspecto descuidado. En Asum, rara vez se la veía haciendo lo que las demás esposas. Ni siquiera se relacionaba con las otras Novias. Amina le contó a Prío que no parecía deseosa de darte descendencia. Por no hablar de su poco decoro para montar un caballo.

—¡Fuiste tú quien la enseñaste a cabalgar!

—Lo sé, y fue una delicia, pero nosotros entendemos las cosas de un modo distinto, Redka.

Compartimos una larga mirada hasta que la aparté.

—Es posible, pero eso no la hace una traidora. Como mucho, un blanco fácil al que culpar.

—No lo niego, pero lo que llama la atención suele ser peligroso en estos tiempos.

«O especial».

Borré esas palabras de mi cabeza y le dediqué a Sonrah un gesto de agradecimiento.

—Y no debes olvidar lo que nuestros antepasados temían —añadió con una sonrisa ladina.

Lo contemplé con asombro, porque no me esperaba aquel comentario por su parte.

—Dime que no te refieres a esos cuentos de viejas. ¡Por los dioses, Sonrah!, las brujas desaparecieron con la traición de Giarielle.

—No pronuncies aquí su nombre o podríamos tener problemas —susurró entre dientes; luego suspiró con un cansancio evidente—. Mira, Redka, no sé qué habrá de verdad en esas acusaciones, pero Ziara despertaba miradas y recuerdos.

Hacía años que no escuchaba los cuentos de Giarielle. Aquella bruja de pelo rojo y fuego en las entrañas que había hechizado al rey Danan. Giarielle había muerto a manos del fuego que habían generado sus celos de amante despechada. Se había llevado por delante a Danan y a su esposa, la reina Niria, dejando el trono para su vástago, Rakwen, el rey piadoso, el abuelo del mismísimo Dowen. Después de años de hostilidades con las pocas que quedaban en el reino, aquel acto atroz había supuesto el motivo de que las brujas hubieran sido condenadas y su linaje se hubiera perdido en el tiempo para convertirse en historietas con las que entretener a los críos frente a una hoguera. Tras la muerte de Giarielle, se había firmado un decreto por el que se permitía arrestar y condenar a cualquiera que usara su magia en territorio humano e incluso a quienes se relacionaran con ellas. De la noche a la mañana, las pocas brujas que aún habitaban Cathalian huyeron, quién sabe adónde, desaparecieron y su historia se convirtió en leyenda.

Recordé el cabello de Ziara. Su tacto suave entre mis dedos. Su aroma, cuando cabalgábamos sobre Thyanne en aquellos trayectos que me resultaban eternos por tenerla tan cerca y no poder tocarla. El brillo cobrizo que el sol despertaba en su cabello cuando lo rozaba. Indomable. Solo era eso, un espíritu libre que no encontraba su sitio.

Quedaban pocos como ella. El color rojo había sido motivo de deshonra y había despertado miedos en el pasado, siempre atado a aquella bruja que casi acabó con un reino, pero sus rasgos no eran más que el desafortunado resultado de los restos de un linaje perdido hacía demasiado tiempo. Ninguna dama deseaba heredar el tono de su cabello y las pocas que lo hacían se lo coloreaban igual que si fueran tejidos, pero la autenticidad que ese tono le otorgaba a Ziara encajaba con su espíritu curioso y aventurero.

Recordé la conversación con Sonrah y Nasliam tras la ensoñación en la que la vi por primera vez y sonreí.

—*Me juego diez monedas a que me ha tocado la Novia más insolente de todo Cathalian.*

Reparé en que había ganado esa maldita apuesta al salir de la Casa Verde tras desposarnos, cuando rechazó mi ayuda para subir al caballo con esa mirada desafiante y terca que solo podía darnos disgustos, pero no me importó porque enseguida me di cuenta de que, en realidad, había ganado mucho más que un puñado de monedas.

Sin embargo, todo eso ya no importaba. Se había ido y mis problemas se habían transformado en otros mucho mayores que debía sortear si no quería ocupar el vacío que el Hijo de la Luna había dejado en Torre de Cuervo.

Cuando regresé a Patio de Batallas, ya era de noche. Estaba tan exhausto que rehuí la invitación de mis hombres de unirme alrededor de la hoguera con una botella de licor y me dirigí a mi camastro. Aquel lugar no se parecía nada a los aposentos que había compartido con Ziara, pero prefería mil veces el suelo terroso y el colchón roído si no la tenía a mi lado.

Me tumbé y cerré los ojos. Pese a la larga jornada de entrenamientos, el cansancio se debía más a los enredos de mi mente. Daba igual lo que hiciera, que me centrara en el manejo de la espada o que descargase mi frustración instruyendo a los pobres soldados que habían dejado bajo mi tutela, porque, cuando el silencio llegaba y me encontraba solo, ella lo llenaba todo.

Su mirada curiosa, la suavidad de sus labios, su sonrisa dulce y traviesa.

Sabía que solo me hacía daño, pero me esforcé por recordar cada momento, cada instante compartido que se había quedado dentro de mí. Me recreé en lo bonito que habíamos vivido y también en el dolor que me había causado su huida.

Cuando abrí los ojos, me hallaba en un pasillo. Giré sobre mí mismo y noté el corazón sacudiéndose en mi pecho. Aquello no tenía sentido. ¿Me habría quedado dormido y estaría soñando? Rocé el muro de piedra y clavé la uña con fuerza hasta hacerme daño. Una gota rojiza brotó bajo la piel y la toqué con la yema. Densa y cálida como solo lo era la sangre real.

No comprendía cómo había sucedido, pero estaba en los camastros de Patio de Batallas y, un instante después, me encontraba en el acceso al salón privado de licores de Dowen. Me recorrió la espalda un escalofrío al ser consciente de que aquello solo podía deberse a un embrujo provocado por la magia.

Cogí aire profundamente para mantenerme alerta, aunque me notaba confuso, ido, presa de una somnolencia que no me dejaba pensar con la claridad con la que lo haría un soldado.

Oí el tintineo de las jarras al otro lado de la pared y recordé dónde estaba.

A aquella zona solo tenían acceso los elegidos por el rey. Estaba compuesta por una sala común y diversas alcobas para uso y disfrute de sus invitados. En ella la moralidad se dejaba al otro lado de la puerta y los hombres más poderosos del reino bebían, probaban sustancias prohibidas que abotargaban los sentidos y disfrutaban de placeres carnales sin necesidad de ocultar sus tendencias naturales. Allí era fácil ver a seres mágicos doblegados por los instintos humanos, y no se trataba solo de deseo, sino de una crueldad tan honda que se me asemejaba a la peor de las torturas.

Yo había acudido con asiduidad en mis primeros años como comandante. No me gustaba rememorarlo, pero había saciado mis necesidades sin cuestionarme el modo. Tras arduas batallas en las que siempre perdíamos hombres, el ansia por olvidar ese dolor, esa desazón y vacío constantes en mi interior, me conducía a beber más de lo debido y a perderme en algún cuerpo caliente del que al día siguiente no recordaba el rostro. Jamás me había relacionado con razas mágicas, pero era habitual ver a hombres que odiaban la magia por encima de todas las cosas retozar con seres no humanos.

Aquella hipocresía me había llevado a aborrecer aquel lugar, así que pronto había dejado de asistir. Y, de repente, estaba en el pasillo de alcobas que sus asiduos usaban para dar rienda suelta a sus instintos más animales.

Percibí el sudor deslizándose por mi nuca hasta mojarme la camisa. Me temblaban las manos, notaba un sabor agrio en la boca y una sensación extraña cuando me movía, como si mi cuerpo lo hiciera por un mandato externo que no me correspondiese. Me apoyé sobre la pared con la intención de retomar el control. Me agarré a las piedras con firmeza, pero mis pies tenían otra intención y se deslizaron por el pasillo hasta quedar frente a una puerta. No pude contener el impulso de mirar qué escondía. Pese a que sabía que aquello era del todo inapropiado, mis dedos agarraron el pomo y lo giraron con sigilo.

Al otro lado, distinguí una silueta sinuosa y amarillenta bailar sobre el cuerpo enjuto de un hombre. Ella era un ejemplar de Pirsel, una esclava castigada a regalar su cuerpo por orden de su majestad. Él, un juez que ya oficiaba en tiempos del rey Ceogar, el padre de Dowen. Una tercera figura apareció y besó al hombre con fervor. Era un joven descamisado de manos mágicas y tez brillante.

Contuve la ira que la situación me provocaba y caminé hasta la siguiente puerta.

Allí no tuve necesidad de cometer ningún acto cuestionable, porque estaba entreabierta. Enseguida reconocí la figura sudorosa y robusta que se colocaba los ropajes. El duque de Rankok observaba con gesto soberbio a una joven de expresión tímida e ingenuidad palpable cuyo cuerpo aún temblaba sobre una cama. Tenía marcas moradas en los muslos. Seguramente se trataba de una Novia del Nuevo Mundo que había enviudado demasiado pronto.

Se escapaba a mi entendimiento que, después de tanta protección, una vez fuera se las dejara en manos de su infortunio. La mayoría acababa calentando lechos para poder sobrevivir.

Otra realidad iba tomando forma delante de mis ojos, una que había coexistido siempre con la mía, pero a la que, hasta que Ziara no apareció en ella, no le había dado más importancia. De pronto, me fijaba en los detalles y en las consecuencias de un tratado que, cada vez más, sentía que carecía de lógica alguna.

Los detestaba a todos. Despreciaba su forma déspota de usar un poder otorgado por hombres que creían en ellos para su salvación. Los odiaba por disfrutar de placeres indignos sin culpa ni remordimientos, cuando fuera de esa fortaleza personas inocentes morían de hambre o a manos de los enemigos. Los aborrecía con saña por usar la magia para su propio interés dentro de esas paredes y castigar a otros por hacer lo mismo fuera de ellas. Confraternizar con el enemigo estaba castigado con la muerte y allí podías observar a uno de los nobles más ricos de Cathalian saciar sus necesidades con dos Hijos de la Magia con total impunidad.

—Siento lo de su esposa, duque —susurró la joven con voz trémula.

Él se rio.

—Yo no. ¡Era una maldita desagradecida! Aunque regresara mañana, jamás tocaría un cuerpo manoseado por uno de esos engendros de la Luna.

La muchacha se levantó y comenzó a vestirse entre las penumbras. Una joven como podría haber llegado a ser Feila o la propia Ziara. Una víctima más de un mundo inmensamente podrido que debía cumplir los deseos de hombres déspotas, como lo era el duque de Rankok, si no quería sufrir un destino peor. La observé y me embargó la necesidad de protegerla. Ziara me había enseñado eso. También me había descubierto una parte de mí que me resultaba despreciable y que necesitaba reparar. Yo sabía que muchas Novias eran tratadas como pertenencias, como simple mercancía que usar, y no había hecho nada. Lo había asumido como parte de un mundo que había sido forjado así y que los dioses aceptaban y consentían. Ziara me había hecho ver que no todo valía para proteger un reino. No, si sus súbditos sufrían para que otros

51

consiguieran lo que consideraban suyo o por simple venganza. No, si chicas inocentes pasaban de ser propiedad de su esposo a, si este fallecía, encontrar como único futuro el dejarse manosear por hombres como el duque de Rankok.

—¿Cree que ella volverá? ¿Piensa que está viva? —preguntó la muchacha con la esperanza en su mirada.

Parecía tener cierta confianza con el duque. No quise pensar en cuántas veces habría tenido que compartir lecho con él.

—No importa lo que yo piense. Antes o después, la magia actuará y todos nos enfrentaremos a las consecuencias. El culpable será sentenciado por el concilio. ¡Yo solo espero que Feila se pudra en el infierno!

Ni siquiera me había parado a analizar lo que suponía el abandono de Ziara. Habíamos oído casos en los que la magia actuaba sobre la persona responsable, pero no sabíamos discernir la verdad de los rumores o de las leyendas alimentadas para atemorizarnos. Además, en nuestro caso, ambos cargábamos con parte de responsabilidad.

Noté una presión en el pecho y el presentimiento de que ya lo estaba viviendo en mi piel me azotó con firmeza. La fuerza que me había llevado a ese lugar me empujó por el pasillo hasta resguardarme en un saliente. Me notaba cansado, mareado, fuera de mí. Estiré las manos y las observé. Estaban sucias por los entrenamientos, pero las seguía reconociendo como mías.

Oí unos pasos que se acercaban a mi escondite.

Apreté los puños.

Sentí una presión extraña en las sienes.

También, que las paredes se tambaleaban bajo un peso desconocido.

Me asomé entre las sombras y los vi de nuevo.

—¿Todos? —preguntó la chica. Frente a ella, el duque de Rankok aún estaba colocándose dentro de los pantalones los faldones de la camisa.

—La esposa del comandante de Ziatak también desapareció, así que supongo que él y yo compartiremos destino.

El tono de su voz se endureció y salí con sigilo de mi escondite. Su cuerpo grueso y blandengue me tapaba, así que la muchacha no podía verme. Caminé en silencio, guiado por esa fuerza invisible cuyo origen ignoraba.

—Mi instinto no suele fallarme y algo me dice que esa zorra de pelo rojizo tiene algo que ver en todo esto. Lástima que el comandante no supiera domesticarla como merecía. Yo habría hecho sumiso a ese potro salvaje en dos días.

Cerré los ojos cuando la rabia se apoderó de mí e intenté controlarla.

Sin embargo, mis esfuerzos fueron en vano.

Mis manos no eran mías.

Mi cuerpo se movía por las órdenes de otros.

No vi nada.

Todo se volvió negro.

Solo sentí una ira desmedida.

Una fuerza que me resultaba ajena se erigió en mi interior.

Puro instinto.

El hombre y el soldado fundiéndose en uno.

Cuando los abrí, la daga ya se había clavado en su carne.

IV
Ziara

Desperté cuando el sol ya brillaba con fuerza. La música de la celebración había dado paso a un silencio confortable solo roto por el sonido de los árboles desperezándose.

Desde que vivía en Faroa había descubierto la energía de la naturaleza. No la llamaban «Ciudad de los Árboles» solo porque sus viviendas se hallasen sobre ellos, sino porque aquel espacio ocupado en realidad era suyo, de esos gruesos troncos ancestrales cuyas raíces formaban parte del suelo que pisábamos. Por las noches, oía sus susurros. Al principio resultaban casi imperceptibles, pero con el paso de los días comencé a distinguir sus suspiros entremezclados con el viento, el sigilo de sus movimientos, sus ramas mecidas por la brisa y sus serenas respiraciones, que hacían que la mía se calmara y me ayudaban a dormir.

Aprendí enseguida que los Hijos de la Luna respetaban profundamente la naturaleza de un modo que los humanos no comprendíamos. Asumí con inevitable decepción que los hombres nos creíamos superiores a las otras razas, como si contáramos con un poder implícito —que nadie más que nosotros mismos nos había otorgado— y que, en cambio, los Hijos Prohibidos vivían en equilibrio con lo que los rodeaba, en armonía, aceptando con naturalidad que el mundo no era más suyo que de cualquier otro ser que respirase. La tierra que los sostenía, el agua que les calmaba la sed, los árboles que eran su hogar, todo lo cuidaban como en una relación de igual a igual, como si compartieran espacio y mundo. Como los humanos jamás habíamos sido capaces.

Aquellas revelaciones chocaban de forma includible con mis lecciones de historia, con lo que había visto desde que salí de la Casa Verde y con las consecuencias de la guerra, la muerte y el dolor que había presenciado en aquellos a los que ya quería.

La humanidad, supuesta víctima, se alzaba verdugo en realidad, haciéndome dudar de todo lo conocido; incluso de mí misma.

Me levanté y me asomé a la ventana circular de la casa que me habían cedido. Se encontraba en una posición privilegiada, en la parte central del bosque y con una vista magnífica de las montañas. Todo era cómodo hasta el exceso: la cama, la suavidad de los tejidos que me abrigaban de noche, la ligereza de unas prendas con las que podría haberme subido a Thyanne y haber cabalgado sin el más mínimo esfuerzo. Todo era extremadamente agradable sin necesidad de esmerarse por ofrecérmelo, como sí que ocurría en Onize. En el castillo de Dowen, todo resultaba postizo, forzado, mientras que junto a los Hijos de la Luna se respiraba un ambiente sin artificios, tan natural en sí mismo que era imposible no desear encajar en él.

No obstante, me sentía incómoda. Tal vez fuese porque no me abandonaba la sensación de que no había llegado allí por voluntad propia. Primero había aceptado un destino obligado de manos de Hermine y el concilio y, cuando creía que la decisión de huir había sido solo mía, descubría que Arien me había buscado por otros intereses para con su raza. Sentía que saltaba de una mano a otra sin poder hacer nada para remediarlo. Una moneda con la que comerciar. Una mercancía que no llegaba a pertenecerse a sí misma. O quizá se debiera a que, cada vez que pensaba que aquel lugar y sus gentes eran hermosos, el sentimiento de traición para con los humanos se intensificaba y se me clavaba muy dentro.

Había transcurrido una semana desde mi llegada y seguía sin encontrarme, sin conocerme. ¿Continuaba siendo Ziara, aquella chiquilla curiosa que había crecido en los límites blancos y verdes del hogar custodiado por Hermine? ¿Quedaba en mí algo de la joven que había pasado a formar parte del ejército nómada de Ziatak? ¿Aún era la esposa del comandante de Asum, la misma que había llegado a disfrutar de aquel pueblo vivo con olor a sal? ¿O tal vez todo se había evaporado al darme de frente con un pasado inesperado? ¿Cuánto habría de los Hijos de la Luna en mi interior? ¿En algún momento despertaría la Ziara en cuyas venas corría sangre plateada? ¿Qué quedaría de la que había sido hasta entonces? ¿Y qué era lo que había sucedido en mi ceremonia de renacimiento que había asustado tanto a la emperatriz?

Entre tanta incertidumbre, había algo que no me dejaba descansar: tenía que admitir que era tan humana como de aquel lugar. Medio hija de unos y otros. Mitad hermana, mitad enemiga. Me hallaba en una línea que dividía mi propio mundo en dos sin saber hacia qué lado saltar.

Suspiré, me preparé para salir y asumí que, si ansiaba obtener respuestas a todas aquellas dudas, había llegado el día de plantear las preguntas a la persona indicada.

—Acompáñame, Ziara. Quiero enseñarte algo.

Caminé junto a Missendra a través de la ciudad dormida. Se acercaba el mediodía, pero tras la ceremonia de mi renacer pocos eran los que habían abierto los ojos. Ella parecía descansada, pese a que me constaba que su noche se había alargado hasta el mismo amanecer. Había comprobado que, a la hora de divertirse, los humanos se parecían más de lo que les gustaría a sus enemigos.

La emperatriz llevaba un fino vestido dorado con ribetes plateados, un color que la hacía destacar como un sol en medio del cielo estrellado que formaban los habitantes de Faroa, y sus cabellos cortos trasquilados le daban el aspecto de un pequeño duende. No me pasó desapercibido el hecho de que se había cubierto las manos con unos guantes hasta el codo. Un complemento que en Onize se consideraría elegante, pero que en la sencillez de aquel lugar destacaba; además, yo sabía que solo podía deberse a un motivo. Inconscientemente, abrí y cerré la mano, y me observé la palma. No me había quedado marca, pero sí percibía una leve tirantez por el recuerdo del fuego en mi piel.

Los interrogantes me revolvían el estómago.

Salimos del entramado de árboles y nos adentramos en un sendero que llevaba a un pequeño campo de flores silvestres. Sus colores eran muy vivos, azules, rosas y amarillos, y contrastaban con la blancura del hogar de los Hijos de la Luna. Su presencia parecía no encajar con el paisaje, como si los dioses lo hubieran lanzado desde el cielo, pero quizá por eso su belleza era aún mayor, así como la sensación de serenidad que regalaba. En el centro, dos árboles desnudos se alzaban y trenzaban sus ramas entre ellos formando un techado bajo el que descansaba un altar de roca blanca. Los rayos del sol se colaban entre el abrazo de los ramajes, dándole al lugar una calidez especial. Motas de plata flotaban. Pese a que era habitual verlas allí, no acababa de acostumbrarme a su belleza mágica.

—Nunca pudimos recuperar sus restos, pero aquí duerme su recuerdo.

De eso se trataba, de un lugar sagrado. Un remanso de paz que rendía tributo al origen de su raza.

Missendra se quitó el guante y apoyó la mano en la tumba. Sentí su dolor por la pérdida. Me acerqué y observé el dibujo trazado sobre la piedra: las siete flores talladas, de la primera, una rosa trepadora, a la séptima, el lirio de invierno que representaba a Essandora, mi verdadera madre.

Me abracé cuando una brisa repentina me estremeció. Se me erizó el vello de la nuca. No quise reconocer que uno de esos presentimientos había despertado en mi piel, alertándome de una presencia invisible e inesperada a nuestro alrededor. No estábamos solas, pero no me sentía preparada para asumir quién nos acompañaba.

Cerré los ojos para concentrarme en lo que me había llevado en busca de la emperatriz y para así alejar los susurros de los espíritus que el viento me traía en forma de silbidos.

—Siento su pérdida, Missendra.

Ella negó con la cabeza y me respondió con una sonrisa triste.

—No es verdad, pero te entiendo. Aún es pronto para que comprendas. Aún no percibes el hilo de plata que os une.

Tragué saliva, un tanto violenta por la situación, porque Missendra tenía razón. No podía sentir pesar por la muerte de unos seres que habían intentado exterminar mi raza. Ni siquiera aunque uno de ellos fuera mi madre. Solo el hecho de pensarlo me originaba una aflicción pegajosa de la que me costaba deshacerme. Igual que imaginar sus siluetas espectrales velando alrededor de aquel altar me provocaba escalofríos.

—¿Te duele?

Señalé su quemadura con los ojos y la tapó con el guante. No me respondió y supuse que aún era pronto para hablar sobre lo que había sucedido en mi ceremonia, solo siguió caminando y nos adentramos en el espesor del campo de flores que rodeaba el altar. Era un bonito día de verano y el aroma dulce que nos acompañaba era tan fuerte como para que el escenario pareciera fruto de un sueño; un día en el que, por fin, obtendría respuestas y se me desvelarían secretos.

—Los tuyos las llamaban Sibilas de la Luna, pero para nosotros solo eran las Madres. Su pureza era embriagadora. Sus poderes, también. —Me tensé al pensar en lo que esas capacidades habían hecho con los míos y mi parte humana despreció en lo que me había convertido cuando acepté formar parte de ellos—. Solo eran siete, pero podían haber hecho suyo el mundo. Eran tan parte del cielo como de la tierra de la que brotaron en forma de flor. El linaje más joven y pequeño de todos, aunque el más fuerte.

Recordé la imagen que Hermine me había mostrado. Sus cabellos blancos, su pálida tez, sus vestimentas, tan similares a las que cubrían a las Novias del Nuevo Mundo. Sus coronas de flores. Sus ojos negros. Un aspecto que se alejaba de la mortalidad, pero que tampoco parecía encajar en ninguna de las razas mágicas que había conocido en los libros. Distaban tanto de sus propios hijos que costaba entender que tuvieran un origen común. Eran únicas. Habían llegado a nuestra tierra, pero era obvio que venían de un lugar muy lejano que ni siquiera alcanzábamos a comprender.

—¿Por qué no lo hicieron? ¿Por qué no erigieron un imperio si tan poderosas eran?

La mirada de la emperatriz se tiñó de una triste decepción antes de que comenzaran a dibujarse remolinos de oro en su interior.

—Porque no era su destino. Ellas solo querían vivir en paz. Crear una familia y cuidar de la tierra que les dio la vida. Ni su espíritu ni su corazón ansiaban más.

Los ojos de hechicera de Missendra se convirtieron en un tornado igual al que me había transportado al claro de agua de mi infancia solo unos días atrás. Sentí que me tambaleaba un momento antes de recuperar la compostura y recordar lo que había sucedido en el pasado y que había supuesto el fin del equilibrio de nuestro mundo.

—¿Y los niños que asesinaron? ¿Y los hechizos? ¿Vas a decirme que su mágica misión, fuera cual fuese, justificó aquellas muertes? ¿Que cuidar de su familia pasaba por destrozar la de los demás?

El relato de Hermine reverberaba en mi interior cada vez que pensaba en mis verdaderos orígenes. Los pilares de todo lo que conocía se basaban en esa historia de horror y desolación provocada por las Sibilas. Ellas habían desencadenado la Gran Guerra. Ellas eran las culpables. Y yo no podía cambiar el pasado, pero sí renegar de quien había sido capaz de matar a niños humanos por sus intereses egoístas.

Puede que Essandora fuera mi madre, pero yo jamás sería su hija.

—No, y voy a contarte lo que te han ocultado durante años.

—¿Y por qué debería creer vuestra versión y no la de los que me han mantenido a salvo hasta ahora? —repliqué con evidente desafío.

—Porque yo no solo voy a contártela, sino que voy a mostrártela.

No me di cuenta de dónde nos encontrábamos hasta que el viento me trajo el aroma de la ciudadela. Las flores a nuestro alrededor habían desaparecido y fueron sustituidas por las columnas de piedra grisácea de una plaza. No había estado nunca allí, pero sabía que aquella era la Plaza de las Rosas de Onize por los rosetones que adornaban el suelo empedrado y los escudos de Cathalian bordados en banderas que portaban guardias reales. El olor de la muchedumbre, una mezcla a sudor y heno, se internó por mi nariz.

Missendra, gracias a esa parte hechicera más desarrollada que la hacía única, me había transportado con ella al pasado, a ese momento en el que el rumbo del destino de nuestro mundo cambió para siempre.

Observé aturdida cómo los soldados preparaban un tablado de madera en la parte central.

—Aquel día, las Sibilas estaban exhaustas pero dichosas. Habían asistido al parto de una de ellas durante toda la noche y la vida siempre era motivo de felicidad.

La plaza se desdibujó y, de pronto, estábamos en una cueva. Tuve que abrir los brazos para retomar el equilibrio y no trastabillar. La sensación era igual que subirse a una roca resbaladiza. Dentro de ella, había una laguna similar a la que yo había encontrado siendo una niña, pero más grande y con el agua enturbiada. En su interior, las seis mujeres blancas se mecían en una danza extraña, con las manos entrelazadas. En una posición central se hallaba la séptima, con la tripa abultada y los ojos entrecerrados.

En su cuello se balanceaban dos colgantes exactamente iguales al mío.

—Ella es…

—Es Essandora.

Contemplé fascinada a aquel ser. Sus cabellos blancos formaban ondas tan largas que se perdían bajo el agua. Su rostro era de una belleza sobrecogedora, de facciones suaves, dulces y armónicas. No me parecía nada a ella, ningún rasgo me resultaba familiar, y aquello me afectó de un modo inesperado. La imagen de las siete y el sentimiento que transmitían resultaban conmovedores, aun sin saber por qué. Bondad, pureza, una ternura infinita.

Los ojos se me colmaron de lágrimas.

La mano de Missendra encontró la mía y la apretó con cariño.

—Y, ahí, estás tú.

Resoplé desconcertada cuando comprendí lo que la emperatriz me estaba mostrando. Era tan imposible que me costaba digerir lo que estaba presenciando. Entonces el torso de Essandora se dobló en dos, un gemido agónico salió de sus labios, sus hermanas la acogieron entre sus brazos y de su cuerpo surgió otro que ascendió entre las aguas y rompió en llanto.

—Soy… Soy yo. No es posible…

Pero lo era. Essandora abrazaba a un bebé de pelo cobrizo mientras a su alrededor las Sibilas lanzaban un cántico desconocido y el agua blanquecina se teñía de la sangre plateada que su cuerpo había expulsado.

La escena era sobrecogedora. Tan íntima. Tan real, pese a que fuese el resultado de una ensoñación. Tan llena de un sentimiento indescriptible que jamás habría asociado con las Sibilas de la Luna y que retumbaba con fuerza en mi corazón.

Parpadeé y me sequé las mejillas húmedas.

La imagen se difuminó de nuevo y unas sombras que viajaron aún más atrás nos rodearon mientras Missendra continuaba con su relato. Unas sombras que se convirtieron en un paisaje verde y plateado en el que las Sibilas vivían felices rodeadas de sus hijos. Escenas de ellas bailando descalzas, con tiaras y collares de flores frescas. De niños riendo y jugando a construir castillos con los elementos de la naturaleza, de tierra y agua, de musgo y ramas. De noches en las que observaban el cielo y dormían sobre el regazo de sus madres. Niños que fueron creciendo a lo largo de los años hasta convertirse en los grandiosos Hijos de la Luna que conocía. Un escenario único y especial en el que crearon un hogar mágico que otros destruirían.

No vi dolor. No vi orgullo. Ni venganza. Tampoco humanos muertos por sus manos de diosas, mucho menos niños. No vi nada que no fuera candor y ternura. Amor. Todo aquello que me habían enseñado y en lo que aún creía acerca de su linaje se hizo pedazos.

—*Son unos seres horribles, Ziara. No saben amar, así que… nos quitaron lo que más nos definía como humanos.*

Las palabras de Hermine se repitieron en mi cabeza, de repente, sin sentido alguno.

Los esquemas de mi vida se deshacían como un trozo de hielo bajo el sol de invierno.

No nos habían arrebatado el amor porque para ellos no tuviera cabida, sino porque nosotros habíamos acabado con el más puro que conocían. Uno tan inmenso y visceral como yo jamás había visto otro. Los humanos los habíamos destrozado y solo quedó espacio para la venganza más vil y despiadada.

Miré a Missendra y atisbé una honda tristeza en los colores de sus ojos.

63

—Esta era su vida, Ziara. Eran seres que amaban su hogar, jamás lo habrían puesto en peligro. Vivían para sus hijos y solo se relacionaban con otras razas para garantizarles un futuro seguro. Los seres mágicos las respetaban como las diosas que eran. Los humanos… Los humanos las temían y por eso les permitían asentarse en este lugar mientras la paz estuviera asegurada para todos.

—Las Tierras Altas.

No pude evitar recordar al esposo destinado a Maie, un tal Isen Rinae, miembro de ese linaje desterrado de sus propias tierras. Me pregunté dónde se encontrarían en aquel momento. Allí, pisando ese suelo que un día podría haber sido suyo, eché a Maie profundamente de menos y sentí que la necesitaba a mi lado más que nunca.

Rezaba cada noche por que siguiera viva.

Me hallaba exhausta. Demasiadas emociones, demasiadas revelaciones y verdades, demasiado dolor para cargarlo sola. Eso sentía, una soledad sin igual que me angustiaba. Si reflexionaba sobre ello, toda mi vida había sido un sinfín de despedidas. Primero mis padres, Maie y aquel hogar verde y blanco que había dejado lleno de recuerdos y chicas de mirada esperanzada. Después Thyanne, Syla, Leah y un pueblo con olor a mar que me había aceptado con cariño sincero. Incluso Sonrah, Nasliam, Yuriel y todos los soldados con los que había compartido momentos que rememoraba con afecto. Y Redka. No quería pensar en Redka, su despedida me provocaba una punzada en el pecho, pero no podía dejar de hacerlo. Habíamos vivido algo especial y no entendía cómo había podido no darme cuenta hasta que ya se encontraba lejos. Me había centrado tanto en las condiciones que me habían llevado hasta él, en las ganas de escapar, en todo lo que desconocía de un mundo que no comprendía, que había pasado por alto lo que había crecido entre ambos.

Lo había perdido mucho antes de tenerlo.

Pensaba en todos aquellos que conformaban la que era mi vida hasta entonces para al momento descubrir que ninguno me acompañaba. Estaba completamente sola, rodeada de extraños, y obligada a aceptar la verdad de un mundo en el que se me consideraba una pieza clave y del que yo solo ansiaba huir sin saber bien por qué.

—Exacto, las Tierras Altas. El señor de Rinae, su gobernante, era bondadoso. Igual que las Sibilas, solo deseaba proteger a los suyos, así que les cedió la punta norte y de ese modo pudo nacer Faroa. La magia ayudó a que los árboles brotaran con más fuerza y nos acercaran al cielo. La convivencia con los hombres de la zona siempre fue magnífica. Nos respetábamos en espacio y costumbres, e incluso nos ayudábamos, de ser necesario. Con el linaje Rinae, jamás habría estallado una guerra.

Sentí un gran alivio ante esas palabras que, aunque no tenían por qué incumbir al esposo destinado a Maie, me ayudaban a volver a tener esperanza por mi amiga.

Las sombras se tornaron plateadas y viajamos hasta otro instante, uno en el que Essandora alzaba al bebé recién nacido hasta que la luz de la luna rozaba su piel. Un destello las atravesó a ambas mientras la madre recitaba unas palabras con una voz melódica que me recordó a una nana infantil.

—*Hija de la Luna, que la diosa te cuide y te proteja, sea cual sea tu sangre. Que la tierra te acoja en su hogar y el cielo vele por tu alma pura. Su luz vive en ti. Su magia eres tú.*

Se me encogió el corazón. Sentí su amor a través del tiempo y la distancia, a través de las barreras de la magia que Missendra me estaba mostrando, y asumí que aquella diosa blanca me amaba. Yo la había odiado desde que supe de su existencia y ella me había querido con todo su ser.

—Es tu ceremonia de nacimiento.

Reparé en que se encontraba sola, sin sus hermanas, aunque sí con la compañía de tres tornados de plata que revoloteaban a sus pies.

—¿Por qué no están las demás?

—Pese a que cualquier nacimiento les provocaba dicha, no aceptaban a los híbridos. Jamás ninguno vivió en Faroa. Tú eres la primera. —Missendra apartó la mirada antes de dedicarme una leve mueca de desagrado y hablarme de mi parte humana—. Sé que no es lo que te han contado los tuyos, pero las Sibilas eran cautas, luchaban por controlar sus instintos primarios y castigaban a su modo a quien no lo hacía. Sin embargo, el espíritu de una de ellas siempre fue más imprevisible que el del resto. Tu madre, Ziara. Era más terrenal que ninguna. La más joven e imprudente. Únicamente tuvo tres Hijos de la Luna puros, pero también sació su sed en otras razas. Tenía especial predilección por los humanos. Se relacionaba con ellos más de lo conveniente.

Los tornados que la acompañaban cesaron en su ímpetu y distinguí que uno de ellos era Arien. Miraba a su madre con devoción y bailaba alrededor del círculo de luz que la magia de la Luna había creado en torno a mí, ese bebé de pelo rojo y piel de leche que dormía plácidamente en los brazos de su madre. Arien era el mayor de las tres figuras que acompañaban a Essandora, su aspecto era prácticamente igual que el actual, y me pregunté quiénes serían los otros dos y dónde estarían. También percibí la esperanza naciendo en mi interior al digerir que, una vez, tuve una familia auténtica. Había sido hacía mucho tiempo y ni siquiera podía recordarla, pero había existido.

Un mareo me abordó cuando la luz se volvió de un color rojizo intenso y comencé a atisbar el uniforme del ejército de Cathalian, el mismo que tantas veces había visto cubrir el cuerpo de Redka. Vi con mis propios ojos cómo los soldados se colaban con sigilo en Faroa y atacaban a las seis Sibilas, dormidas todas juntas sobre un lecho de flores tras el agotamiento por mi alumbramiento. Observé que no se defendieron, sino que solo cubrieron el lugar con un velo de magia para evitar que sus hijos se despertaran y fueran testigos de su final; luego cerraron los ojos con resignación y aceptaron su destino. Contemplé que, en otro punto de la ciudad, Essandora, entonces sola, se encontraba arrodillada lavándome en un arroyo; al oír los sonidos de la emboscada, huyó conmigo en brazos a través del bosque hasta llegar a una pequeña cabaña escondida entre la maleza. Las lágrimas caían por sus mejillas y el pánico ante la posibilidad de que la atacaran con su bebé en brazos y que pudieran hacerle daño desencajaba su precioso rostro. La vi quitarse un collar de los dos que colgaban en su cuello y esconderlo bajo la manta que envolvía mi cuerpo. Una mujer humana abrió la puerta y me acogió entre sus brazos antes de abrazar a Essandora con un amor inaudito entre ambas razas. Un amor que habría considerado impensable que existiera en Cathalian entre una humana y una Sibila.

Aquella mujer era Lorna, mi madre. Ambas lo eran. Una me había dado la vida, la había protegido hasta su último aliento y se la había entregado a otra que me había proporcionado cobijo y un hogar durante los siguientes cuatro años. Dos madres que tenían en común su profundo amor por mí.

Las piernas me temblaron y caí sobre la hierba.

No era capaz de hablar. No podía reaccionar a todo lo que estaba descubriendo. Me costaba controlar el pesar intenso que me embargó al ver de nuevo el rostro de mi madre, la que me había querido, abrazado y alimentado durante cuatro años, pese a no ser de su propia carne.

¿Qué relación tendría con Essandora? ¿Dónde iría tras abandonar también aquella granja en la que crecí? ¿Habrían regresado a esa cabaña de la que acababa de descubrir que se hallaba muy cerca de mi nuevo hogar?

No podía respirar sin notar la falta de aire y el sabor salado del llanto en los labios.

Sin embargo, Missendra no cedió a mi debilidad y me llevó de vuelta a Faroa a través de sus ojos mágicos. Allí, un grupo de soldados rodearon a Essandora con sus espadas y arcos en alto.

—*Sibila de la Luna, queda arrestada por orden del rey Dowen por cometer alta traición a la corona de Cathalian.*

Essandora cerró los ojos y extendió sus manos hacia delante, rindiéndose a su destino.

En aquel instante deseé que la historia cambiara, que Missendra me enseñase la forma en la que mi madre alzaba sus brazos y de ellos brotaba una luz cegadora que los derribaba a todos. Me esforcé por comprender por qué su condición etérea se rendía y no luchaba hasta su último aliento, como tampoco lo habían hecho sus seis hermanas, pero no lo logré. Anhelé que me abrazara y que, junto a mis tres hermanos, nos escondiera para siempre en la frondosidad de Ciudad de los Árboles, ajenos al resto del mundo, convirtiéndonos en parte de esa tierra que ellas tanto amaban. Ansié con todas mis fuerzas el hogar que el rey Dowen me había arrebatado.

Y lo odié. Odié con ímpetu a ese hombre que nunca me había despertado simpatía y sí una desconfianza instintiva, y que se me mostraba como el mayor enemigo de todos y el culpable de cuanto dolor conocía. Deseé la venganza con una profundidad que me heló la sangre. Sin ser consciente de lo que sucedía, me vi posicionándome en un bando, aunque solo fuera por el odio en común que me unía a los Hijos de la Luna contra el hombre que gobernaba el reino desde el trono de Cathalian.

—¿Por qué no se defendieron? ¡No lo entiendo! Si eran tan poderosas como dices, podrían haberlo hecho.

—No funciona así, Ziara. Su condición de diosas no les permitía usar la magia en contra de su destino. El río sigue el cauce que le marca la tierra. Solo la sangre humana intenta imponerse a las leyes de la naturaleza.

Giramos sobre nuestros talones y volvimos a estar en el lugar del principio: la Plaza de las Rosas. Todas las Sibilas caminaban encadenadas de pies y manos bajo los murmullos de asombro, terror e inquina de los ciudadanos de Onize. La muchedumbre se había reunido alrededor del retablo. Algunos hombres cargaban azadas y espadas que alzaban al cielo clamando venganza. Las mujeres sollozaban llenas de tristeza y odio, y los jóvenes maldecían. Hasta había niños siendo testigos de aquella muestra vil del poder y orgullo humanos disfrazada de justicia. El odio hacia las siete Madres era tan visceral que sentí una opresión en la boca del estómago que acabó en arcada. Un odio que Missendra me había enseñado que no tenía razón de existir, motivo por el cual resultaba aún más espantoso.

Las Sibilas caminaban en silencio, con la cabeza en alto y sus ojos negros fijos en la luna que las alumbraba y que había acudido a despedirse de ellas, aun siendo de día. Sus vestidos blancos y sus pies descalzos destacaban como luces sobre las sombras. Essandora cerraba la comitiva, sus pasos eran más lentos y un reguero de sangre de plata se dibujaba tras sus pasos.

—*Una de ellas acababa de alumbrar ¿Dónde se encuentra el bebé?* —dijo un soldado que, por su posición y actitud, debía de ser el comandante. Sus ojos claros destacaban sobre un rostro curtido por la batalla y el sol. Los de ella expresaron tal vacío que hasta yo sentí el estremecimiento que despertó en aquel experimentado soldado.

—*Murió en el parto* —susurró ella.

Compartieron una mirada que pareció hablar en silencio. Como si sus ojos se reconocieran y los del comandante se debatieran entre ver engaño o verdad en los de la diosa. Su estado débil y quebradizo hizo que sus palabras lo conmovieran y el comandante dio la orden.

Siete piedras. Siete horcas. Siete Sibilas muertas frente a un pueblo que lloraba por los asesinatos de unos niños que nunca ocurrieron. Siete madres que dejaron una ciudad de huérfanos con sed de venganza; una familia aún profundamente dormida bajo el poder de su magia que, cuando despertara, descubriría el horror y el dolor de su corazón roto.

Las siete se colocaron sobre la piedra y observé la escena sin disimular no solo el miedo que se había instaurado en mí, sino también el desconcierto al descubrir las semejanzas de esas siete diosas con la mayoría de los recuerdos de mi infancia; con una infinidad de chicas vestidas de blanco corriendo descalzas y celebrando su plenitud con coronas de flores sobre sus cabellos. Aquella similitud no podía ser una casualidad.

Cuando vi a los soldados empujar la piedra bajo sus pies y el sonido de los cuellos partiéndose, sentí la luz de la luna activándose dentro de mí.

V

Abrí los ojos y me encontré hecha un ovillo sobre las flores. El sol aún brillaba en el cielo, pero supe que había pasado un tiempo desplomada en el prado. Missendra, a mi lado, me sonreía con sincera comprensión y con una curiosidad mal disimulada.

Después de que ahorcaran a las Sibilas, algunos ciudadanos se habían acercado a sus cadáveres portando antorchas. El fuego había hecho cenizas los livianos vestidos que las cubrían antes de comenzar a derretir su piel. Todo se había convertido en llamas, caos y represalias. Había llegado a percibir el calor en mi propio cuerpo hasta que la quemazón me dificultaba respirar.

Jamás había sentido tanto miedo, tanta angustia, tanto dolor.

Me quemaba.

Essandora desaparecía en un recuerdo mostrado por la emperatriz hechicera y yo me quemaba.

No sabía cómo ni por qué había ocurrido, pero estaba tan abrumada que, de repente, todo se transformó en noche delante de mis ojos y perdí la conciencia.

Me incorporé y me limpié las briznas pegadas a la mejilla.

—¿Qué ha sucedido? —Mi voz fue solo un murmullo ronco.

—Has vivido demasiadas emociones, que acabaron por despertar tu magia. Cuando no eres capaz de controlarla, se libera como puede. Puede llegar a doler. Tú te has desmayado.

Se encogió de hombros, quitándole importancia a la reacción de mi cuerpo, pero yo sabía que cada detalle contaba. Y era verdad: dolía. Había notado el fuego ablandando mi carne. La asfixia del humo entrando en mis pulmones. La aflicción de perder un hogar amado. Había sufrido el miedo de Essandora en mi propia piel.

Recordé todos aquellos ataques de pánico que me angustiaban en la Casa Verde cuando llegaba el invierno. Tal vez la magia también había tenido algo que ver con ellos. Esa sensación de encierro que no era por estar entre cuatro paredes, sino como si me sintiera presa de mí misma. Igual que si una fuerza desconocida tirase de mí desde dentro.

Nos mantuvimos en silencio. Alcé la vista al sol y me serené con el calor de sus rayos sobre el rostro. Missendra me imitó y, por un instante, todo desapareció y casi parecimos dos mujeres disfrutando de la placidez del verano.

Sin embargo, no lo éramos. Daba igual lo que me esforzara por olvidar, la vida seguía su curso y yo estaba enlazada a ella.

Suspiré y reuní fuerzas para obtener respuestas que sabía que iban a hacerme aún más daño; también para realizar la pregunta más determinante de todas:

—Si ellas no mataron a los niños, ¿quién lo hizo? La historia está llena de testimonios sobre los cadáveres.

Missendra asintió con pesar.

—Hubo una epidemia de fiebre gris en las zonas más empobrecidas del reino. La corona lo ocultó para evitar represalias por la falta de recursos para esa parte de la población, y los rumores malintencionados sobre las Sibilas hicieron el resto.

—Y, si lo de los niños asesinados fue un engaño, ¿por qué se las condenó? ¿Qué pretendía Dowen con eso?

Missendra dejó escapar su desaliento en un largo suspiro.

—El ser humano siempre ansía más poder, Ziara. Su espíritu tiene muchas cualidades, pero también es egoísta, envidioso y rencoroso. Las Sibilas suponían un obstáculo para tu raza. Aún éramos pocos, pero, de seguir engendrando, la diosa Luna formaría un ejército de cientos más fuertes que mil hombres. Habríamos sido imparables, más aún con el apoyo de otras razas mágicas silenciadas durante mucho tiempo. Tu rey no podía consentir que el ser humano perdiera lo conseguido durante siglos. Los hombres habían gobernado sobre la tierra, amansado bestias y hasta llegado a islas surcando mares. Tu rey no iba a quedarse sentado mientras existieran unos seres superiores a él capaces de acabar con su reino de un soplido.

Me tensé al sentirme parte de algo tan despreciable y odié de nuevo con furor a Dowen y todo lo que representaba.

¿Hasta dónde podía llegar la avaricia de los hombres?

Pese a todo, aún me quedaba por conocer la otra parte de la historia. Las consecuencias de aquellas muertes que jamás podría borrar de mi cabeza. La imagen de las diosas blancas muriendo y ardiendo después bajo el fuego de las antorchas de los ciudadanos me perseguiría para siempre. El comienzo de una guerra que acabó con otros asesinatos aún peores.

Recordé los episodios que me habían relatado los ancianos de Ásum con ojos llorosos. Aquellas primeras matanzas de mujeres que habían llevado a las supervivientes a ocultarse en escondites oscuros en las montañas con la esperanza de no ser cazadas. La muerte de la madre de Redka y de muchas otras; ancianas, jóvenes, niñas. El relato de Missendra me apenaba, pero eso no los resarcía de sus propios pecados.

Cerré los ojos y noté una ira desconocida subiéndome por la garganta.

—Matasteis a las mujeres. No fuisteis mejor que él.

La emperatriz bajó la mirada y supe que aquella parte de la historia le desagradaba tanto como a mí.

—No, no lo fuimos. Nuestra parte humana fue la que primó entonces. Las diosas jamás hubieran luchado contra el destino, ellas conocían cómo eran los hombres que gobernaban estas tierras y sabían que aquel día, antes o después, llegaría. Pero, en cambio, la sangre humana de Lithae hace que el espíritu de sus hijos sea distinto.

Era cierto que aquellas figuras blancas no tenían nada que ver con los seres que yo había conocido. Arien, Missendra, Cenea…, y muchos otros con los que había comenzado a convivir y que distaban del espíritu etéreo de sus madres.

Me imaginé a una Missendra más joven y temblé. ¿Y si ella…? ¿Y si Arien…?

—¿Tú…?

—No.

—¿Y Arien?

Me sonrió con una melancolía que destilaba cierta decepción. Me estremecí.

—Arien era joven y un tanto inconsciente.

—¿Eso es un sí?

74

—Es una excusa para que él te responda las preguntas que le conciernen.

Pensé en la posibilidad de que Arien fuera uno de esos que habían asesinado sin remordimientos y quise llorar, pero me contuve. Ya había descubierto demasiado como para averiguar también que el Hijo Prohibido bueno y justo que me había salvado la vida en varias ocasiones contara a su vez con muertes sobre sus hombros. Sabía que había luchado; sin embargo, una cosa era defender a su pueblo y batallar con unas consecuencias que no podía controlar, como hacía Redka, y otra muy distinta matar a humanos inocentes que no pudieran defenderse.

Me había costado un gran esfuerzo, pero había llegado a aceptar que las manos de Redka estaban llenas de la sangre de aquellos que también luchaban. Era como un juego en el que debía elegir si la sangre derramada sería la suya o la de su enemigo.

No obstante, los asedios con los que la Gran Guerra comenzó fueron una caza masiva de inocentes que ni siquiera sabían levantar una espada.

—¿Quién decidió que así fuera?

—Entonces no teníamos emperatriz. Habíamos crecido bajo el ala de las Madres, en un entorno tan mágico y ajeno a todo que nos perjudicó cuando fue ese propio mundo del que se nos apartaba el que rompió la paz. Nunca habíamos salido de esa burbuja de felicidad ni tampoco nos habían preparado para una pérdida igual. Las Madres nos enseñaron mucho, pero no a gestionar emociones tan fuertes como las que se despertaron tras su muerte. Ziara, ni siquiera habíamos vivido aún una entre los nuestros… —Missendra sacudió la cabeza y sonrió con tristeza—. Tampoco nos permitieron defenderlas, y eso hizo que, al despertar de su encantamiento y averiguar lo sucedido, el agujero de dolor fuera aún más grande. Nos pilló desprevenidos, llenos de odio y con poderes y capacidades con los que devolver ese dolor. Así que...

—Lo hicisteis.

—Sí. Los hijos de más edad eligieron el camino directo. Mataron a madres delante de sus hijos. Arrasaron aldeas que no contaban con la protección real, familias de campesinos sin recursos que ni siquiera estaban al tanto de lo ocurrido. Personas inocentes con las que calmaban la sed de venganza por unos instantes, aunque al poco solo vieran su aflicción aún más alimentada. Pronto nos dimos cuenta de que no servía de nada. Además, lamentablemente, os necesitamos.

—¿Por qué? —pregunté sorprendida.

La mirada de Missendra se perdió en el horizonte.

—Nuestros padres tienen sangre humana. Desde que las Sibilas murieron no hemos sido capaces de reproducirnos entre nosotros. Por culpa de la guerra cada vez somos menos, Ziara, y los Hechiceros de Lithae son viejos y no ha vuelto a aparecer ninguno nuevo.

Esa revelación lo cambiaba todo y yo no sabía cómo sentirme al respecto. Una parte de mí había experimentado una alegría desbordante, era esa parte que los había odiado durante toda la vida y los culpaba; me resultaba muy difícil desprenderme de quien había sido hasta hacía poco tiempo. Sin embargo, otra parte, nueva e inesperada, había percibido un cierto desasosiego, porque en mi interior había aceptado que algo de ellos corría por mis venas, me había hecho ser quien yo era y ya les debía demasiado.

—¿Os extinguís?

«Nos extinguimos», corregí en mi mente, aunque ni siquiera sabía si aquella afirmación era o no correcta. De nuevo la sensación de encontrarme en un punto intermedio sin llegar a pertenecer del todo a ningún sitio.

—Es posible. Sin hombres no habrá nuevos Hechiceros y, sin ellos, nosotros jamás hubiéramos surgido.

—Tampoco las tenéis a ellas —dije sin intención de hacerle daño, solo necesitaba entender el origen de sus creencias.

—Nos faltan las Sibilas, es cierto, pero aún tenemos la esperanza de que el linaje de la Luna y su magia puedan seguir vivos, aunque sea de nuevas formas. Tú y yo somos una muestra de que quizá sea posible.

Missendra me sonrió con cierta inquietud y me estremecí al comprender lo que intentaba decirme. En ambas vivía la magia de la Luna, pero éramos dos seres diferentes dentro de su mundo. Ella, más hechicera que Hija de la Luna, y yo, medio humana. Vi mis dos razas como una espiral sin principio ni fin. Dos linajes enfrentados, pero también unidos por un origen que compartíamos y que nos hacía esclavos.

De pronto, mi papel en Faroa comenzó a cobrar sentido. ¿Era acaso aquello lo que deseaban de mí? ¿La posibilidad de dar vida a alguna criatura en cuya sangre corriera la magia de la Luna? ¿Para eso me habían estado buscando con tanto ahínco?

Me tensé y ella se percató de mi nerviosismo.

—No esperamos nada de ti que tú no quieras darnos, Ziara.

Tragué saliva y aparté la vista.

—Entonces ¿por qué estoy aquí?

—Porque tú también eres Hija de la Luna y era tu derecho saberlo. Igual que nuestro deber es ofrecerte un hogar, una familia y la protección que necesites. Eres la única posibilidad de futuro que conocemos.

Missendra jugueteó con una flor entre los dedos, pero no llegó a arrancarla, solo la rozó con dulzura y creí ver que sus pétalos se movían, como si le acariciaran la yema a su vez mientras ella los teñía de polvos de oro que brillaban más que sus motas de plata.

¿Serían mis manos capaces algún día de crear esa luz? ¿Sería mi cuerpo capaz de cargar con la responsabilidad de todo un linaje? Sacudí la cabeza para apartar aquel peso tan grande y me centré en todas aquellas preguntas que aún estaban veladas para mí.

—¿Y el concilio?

Sabía que Dowen se había visto obligado a firmarlo si quería que los Hijos de la Luna cesaran en su masacre. De no hacerlo, habría condenado a su raza a la posible extinción, Hermine no me había mentido en eso. Aunque no terminaba de comprender el porqué de que Missendra y los suyos le encontraran un sentido.

—El concilio nos llegó de manos de los Antiguos Hechiceros. Una guerra deja de tener motivos si ambos bandos pierden y tuvimos que encontrar una mano neutra que reestableciera el equilibrio.

—La profecía.

—Exacto. Egona anunció que el futuro se le había mostrado en sueños. Que nuestro mundo aún cabía en él, pero para que así fuera debíamos firmar lo que ellos consideraran. Nos presentaron las bases del concilio y aceptamos.

—Sé por qué firmó Dowen, pero ¿y vosotros? ¿Qué ganáis con él?

Missendra frunció los labios.

—No lo sabemos.

—¿Confiasteis sin más en la palabra de Egona? ¿Sin conocer el contenido de la profecía?

Sacudió la cabeza con desesperanza.

—Es lo único que tenemos, Ziara. Además, una parte del concilio os castiga, así que los que estaban a favor de la venganza también lo vieron con buenos ojos. El hechizo os esclaviza. Nos arrebatasteis el amor más puro, así que las uniones responden a un castigo. Nos robasteis la posibilidad de perpetuarnos, así que vosotros tampoco lo haréis por amor mientras la guerra continúe.

Tenía su lógica, aunque esta fuera un tanto cruel.

—Deberíais odiarme por ser humana, aunque también sea hija de Essandora —murmuré más para mí misma que para ella.

Pese a todo, la esperanza iluminó su mirada y su voz se tiñó de una ilusión que creí que nunca tendría cabida en una situación tan triste como en la que nos encontrábamos.

—Independientemente de lo que tú puedas hacer por el futuro de nuestro linaje, te vi, Ziara. En un sueño. En él, tú aparecías como la esperanza de todo Cathalian. Mitad plata, mitad humana. Te acercabas al trono de Onize y lo hacías cenizas con tus dedos.

—Eso no tiene sentido.

Sin embargo, un escalofrío me recorrió desde la nuca hasta los pies cuando me reveló su verdad, la misma por la que habían depositado su confianza en mí de un modo tan natural. Missendra había visto una imagen que no me era ajena. Una escena que, si bien no había entendido en su momento y que distaba un poco de la de la emperatriz, de repente cobraba una importancia sin igual. Recordé mi propio sueño, aquel que me había mostrado por primera vez a Redka, sus ojos fieros y los dibujos de su piel. Había salido de la Casa Verde descalza con mi camisón blanco, como una Sibila de la Luna, y había caminado hasta el comienzo del Bosque Sagrado. Allí, en un claro, rodeada de luz y de motas de polvo mágico, me había encontrado con una butaca blanca tan resbaladiza que parecía de hielo. Al rozarla con los dedos, el calor que desprendían la había convertido en agua.

De pronto, aquella ensoñación cobraba un significado, igual que lo habían tenido mis sueños anteriores.

No se trataba de una butaca.

Era un trono.

El trono del mismísimo Dowen de Cathalian.

Un trono que se desvanecía bajo mis manos.

Decidí ser cauta antes de compartir esa revelación con nadie. Apreté los dientes en un intento por controlar mis emociones desbordadas, y para evitar que la magia que habitaba en mí se liberase de algún modo que pudiera delatar mi inquietud frente a Missendra.

—Ya lo sé, Ziara. Sé que no tiene sentido, pero por eso estás aquí. Por eso te hemos estado buscando años, desde que Arien te perdió la pista en el claro de agua de la granja, porque debemos encontrar la razón de ese sueño. Y para ello, cuando estés preparada, tú y yo viajaremos a Lithae. Llevan años esperándote.

Contuve el aliento, impresionada ante la idea de que alguien como yo entrase en aquel respetado lugar que casi nadie pisaba. Solo quien fuera invitado por los Antiguos Hechiceros podía hacerlo.

—¿Cómo es Lithae?

Missendra sonrió ante mi curiosidad.

—Caluroso. Seco. Silencioso.

Asentí y noté de nuevo el miedo por no ser lo que todos esperaban de mí, aunque la emperatriz me obligó a apartar esos pensamientos de mi mente con un simple gesto. Se deshizo del guante y la quemadura apareció abultada y rojiza sobre su oscura piel. Una herida que yo le había provocado sin saber cómo. Fui consciente de que no solo era una marca, sino que la había dañado y eso sí que me aterrorizaba.

—¿Qué sucedió? ¿Cómo lo hice?

—No lo sé.

Alcé las cejas, sorprendida porque su incertidumbre fue visible y totalmente inesperada. Ella era la que tenía las respuestas, no la que lanzaba más preguntas.

—¿Cómo que no lo sabes? ¿No es una de vuestras capacidades?

Missendra negó con la cabeza y perdí ese equilibrio que creía que estaba recuperando al conocer la verdad sobre mi pasado; pero no, mi mundo volvía a desestabilizarse y se mostraba de nuevo incontrolable, imprevisible y desconocido.

—Eso es lo que no comprendo, Ziara. Sé que eres medio humana y por eso quizá tus poderes no sean exactamente como los de los demás Hijos de la Luna. Igual que sé que yo existo, diferente pese a ser parecida en apariencia a mis hermanos, y que eso nos abre un mundo de posibilidades, pero esto…

Giró su mano y observó con lentitud la carne quemada por el calor que había salido de la mía. Reparé en el temor que inundaba sus ojos, el mismo que había percibido cuando la chispa saltó entre nosotras y el medallón de piedra cayó sobre el suelo partido en dos. Un escalofrío me recorrió la espalda, un presentimiento desconcertante de que aún me quedaba demasiado de mí misma por descubrir y que, cuando lo hiciera, lo revelado no tendría por qué gustarme.

—¿Qué es lo que ocurre, Missendra? ¿De qué tienes miedo?

Apartó la mirada de su mano, un tanto turbada por mi franqueza, que dejaba al descubierto la vulnerabilidad de la emperatriz. Yo no aparté la mía en ningún momento. El temor ante ese nuevo secreto fue sustituido por una inquietud que necesitaba paliar. Noté un picor en la nuca y el corazón desenfrenado. También calor. Un calor que ella vio reflejado en el brillo de mis ojos al contemplar su palma dañada.

—De que la tuya no es solo magia de la Luna, Ziara.

—¿A qué te refieres? ¿Qué soy, Missendra? ¿Qué es lo que tengo?

—Lo desconozco. Solo sé que, mientras no lo averigüemos, debes mantenerlo en secreto.

Estiré las manos con las palmas hacia el cielo y las observé como nunca había hecho. Yo no era diferente. No era más que una chiquilla de pelo indomable y una curiosidad un tanto peligrosa, pero nada más. Tal vez había algo en mí heredado de Essandora, como esos presentimientos que me alertaban del peligro, pero era más humana que ninguna otra cosa y eso me hacía débil. Esa era mi única verdad.

No obstante, sentía una tirantez nueva en la boca del estómago. Unos hilos que me azuzaban en forma de calor y que acababan en la yema de mis dedos. Una llama apagada que se revolvía y chocaba con el frío de la piedra lunar que colgaba de mi cuello. Un espíritu desperezándose con cada bocanada de aliento.

Arien me esperaba sentado en la ventana de mi árbol. Encajaba con su forma circular como si su cuerpo se hubiera creado para ese molde. Su pelo oscuro destacaba bajo el brillo de la luna y sus ojos grises centellearon al verme. Siempre le sucedía. Desde el primer día que nos habíamos cruzado en el Bosque Sagrado había atisbado espirales bailando en ellos, pero, por fin, sabía que su presencia se debía a que para él yo era importante. Sangre de su sangre. Compartíamos un vínculo vital que era esencial para los Hijos de la Luna. En Faroa, el hogar lo era todo, y yo formaba parte del suyo.

—Has tardado.

—¿Cuánto llevas aquí?

—Aún brillaba el sol.

Sonrió y me senté frente al tocador para deshacer mi trenza. El alivio al soltarme el cabello fue reconfortante. A través del espejo, Arien me observaba con su confianza de siempre.

Desde el día que desperté en esa casa, él había velado por mí. En realidad, no recordaba ningún instante compartido con Arien en el que no hubiera sentido su protección. Pese al miedo infundido hacia los suyos, jamás lo había temido. Siempre había confiado en su palabra. La familiaridad que había despertado en mí cuando me subió de un salto a aquel árbol en el Bosque Sagrado debía haberme dado una pista de que compartíamos algo innato. Un instinto que, por mucho que desconociera, existía. Aunque una parte de mí recelaba. Quizá era más humana de lo que creía y saber que me había traído hasta Faroa por su propio interés había herido mi orgullo. Fuera por el motivo que fuese, lo había estado evitando y él había aceptado mi rechazo con infinita cortesía.

—¿Has descubierto ya lo que querías?

Dejé de cepillarme el pelo y nuestros ojos se cruzaron. Las imágenes se deslizaron en mi cabeza. Las Sibilas de la Luna. Mi nacimiento. La ejecución pública. El dolor de Essandora reflejado en mí. Mi madre adoptiva acogiéndome en una vieja cabaña. Las muertes innecesarias que Missendra no me había mostrado, pero que fueron la respuesta de los huérfanos ante el castigo de Dowen. Tanta maldad, tanto odio, tanta tristeza que quise centrarme en lo único bueno que había sentido en las visiones de la emperatriz.

—La he visto.

Su expresión se tornó dulce, triste y desesperanzada como jamás pensé que sería posible en un ser de tal fuerza.

—¿Has visto a Madre? —La necesidad de su voz me estremeció.

Podría haberle explicado que mis sentimientos resultaban contradictorios. Que en mi interior se estaba librando una batalla entre quien había sido, quien era y quien debía llegar a ser. Que descubrir mi origen me había supuesto más angustia que gozo.

Sin embargo, las únicas palabras que pude pronunciar fueron del todo inesperadas, aunque no por ello menos sinceras.

—Era... Era bellísima.

Él sonrió y su destello de plata llenó de brillo la habitación.

—Lo era, y no solo por fuera.

Recordé la imagen al completo, aquellos hijos de Essandora bailando a su alrededor como si ella fuese el eje de su mundo. Porque lo era. Por fin lo entendía.

—También te he visto a ti.

—Yo mejoro con los años —bromeó.

Sonreímos y me volví. Lo encontré a medio camino, arrodillado frente a mí. Sus manos acariciaron las mías y sentí una calidez especial en el pecho. Un sentimiento indescriptible que jamás me había despertado nadie y que no comprendía cómo podía nacer de un modo tan natural y visceral. No conocía a Arien, no había compartido con él más que un puñado de encuentros extraños que habían acabado en traición a mi raza y, pese a ello, mi corazón lo reconocía. No sabía si siempre había sido así o si sucedió en aquel mismo instante, pero Arien encontró un hueco dentro de él y se asentó para siempre.

—¿Quiénes eran los otros? —pregunté al recordar a los dos Hijos de la Luna que lo acompañaban en la visión de Missendra.

Sus ojos se velaron y su respuesta me golpeó antes de que le pusiera voz.

—En la guerra no solo matamos, Ziara, también morimos.

Alcé la mano y la posé en su mejilla. Palpé su desconsuelo. Su dolor, tan intenso que traspasó su piel y se fundió con la mía.

Los humanos no sabíamos nada sobre los Hijos Prohibidos. Ellos sentían tanto que ese sentimiento se convertía en tuyo, se transformaba en aire que respirabas y que se te colaba hasta que su emoción te pertenecía.

Me di cuenta al paladear su desesperanza de que Arien lo había perdido todo; que yo era lo único que le quedaba. Una ternura infinita me aturdió.

—¿Cuántos años tienes?

Se separó de mí y se sentó en el suelo con las piernas cruzadas como un chiquillo travieso.

—Cumplí doscientos treinta y siete el último invierno.

—Por los dioses… —susurré asombrada.

Él sonrió y lo observé maravillada. Porque su cuerpo era tan joven, su expresión tan aniñada aún… que costaba comprender que aquello fuera posible. Hasta eso me ayudaba a entender que cada raza se regía por sus propias reglas, incluidas las temporales, y los Hijos de la Luna parecían estar todos en el esplendor de la vida. Ya no había niños, tampoco adultos en la madurez, sino que todos habitaban una juventud eterna.

—Yo era el mayor de los tres. Essandora no tuvo más hijos puros. Las demás Madres procreaban constantemente con los Antiguos Hechiceros y los contaban por decenas, pero ella… —Sacudió la cabeza con decepción y su expresión se turbó—. Solía relacionarse más de lo debido con los humanos. Supongo que la magia es sabia y evitaba que nacieran híbridos.

Fruncí el ceño, porque aquella información volvía a no encajar con lo que sabía. Essandora ya me había contado que ningún híbrido había vivido en Faroa, pero eso no significaba que no estuvieran en otro lugar.

—Hermine me habló de los híbridos. Dijo que existían y no solo de humanos. Que los instintos de las Sibilas eran fuertes en luna llena y que solían dejarse llevar por ellos.

La tensión que envolvió a Arien fue palpable; su ira contenida; su frustración.

—¡Mentiras! Una más de tantas para moldear la historia al antojo de un rey miserable. La realidad es que, antes de ti, solo habían nacido tres híbridos de la Luna. Ninguno humano, ninguno fue aceptado en Faroa y, pese a que las Madres les buscaron un buen hogar, ninguno sobrevivió a los primeros años de vida. —Tragó saliva y contuve el aliento cuando posó los ojos en mí con su esperanza habitual—. Solo el cuarto. Solo tú.

En su mirada pude leer que se preguntaba por los motivos y que eso apoyaba nuevamente su creencia de que había algo diferente en mí. Preferí no pensar en ello y me centré en continuar aprendiendo no solo de un linaje del que sabía poco, sino también de Arien.

—¿Cuánto vivís?

—No lo sabemos con exactitud. Somos un linaje joven. El mayor de todos los Hijos de la Luna está cerca de los cuatrocientos años. Hemos muerto en la batalla, pero ninguno por viejo.

—Por los dioses…

—Pero somos pocos, Ziara. Eso limita nuestra supervivencia como especie. Más aún desde que ellas murieron. No ha nacido ningún Hijo de la Luna desde entonces.

Asentí con comprensión. Su preocupación era tan honda como su odio por las leyendas que los humanos se habían inventado sobre su raza.

—Me lo ha confiado Missendra.

—No podemos perpetuarnos con los Antiguos Hechiceros, nuestros padres, y entre nosotros nadie lo ha logrado nunca. —Suspiró con cansancio y su mirada se perdió en la ventana circular—. Algunos ven el fin de la magia de la Luna demasiado cerca y están nerviosos.

Me percaté de que todo se resumía en eso. Para los Hijos de la Luna la guerra había sido un modo de venganza, pero su principal razón para firmar el concilio y dejar de luchar no era otra que encontrar una salida para los suyos. Cuantos más murieran, sus posibilidades menguaban. Cuanto más tiempo pasara sin hallar una solución, su futuro se tambaleaba. Que yo fuera el origen de su esperanza me inquietaba, pero asumía que tampoco debía de ser fácil para ellos que fuera una humana.

—Siento lo que pasó con las siete Madres, Arien. Odio que la mitad de lo que soy forme parte de aquello.

—No eres culpable de la maldad de tu rey.

—Tampoco lo eran los que vosotros matasteis después.

Aparto la mirada y noté las lágrimas antes de que se derramaran. También supe que mis miedos habían sido certeros y que el Arien que tenía delante, el mismo comprensivo, justo y noble, en algún punto del camino se había visto nublado por el dolor y la necesidad de venganza. Sus manos estaban sucias. Sus remordimientos también brillaban en su mirada en forma de tormenta gris.

—No puedo cambiar el pasado, Ziara, pero sí que puedo luchar por ser mejor en el futuro.

Cerré los ojos y me imaginé las muertes que Arien cargaba a sus espaldas. Escuché los gritos, los llantos, la sangre salpicando hogares inocentes y la devastación provocada por el tornado fuerte y mágico en el que se convertía, descontrolado y capaz de arrasar con todo. Después los abrí y acaricié sus cabellos. Se había acercado a mí y lloraba en silencio.

—Te perdono, porque te siento aquí. —Me señalé el pecho con dos dedos—. No entiendo el motivo, porque apenas te conozco, Arien, pero lo noto.

Él sonrió y colocó su mano encima de la mía, donde latía mi corazón.

—Es el hilo. Ha despertado.

Asentí. No era la primera vez que oía que lo llamaban así. Una unión invisible que hasta ese instante no había percibido, pero que, de repente, me entrelazaba a Arien de un modo irrompible. Una trenza que unía a los Hijos de la Luna con su familia, formando una inmensa red que fluía hasta el origen que les dio la vida: las Sibilas de la Luna. La raíz cortada con la espada de Dowen que había convertido su hogar en hebras perdidas que buscaban un nudo que las mantuviera seguras de nuevo. Un nudo que creían que llevaba mi nombre.

Alcé los brazos para cobijarlo sobre mi regazo. Un hombre poderoso y mágico que se escondió en mí como un niño necesitado de la madre que un día le arrebataron.

—Eres mi hermano, Arien de Faroa. Haz que valga la pena.

Aquella noche, asumí quien de verdad era, por mucho que me doliera.

Aquella noche, abracé a Arien y me rendí.

VI
Redka

Me custodiaron cuatro guardias del ejército de Onize. No los conocía y ellos no mostraron indicios de saber que estaban encargándose de transportar a uno de los suyos, mucho menos a un superior. Seguramente, alardearían más tarde con una copa de licor en las manos de la misión que se les había encomendado; tal vez contarían la anécdota para que les facilitase levantar alguna falda esa noche; quizá se reirían y mentirían sobre cómo lloró y suplicó el comandante de Ziatak para que le perdonaran la vida.

Lo que aquellos cuatro ingenuos no sabían era que solo se delegaba una tarea delicada y de esa envergadura a soldados sin rango cuando cabía la posibilidad de prescindir de ellos después.

«¿Quiénes mataron al comandante de Ziatak?», preguntaría el rey, lavándose las manos como si mi apresamiento no respondiera a su orden. Sus nombres saldrían a la luz y sus muertes caerían en saco roto. De ese modo, de levantar sospechas o armas entre los míos por lo injusta de mi condena, mi muerte quedaría justificada por un malentendido o una revuelta con guardias primerizos borrachos.

Me sacaron de la cama de madrugada. Todo el mundo dormía y lo único que rompía el silencio de la noche eran nuestros pasos resonando por los pasillos. Me llevaron por un pasadizo oculto tras una estantería de la biblioteca hasta un cobertizo de los jardines. Me pregunté cuántos más habría, teniendo en cuenta que muchos otros no me eran ajenos. De allí caminamos a oscuras hasta Torre de Cuervo. Los murmullos horribles de la fortaleza negra se colaban por las grietas de los muros y convertían el viento en un silbido agónico. Me conocía la prisión de memoria, así que por el rumbo de sus pasos supe que nos dirigíamos a la Sala de la Verdad.

Sonreí al ver quién me esperaba al otro lado de la puerta. Dowen me observaba cauto pero desafiante. Vestía sus prendas de caza y, sin su corona ni su regia casaca, solo parecía un soldado más al que le habían encargado ocuparse de un preso.

Me empujaron hasta la Silla de Hierro; me dejé caer en ella y permití sin resistencia que los guardias me ataran. Las correas sajaban la carne al momento con sus bordes afilados. No quise pensar en cuánta sangre habrían derramado. Me esforcé por no recordar cuántos seres había herido yo sobre aquella mole de tortura.

Observé la estancia y lo hice como si fuera la primera vez. De algún modo, así era, porque jamás los ojos de un preso verían igual que los del soldado responsable de su tormento. La Sala de la Verdad era un pequeño cubículo de paredes húmedas y olor a podrido. Las ratas corrían por sus recovecos y solo contaba con un agujero en la parte central de su techo por donde se colaba un rayo de luz que iluminaba al pobre condenado que hubiera acabado

91

en su interior, y eso si consideraban útil dejarlo destapado. De sus paredes colgaban armas y látigos, pero la Silla de Hierro se ganaba todo el protagonismo y solía ser lo único que necesitábamos para que cualquiera acabara confesando entre súplicas. Su asiento estaba formado por dos superficies: una lisa en la que apoyarse que estaba llena de orificios por los que, solo con tirar de una cadena, otra de pinchos afilados se alzaba hasta tocar la carne. Las correas de brazos y pies eran dagas circulares en sí mismas, al igual que el cinturón que rodeaba el torso o el collar de espinas. Por alguna razón, su majestad había prescindido de este último. Casi debía sentirme agradecido.

Los guardias nos abandonaron tras un asentimiento del rey y nos quedamos solos. Compartimos una mirada eterna hasta que Dowen sacudió la cabeza y comenzó a caminar de un lado a otro de la estancia. Su expresión era nostálgica, y su voz, la de un orador experimentado.

—La primera vez que te vi tenías cuatro años e intentabas levantar una pesada piedra para impresionar a tu hermano. —Desconocía esa historia y no le oculté mi asombro—. No lo recuerdas, pero acudí a tu pueblo en busca de tu padre. Necesitaba ayuda para un asunto personal y era el único hombre en el que podía confiar. Era valiente, y no solo en el campo de batalla. Lo admiraba profundamente y habría dado mi vida por él.

Pensé en cómo había muerto mi padre, defendiendo al mismo rey de un ataque al castillo durante la Gran Guerra, y no pude contenerme. Comenzaba a ver sombras a mi alrededor y en la percepción de la vida que conocía.

—Podrías haberlo hecho. Él murió por salvar la tuya.

—Podría, es cierto, pero, de haber sucedido, tú también estarías muerto. Todos los que conoces lo estarían, incluida tu bonita esposa.

Tensé la mandíbula al pensar en Ziara y él lo notó; ya ni siquiera me esforzaba por ocultar que me importaba. Y tal vez Dowen tuviera razón, la vida de mi padre no valía más que la de cualquier otro soldado muerto en la batalla, pero eso no evitaba que doliera.

—Cuando me hablaba de su familia, lo hacía con un brillo especial en los ojos. Mi esposa y yo hemos sido condenados por los dioses a una vida sin hijos, así que no sabía qué era aquello que hinchaba su espíritu al pensar en vosotros. Os amaba, Redka. A tu madre, a Guimar y a ti. Todo lo que Valem de Asum hizo fue para ofreceros un futuro lleno de esperanza y paz.

Cerré los ojos e intenté apartar los recuerdos que me asediaban. Las noches sin dormir de mi madre, pegada a la ventana esperando su regreso. Las cicatrices curadas que quedaban visibles para siempre en su curtida piel, a la que tanto se parecía ahora la mía. Las que se ocultaban, pero que cubrían su mirada de un pesar que antes no estaba; esas que todos los soldados llevamos por dentro. Mi padre había sido todo lo que yo soñaba con llegar ser. Por eso estaba allí. Por él mi vida se había convertido en la suya, aunque viéndome atado en la Silla de Hierro me azotaba la certeza de que jamás estaría a su altura. Decepcionarlo a él era lo que más daño me hacía.

—Cuando murió, una parte de mí lo hizo con él. Declaré el estado de ataque permanente. Estaba lleno de odio hacia nuestros enemigos y ya no me importaba demasiado cuántos hombres pudiera perder.

Me crispé. La simple idea de que personas buenas cayeran por el dolor caprichoso de su monarca me despertaba una ira desmedida.

—Ese rey no era el que merecían.

Sonrió con condescendencia y percibí las correas de mis manos ciñéndose a mí con fuerza. La sangre se deslizó por mis muñecas hasta humedecerme los dedos.

—No, no lo era. Mi esposa fue la que me hizo entrar en razón. Todo hombre se merece una mujer como Issaen a su lado. Una que te enfríe los nervios. Una que mantenga tu corazón templado, no ardiendo.

—¿Estás intentando decirme algo? —pregunté tras su mirada elocuente.

Asumí que su descripción había sido más que acertada. Desde el instante en que Ziara se había cruzado en mi camino había desestabilizado esa parte de mí que hasta entonces había logrado mantener contenida. Con ella el equilibrio no existía, solo los extremos, algo totalmente incompatible con cómo debería comportarse un soldado.

—Esa chica… Supe nada más veros que no te convenía.

—El destino así lo quiso —respondí, esforzándome por mostrar una neutralidad que me era ajena.

—El destino no entiende de guerras.

Entonces fueron mis tobillos los que sintieron la carne rasurada, la tela desgarrada, las heridas abriéndose a la vez que lo hacía una parte íntima de Dowen. El rey se había quedado fuera de aquella sala y me encontraba frente al hombre que habitaba en él. Uno que había creído conocer, pero que me había tenido engañado. En realidad, estaba seguro de que nadie conocería esa versión, ni siquiera la dulce Issaen; nadie que siguiera vivo o que no compartiera ese despotismo con él, como el duque de Rankok. Por fin comprendía su estrecha relación.

—Cuando apareciste aquí años después, vi un muchacho lleno de ira. Ya no eras un niño, creo que nunca lo fuiste del todo. La guerra corría por tus venas, incluso sin haberla vivido en la piel. Pero le había hecho una promesa a tu padre antes de morir. Para mi sorpresa, el Hijo de la Tierra más admirable que había existido no deseaba que su hijo menor siguiera su camino. Quería otra vida para ti.

El sentimiento de pérdida me embargó con intensidad. Entendía por qué mi padre no deseaba esa vida para mí; una vida de muerte, dolor y soledad; una vida que yo tampoco querría para un hijo. No obstante, era la única para la que servía y con la que sentía que honraría su recuerdo y su muerte; la de todos los que había amado y que la guerra me había arrebatado.

—Él no podía decidir por mí.

—No, estaba muerto y tú ya eras dueño de tus pisadas, pero yo sí. Yo podía haberte mantenido fuera de esto, lejos de la guerra. Podía haberte regalado un ducado, un castillo o tu amada aldea de pescadores. Mujeres de vida alegre. Riquezas. Lo que hubieras querido.

—Jamás te he pedido nada —lo desafié con los ojos entrecerrados.

Él sonrió con una superioridad que me hizo de nuevo verlo desde un prisma distinto.

—No, ese es el problema. Eras un trozo de acero sin pulir. Ansiabas… ¡Ni siquiera sabía el qué! ¿Venganza? ¿Orgullo? ¿Vencer? No, era algo más. Deseabas honrar a tu padre, y el único modo que tenías era entregar tu cuerpo y alma al motivo de su muerte. A la que había sido su vida.

Aparté la mirada y lo odié con saña por el hecho de que supiera mirar tan bien a través de mí.

—¿Por qué rompiste tu promesa?

—Me mantuve convencido durante cuatro años. Cuatro años en los que estarías entrenando y a salvo en mis dominios.

Recordé al hombre con el que conviví en aquella etapa de mi vida, la preparación física extrema, las noches de lluvia y frío durmiendo a la intemperie, el dolor en lugares de mi cuerpo desconocidos; sonreí con mordacidad.

—El entrenador Roix no era una compañía muy segura.

—En realidad, sí lo era. Pensé que, bajo sus órdenes, huirías a Asum al tercer día, pero tu perseverancia y paciencia fueron admirables. Nadie ha pasado las pruebas que pasaste tú. ¡Ningún miembro de mi ejército se ha formado más de un par de meses, por los dioses! —Una carcajada reverberó en las paredes cubiertas de moho—. Bastante teníamos con ocupar las bajas en el combate, cualquier hombre con dos piernas y dos brazos nos servía.

—Lo sé. Ya lo sabía entonces. Fui el único que te entregó una cabeza de Hijo de la Luna.

Dowen asintió y entonces sí que vi, bajo su desprecio y furia por la situación, la admiración real que le despertaba.

—En ese momento asumí que eras imparable. Que lucharías, ya fuera para mí o para otros, así que tomé la decisión.

—Me diste un ejército.

—Así es. Y no me había arrepentido ni un solo día.

—No te di motivos.

No se nos pasó por alto que ambos hablábamos en pasado. Como si aquello hubiera cambiado. Como si la traición sobrevolara nuestros cuerpos y fuese obvia, pese a la ausencia de pruebas y a la decepción que, al aceptarla, nublaría la mirada de un rey que habría visto burlada su confianza.

El cinturón apresó mi torso y sentí un leve crujido en las costillas.

Sus ojos se oscurecieron.

Sus labios se convirtieron en una línea tensa.

Me pareció ver en él al guerrero que mi padre siempre me contó que podría haber sido, pero que se perdió por su sangre real en los pasillos de un castillo.

Su voz fue un susurro cargado de tangible desesperación.

—¿Dónde está tu esposa, Redka?

—No lo sé.

Dowen tiró de las cadenas y mi cuerpo se contrajo bajo el daño del metal en mi piel.

—¿Dónde se encuentra Feila de Rankok?

—Lo desconozco.

Escocía. El dolor por la carne lacerada pinchaba como si me clavara una daga lentamente. Dolía más que un cuchillo estocado en la espalda a traición.

—¿Cómo escapó el Hijo Prohibido de Torre de Cuervo?

—Aún no lo hemos descubierto.

La mandíbula de Dowen se tensó hasta marcarse como un látigo extendido bajo su barba. Su mirada cargaba una dureza que dejaba atisbar la rabia contenida hasta aquella noche. Yo lo estaba llevando al límite mientras él intentaba hacerlo conmigo para obtener información. Lo que el rey no sabía era que aún no le había mentido. Yo no conocía el destino de Ziara y Feila. Tampoco comprendía cómo había sido capaz el Hijo de la Luna de salir de la prisión más letal de Cathalian. Ni en qué punto ni por qué los tres se habían encontrado. Solo conocía la existencia de un collar que asociaba a Ziara con ellos. Un collar igual que el que durante años había cargado en mi morral por orden del mismo hombre que me estaba torturando impulsado por sus propios demonios. Uno que había visto colgado en el pálido cuello de mi esposa y que pertenecía a nuestros enemigos. Uno por el que, en vez de matarla, la había empujado a huir. Una que, en un impulso que agradecía, había escondido en mi bota antes de que la magia actuara y me hubiese llevado hasta aquella estancia.

—He sido un rey bueno contigo. Justo. Honesto. Te di armas, hombres y motivos por los que luchar. Di un sentido a la que parecía ser una vida solitaria y sin rumbo. Casi te traté como al hijo que nunca he tenido. Sin mí, jamás serías el hombre poderoso que eres hoy, Redka.

—Lo sé, y siempre te estaré agradecido.

—Entonces ¿por qué sé que me estás mintiendo?

Nuestros ojos se cruzaron en un reto silencioso. Había llegado el momento. De algún modo, entre palabras ya le había confesado que cargaba secretos, pero también que no saldrían de mi boca, de la misma manera que él me había dejado claro que si estaba allí no era por el ataque a Deril, sino por mucho más. Pese a ello, y aunque podría torturarme y condenarme a muerte, lo haría con la conciencia y las manos sucias —sin pruebas, solo con la sospecha—, lo que lo mataba por dentro. Una derrota, eso sentía Dowen mientras rechinaba los dientes y sus manos apresaban con desmesurada cólera las cadenas que me marcarían para siempre.

Busqué las palabras. Las escogí con tiento. Las saboreé mientras nos mirábamos sin parpadear y las dejé caer con un doble sentido que ambos aceptamos como el comienzo de una nueva guerra entre dos hombres que un día creyeron luchar juntos hasta el final.

—Dowen, eres un hombre sabio. Sé que elegirás siempre lo mejor para tu pueblo.

Noté el alivio momentáneo cuando sus manos soltaron las cadenas. Fue solo un segundo, antes de que sus dedos las rodearan con firmeza y viéramos el muro invisible que se alzaba entre ambos.

—¿Esa es tu única respuesta? ¿Una evasiva?

—Es lo único que puedo darte.

Su sonrisa fue de lo más mezquina y asumí cuál era el destino que se estaba escribiendo para mí.

—De acuerdo. Respeto tu decisión. Una última cuestión, Redka, ¿merece la pena perderlo todo por esa joven?

Entonces, la sonrisa que se dibujó fue la mía.

Olvidé que algún día tuvimos la confianza necesaria para hablarnos como amigos y me até a los formalismos con los que siempre me dirigía a él de forma pública.

—Issaen templa sus nervios, majestad. A mí Ziara me calienta el corazón.

—Eso siempre acaba en muerte.

Ahí estaba, mi destino.

Lo acepté frente a mi rey con la cabeza alta y sin miedo.

—No espero que lo entienda; solo le compadezco, majestad.

—¿A qué te refieres?

—Podrá ser el hombre más poderoso, pero ninguna corona le hará jamás sentir algo como eso.

Su expresión perdió parte del color y se volvió gélida. Comprendí de una vez por todas que el hombre en el que había confiado como la solución más segura para el futuro de Cathalian ocultaba mucho más de lo que creía. Lo que yo había visto como protección se me mostraba de repente como vil avaricia. Lo que había interpretado como decepción por mi comportamiento no era nada más que orgullo herido. Entendí que aquella pregunta que implicaba a Ziara no se debía al miedo a que mis sentimientos por ella pudieran hacerme tomar decisiones equivocadas, sino que respondía a un desprecio visceral.

Las correas provocaron que un aullido saliera de mi boca justo antes de que el rey al que había jurado lealtad y por el que habría dado mi vida, por el que mi padre perdió la suya, se quitara la máscara y me enseñase que era más bestia que hombre.

—Qué equivocado estás, Redka, si piensas que no conozco esa emoción; aunque te sorprendería lo que he sido capaz de hacer por mantener a salvo esta corona.

El dolor fue tan hondo que mi cuerpo se sacudió antes de que todo se volviese negro.

Abrí los ojos cuando el sol me calentaba la cabeza. El mediodía había llegado conmigo inconsciente aún atado a la Silla de Hierro. La misma que había soltado confesiones a lo largo de los años y que, para sorpresa de Dowen, conmigo no había funcionado.

Aunque sus armas sí lo hacían.

Tiré de las manos y la sangre reseca alrededor de las heridas me provocó un nuevo gemido. Los cortes se habían adherido al metal. Sabía que no eran tan profundos como para desangrarme; el rey había controlado su impotencia y furia sobre mí a tiempo de mantenerme con vida. ¿El motivo? Mi muerte valía algo más que sacarme de esa sala sobre una tela y quemar mi cuerpo en las profundidades de Torre de Cuervo.

Recordé nuestra conversación y que no me había preguntado por el ataque a Deril. Lo único por lo que podía enjuiciarme ni siquiera le importaba, y eso me confirmaba que aquel castigo se debía únicamente a la huida de Ziara.

Poco después, la puerta se abrió y me encontré con los mismos cuatro guardias que me habían custodiado hasta allí. Uno de ellos mostró una sonrisa perversa al comprobar las heridas de mis muñecas. No aparté los ojos de su mirada altiva hasta que la retiró, no sin antes quitarme las correas con una saña innecesaria que provocó que la sangre brotara de nuevo en algunos cortes. Comparé a esos soldados con los que me habían acompañado en mis días nómadas. También, con los que luchaban bajo el mando de Orion, el comandante de Iliza, y me di cuenta de que no se parecían en nada. Dowen se rodeaba de hombres que no entendían el significado del respeto para con sus iguales, esa complicidad natural que nacía entre los Hijos de la Tierra. En Onize la crueldad había pasado a ser parte esencial de un reinado que tambaleaba los cimientos de mi existencia.

Salí del castillo maniatado sobre un caballo y con una tela negra cubriéndome la cabeza para que no pudiera adivinar adónde me llevaban. Pese a ello, eran previsibles para mí y un tanto idiotas, ya que yo había aleccionado a muchos de los soldados después destinados a la fortaleza de Dowen en mis primeros años, y me sabía de memoria todos los itinerarios. Por el sonido de los cascos estábamos atravesando el sendero empedrado que nos acercaba a Yusen, Ciudad de Mercaderes, en Onize, al este del reino. El terreno arenoso que comenzamos a pisar casi una hora más tarde me lo confirmó. Nos acercábamos a la costa, así que solo había un destino posible. Uno de los favoritos de su majestad para hacer rodar una cabeza.

Cabalgamos en un silencio solo roto por el golpeteo de los caballos, hasta que nos detuvimos en un punto en el que la brisa nos traía el salitre de Beli y la humedad se convertía en sudor bajo el tejido de nuestras prendas.

Cuando paramos, noté un empellón en el costado que me obligó a dejarme caer del caballo. Percibí su orgullo ante la humillación de ver a un comandante en una situación así.

Me arrastraron hasta un suelo frío y húmedo. Allí, cualquier sonido quedaba amortiguado por el cobijo de las rocas.

—Redka de Asum, has sido condenado por su majestad Dowen de Cathalian. Se te castiga por haber incumplido tus deberes de comandante real y por la agresión al duque de Rankok. La pena es la muerte. Solo tu lealtad a la corona durante los últimos años como Hijo de la Tierra te exime de la vergüenza de una ejecución pública. ¿Quieres pronunciar unas últimas palabras?

Me quitaron la tela del rostro y reconocí el terreno en lo que conseguí acostumbrar la vista a la claridad. Mis sentidos no se equivocaban; nos encontrábamos en el acantilado oculto de Yusen. Un pequeño saliente al que se accedía por una gruta escondida en la maleza, destino de piratas en otros tiempos en los que lo adornaban con cabezas cortadas que podían atisbarse desde el mar. Uno de los lugares predilectos de Dowen para deshacerse de aquellos que lo molestaban o traicionaban. Y yo, sin duda, lo había hecho, aunque la decisión del rey de ejecutarme se debiera más a la furia por no tener pruebas para inculparme por deslealtad que por haber herido a Deril. El duque de Rankok solo había sido una pieza inesperada con la que el rey había ganado la partida.

Me clavaron el filo de una espada en la espalda para que me arrodillara. Lo hice y vi el mar de fondo por el hueco que se abría al otro lado de la cueva. Beli me saludó con su rugido furioso. Tenerlo tan cerca me recordaba a casa. Podría pensar que Dowen había escogido ese lugar para que mi última imagen fuera un horizonte que yo apreciaba, un detalle tras tantos años de servicio y confianza, pero lo conocía lo suficiente como para ser consciente de que se trataba de todo lo contrario. Quería que muriese sabiendo que jamás iba a volver a Asum y recordándome que había decepcionado a los míos.

Aquello me aseguraba de nuevo que no estaba allí por haberle clavado una daga al duque de Rankok en su flácido estómago, sino por las sospechas que me habían perseguido desde que Ziara y Feila huyeron con el Hijo Prohibido. Dowen sabía que le ocultaba algo, pero no tenía prueba alguna de mi culpabilidad, así que, con el ataque al duque, le había dado la excusa perfecta para poder condenarme. Maldita suerte la mía. Al final, yo había sido mi propio verdugo.

Me había creído inmune a su despotismo y había acabado como tantos otros, a punto de ser decapitado por una simple orden, sin siquiera poder defender mi posición ni limpiar mi nombre en un juicio justo.

Uno de los soldados escupió sobre mis botas y apreté los dientes. Eran jóvenes, arrogantes y, seguramente, más inexpertos de lo que pensaban. Lo supe por el brillo reluciente de sus armas y ropajes. Un error de Dowen que podían pagar muy caro.

—*Un soldado que se preocupa por encerar su armadura es presa fácil, porque deja de vigilar su entorno. No lo olvides nunca, Redka. Las botas sucias significan batallas ganadas.*

Las palabras de mi padre volvieron a mi cabeza. Sentí que me acompañaba. Era imposible, pero una parte de mí quiso creer que su espíritu estaba cerca y que me perdonaba por lo sucedido.

Volvieron a empujarme más al borde y me arrastré por la tierra hasta ver el principio de las rocas afiladas del Acantilado de las Cabezas Cortadas. La mía sería la próxima, y no como el trofeo de un pirata, sino por orden del mismo hombre que me había regalado un ejército por la amistad que tiempo atrás lo había unido a mi padre.

Pensé que, si este último hubiera podido verme, habría escupido sobre el trono de Dowen sin pensarlo dos veces. Los soldados no mueren así. Como un animal. Como uno de nuestros enemigos. Como un traidor a Cathalian. Los soldados mueren en la guerra, con el olor del acero lacerando su carne, con la sangre de otros mezclada con la suya entre los dedos, sobre la tierra.

«La tierra os vio nacer y sobre tierra moriréis».

Y el muy hijo de puta había ordenado que me hundiera en el fondo del mar.

Me reí entre dientes y una patada me dobló en dos.

—¿Qué te hace tanta gracia?

—¿De verdad quieres saberlo, soldado?

Sentí la tensión de los cuatro a mi espalda y sus manos sobre la empuñadura de sus espadas. La cuerda de las muñecas me tajaba la piel, ya de por sí dolorida. El olor a sal nos envolvía y recordé las noches en la playa de Asum entrenando con mi padre y mi hermano, cuando solo era un niño que ansiaba parecerse a ambos. Sin espada. Solo con mi cuerpo como arma.

—*Redka, un verdadero soldado es aquel que lucha con todo lo que es, sin necesidad de escudo y espada. Tú eres tu arma más valiosa.*

Cómo dolía cuando la sal de Beli cubría las heridas. Cómo amaba la sensación de gozo cuando lograba vencer.

—Habla, comandante. Abre tu bocaza una última vez antes de morir.

Pese a las desventajas, intuía que iba a ser bastante sencillo.

—Hoy Beli va a rugir de felicidad.

—¿Tan importante te crees como para que tu muerte honre a un dios pagano?

Sonreí.

—No, soldado, va a gozar porque su regalo de hoy no es una, sino cuatro cabezas.

Cerré los ojos y pensé en Ziara antes de levantarme de un salto y que mi cuerpo se convirtiera en acero puro.

VII

La primera vez que reparé en la vida de Beli tenía seis años y una espada de madera en la mano.

—¿Qué has hecho, Redka?

Guimar me observaba con expresión ceñuda. Mi pequeño escudo estaba hecho pedazos y flotaba bajo nuestras botas. No comprendía del todo cómo había ocurrido, pero la fuerza del agua se había alzado hasta romper sobre él y que los trozos volasen.

—Nada.

—No mientas. Los verdaderos hombres respetan la verdad.

Tensé la mandíbula y asentí. Yo era valiente. Yo era honrado. Yo aspiraba a ser un hombre a la altura de mi hermano y mi padre.

—Me he burlado de él.

El mar se sacudía contra las rocas. Me había acercado demasiado a ellas y había desafiado al dios Beli con mis armas de juguete. Jamás habría esperado obtener una respuesta.

—Nunca lances un desafío que pueda ser aceptado. No lo olvides.

Al día siguiente, papá me dijo que tenía un nuevo escudo para mí. Lo acompañé al establo sonriente, aunque mi expresión se borró cuando descubrí lo que me aguardaba: un pedazo de madera sin labrar y una daga.

—Cuanto antes comiences a tallar, antes lo recuperarás.

Me habían hablado infinitas veces del espíritu que habitaba en sus aguas. Tan poderoso que había marcado la vida de Asum, el fundador de nuestro pueblo y la única persona que había sido capaz de surcarlo más allá de las Islas Rojas. En Onize se consideraba un dios pagano, uno inventado por aldeanos que no merecía ser honrado. Para ellos, las historias sobre Beli no eran más que cuentos de viejos con los que asustar a los niños y mantenerlos a salvo de posibles ahogamientos. Pero nosotros creíamos en su fuerza. Era visible. Se sentía en la piel cuando te tocaba con su brisa salada. Cualquiera que pasara un tiempo cerca de su presencia acababa por aceptarlo.

Por eso, aprendí a respetarlo como merecía con las lecciones que me daban los míos.

La segunda vez que la vida de Beli se me manifestó, yo lloraba la muerte de mi padre. Unos meses atrás un mensajero nos había informado de que mi hermano había caído en la batalla. Muerto sobre un camino y abandonado en una ladera de las Tierras Altas junto a otros muchos cadáveres que nunca se recuperaron. Yo sabía que había perdido la vida del modo que él consideraba más honorable: como un auténtico Hijo de la Tierra que lanza su último aliento defendiendo a los suyos. Y poco después le había llegado el turno a mi padre. Había fallecido defendiendo al rey de un ataque en el castillo como un verdadero héroe y su muerte sí que había sido honrada y llorada en la corte.

Pese a ello, el dolor era tan intenso y la ira me había quebrado por dentro en tantos pedazos que solo hallaba consuelo en la idea de poder acompañarlos.

Caminé hacia el interior del mar, me dejé mecer por sus aguas y no luché cuando la corriente me atrapó y me llevó a su interior.

Tenía diez años y muy pocas ganas de vivir.

¿Qué me quedaba? Mi madre había fallecido en los primeros ataques. Mi padre y mi hermano también habían muerto. Hacía dos años que Syla había huido buscando refugio en los escondites de mujeres desperdigados por toda Ziatak. No tenía nada. Solo un caballo que también había sido tocado por la magia que tanto daño había provocado. Solo una soledad y un odio que me engullían y que acabarían por carcomer lo poco bueno que aún me latía por dentro.

Cerré los ojos cuando me hundí y permití que Beli hiciese conmigo lo que quisiera. Su respuesta fue muy clara y en forma de fuerte oleaje que me escupió a la orilla, y acabó igual que había comenzado, dando paso a una marea serena y suave.

La tercera fue cuando lancé los cuerpos de cuatro soldados por un acantilado y sentí su rugido de agradecimiento bajo mis pies.

VIII
Ziara

Aquel lugar no guardaba parecido alguno con mis recuerdos de la granja. No estaba rodeado de montañas ni contaba con un prado de alta hierba y flores anaranjadas. Tampoco tenía un establo, ni el tejado de la casa era negro ni su
puerta de cedro. Solo se trataba de una cabaña escondida
en la frondosidad de un pequeño bosque. Incluso con eso,
me agradaba saber que un día mis padres habían pisado ese
suelo; me calmaba sentirlos cerca como no había logrado en
todos los años que llevábamos separados, pese a que existieran muchas posibilidades de que estuvieran muertos.

Desde que Missendra me había mostrado mi pasado,
no había dejado de imaginar ese momento en el que Essandora me había entregado a los brazos de la única madre que recordaba. Aquella escena había transcurrido
apenas a unos metros del límite sur de Faroa, tan cerca
que podía llegar paseando.

Había interrogado a Arien sobre la cabaña, aunque
no había conseguido demasiado; por entonces los humanos

habitaban las Tierras Altas cerca de los Hijos de la Luna, pero estos no tenían interés para ellos. Él me había contado que había sido el hogar de un matrimonio de campesinos antes de que lo abandonaran. No tenían hijos y rara vez salían del bosque. Él cortaba leña que después cambiaba por alimentos en la aldea humana más cercana, y ella cuidaba de la casa y hacía queso y mermelada con el mismo fin. Habían dado por hecho que su huida había sucedido tras la ejecución de las Sibilas ante el miedo a ser atacados, y Arien nunca había pensado que pudieran ser los mismos que habitaban la granja en la que me había hallado años después. Pero intuía que para Essandora había sido distinto. Era el único sentido que encontraba a aquel abrazo entre ambas mujeres y a su secreto compartido.

No había podido evitar dirigirme allí en cuanto encontré un momento de soledad. Me adentré en el camino que llevaba hasta la entrada y contuve la respiración cuando el recuerdo de la escena estalló de nuevo en mi cabeza. Apoyé la mano en la puerta y la empujé, viéndolas a ellas: a una vestida de blanco con un bebé en brazos en un lado y a la otra, una campesina de vestido oscuro y mandil ennegrecido, al otro.

No obstante, la choza no albergaba nada que no fuera telarañas y polvo.

Mis pasos cautelosos hacían crujir la madera. La claridad que entraba conmigo dejaba ver los muebles de la estancia entre la penumbra. Una mesa rodeada por bancos, una cocina, una vieja alacena carcomida con restos de lo que un día fue una sencilla vajilla blanca. Una chimenea cubierta de cenizas que se mecieron levemente cuando la brisa se internó tras de mí. Había huesos de fruta resecos y una tinaja con la sombra oscura que pinta el vino en sus bordes sobre el azulejado de la cocina.

Era obvio que hacía muchos años que nadie pisaba aquel lugar.

Pasé los dedos por los cristales de la ventana. Dibujé una pequeña luna y, pese a la tristeza que me provocaba saber que un día había sido el hogar de mis padres y que habían tenido que abandonarlo por mi culpa, sonreí.

Al fondo, hallé un pequeño dormitorio. El armario estaba abierto y algunas prendas descansaban desordenadas en el suelo, como si alguien acabara de huir, pero no; había ocurrido hacía casi dieciocho años y lo habían hecho cargando un secreto envuelto en una manta.

Olía a cerrado, a humedad y a recuerdos de otros.

Les había arrebatado una vida y la culpabilidad me azotaba con fuerza.

Me paseé por el hogar vacío hasta que al atardecer una Feila cauta se asomó por la puerta y me encontró sentada al borde de la cama.

—Ziara, ¿estás bien? —Su preocupación me enterneció.

Incluso allí, en tierra de supuestos enemigos para ella, nos veíamos poco, aunque sí que había nacido entre nosotras una complicidad que antes no existía. Al fin y al cabo, nos unía algo que no compartíamos con nadie más en todo Faroa.

La miré sin ocultar la desazón que me acompañaba desde que había aceptado que no había nada entre esas paredes que me pudiera contar cuál había sido el destino de mis padres. Con la cabaña y la granja abandonadas, seguían siendo un par de puntos minúsculos en un mapa desdibujado. Toda mi vida lo era y sentía que daba pinceladas sin orden ni sentido alguno. Ni siquiera recordaba sus caras al detalle. Tampoco el nombre de mi padre, al que mi madre y yo nos dirigíamos siempre como «papá». Sentía que los perdía poco a poco, que los recuerdos se difuminaban y me daba pánico que un día desaparecieran del todo.

—¿Cómo me has encontrado?

—Arien me dijo que estarías aquí. —Sonreí ante la conexión con mi hermano; no le había confesado mi intención y, aun así, la había adivinado—. ¿Qué es este sitio?

Feila lo estudió con esa expresión que me recordaba a la de un cazador y me alegré de tener a alguien con quien compartir ese momento. No se trataba de Maie ni de Syla, pero sí del único enlace que me quedaba con la parte de mí que les correspondía a mis padres humanos.

—Esta cabaña perteneció a mis padres adoptivos antes de que nos marcháramos a la granja en la que me crie.

Ella asintió y después frunció el ceño.

—Siempre hablabas de tus padres cuando éramos pequeñas. Resultabas odiosa. Yo no recuerdo a nadie más que a Hermine. Nunca averiguaré de dónde vengo.

Sonreí sin poder evitarlo. Así era la Feila con la que había crecido y que tanto había echado de menos en el castillo de Dowen. En aquel instante, habría dado mis propios recuerdos a cambio de que ella pudiera crear alguno. Me di cuenta una vez más de las injusticias del mundo en el que vivíamos. Feila ni siquiera tenía un origen claro. Solo era una chica sin hogar que se había visto obligada a huir del único al que creía que estaba destinada. Solo era una Novia.

—Ellos me salvaron. Siempre pensé que me habían vendido por un saco de monedas, pero ahora sé que me protegieron todo lo que pudieron.

Así había sido. Había descubierto que mis padres me entregaron a las Ninfas Guardianas porque no existía otra salida. Ellos me habían ocultado hasta que el rastro de Arien las había llevado hasta mí.

—¿Qué relación tenían con Essandora?

—No lo sé. Nadie lo sabe. Missendra me ha contado que Essandora sentía fascinación por los humanos, así que quizá entablaron una relación amistosa.

—¿Dónde están?

—Ojalá lo supiera.

Tal vez fuera imposible averiguarlo, pero me prometí que haría lo que estuviera en mi mano para lograrlo. Siempre había soñado con reencontrarme con ellos. Volver a perderme en un abrazo cálido de mi madre; quizá decirle que, por fin, comprendía la tristeza de su mirada tras conocer la realidad del mundo que habitábamos. Preguntarle a papá qué fue de Flor y su ternero; bailar con él frente al fuego; abrigarme con una de sus prendas que olían a leña. Pero, por encima de todos esos deseos, ansiaba darles las gracias por salvarme la vida. No solo habían hecho eso, sino que habían tomado la decisión de protegerme y de llevarme con ellos en vez de entregarme de nuevo a los Hijos de la Luna, en cuyos dominios se estaba gestando una guerra. Me habían escondido de humanos y no humanos, regalándome el cobijo de un hogar que recordaba con la añoranza de una niña.

Me levanté sin más y salimos de allí. La noche se acercaba y nos traía un frescor que agradecí. Caminamos de vuelta a Faroa en un plácido silencio hasta que Feila lo rompió con una sonrisa tímida.

—Aún me cuesta creer que seas uno de ellos. ¿Qué sientes?

Medité su pregunta, porque no me había parado a analizar la situación de ese modo; estaba tan sobrepasada por todo lo descubierto que apenas había prestado atención a las sensaciones que comenzaban a despertarse en mí.

—No... No sabría explicarlo. No siento nada en especial, pero, a la vez, sé que hay algo que aún no he logrado comprender. Como cuando buscas una palabra y se te anuda en la lengua. Es una sensación parecida.

Feila asintió pensativa.

—Siempre supe que eras diferente.

—¿Por qué?

—Porque buscabas sin parar, como si supieras que había algo esperándote en algún lugar.

Y tal vez fuera cierto, aunque todavía no estaba segura de qué era lo que se esperaba de mí.

Aquella noche busqué a Arien. Fue la primera vez que era yo la que acudía a su lado y la sonrisa que me dedicó me confirmó que también se había dado cuenta. Comenzaba a aceptar los cambios de mi vida, a permitir que las piezas encajaran y a tomar decisiones. Una de ellas era la de dejarme llevar de nuevo. Así había funcionado en la Casa Verde y con un Redka que batallaba continuamente con mi ímpetu un tanto incontrolable. Asumí que desde que había puesto un pie en Faroa me había sentido más atada que nunca, sin más cadenas que las imaginarias que yo misma había enlazado en mis muñecas, y que había llegado el momento de hacerlas desaparecer.

Cuando más libre debía ser, más esclavo había sido mi comportamiento.

Mi hermano estaba tumbado en la hierba espesa que crecía bajo su árbol. Tenía las manos entrelazadas en la nuca y la mirada alzada al cielo. Parecía un joven confiado y no un ser mágico con las mismas preocupaciones que un soldado del bando enemigo.

Me senté a su lado y observamos la luna creciente rodeada de un manto estrellado. A cada día que pasaba su blanco era distinto; más intenso; con más matices que solo los ojos de sus hijos podían ver y que yo comenzaba a descubrir.

Con Arien me sentía bien. Tenía un poder reconfortante que me había esforzado por obviar, pero que ahí estaba, aportándome una serenidad que, en esa ocasión, no rechacé.

La piedra de mi collar lanzó un destello cuando la luna reflejó su luz sobre ella.

—Yo también tengo uno.

Ambos miramos mi colgante y compartimos una sonrisa cómplice. Allí había dejado de esconderlo.

—¿En serio?

—Todos lo teníamos.

«Todos».

Jamás me había parecido que esa palabra abarcara tanto. No se refería a su raza, sino a su familia. *Nuestra* familia.

Se me formó un nudo en la garganta.

Gracias a la visión de Missendra, había descubierto que el colgante había sido un regalo de mi madre, un recuerdo, pero no se me había pasado por la cabeza que pudiera simbolizar mucho más que eso: todos ellos constituían los pedazos de un hogar perdido.

—¿Por qué no te lo pones? —le pregunté mientras jugueteaba con el mío entre los dedos. Su rostro se ensombreció.

—Madre había sido asesinada, a ti te dábamos por muerta y mis hermanos fueron capturados y ejecutados poco tiempo después... Llevarlo dejó de tener sentido para mí. Me hacía daño.

Pese a que nuestras vidas no podían haber sido más diferentes, lo comprendía. Entendía lo que era que te arrebataran lo que más querías y, para Arien, aquel collar significaba un recuerdo constante de lo perdido.

Sin embargo, algo había cambiado.

—Conmigo aquí, podrías volver a lucirlo —susurré con una sonrisa tímida.

—Me encantaría.

Me devolvió la sonrisa con la esperanza pintada en su rostro y disfrutamos de un silencio cómodo, hasta que lo rompí poniendo voz a las incógnitas que aún abarrotaban mi mente.

—Si me daban por muerta, ¿por qué me buscaste?

—Essandora y tú estabais solas cuando la capturaron. —Su expresión se descompuso y supe que se sentía en parte responsable de lo sucedido—. La única posibilidad que se planteó fue que los humanos se deshicieron de ti, pero yo… sentía algo.

—El hilo.

—Sí, era muy fino y no se parecía a lo que había experimentado antes con los míos, pero percibía un pequeño latido, así que comencé a buscarte. No perdía nada por intentarlo, por lo que, aparte de luchar, fue lo único que hice en aquellos años. —Sonrió con aflicción por lo que suponían los recuerdos—. Hasta que vi a una pequeña niña de pelo rojo recogiendo flores en un prado al sur de Iliza. Esa misma noche te llamé con las luces. Tenías que ser tú, y no solo porque el latido se había fortalecido al verte, sino porque llevabas el collar. —La sonrisa se borró y se convirtió en una mueca—. No debí haberlo hecho, porque, igual que te encontré, te perdí.

Nuestro secreto se desvaneció entre los recuerdos a la misma velocidad que había aparecido, pues esa fue la última noche que pasé en la granja. Antes de que el sol se escondiera al día siguiente y pudiera volver a la cueva para reencontrarme con Arien, las Ninfas Guardianas llamaron a nuestra puerta.

No había sido una casualidad. Durante cuatro años había permanecido segura en la granja y, de un día para otro, conocía a un ser que hacía luz con sus manos y unos espíritus me sacaban de mi refugio para llevarme a la Casa Verde.

—Te vigilaban.

Arien asintió.

—Y aún desconozco el porqué. La única explicación es que las Ninfas Guardianas también te estaban buscando.

—Soy medio humana, así que es lógico que lo hicieran. Las niñas deben vivir en las casas por orden del concilio.

Para mi sorpresa, él sacudió la cabeza antes de que su mirada se perdiera en esas decisiones pasadas que habían cambiado mi vida.

—Sí, pero no funciona así. Ellas acuden al aviso de cualquiera que alerte de una humana, recién nacida o clandestina, pero no buscan de manera activa.

—¿Y eso qué diablos significa?

La seriedad de su rostro despertó mis sentidos.

—Solo se protege con tanto ahínco lo que tiene valor, Ziara.

De nuevo la creencia de que era valiosa. Comenzaba a enfurecerme ser el fundamento de un destino que nadie conocía.

—¿Consideras que raptarme y convertirme en una esclava es un modo de protección?

Arien frunció el ceño y la fuerza de su mirada me dijo antes que sus palabras que quizá estaba equivocada.

—¿Aún no lo entiendes? No podía haber un lugar más seguro para ti que la Casa Verde. Allí dentro y bajo la custodia del concilio, ni nosotros ni los humanos podíamos obtener nada de ti. No, hasta que la magia decidiera que era el momento.

Y ese momento había llegado de la mano de Redka.

De repente, mi mente evocó algo que había relegado a un segundo plano entre tantas preocupaciones. Recordé el collar idéntico al mío que había descubierto escondido en su morral. También su rostro descompuesto al descubrir que uno igual colgaba en mi cuello. Y su mentira al preguntarle de dónde lo había sacado.

Arien me había confesado que guardaba el suyo. El mío seguía adornando mi escote. ¿Y los otros dos? Cerré los ojos al digerir que había pocas razones, por no decir una, para que Redka contara con una de esas piedras que solo portaban los hijos de Essandora. Una razón que significaba la muerte de uno de mis hermanos.

El abismo que nos separaba crecía cada vez más y, pese a ello, seguía anhelándolo de un modo que me dolía.

Por las noches pensaba en él. Recordaba la aspereza de sus manos. El olor a tierra, sol y acero que siempre lo acompañaba. Las arrugas que entrecerraban sus ojos cuando sonreía. La calidez que su voz despertaba en mi estómago. Las sensaciones; intensas, embriagadoras, únicas. El beso. Pensaba en el beso y sentía fuego en cada parte de mi cuerpo. Un calor abrasador que me envolvía y que, tal y como aparecía, se disolvía poco a poco hasta dejar la estela de un cosquilleo. Y después… Después recordaba la decepción en su mirada, la traición que ambos habíamos cometido, el dolor asociado y la venganza en la que nuestras vidas se mecían; todos esos sentimientos me despertaban a una realidad en la que él no tenía cabida.

El sueño nubló a Arien, que se despidió de mí con dulzura antes de subir de dos saltos a su casa. Yo me quedé allí un rato más, disfrutando de la tranquilidad de Faroa y asumiendo que a cada instante era un poco más mía.

Suspiré y contemplé el anillo de tinta de mi dedo. En la parte interior izquierda, comenzaba a desdibujarse.

IX

Los días pasaron y mi adaptación a Faroa se convirtió en un hecho. Missendra me había dejado el tiempo y el espacio suficientes para acostumbrarme a sus gentes y asimilar mi origen y todo lo que había descubierto. Incluso con eso, había que avanzar, porque la vida lo hacía y mi posición allí no era la de una invitada sin nada que hacer más que disfrutar de aquel entorno de cuento.

No había tardado en averiguar que las intenciones de los Hijos de la Luna no eran las que nos hacían creer a los humanos. Las mentiras habitaban en cada rincón del reino. Se habían asentado tanto que ni siquiera los hombres expertos en guerra conocían su alcance y vivían esos engaños como una verdad por la que batallar. Pero los hijos de las Sibilas no deseaban tierras. Tampoco ansiaban un poder que nunca les había pertenecido. Solo anhelaban proteger el futuro de su raza, justicia por lo perdido y que los Hijos de la Magia vivieran en libertad. Una libertad que les había sido arrebatada por la vileza de un rey al que debían derrocar para recuperarla. Un motivo que me parecía sensato y lógico, pese a todo lo acontecido.

Por todo eso, me había rendido a su objetivo. Una parte de mí había luchado por creer lo que me habían enseñado que era justo, pero, al final, había caído, porque en mi interior sentía que luchar contra Dowen era lo correcto. Casi lo había sabido desde el momento en el que lo conocí, aunque fuera desde su propio bando. La historia que Missendra me había contado, las imágenes que había visto, los esclavos que vivían bajo su yugo en la fortaleza de Onize, las torturas de Torre de Cuervo, la inocente y hermosa Leah y sus alas rotas… Cada detalle, cada instante, había encendido en mí una llama de odio por Dowen que, después de lo descubierto en Faroa, ardía como la mayor de las hogueras.

Fuera como fuese, y por el bien de todos los que conocía, su reinado de terror debía terminar.

Sin embargo, eso no significaba que quisiera luchar contra Redka. Él y sus hombres, Asum y sus gentes, las Novias encerradas en aquellas casas de cristal, todos ellos seguían latiendo con fuerza en mí y me despertaban una emoción cálida e inmediata de protección.

Cuando eso sucedía, intentaba pensar en el rey en otros términos y me decía que, tal vez, hubiera más de una solución. Derrocar a Dowen no podía ser el objetivo, si eso conllevaba pasar por encima de su ejército. Ansiaba encontrar otras salidas al entendimiento que no acabaran en muerte.

Pese a todo, era una obviedad que la guerra se acercaba. La inquietud se palpaba en todos los habitantes de Faroa y su preocupación me pesaba como una losa, porque seguía preguntándome qué podía aportar yo a aquella lucha.

—Debes conocer tu magia, Ziara —me dijo Missendra una tarde—. Si no la conoces y la aceptas como parte de ti, no sirve de nada.

Tras ella vi el rostro burlón de Cenea y tuve un mal presentimiento.

—¿Y eso qué significa?

—Cenea te instruirá. Necesitas preparación física y habituarte a nuestros poderes. Debemos estar preparados para lo que viene.

Nos dejó solas y noté un nudo en la boca del estómago.

Cenea me llevó a una zona apartada, una explanada junto a un valle a las afueras de Faroa donde nadie podía interrumpirnos. Como siempre, su actitud era altiva y distante, si bien había comenzado a intuir que no se debía a mi condición humana, ya que la había visto charlar de forma amistosa con Feila en varias ocasiones, sino, simplemente, a que desconfiaba de mí.

—Vamos, no tengo todo el día —me apremió con tirantez.

Aligeré mis pasos, aunque, a su lado, me sentía menos ágil y más torpe que nunca. Su expresión era tensa y observó el terreno con detenimiento antes de frenar y ordenarme que me quedara en un punto en concreto. Obedecí y me coloqué donde me había señalado. Ella se alejó unas zancadas y se giró hasta quedar frente a mí.

—¿Y ahora qué? —le pregunté. Mi ingenuidad la hizo sonreír.

—Ahora es cuando empieza lo divertido.

Estiró la mano y me lanzó una bola de luz.

Me incorporé y escupí sobre la tierra. La boca me sabía a metal y los brazos me temblaban tanto que no aguanté mi peso y toqué de nuevo el fango con la frente. Era una tortura.

—Ziara, levántate. Das lástima.

Alcé la cara solo para fulminarla con la mirada. Cenea, sentada en una roca con aire despreocupado, sonreía mientras se limaba las uñas. Tan ágil. Tan liviana. Tan letal sin el más mínimo esfuerzo. Su mirada afilada me decía que estaba disfrutando con la misión que le había encomendado Missendra. Porque me odiaba. Si lo había sospechado en algún momento, ahora tenía pruebas de sobra que lo corroboraban.

Era el quinto día de entrenamiento y yo sentía que no había aprendido nada más que nuevas formas de experimentar dolor. Pese a ello, Cenea no flaqueaba.

—¿No te has divertido ya lo suficiente? —le pregunté con un gemido que no pude controlar.

—¿Crees que esta es mi idea de pasar una tarde agradable?

Conseguí ponerme en pie y ella reanudó su juego.

Recordé las hadas que Arien había creado para mí cuando solo era una niña, aquellas estrellas de plata que flotaban con suavidad y que solo podían transmitir dulzura y bondad. Qué equivocada había estado. Qué ingenua había sido por pensar que aquella luz era un regalo de la magia y no un arma.

Cenea estiró la mano y un pequeño tornado de bolas de luz salió disparado hacia mi cuerpo. Lo esquivé a duras penas tirándome a la derecha. El costado me quemó al rozar la tierra, pero prefería esa leve desazón antes que aquel torbellino me tocase de nuevo. Ya había comprobado lo que podía provocar la magia de la Luna en piel humana. El dolor había sido tan profundo que me había mareado y perdido la conciencia por unos instantes, los justos para recuperar la cordura antes de que ella me atacara una vez más. No quería pensar en los moratones que decorarían mi cuerpo cuando me desnudara por la noche.

Desde el primer día había aprendido que Cenea era implacable. Cuanto más me quejaba yo, más rápido actuaba ella. Así que, por mucho que me costara callarme y no lanzarle improperios, sabía que lo sensato era mantenerme en silencio.

No comprendía muy bien qué esperaban de aquellos entrenamientos. Jamás sería tan rápida y fuerte como ellos. Sí, una parte de mí tenía magia aún por trabajar, pero mi cuerpo era humano. Un molde que nunca había sido preparado físicamente para la guerra; solo era una esposa. Con la cabeza enterrada en el fango me di cuenta de que tenían razones para no creer en mí.

—Deja de compadecerte.

Alcé la cabeza y me encontré con Cenea arrodillada a un palmo de mi dolorido cuerpo. Llevaba los ojos pintados de una masa blanca brillante. Estaba tan bella que me enfadé, aunque no tuviera sentido. Me sentía desdichada, irritada y decepcionada, pese a que yo fuera el centro de todas esas emociones. Así que fui incapaz de frenar el veneno de mis palabras.

—Estás preciosa. Muy acorde con tu tarea.

Percibí un pequeño arrobo ante mi halago, pese a que estuviera envuelto en sarcasmo. Si no fuese porque Cenea en aquel momento me recordaba a una bestia sin corazón, habría dicho que estaba nerviosa y que su aspecto tenía la intención de sorprender a alguien.

Retiró un mechón de pelo pegado a mi frente por el barro y me susurró con una voz enronquecida que ponía el vello de punta:

—No voy a decirte que puedes hacerlo. Jamás escucharás de mis labios que has nacido para luchar, *humana*. —No me pasó desapercibido su tono despectivo ante la mitad de mis orígenes—. No voy a darte fuerzas, pero, si es verdad lo que dice Missendra de ti, vas a necesitar mucho más que el apoyo de una hermana. Necesitas ser tú quien crea que es posible.

Asentí agradecida y me invadió tal cansancio que se me humedecieron los ojos. Antes de que las lágrimas tomaran forma, Cenea recuperó su mirada autoritaria y me hundió la cabeza en el barrizal.

Abrí los ojos y tardé unos segundos en enfocar la vista. Tenía la boca seca y no había una parte del cuerpo que no me doliera. Intenté moverme, pero sentí como si me clavaran agujas bajo la piel y ahogué un sollozo. Seguía sobre el barro. Recordé el último golpe de Cenea, el que lo había convertido todo en oscuridad y me había hecho caer para no levantarme.

Cada tarde, sucedía lo mismo. Cuando mis fuerzas se agotaban, desfallecía y después me despertaba en el suelo terroso, malherida y sola. Me levantaba y caminaba con paso tembloroso. Si me cruzaba con algunos Hijos de la Luna, ellos me saludaban como si mi estado fuera normal y continuaban con sus asuntos. Subía a mi árbol y me dejaba caer sobre la cama. Algunas veces, Feila aparecía y me ayudaba a asearme. Otras, simplemente, cerraba los ojos y me rendía al sueño.

No obstante, aquel día, antes de llegar a mi casa, oí unas voces que conocía bien y no pude evitar apoyarme sobre el tronco de un árbol a descansar, mientras su conversación llegaba nítida a mis oídos.

—Jamás he desconfiado de tu palabra, Missendra, pero asume que estamos en un callejón sin salida. Los ataques de Dowen persisten y no podemos permitirnos más bajas.

—Lo sé.

—¿Y qué pretendes que haga con ella? Solo es…

Cenea se calló y Missendra suspiró cansada.

—Sé que solo es una humana. Solo es una joven con menos magia que cualquiera de nosotros, eso también lo sé. Pero es lo único que tenemos. La plata corre por sus venas y puede engendrar, Cenea. Por no hablar de la promesa que nos hizo Egona y de lo que yo vi en sueños. Ziara es valiosa. Es importante. Es nuestra única posibilidad de futuro. —Cenea suspiró—. Eso, si no la matas antes.

—Es terca. Viviría solo para molestarme. —Compartieron una risa cómplice—. ¿Cómo ha ido la asamblea?

Arien me había contado que algunos miembros de Faroa se reunían de vez en cuando para tratar asuntos comunes. No dejaban de ser un ejército, a su modo, y como tal debían organizarse y concretar objetivos.

—Se rumorea que Dowen ha lanzado un desafío a las cloacas. El que le entregue al Hijo de la Luna fugado o a cualquiera de las dos humanas recibirá una suculenta recompensa.

—Por la Madre Luna… —No sabía de qué hablaban, pero la reacción de Cenea me provocó un escalofrío y apreté las uñas contra la corteza—. Si lo deja en manos de saqueadores y criminales es que de verdad le importa.

—Está enfadado, de eso no hay duda, lo que hace la situación más inestable aún.

—¿Cómo ha influido la huida en palacio? —preguntó Cenea preocupada.

Hasta ese momento, no me había planteado que ellos pudieran tener información al respecto. Los nervios se asentaron en mi estómago. Ansiaba saber, pero a la vez una parte de mí, cobarde y vulnerable, pensaba que era mejor seguir hacia delante sin conocer las consecuencias de mis actos en aquellos que apreciaba. No sabía si estaba preparada para descubrir qué había supuesto mi huida para Redka.

—Nuestros informadores afirman que la tensión es máxima —dijo Missendra—. Dowen desconfía hasta de su sombra. También ha perdido a varios hombres de Iliza en una emboscada en la frontera.

—¿Qué ha ocurrido en Iliza?

—Atacaron a nuestros vigías del sur, pero no consiguieron más que volver con unos cuantos cadáveres sobre sus caballos. Nada nuevo. Aunque nunca podré echarles en cara su perseverancia.

Cenea chasqueó la lengua y la emperatriz bajó la voz para susurrarle una nueva confidencia.

—Y eso no es todo… El duque de Rankok ha sido brutalmente agredido.

Abrí los ojos por la sorpresa y noté que mi respiración se aceleraba.

—¿Enemigos de la corona?

—No, ha sido el…

—¡Dios, Ziara! Pareces un ogro de las montañas.

Feila apareció de la nada y di un respingo. La agarré del brazo y fingí estar desorientada para alejarme de Missendra y Cenea y que no descubrieran que había sido testigo de su conversación.

—Necesito que me ayudes a subir.

Feila me observó de arriba abajo y sacudió la cabeza.

—No sé si estoy de acuerdo con estos métodos de enseñanza.

—No seré yo quien contradiga a Cenea.

Ella sonrió y me sirvió de apoyo para ascender por la escalera hasta la copa de mi árbol. Según subíamos oí unas últimas palabras, como un eco que no estaba segura de si en verdad había existido o había sido producto de mi imaginación.

—Ella no puede saberlo.

Ya dentro, me senté en la cama y Feila comenzó a desvestirme con cuidado. La vi coger un cuenco con una pomada que me había entregado Missendra y cuya magia aceleraba la curación, aunque no siempre era suficiente. Me limpió con calma las magulladuras y las cubrió con la crema.

—Cenea no tiene corazón —gimoteé dolorida.

Para mi sorpresa, Feila se rio y sus ojos brillaron.

—En realidad, no es tan mala. Solo quiere que estés preparada.

—¿Te lo ha dicho?

—No me hace falta. Ella es... Es diferente.

La miré asombrada y percibí un sonrojo inesperado en sus mejillas.

—Feila, no...

Negó con rapidez y se levantó para darme la espalda. Aun así, pude atisbar su reflejo en el espejo del tocador. Parecía nerviosa, aunque también ilusionada. Me percaté de que la dureza que siempre la acompañaba se había diluido bajo otras emociones liberadas.

—Siempre había creído que había algo mal en mí, Ziara. Lo que yo sentía... no tenía cabida dentro de los muros de la Casa Verde. Y nos enseñaban que el amor era algo oscuro, una cárcel, una emoción prohibida. Pero aquí... Aquí el amor es otra cosa. Aquí es una emoción libre, preciosa y que nadie juzga.

Sonrió con una dulzura nueva y sentí una presión en el pecho. Se volvió y me ayudó a ponerme el camisón. La observé en silencio y recé por que jamás volviera a sentir la desdicha de un corazón enjaulado.

—Supongo que Cenea tiene su encanto.

Feila se mordió el labio hasta que no aguantó más y rompió en carcajadas que se mezclaron con las mías.

Aquella noche, me dormí con una inquietud anidada bajo la piel y las palabras de Missendra me acompañaron hasta el amanecer.

«Ella no puede saberlo».

Desconocía lo que abarcaban, pero sí tenía el presentimiento de que hablaban de mí.

X
Redka

Yusen olía a pescado podrido y a sudor condensado bajo el sol. Pese a sus similitudes con Asum, aquella ciudadela de mercaderes no se asemejaba a mi hogar más que por la presencia de Beli.

Me mezclé entre sus calles estrechas y empedradas con el resto del gentío.

Aún percibía el aroma de la sangre ajena en mi cuerpo. Me había limpiado a conciencia en las aguas del mar, pero, aun así, el regusto metálico de los fluidos de los soldados no me abandonaba ni siquiera días después. Supuse que jamás lo haría. Como tampoco lo habían hecho las demás muertes que cargaba a mis espaldas. Cada enemigo caído bajo mis manos había dejado en mí algo para siempre. Una partícula de polvo sobre los hombros. Una esquirla de hueso clavada en la piel. Una gota de sangre imposible de limpiar. Ese era el inconmensurable peso de la muerte cuando te convertías en verdugo.

Mis heridas eran visibles. Habían comenzado a curarse gracias a un bálsamo que había conseguido a cambio de mi cinturón, pero aún tenía las muñecas enrojecidas y la carne abultada y dolorida por las torturas de Dowen. Las botas, llenas de rasgaduras, se me clavaban a cada paso en las llagas de los tobillos. Durante la pelea, uno de los soldados me había partido la nariz, que no me había dejado de latir, hinchada y amoratada para los ojos de cualquiera que me mirara, pero aquello me había salvado; junto con la suciedad de mi pelo y mis ropas, mi imagen estaba muy lejos de la de un comandante.

Imaginaba que ya se habría alertado de la ausencia en la corte de los cuatro guardias. Dowen aceptaría lo sucedido y taparía las muertes con sus mentiras, pero eso no evitaba que mi rostro hubiera pasado a formar parte de una lista en la que nadie jamás querría ver su nombre escrito. A esas alturas ya se ofrecería una riqueza incalculable a cualquiera que le entregara mi cabeza en una bandeja. Y ya no me protegería mi título de Hijo de la Tierra. Ya no me eximiría de la humillación pública. Jamás tendría la posibilidad de demandar un juicio justo. Después de lo que el rey me había obligado a hacer, la inmunidad no existía y mi vida estaba a la altura de la misma escoria que llenaba las profundidades de ciudades grandes como Yusen.

Ladrones. Asesinos. Piratas. Coleccionistas de cuerpos y mercaderes de hechizos. Brujería. Magia prohibida. Ratas callejeras que vivían escondidas y entre la miseria que les permitía su propia maldad. Carroñeros que formaban lo que en la corte llamaban «las cloacas».

En eso se había convertido mi vida. Desterrado a un mundo habitado por todos aquellos que había capturado y condenado en el pasado bajo el estandarte real.

Pese a todo, no debía preocuparme demasiado por Dowen. Cualquiera podría reconocerme antes y cortarme la piel a tiras. Había logrado sobrevivir durante días escondido en callejones y comiendo junto a mendigos de las sobras que encontraba en el suelo cuando el mercado terminaba, pero aquella situación no sería eterna. Antes o después, alguien me reconocería y mi futuro pendería de un hilo.

Necesitaba desaparecer.

Necesitaba que Redka de Asum muriese.

Necesitaba encontrar al Hombre de Madera.

XI
Ziara

La tarde siguiente, miré a Cenea con otros ojos. Después de la revelación de Feila, era inevitable. Estaba sentada con las piernas cruzadas mientras me obligaba a mantener los brazos estirados frente a ella. Me temblaban tanto que dudaba que fuera capaz de volver a usarlos jamás.

—¿Qué utilidad tiene hacer esto?

—¿Cuestionas mis métodos?

—No osaría. Solo me pregunto…

Me lanzó un puñado de bolas de plata y me caí de espaldas. Apreté los dientes hasta que el dolor pasó y me incorporé. Ella me observaba con arrogancia. De no saber que era una Hija de la Luna, habría jurado que estaba endemoniada.

—La fuerza es indispensable, Ziara. Tus brazos son de paja. Necesitas fortalecerte para poder soportar el peso de la magia. No solo la que alguien pueda lanzar contra ti, sino también la que tú seas capaz de crear.

—¿Y cuándo vamos a pasar a esa parte? Empiezo a pensar que no soy más que un pasatiempo para ti.

Suspiró con paciencia, se levantó y se limpió la arena pegada a los pantalones.

—Cuando demuestres respeto por lo que eres.

Me fulminó con su mirada más letal y se alejó con paso firme. Sin embargo, antes de que desapareciera de mi vista, no pude contener unas palabras que quizá no me incumbían, pero que fui incapaz de callar.

—Se la ve feliz.

—¿Qué?

Se volvió y entrecerró los ojos. Noté que su respiración cambiaba al pensar en Feila. Me miró con recelo, aunque con cierto pudor, una emoción que aún no había visto en ninguno de los suyos.

—No sé qué hay entre vosotras, solo sé que aquí es feliz.

—Nadie lo merece más que ella —murmuró con voz dulce.

—Pues, entonces, deberás empezar a respetar tú también lo que ambas somos.

Alzó una ceja y le sonreí. Aún no sería capaz de devolverle sus golpes, pero acababa de darle uno invisible que le dolía más que ninguno.

Cuando Cenea se marchó, me di cuenta de que era el primer día que no acababa desfallecida sobre el barro. Me dolía el cuerpo y seguía pensando que había torturas menos duras que sus entrenamientos, pero sentí una satisfacción nueva al levantarme y comprobar que mi estado no era tan lamentable como los días anteriores.

Decidí aprovechar para asearme a conciencia y esta vez sin la ayuda de nadie. En Faroa no usaban bañeras, por lo que me dirigí a la punta más al norte, donde se encontraban los baños naturales de agua templada. Se trataba de un laberinto idílico de grutas en el que perderse y limpiar no solo la suciedad, sino también las penas en soledad. Una de aquellas pequeñas charcas era la que había visto en las imágenes que Missendra me había mostrado.

Pasé por el claro de agua en el que había nacido y continué hasta el más lejano de todos. A mi paso, vi a algunos Hijos de la Luna descansando en medio de su propio aseo, pero ninguno dirigía la mirada a los otros. Había un respeto implícito por la intimidad, así como una naturalidad ante el desnudo que me azoraba sin remedio. Mucho más, cuando dejaba atrás a amantes desatando su pasión en alguno de esos escondites de roca.

Arien me había contado que los Hijos de la Luna que no compartían madre se relacionaban entre sí, aunque no de igual modo que lo hacíamos los humanos. Ellos no creían en un solo vínculo, sino que podían mantener varios al mismo tiempo. Me costaba comprender que aquello fuera correcto, pero después de verlos convivir a todos en armonía, aunque cada noche compartieran una alcoba distinta, y de ser testigo de los sentimientos de Feila y Cenea, había abierto los ojos a otra realidad que se me había negado. ¿Y si el amor era tan moldeable como cada ser necesitara? ¿Y si no entendía de leyes, razas ni destinos escritos?

Me quité las prendas húmedas y las dejé caer. Me sumergí en el agua, notando punzadas de dolor según esta me rozaba. Rayos de luna se colaban por los agujeros que las piedras abrían al cielo en algunas zonas. Eché la cabeza hacia atrás y pensé en Redka de forma inevitable. Quizá para los Hijos Prohibidos el amor fuera una cosa distinta a lo que yo conocía, pero, para mí, era él. Solo él.

Me froté las piernas con una flor de miel. Crecían en Faroa en abundancia, y su textura rugosa ayudaba a desprender la mugre con facilidad, dejando la piel suave. Su aspereza me recordó a los dedos encallecidos del comandante y me estremecí.

Lo echaba de menos. Echaba de menos su presencia, sus silencios casi tanto como sus palabras, sus miradas y la calidez que despertaban en mí. Echaba de menos las sensaciones que me provocaba e incluso aquellas pequeñas cosas de él que me desagradaban, como lo obtuso que era o su lealtad a una corona que yo odiaba.

Pero lo que más echaba de menos era cómo me sentía a su lado. Porque con nadie me había sentido como con él. Con magia o sin ella, con Redka yo era una Ziara que se reconocía, y hacía tiempo que eso no pasaba.

Suspiré, eché la cabeza atrás y cerré los ojos.

Desconocía el tiempo que había transcurrido cuando una voz me despertó:

—Ziara, siento molestarte.

Me incorporé, aturdida, y vi el rostro de Arien asomado tras la pared de roca.

—Yo...

Observé lo que me rodeaba y recordé dónde me encontraba. El agua me cubría el cuerpo hasta los hombros y sentía la piel adormecida por su temperatura perfecta. Pese a que la situación me habría incomodado en otras circunstancias, se trataba de Arien y estaba descubriendo que con él mi cuerpo funcionaba de un modo distinto. Todo era tan natural entre nosotros que ni mi desnudez me turbaba.

Le di permiso para acercarse y caminó unos pasos hasta quedar al borde de la poza.

—Llevo tiempo buscándote.

Sonreí; cada día se las ingeniaba para pasar conmigo un rato a solas. No obstante, en aquel momento su expresión era muy distinta a lo que me tenía habituada. Estaba serio, cohibido, y aquello me inquietó.

—¿Ha ocurrido algo?

Arien esperó a que me vistiera para llevarme al otro extremo de las grutas. Desde allí la visión de la luna era perfecta. Los acantilados que daban a Osya impresionaban y el sonido del mar me recordó a Asum, aunque se trataba de un rugido diferente al de Beli, más sosegado, menos furioso.

Nos sentamos sobre la hierba y lo miré. Él miraba al cielo.

—Te he traído frío.

Sacó de un pequeño morral un trozo de hielo que comenzaba a gotear. Lo observé incrédula, porque estábamos en verano y en Faroa la temperatura nunca descendía tanto como para que el frío calara los huesos. La aparición de nieve era impensable.

—¿De dónde la has sacado?

—De Nimera.

Abrí la boca sin encontrar palabras para describir mi sorpresa. Recordaba la montaña helada de Nimera del viaje que realicé junto a Redka y su ejército nómada camino a Asum. Se encontraba en la parte sur de Ziatak, nada más pasar la frontera de la Tierra Yerma de Thara. Dibujé un mapa en mi cabeza y atisbé la distancia que Arien había tenido que recorrer para poder traer un trozo de nieve con el que aliviar el dolor de mis golpes.

—¿Has ido hasta allí por mí?

—Ha sido un paseo.

Se encogió de hombros para quitar importancia a un gesto que no solo era excesivo, sino también peligroso, pero me enterneció tanto que sonreí con ganas.

Palpé la nieve entre las manos y la coloqué en mi rodilla; era la parte más dañada y la que necesitaba que mejorase si quería caminar con normalidad al día siguiente. Las heridas abiertas ya no existían gracias al ungüento de Missendra, pero el dolor era real. Cerré los ojos cuando el frío se convirtió en agujas sobre mi piel. Reparé de nuevo en su incomodidad y la tensión regresó a mí.

—¿Por qué me has traído aquí, Arien?

Tragó saliva y volvió el rostro. Tenía la mirada húmeda.

—Llevo desde ayer buscando la manera de decírtelo, pero no hay ninguna sencilla que evite lo que va a ocurrir.

Mi inquietud creció y me azotó un mal presentimiento.

—¿Qué es lo que va a ocurrir?

—No quiero romperte el corazón —susurró con la voz quebrada. Yo sentí que las grietas que ya existían en mi interior se abrían levemente, preparándose para un golpe inesperado.

—Habla —le ordené. Arien clavó los ojos en la luna y suspiró.

—Ayer en la asamblea se informó de que el duque de Rankok había sido agredido. Le clavaron una daga en el vientre. No ha muerto, pero su vida pende de un hilo.

Abrí los ojos, sorprendida, y comencé a notar un calor intenso bajo la piel.

—¿Quién lo ha hecho? ¿Qué tiene que ver eso conmigo?

«Ella no puede saberlo».

Las palabras de Missendra regresaron a mí con fuerza. No tenían sentido. O, tal vez, sí. Quizá Arien no me había contado lo que tanto temían decirme. Noté un sabor agrio en la boca y cerré la mano sobre la hierba. Necesitaba agarrarme a algo. No sabía cuándo había comenzado el mundo a dar vueltas, pero necesitaba que dejara de hacerlo.

—Fue el comandante, Ziara.

Cerré los ojos un instante y percibí que el calor crecía. Denso e insoportable. Arranqué un puñado de briznas de hierba y noté cómo desaparecían bajo el calor de mi piel, convirtiéndose en cenizas.

—¿Dónde está?

—Lo encerraron en una celda.

Arien suspiró y se mordió el labio. Sabía que estaba haciendo todo aquello solo por mí. Él odiaba a Redka y, seguramente, los suyos le habían aconsejado que sería mejor no compartir esa información conmigo, pero era mi hermano. Y respetaba mis necesidades y deseos. El hilo se hizo presente en mi interior y lo noté entrelazarse al de Arien con una firmeza irrompible. Él también lo sintió. Cerró los ojos y cogió aire. Observé el hielo medio derretido sobre mi pierna y comprendí que no había ido a Nimera para aligerar aquella contusión, sino con la tonta intención de que aquel trozo de agua helada ayudase a soportar el dolor de mi corazón.

—Arien, dilo. Dilo de una vez —le supliqué con la voz rota.

Sostuvo mi mano entre las suyas y las palabras abrieron un agujero en el centro de mi ser.

—Dowen ordenó su ejecución. Ha muerto, Ziara.

Contuve el aliento y dejé que el dolor se expandiera hasta ocuparlo todo. Una ola oscura y devastadora que irrumpió dentro de mí. Cuando lo solté en un suspiro profundo, yo ya no era la Ziara que había llegado a Faroa siguiendo su instinto y buscando la libertad. Era otra.

—¿Cómo ha sido?

—¿Acaso importa? —me preguntó incómodo.

—Arien, por favor…, necesito…

La culpa comenzaba a asfixiarme y, pese a ello, necesitaba saberlo. Necesitaba conocer cómo habían sido sus últimos momentos. Si había sufrido, si había estado solo o acompañado, si había sido respetado como merecía o humillado.

—Lo decapitaron en un acantilado de Yusen.

Contuve un gemido y Arien me sostuvo por los hombros con fuerza. El dolor desgarrador se transformó casi al momento en una ira tan honda que me costaba digerirla. Mi odio por Dowen se engrandeció aún más. Sin embargo, incluso sabiendo que el monarca había sido quien había dado esa orden, debía asumir que su muerte solo tenía un culpable. Y no era él. La responsabilidad era mía. Todo había sido por mi culpa. Por mucho que el rey alzara la espada a través de las manos de uno de sus lacayos, si no me hubiera cruzado en la vida de Redka, nada de eso habría sucedido.

Deseé que Cenea me hiciera sufrir tanto al día siguiente como para que el dolor físico difuminase el que apretaba mi pecho con tal fuerza que hacía que apenas me llegase el aire.

Porque Redka había muerto.

Su sangre ya no estaba templada. Su pecho ya no se movería con cada bocanada de aliento. Su corazón ya no latiría más.

Muerto.

Su imagen, arrodillado frente a su adorado Beli antes de morir, se enquistó en mi cabeza y asumí que jamás se marcharía. El odio por Dowen ya había hecho que aceptara mi destino y lo que Missendra quisiera que hiciera por ellos, pero, de repente, no tenía más motivos en la vida por los que luchar. Volver a verlo algún día ya no era una opción.

Porque Redka no estaba.

Redka había muerto.

Redka ya no era más que un recuerdo y un nombre que añadir a la lista interminable de pérdidas sin sentido que la guerra había provocado.

Me hice un ovillo y me rendí.

Las lágrimas descendieron por mis mejillas y me mojaron los labios. Mi hermano me abrazó y abrí mi alma en canal, liberando todos esos sentimientos que ya no tenían a quién dirigirse. Acepté que aquel sentir tan profundo e intenso solo podía llevar un nombre y me dije que era afortunada por haberlo experimentado, aunque fuese a través del dolor.

Sollocé hasta que no me quedaron lágrimas.

Le pedí perdón con el rostro alzado a la luna.

Le dije que lo había querido, aunque lamentaba que el amor no hubiera sido suficiente.

Le prometí aquello que jamás pensé que haría.

Me prometí que vengaría su muerte.

Arien me había envuelto entre sus brazos hasta que perdimos la noción del tiempo. Me había acariciado el pelo hasta que mi llanto se calmó y se convirtió en un susurro de angustia apenas audible.

La vida, en un instante, se había convertido en otra cosa para mí.

Me levanté y noté el rostro hinchado y el cuerpo entumecido.

—¿Estás mejor? —me preguntó con dulzura.

Negué y me rozó la mejilla. La apoyé en su mano y noté su calidez colándose bajo mi piel. Una infinidad de motas de plata acariciándome, abrazándome, consolándome. Su suavidad me reconfortó y me alegré profundamente de no estar sola en aquel momento.

—Siento no poder librarte de esto.

Colocó los dedos sobre mi corazón y asentí. Sentía que el dolor se colaba entre sus grietas como una enredadera.

—Contigo duele igual, Arien, pero pesa un poco menos.

Aun así, seguía notando esa presión entre las costillas que me impedía respirar con normalidad. Me removí inquieta y me miró preocupado.

—¿Qué te pasa?

—Es...

Me toqué el costado y asintió, como si sintiera aquella fuerza interior en su propia piel.

—Es tu magia. El dolor la remueve. Necesita liberarse.

Eso era lo que sentía. Unas manos invisibles tirando de mí desde dentro, intentando abrirme en dos y salir a la superficie. Percibí la falta de aire y me tambaleé frente a él.

—No puedo respirar.

—Quizá con eso sí pueda ayudarte. ¿Confías en mí?

Todavía con los ojos llorosos, asentí.

Un segundo después, nos encontrábamos prácticamente volando. Sus pies saltaban con ligereza de un árbol a otro conmigo colgada de su torso. Íbamos a tal velocidad que lo que nos rodeaba se convirtió en una neblina de color que se difuminaba ante mis ojos. Mi cuerpo jamás sería capaz de hacer una proeza semejante, daba igual la magia que escondiera.

Tocamos tierra en el límite de Faroa y Arien me dejó recuperar el aliento contenido antes de sonreír como un chiquillo travieso.

—¿Preparada?

Unos días antes le hubiera respondido con incertidumbre, pero en aquel momento ya era otra. Otra Ziara que, aún con el rostro enrojecido por la tristeza, le cogió la mano sin dudar. Estaba lista para dar los primeros pasos en el camino que se había escrito para mí. Necesitaba avanzar y no mirar atrás más que para recordar a los que había perdido.

—Cierra los ojos, chica roja.

Lo hice y todo se volvió negro.

Los abrí poco después todavía con la sensación de haber girado sobre mí misma durante una eternidad. Arien me sujetó para evitar que mis rodillas tocaran el suelo. Notaba el estómago en la garganta, un siseo incesante en los oídos y un mareo que me hizo trastabillar.

Me había transportado dentro de su tormenta de plata, pero en aquella ocasión no había perdido la conciencia, como me había sucedido en el viaje hasta Faroa.

—Voy a vomitar.

—No, no lo harás.

Me apoyé sobre una roca y me dejé caer hasta que mi trasero tocó la tierra. Respiré con profundidad y, poco a poco, mis tripas regresaron a su lugar. Cuando sentí que el mundo dejaba de dar vueltas, parpadeé y observé dónde nos encontrábamos. Una explanada de tierra seca nos rodeaba; estaba bordeada por rocas afiladas que la convertían en un escenario circular y cerrado. Mirase donde mirase, solo veía piedra y cielo.

—¿Dónde estamos?

—Lo llamamos Círculo de Plata. Aquí es donde todos nosotros aprendimos a controlar nuestras capacidades.

Me levanté y me sacudí el polvo adherido a los pantalones.

—¿Por qué no me he desmayado esta vez?

—Ha sido un viaje rápido. Estamos a una hora caminando de Faroa. Además, tu cuerpo comienza a despertar.

Asentí. Al fin y al cabo, por eso estábamos allí. Arien se había ofrecido a ayudarme con esa presión que el dolor de la pérdida había implantado en mí. Ni siquiera era capaz de pensar en ello sin querer llorar y huir, al mismo tiempo que deseaba avanzar para acabar con esa congoja insoportable.

—De acuerdo. ¿Por dónde empezamos?

Él sacudió la cabeza y fruncí el ceño.

—No hay un comienzo. Ni un final.

—¿Qué demonios significa eso?

—Es un círculo. Una espiral. Como este lugar. La magia empieza y acaba donde tú le permitas.

Las palabras de Arien sonaban igual que si las pronunciase en un dialecto desconocido. Yo ya estaba dispuesta a probar lo que fuera. A dejarme guiar. A aceptar de una vez por todas quién era y ser la solución para lo que ellos dispusieran. Necesitaba que mi huida y sus consecuencias tuvieran sentido y sirvieran para algo. ¿Qué más querían? Tenía el cuerpo dolorido por los entrenamientos de Cenea. Mi pasado no era más que una mentira. Mi corazón, polvo. Solo quedaban en mi interior las cenizas muertas de los recuerdos junto a Redka.

Cerré los ojos cuando una punzada me atravesó el pecho en dos y el calor se expandió como fuego.

Arien se subió de un brinco a una de las rocas afiladas y lanzó un último consejo desde allí.

—Enfréntate al dolor, Ziara. Deja salir todo lo que llevas dentro. Solo cuando lo hagas, la magia fluirá con sencillez y volverás a respirar.

Lo vi desaparecer en un soplo de plata, dejándome sola, agotada y profundamente decepcionada.

A la tercera vuelta completa a la explanada acepté que no existía salida posible. Solo un ser capaz de volar por encima de los picos de piedra podría escapar de Círculo de Plata. La Madre Luna brillaba con fuerza, pero el cielo nublado amenazaba con cubrirla. Muy pronto, se ocultaría tras las nubes y me vería rodeada de sombras. Allí la temperatura no era tan plácida como en Faroa, sino que el frescor de la noche me erizaba la piel. Aunque no debía preocuparme por ello. Arien regresaría antes y me llevaría de vuelta a Ciudad de los Árboles. Había sido una tontería viajar hasta aquel lugar.

Me miré las manos y me limpié restos de hierba carbonizada de las palmas. Eso me hizo recordar la quemadura de Missendra y me estremecí. Necesitaba liberar la presión de mi interior, pero me aterraban las consecuencias. ¿Y si sucedía de nuevo y provocaba una herida en Arien o en cualquiera de los otros? ¿Qué ocurriría si esa chispa inesperada rozaba la piel humana y débil de Feila?

Atravesé de nuevo la planicie de tierra seca. Conté los pasos que separaban un extremo del otro y contemplé el polvo que levantaba con ellos. Canté una vieja nana infantil y entrené algunos movimientos de defensa que Cenea me había enseñado. Lo que fuera para que mi mente estuviera en blanco y alejase el miedo, el rencor y la tristeza.

En uno de los giros, un recuerdo se presentó tan nítido que cerré los ojos y tragué la amargura que me provocaba en forma de saliva agria. Nasliam y Sonrah peleaban en Patio de Batallas; yo los observaba en uno de esos ratos muertos en los que me ausentaba de palacio con cualquier excusa y me mezclaba con aquellos hombres que echaba de menos. Entonces Redka apareció y se burló del ataque de Sonrah. Todos rieron. Yo sonreí y observé en silencio la figura del comandante; el grácil manejo de la espada cuando se unió al juego; la elegante solidez de su figura de soldado.

Redka.

La verdad de su destino era un aguijón que se me clavaba una y otra vez hasta tocar hueso.

Un final al que yo le había dirigido. Por mi culpa. Por mis decisiones. Por los caprichos de una niña que se creía capaz de desafiar lo que estaba escrito por el destino.

Noté que me faltaba el aire de nuevo.

El calor brotó en mi interior y se extendió por mi piel en forma de ráfaga incontrolable.

Me moví con rapidez. Comencé a correr. Necesitaba que los pensamientos cesaran; que los recuerdos se perdieran; que las emociones menguaran.

Redka, sonriendo con infinita paciencia cuando lo atosigaba a preguntas que odiaba responder.

Corrí tan rápido que sentí latigazos en los músculos y el sudor perlando mi frente. Jadeaba. Pequeños pinchazos asediaban mis tobillos y mis costados.

La bola de calor bajo mis costillas iba a explotar y a dejar expuesto mi corazón roto.

Redka, dejándose curar las heridas por mis manos inexpertas; confiando en mí; cediéndome intimidad sin que apenas me diera cuenta.

Mi respiración hacía eco entre aquellas piedras que, de repente, me parecían altas montañas que crecían a cada vuelta que daba. El cielo se había oscurecido y la brisa fría chocaba con el calor de mi piel al límite de sus fuerzas.

Redka, confesándome que le daba miedo convertirse en quien no quería ser.

Necesitaba salir de allí.

Frené y me apreté el abdomen con las manos hasta doblarme en dos.

El corazón iba a estallarme.

No era solo el esfuerzo físico, sino todo lo que contenía y que había rebasado un límite que no podía controlar.

Noté las lágrimas en los ojos y las arcadas en la boca del estómago.

El cuerpo me pedía paso.

Mis dedos ardían.

Me dejé caer y me abracé las rodillas sobre el suelo. Percibí la tierra en la boca y no me importó. Se mezcló con el sabor de mi propia sangre, la que brotaba de mis labios rajados.

Redka, abriendo la puerta que me regalaba la libertad.

Busqué consuelo en el llanto, pero no fue suficiente.

Redka, respondiendo a mi beso con la emoción de su deseo.

Vomité saliva y bilis en un intento por que mi cuerpo se vaciara, pero necesitaba más.

Redka, apresado, culpado y condenado.

Me retorcí.

Percibí un dolor agudo que se propagó por todo mi ser e implosionó en el centro de mi corazón.

Redka, muerto.

En otro mundo.

Su cabeza pudriéndose en las profundidades del mar que lo vio nacer.

Un grito desgarrador escapó de mis labios.

Me rompí.

Me hice pedazos por dentro.

Una parte de mí murió con él en aquel momento.

Otra emergió en forma de luz y fuego.

Y la magia se derramó a mi alrededor.

Cuando Arien regresó, solo quedaban cenizas.

—Por la diosa Luna, Ziara, ¿qué…? ¿Estás bien?

Se acercó. Yo seguía en el suelo. Me mecía abrazada a mis piernas, como un ovillo enredado del que fuera imposible soltar el nudo. Como un recién nacido. Mi ropa estaba medio quemada. En la boca tenía el regusto que dejaba la carne cocinada en la hoguera. Las yemas de mis dedos seguían calientes.

Tomó mi rostro y la preocupación en el suyo me habría enternecido si no me hubiera estado tan vacía que me resultaba imposible sentir nada. Había derramado todo lo que era en aquella tierra árida dedicada a los entrenamientos. Todo eso que no sabía que me pertenecía y que se encontraba encerrado bajo un yugo que, por fin, había liberado.

—Mira esto. Es… Es increíble —murmuró sobrecogido.

Lo era. Eso que nos rodeaba era yo. Una versión de mí misma desconocida, diferente a la de cualquiera con quien me hubiera cruzado. Peligrosa. Valiosa. Pero Arien no se refería a las cenizas que cubrían el suelo y que no sabría explicarle sin contarle el fuego que se había desatado como respuesta a mi dolor. Arien solo podía observar maravillado el cerco de luces diminutas que me cubría el cuerpo, como un haz de plata, como un manto estrellado, como una capa de protección que me acariciaba con su polvo mágico. Eran blancas, aunque alguna centelleaba con un fulgor rojizo intenso.

—He creado mis propias hadas.

Él sonrió al transportarle a aquel recuerdo de mi infancia que compartíamos.

Luego me arropó con sus brazos y me liberó de mis fantasmas.

XII

Aquella noche, pese al sueño profundo en el que caí como consecuencia del agotamiento por lo acontecido, me desvelé aún con la luna alzada. Los gritos rompieron el silencio de la noche. Un chillido agudo y agónico que me estremeció. No tardé más que un pestañeo en reconocer la voz.

—¡Feila!

Mi corazón comenzó a latir frenético y el miedo despertó en mí una ligereza a la que empezaba a acostumbrarme. No solo eran los entrenamientos de Cenea, sino que mi cuerpo estaba cambiando y moverme me resultaba más liviano, como si mis formas fueran más etéreas o mi peso menor. Me deslicé por el tronco lo más rápido que pude, aunque aún no lo suficiente para hacerlo igual que ellos, y cuando llegué a su casa me encontré allí con Cenea, Missendra y con muchos otros que aguardaban fuera a la espera de averiguar qué había ocurrido.

—¿Qué ha pasado? ¿Está bien?

Feila sollozaba sobre la cama. Tenía el cabello húmedo y el rostro mortecino. Apretaba los dientes como si algo le estuviera mordiendo las entrañas. De algún modo, así era. Se palpó la tripa con las manos pálidas y se dobló en dos por el dolor.

—¡Por la Madre Tierra, tu abdomen! —grité anonadada por lo que sucedía delante de mis ojos.

Nadie mostró su rechazo ante aquella expresión tan humana. Estaban demasiado pendientes de la sangre que brotaba del vientre de Feila. Cenea le levantó el camisón con delicadeza y compartimos un gemido mudo al descubrir el corte profundo que había emergido en su piel. Un agujero en la carne del que brotaba mucha sangre.

—¿Quién le ha hecho esto? ¡¿Quién ha entrado?! —pregunté fuera de mí.

Ambas negaron con la cabeza.

—Nadie, Ziara —susurró Missendra.

Los ojos de Feila se clavaron en los míos y los vi arder por esa rabia impotente que siempre había vivido en ella. Los cerró al comprender que las consecuencias de la magia por nuestra huida habían comenzado a actuar.

—La herida del duque le pertenece —musité.

Redka había atacado a Deril, le había clavado una daga en el abdomen. Y, de pronto, Feila compartía su dolor por orden de la magia.

Volví a odiar el mundo que habitábamos con una saña que me hacía daño.

Ninguna se mostró sorprendida por el hecho de que yo conociera esa noticia.

Me acerqué a ella y me arrodillé. Le acaricié el pelo y le dejé un beso en la frente que Feila agradeció con un gesto dulce y permitiendo que las lágrimas cayeran por sus sienes hasta mojar la almohada. Apenas podía moverse sin gritar. Allí tumbada me parecía una niña, tan pequeña, tan vulnerable, tan víctima incluso después de haber huido con toda la valentía que destilaba. Una Hija de la Tierra más fuerte que ninguna otra muriendo lentamente.

Cenea se ocupó de curarle la herida. Lo hizo con todos los ungüentos que conocían, pero el poder de la magia que la había provocado era más fuerte que la suya y sus esfuerzos eran en vano.

—Al menos le aliviará un poco el dolor —dijo con la voz tomada.

Missendra se marchó. Prometió volver con información sobre el estado del duque de Rankok y también sobre las posibilidades de sobrevivir a aquel encantamiento en caso de que él no lo hiciera. Ni siquiera había pensado en que aquello pudiera ocurrir.

Yo no me moví de su lado. Le cogí la mano y la apreté con ternura. La peiné con delicadeza y le limpié el rostro con agua fresca, que, por su expresión, la reconfortaba. Le susurré melodías inventadas que esperaba que le recordasen las tardes tranquilas de música y bailes en la Casa Verde. Casi deseé que ninguna de las dos hubiéramos salido nunca de allí.

En algún momento, perdió la conciencia.

—Ziara, vete a descansar —me ordenó Missendra a su regreso.

Con un solo gesto me confirmó que aún no tenía respuestas para el estado de Feila. Yo sentía que el tiempo se nos escapaba entre los dedos. Su vida lo hacía.

—No pienso moverme de aquí.

—Tú también has tenido un día complicado.

Observé de reojo a la emperatriz y su mirada comprensiva me dijo que sabía que también era conocedora del destino del comandante. Incluso me pareció leer en las vetas doradas y plateadas de sus ojos una disculpa por no habérmelo contado ella.

—Te necesitará más mañana, cuando despierte —añadió con ternura.

—¿Crees que lo hará?

Missendra no contestó. Agradecí que no lo hiciera si la respuesta iba a estar envuelta en duda. Antes de desaparecer por la puerta, vi a Cenea ocupar mi lugar al lado de Feila y suspiré más serena. Me tranquilizaba saber que alguien la cuidaría en mi ausencia. Cogió su mano y se la llevó a los labios. Si no me hubiera quedado sin lágrimas la tarde anterior, ese gesto nimio tan dulce e íntimo me habría provocado el llanto.

Me crucé con Arien mientras paseaba sin rumbo para tranquilizarme. Pese a lo agotada que estaba, dormir iba a resultarme imposible.

—¿Cómo está?

—Mal.

Él asintió y me acompañó en silencio. Nos alejamos del tumulto formado bajo la casa de Feila. Me enternecía su preocupación, incluso siendo para ellos una simple humana y pese a ser en parte culpables de aquel concilio. Su lealtad una vez que te aceptaban era incuestionable.

Pero en mi cabeza todo era ruido. Un ruido incesante que me asfixiaba.

—¿Por qué a mí no me ha ocurrido nada?

—Supongo que porque él ha sido ejecutado por ley. —La verdad me resultó aún más dolorosa que si me hubieran clavado la daga invisible de Feila—. O, tal vez, tu parte mágica sea más fuerte que el hechizo. Puede que por ambas cosas.

Arien no lo dijo con dureza, sino que fue honesto, y se lo agradecí. Ya no me valía la delicadeza. Una vez liberada la magia, estaba tan llena de odio y de emociones negativas que la cruda realidad apenas me afectaba, solo alimentaba lo oscuro de mi interior. Mi corazón estaba roto en tantos trozos que no quedaba espacio para nada que no fuera ira y venganza.

Sentía que la Ziara que había sido hasta entonces yacía en el Círculo de Plata. Al fin y al cabo, con Redka muerto su vida había perdido las razones de ser quien era. De ella había surgido una nueva, una Ziara dispuesta a demostrar que lo que había provocado con sus actos no había sido en balde y guardaba algún sentido. Una Ziara capaz de convertir el dolor en fuerza con la que luchar.

Una hora más tarde, me reuní con Missendra, Arien y con Oces, uno de los miembros de la asamblea, en la Ciudadela Blanca. El resto de Faroa dormía. Cenea cuidaba de Feila. El rostro de la emperatriz me confirmó que la situación era grave.

—Ese demonio aún respira —dijo Oces.

—Bien. —La voz de Missendra denotó el alivio que todos compartíamos.

—Pero no creo que tengamos mucho tiempo —continuó él—. Si el duque muere por esa herida, ella lo seguirá. La magia intenta reunirlos de nuevo, sea aquí o en otro lugar.

Volví a pensar en Redka. Miré mi anillo y vi que apenas quedaban unas líneas entrecruzadas en el lateral derecho. Todo lo demás había desaparecido. El anillo de Feila estaba intacto. Nuestro destino seguía rumbos diferentes y yo no lo comprendía. Si ella moría por la herida que lo unía a Deril, yo merecía lo mismo.

Sin embargo, ahí estaba, completamente sana y sintiéndome repentinamente más fuerte que nunca.

—¿Qué podemos hacer? —pregunté. Oces sacudió la cabeza.

—Lo desconozco. Sé de casos similares que han acabado en muerte y de otros en los que la magia no actuó hasta años después en forma de cualquier otra desdicha, pero no podemos saberlo.

¿Eso era todo? No podía creerlo. Cerré los puños y comencé a caminar de un lado a otro sin ocultar mi inquietud. Se trataba de Feila; no podía permitir que hubiera llegado nada menos que hasta Faroa, la ciudad de sus enemigos, para acabar muriendo unida al dolor del duque de Rankok.

—Pero ¡algo se podrá hacer!

—Nosotros no escribimos las reglas. De hecho, no hay reglas, Ziara. Si las hubiera, tu cabeza estaría en las profundidades de Beli junto a la del comandante —aportó con malicia.

—¡Oces! —le reprendió Missendra.

—¿Qué? No he dicho ninguna mentira.

Sentí un escalofrío. Me imaginé arrodillada frente al mar que tantas veces habíamos observado juntos. Cerraría los ojos al notar el frío del metal rozando mi cuello. Mi cabeza caería y lanzaría el último aliento ya separada de mi cuerpo. Eso merecía. Pero mi destino era otro. Todos se empeñaban en recordármelo una y otra vez. Incluso la magia.

Pensé que quizá no había podido salvar a Redka, pero sí que podría salvar a Feila. Me negaba a quedarme sentada o a seguir con nuestros planes mientras su vida pendía de un hilo cada vez más fino. Lucharía por ella, porque eso es lo que hace la familia y Feila ya formaba parte de la mía.

Me aproximé a los mapas que descansaban sobre la mesa en la que Missendra habitualmente trabajaba. En ellos estaban detallados no solo los asentamientos humanos, sino también los de otras razas. Arien se acercó a mí y su aliento me rozó el hombro.

—¿Qué estás haciendo, Ziara?

—Proteger mi hogar. ¿No es eso lo que hacen los Hijos de la Luna? Pues Feila ya forma parte de él. Además, esto también es culpa vuestra. —Me volví y los señalé con inquina—. De cada uno de vosotros. Estoy harta de que las Novias paguemos un precio tan alto por los errores de otros. ¡No somos víctimas con las que divertirse ni mercancía con la que negociar!

Al instante percibí que él no era el único que me observaba. Mi enfado los había sorprendido. Tal vez mi arrojo resultaba una novedad en una humana que provenía de una de las casas del Bosque Sagrado, pero es que yo ya no era esa chica, nunca lo había sido en realidad. Y, si debía aceptar que mi destino era otro, ellos también tenían que lidiar con las consecuencias.

Busqué entre las hojas amarillentas hasta hallar dibujada la zona que buscaba: la Tierra Yerma de Thara. Me encaré con las miradas cautelosas y tensas que encontré a mis espaldas. Y, entonces, con la pregunta que me lanzó Oces, sentí que había comenzado a respetarme. Quizá nunca creería del todo en lo que Missendra defendía sobre mí, pero conocía bien el sentimiento de lealtad para los suyos y lo honraba.

—¿Qué propones?

—Conozco a alguien que podría ayudarnos.

Les mostré el mapa. En la parte superior derecha habían trazado una zona rojiza. Estaba marcada con un símbolo que indicaba que era una región prohibida para los Hijos de la Luna. Evité pensar en los motivos por los que yo había podido pasar la noche en ella sin ningún problema, aun teniendo sangre de plata.

Arien asintió con la cabeza. Estaba conmigo. Oces, en cambio, se acercó a mí, me quitó el mapa y lo estudió antes de dirigirse a la emperatriz.

—Nos consta que Dowen está reuniendo un ejército cada vez mayor. No conocemos sus planes a corto plazo, pero la guerra nos acecha. El tiempo corre en nuestra contra, Missendra, ¿podemos permitirnos perderlo?

Todos la miramos. Sus ojos brillantes danzaron.

—Lo que no podemos permitirnos es perder a Feila. Si la dejamos en manos del destino, seremos de nuevo como ellos. Que esto nos sirva para aprender de nuestros errores pasados.

No pude evitar sonreír. Estaban de mi lado.

Oces dejó el mapa sobre la mesa y todos observamos mi próximo destino.

La muerte nos acechaba, así que era el momento de ir en busca de Misia.

XIII
Redka

No había resultado fácil. El Hombre de Madera era un fantasma. Desde que su existencia había llegado a oídos del rey, habíamos tratado de apresarlo sin éxito. No contábamos con un rostro que perseguir. Ni con un nombre. Tampoco con una familia que lo atase y con la que amenazarlo para que se entregara. No era más que una sombra que se escondía entre las callejuelas de las ciudadelas y que ayudaba a fugitivos humanos enemigos de la corona a desaparecer y vivir de nuevo en la clandestinidad. Pertenecía a todas las aldeas de Cathalian y a ninguna. Habitualmente llegaban a palacio rumores de dónde vivía, pero todos ellos habían resultado falsos. Dowen incluso había defendido que solo era una invención de pobres desgraciados que necesitaban esperanza cuando en su mente pasaba la idea de traicionarlo, pero yo no. Yo siempre supe que era tan respetado como para tener a todo un reino dispuesto a ocultarlo.

—*El mayor poder de un hombre es el respeto, Redka.*

Mi padre me lo había enseñado y llevaba razón. Por ese motivo, arrodillado frente a él con mi cabeza metida en un morral sucio y maloliente, no pude evitar sonreír.

—¿Quién eres?

Su voz era calmada y profunda.

—Redka de Asum. Comandante real de Ziatak, reino de Cathalian.

Había preguntado durante días por él. Me había mezclado con la mala calaña que vivía en los bajos fondos de Yusen, ladrones, asesinos y otras ratas sin escrúpulos que no me habían dado más que pistas en falso y algún que otro problema que resolver con los puños ensangrentados. Hasta que encontré a un viejo ciego y lisiado que suplicaba algo con lo que llenar su estómago. Había conseguido un nombre a cambio de una hogaza de pan que me había visto obligado a hurtar. Su información había resultado valiosa. Me llevó a un callejón oscuro donde era habitual encontrar a uno de los servidores del Hombre de Madera. Solo tuve que seguirlo. Pronto se había percatado de mi compañía y yo me había dejado capturar. Y allí estaba, frente al que se había convertido en un fantasma para el ejército real.

—¿Qué es lo que has hecho, hijo?

Explicarlo resultaba sencillo. Lo complicado era aceptar que mi vida había terminado. Una vez que pronunciara en alto mi verdad, todo habría acabado para mí; me ayudara el Hombre de Madera o no, ya habría dejado de esconderme.

—Colaboré en la huida de un enemigo de la corona junto a dos Novias. Una de ellas, mi esposa. Clavé una daga al duque de Rankok y maté a cuatro soldados que tenían la orden de Dowen de decapitarme.

—Muéstrame tu mano.

La estiré y supe que estaba observando el oscuro ani llo que había brotado en mi piel y que me había unido a Ziara. Había comenzado a desdibujarse, pero aún sentía un hormigueo que me gustaba creer que significaba que estaba viva. Evitaba pensar en las consecuencias que romper el concilio podría haber tenido en ella. Yo conocía las mías. Estaba sufriendo la desdicha del que pierde todo en lo que cree y por lo que vive. Pero ella, ¿qué le habrían arrebatado a ella?

—Tu esposa aún vive —dijo con convicción.

Aunque me rondaban sin cesar, no hice preguntas. Apreté los dientes. Sentí el sudor por la falta de aire dentro del saco. También el alivio que me ofrecía creer que aquello fuera verdad. Pese a que una parte de mí la odiaba por lo que nos había hecho a ambos, otra intensa y visceral deseaba que estuviera a salvo y lograra todo lo que ansiara.

Aun así, sabía que debía mantenerme al margen. Después de las decisiones tomadas, solo había una posibilidad para nosotros.

—No está viva para mí. Por ella, hoy estoy aquí.

Creía que desaparecer de la vida de Ziara era un modo de protegerla, pero tampoco había nada falso en mi respuesta. Yo no había clavado la daga a Deril. Una fuerza ajena a mí había tomado el control, me había arrastrado hasta la sala de licores y me había castigado por la huida de Ziara. Las consecuencias de la magia habían actuado para mí y lo había perdido todo. A ella, mi puesto como comandante real, mi ejército, mi hogar y el respeto de un rey que ya no era el mío. Mi vida entera se había hecho pedazos. No me quedaba nada. Yo solo sabía ser un soldado y en ese momento no era bienvenido en el reino por el que luchaba.

—¿Qué quieres? —preguntó el Hombre de Madera.

—Morir.

Desaparecer. Para eso lo había buscado a él. Era la única manera que me quedaba de poder vivir. Aunque vivir solo significase seguir respirando y cargar con los remordimientos de mis decisiones el resto de mis días. No merecía menos. No deseaba más.

—¿Sabes lo que eso supone?

—Sí. Y así lo acepto.

—De acuerdo. Desde hoy Redka de Asum no existe. Ha sido encontrado muerto en las callejas del bajo Yusen, apaleado y desfigurado por carroñeros y borrachos.

—Cerré los ojos, aliviado—. ¿Qué puedes ofrecerme a cambio?

Mis bolsillos estaban vacíos. Contaba con mi casa en Asum, mis tierras y mis riquezas, pero le había confiado a Sonrah el deber de ocuparse de administrarlas y de que ni a Ziara ni a Syla les faltara sustento si un día me pasaba algo. Ni siquiera sabía qué había sido de la primera, así que rezaba para que Syla no sufriera más por una nueva pérdida y disfrutara los años que le quedaban de una vida plena. Además, estaba a salvo y necesitaba que siguiera siendo así. Nada la asociaba conmigo y en Asum estaría protegida por los míos. En última instancia, rezaría a Beli cada día para que así fuera.

Me erguí y abrí los brazos en señal de ofrenda.

—A mí.

—Ya veo. ¿Y qué tienes que pueda interesarme?

Había oído cómo trabajaba el Hombre de Madera. No pedía altos precios por sus tareas, solo lo que cada uno pudiera ofrecer. Si solamente tenías en tus bolsillos una moneda y se la entregabas, él aceptaba, porque sabía que le habías dado todo lo que estaba en tus manos. Si contabas con cofres de oro y solo le confiabas esa misma moneda, antes de que fueses capaz de reaccionar, sus hombres ya te habían lanzado a la tierra sucia de los bajos fondos de Yusen. Era justo. Era piadoso. Era un hombre bueno para aquellos que odiaban la corona. El príncipe de los humanos traidores, de la resistencia, que, aunque aún no parecía fuerte, respiraba y soñaba con derrocar a Dowen y restaurar un equilibrio en el reino. La guerra no solo tenía dos bandos; la magia no era el único enemigo de los últimos hombres, aunque me había esforzado por ignorar eso durante mucho tiempo. Y yo, pese a que me hubiera presentado magullado, sucio, hambriento y con nada más que harapos, poseía algo muy valioso para un hombre que ansiaba otro destino para Cathalian: mi cuerpo y todo lo aprendido dentro de las murallas de la fortaleza que ellos pretendían que un día fuera destruida.

—Soy el hijo del comandante Valem, el que en vida fue la mano derecha de Dowen de Cathalian. El mejor soldado de su ejército. Y ya no tengo nada que perder.

El silencio fue la única respuesta antes de quitarme la tela de la cabeza y mostrarme su rostro curtido. Estábamos dentro de un sótano, iluminados solo por la luz de un candil. Ambos nos observamos por primera vez. Su pelo era oscuro, aunque algunos mechones blancos lo hacían brillar. Sus ojos azules eran pequeños e inteligentes. Su cuerpo era fuerte y estaba cubierto por una túnica negruzca que jamás habría asociado al papel que le correspondía y sí quizá a un monje. Él hizo lo propio conmigo; estudió mi mirada, desafiante, dolida y con el vacío perenne de quien lo ha perdido todo. Mi cuerpo golpeado, sucio y con las marcas de la guerra. La fuerza que aún desprendía, pese a lo acontecido. Mis ganas de seguir luchando, como el Hijo de la Tierra que era, aunque tuviera que jurarle fidelidad a otro bando.

El Hombre de Madera asintió con solemnidad.

—De acuerdo, hijo. Una última pregunta, ¿quién eres?

Sonreí.

—Nadie.

El hombre que había sido hasta entonces murió del todo.

XIV
Ziara

«Ziara…»

Me tensé y Redka notó mi repentina inquietud.

—¿Ocurre algo?

«Dile que no…».

La voz sibilina de la bruja me acariciaba las entrañas. Notaba sus uñas escamadas erizándome la piel.

Cogí aire y negué con la cabeza antes de mentir a Redka.

—No. Solo es un calambre. Demasiadas horas a caballo.

Thyanne siguió su trayecto. Todos lo hicieron como si no ocurriera nada. Pese a ello, yo sentía el tacto frío de Misia acariciando mis mejillas, jugueteando con mis cabellos; su aliento, en mi nuca; sus palabras, colándose en mi cabeza y hablando conmigo sin tener que abrir la boca. Sin embargo, no tenía miedo. Debía temer a aquel ser sin corazón, pero tenía la certeza de que Misia no iba a hacerme daño. De haber querido, ya lo habría hecho. Era poderosa. Quizá bajo aquel hechizo su magia estaba debilitada o encerrada, pero yo podía sentir su fuerza llenándolo todo; se respiraba en ese valle que parecía haber robado el otoño.

«*¿Qué quieres?*».

Ella sonrió ante mi pregunta. No la veía, pero su espectro despertaba mis sentidos de un modo único y percibía su sonrisa balanceándose a mi alrededor.

«*Quería despedirme de ti, aunque sé que algún día volverás a mí*».

¿Qué demonios significaba eso? ¿Qué podía tener Misia para que yo regresara a aquel lugar maldito? Las preguntas se me agolpaban sin control. Ella, en mi mente, las ordenaba y jugueteaba con las palabras a su antojo.

«*Cuando la muerte te aceche, Ziara de Asum, ven a buscarme. Te haré un regalo*».

Aquello no tenía ningún sentido.

«*¿Por qué debería hacerlo? ¿Por qué tendría que fiarme de ti?*».

La risa de Misia me estremeció y la sensación se quedó impregnada en mí como para resultar realmente desagradable. Su cercanía comenzaba a asfixiarme; de pronto, todo me olía a lluvia y resina.

«*No tienes por qué hacerlo, pero quiero que sepas que estoy aquí. En mi valle. Cuando lo necesites, es tuyo*».

Mi respiración estaba levemente acelerada. Notaba la mirada de Redka en mi nuca; su preocupación por mí era casi tangible y se mezclaba con la falsa melosidad de la bruja. Quería marcharme, llegar por fin al camino bicolor que señalaba los límites del valle y que Misia desapareciera, pero sabía que no pisaría suelo verde hasta que nuestra conversación terminase. Así que lancé una pregunta cuya respuesta no sabía si deseaba conocer:

«*¿Por qué?*».

Ella se rio y el sonido reverberó en mis oídos como si se atara a ellos. Un calor repentino y asfixiante me recorrió el cuerpo. La piel me ardía. Apenas podía respirar por la quema-

zón, pero, igual que las brasas llegaron, se desvanecieron y volví a disfrutar de la apacible temperatura del Valle de Misia.

¿Qué había sido eso? ¿Qué había provocado en mí la bruja para sentir esa clase de fuego?

«Las preguntas no siempre se pueden responder. A veces, hay que esperar su momento. Llegará, Ziara. Lo hará y las respuestas te harán regresar».

Antes de que pudiera lanzarle nuevos interrogantes, Thyanne pisaba suelo verde.

Cuando me giré en busca de la bruja, ese pequeño mundo ocre y rojo había desaparecido.

Abrí los ojos con el cuerpo cubierto de sudor. El sueño había sido tan real como cuando lo había vivido. Lo había sentido todo, desde la presencia de Misia hasta el calor que me proporcionaba Redka a mi espalda, ambos sobre el lomo de Thyanne.

Cuando me levanté, vi una hoja rojiza deslizarse por mi camisón hasta tocar el suelo. Me aparté con brusquedad y me abracé. Había sucedido. Misia me había llevado con ella hasta aquel día del pasado. Me reprendí por no haberme dado cuenta antes y haber aprovechado el momento para volverme y observar a Redka una última vez. Habría alzado la mano y acariciado su rostro. O apoyado la espalda en su pecho y sentido el suave latido de su corazón.

Me miré las manos y noté las llamas despiertas en ellas; el calor resplandecía en los surcos de las palmas. Me percaté de que esa misma sensación me la había provocado la bruja entonces, aunque en aquel momento no la comprendía. Pero Misia sí. Misia sabía que por mis venas corría la magia.

—*Interesante. Y valiosa.*

Recordé esas palabras en su boca. Misia había hecho hablar a las hojas de su valle y yo las había convertido en polvo.

—*¿Qué ha sido eso?*

Pero ahora sabía que no era polvo, sino cenizas. Las había quemado.

—*Lo que llevas dentro, Ziara.*

Alcé la mano y observé las yemas de mis dedos. Un brillo tenue centelleaba en ellas. El recuerdo de lo sucedido había traído consigo el calor.

¿Qué más sabría Misia? ¿Quién era en realidad la bruja del Valle de Otoño?

Volví a pensar en Redka. Había oído su voz. Cerré los ojos y me recreé en el recuerdo, aún presente, de las sensaciones que el regreso a ese momento me había regalado. Cuando los abrí, pequeñas bolas de luz flotaban frente a mí.

Feila llevaba horas dormida. De vez en cuando sollozaba entre sueños y lanzaba quejidos que nos inquietaban a todos. Cenea aguardaba junto a su cama, le limpiaba el rostro sudoroso, cogía su mano y le cantaba melodías desconocidas en un tono que jamás podría hallar una garganta humana.

—Ziara, tenemos que irnos.

Me volví para encontrarme con un Arien preparado para nuestra partida. Habíamos decidido que él me acompañaría hasta los límites del Valle de Misia. Debía entrar sola. Nadie comprendía muy bien por qué se me permitía pisar un terreno prohibido para los Hijos de la Luna; más aún, después de contarle a la emperatriz mis conversaciones con la bruja, las mismas que confirmaban que Misia sabía que yo era portadora de magia. Lo poco que conocían de ella era que se había convertido en aliada de los humanos a cambio de no ser condenada como el resto de las brujas. Cómo había acabado confinada en ese lugar bajo el yugo de un hechizo era algo que desconocíamos. No obstante, había algo en mí que me hacía merecedora de sus favores y, pese a que jamás creí que acabaría dando razón a sus palabras, por Feila estaba dispuesta a usar esa ventaja.

—*Cuando la muerte te aceche, Ziara de Asum, ven a buscarme. Te haré un regalo.*

Dejé un beso en la frente pálida y fría de Feila y salí de la casa. Sentía que debía darme prisa, porque todo apuntaba a que estaba más cerca de la muerte que de la vida y, si visitar a una bruja era la solución para mantenerla a mi lado, lo haría.

Esperaba no equivocarme.

Esperaba que el precio a pagar por la esperanza no fuera demasiado alto.

Invertí mis primeros esfuerzos tras la llegada en acostumbrarme a la belleza del valle. Arien nos había transportado en su tornado de plata, pero estábamos lejos y yo había tardado un par de horas en despertar de mi desmayo y otra más en reponerme. Sus colores eran tan únicos que no creía que existiera otro lugar igual en todo el reino. Hasta Arien parecía impresionado, y eso que solo podía admirarlo desde fuera de sus límites.

—Es increíble, ¿verdad?

—Es magia pagana.

Sus palabras, en cambio, denotaban un rechazo instintivo; incluso habría jurado que el Hijo de la Luna tenía miedo.

—¿Qué significa eso?

—Son brujas. Su magia no está bendecida por un dios. Su magia nace de otro lugar.

—¿Qué lugar?

—No lo sabemos, pero de uno entre tinieblas.

Había oído leyendas sobre brujas. Hermine nos atemorizaba a menudo con cuentos en los que ellas eran las protagonistas. Siempre mujeres. Siempre malditas. Siempre destinadas a sufrir, morir y perder. Jamás se las presentaba como aliadas, sino como enemigas y seres a los que despreciar. Un linaje único que prácticamente había desaparecido de la noche a la mañana bajo un decreto real que las condenaba para siempre. No eran aceptadas en Cathalian, ni por los hombres ni por otros seres mágicos. En la antigüedad, habían sido fuertes y habían tenido un papel principal en el curso de la historia, pero de ellas ya no quedaba nada. Quizá los rescoldos de quienes un día habían sido, como la presencia de Misia encerrada en ese valle para toda la eternidad o los espíritus atados para siempre a una montaña en el reino de Nimera.

Recordé las historias que conocía. La de Xivara, la bruja del mar que atemorizaba y enamoraba a partes iguales a pescadores y piratas. La de Giarielle, la bruja de fuego, traicionada por su amante, el rey Danan. La de Nimera y su reino de hielo y bondad. Al pensar en esta última, una parte de mí quiso salir en defensa de esas mujeres cuya existencia siempre había estado asociada a la maldad.

—Pero no todas eran malas. Nimera no lo era.

Arien sonrió con comprensión.

—Nimera usó sus dotes para hacer el bien, tienes razón. Pero sus hermanas…

—¿Hermanas?

—Sí, todas las brujas parten de la misma raíz. Todas son hijas de la misma semilla.

Asentí y pensé igualmente en las leyendas de Thara, la primera de todas ellas de la que había constancia. Una bruja déspota y cruel que había muerto quemada en la hoguera a manos de aldeanos por culpa de su arrogancia y perversidad, pero que había logrado dejar un legado tan importante como para convertir el linaje de las brujas en uno de los más importantes de nuestro mundo. Me las imaginé a todas formando una familia, aunque fuera lejana y no siempre coincidiera en espacio y tiempo. Las Hijas de Thara. Como los Hijos de la Luna. Como los últimos hombres. Como las Novias del Nuevo Mundo. Todos partíamos de un origen común a nuestra estirpe que nos hacía pertenecer a un linaje y que nos daba un hogar.

No obstante, ¿qué pasaba cuando tus raíces se enredaban? ¿Qué ocurría con los mestizos como yo? Los Hijos de la Luna me habían abierto las puertas de su vida, aunque una parte de mí sabía que solo había sucedido por su propio interés. Los humanos me habían cuidado y protegido, pese a que también fuera como un trofeo con el que contentar a la magia cuando había llegado el momento. En mi interior, mi raíz era un nudo confuso de hilos de los que no encontraba un principio ni un final.

Me despedí de Arien con la promesa de que nos veríamos pronto.

—No tienes por qué hacerlo —dijo en un murmullo temeroso, si bien se arrepintió al instante y negó con la cabeza, avergonzado. Ambos pensamos en Feila—. No me moveré de aquí.

—Estaré bien.

Él asintió, pero era obvio que no confiaba en Misia.

—Si sucede algo, lo que sea, reclámame con fuerza.

—No es posible, yo…

Recordé entonces mi ceremonia de plenitud, cuando deseé con tanto ahínco escapar de mi destino que llamé al Hijo Prohibido que había conocido en el bosque. No obstante, aquella advertencia de Hermine de que siempre respondían a la llamada no había servido de nada, demostrándome una vez más que vivíamos en una mentira. Aquel secreto me abochornaba, pero ya tenía suficiente confianza en Arien como para compartirlo con él.

—Te llamé en la Casa Verde. Cuando él llegó, yo ansié con todas mis fuerzas que aparecieras y me llevaras contigo. —Sonreí con pesar—. ¿No es curioso? De haber sido posible, nos habríamos ahorrado parte del camino.

Omití decir que Redka aún estaría vivo y Arien ladeó el rostro con una expresión dulce. Estiró la mano y rozó la mía.

—Me honra que ya entonces confiaras en mí, Ziara, pero eso fue porque el hilo aún no había despertado en ti. Ahora todo es distinto.

Lo observé lentamente y entonces lo sentí. A través de nuestras manos entrelazadas, un latido pequeño cogía fuerza y retumbaba dentro de mí a una velocidad constante. Cuando las separamos, continuó palpitando al ritmo que marcaba su dueño, pese a que me alejase de él. Por fin lo comprendía. Por fin el hilo de la Luna se sacudía en mi interior y cobraba vida.

Asentí y me interné en el Valle de Otoño.

Todo seguía tal y como lo recordaba. Los colores, los sonidos, la calma. Daba la sensación de que hubiera permanecido congelado desde que salí de allí y hubiera vuelto a la vida cuando mis pasos se habían internado de nuevo sobre el camino de hojas. Caminé en un silencio solo roto por el crujido de mis pisadas sobre el follaje seco. A lo lejos vislumbré la laguna azul turquesa. Contuve el aliento ante su belleza y el recuerdo de lo que me había mostrado la primera vez.

Me acerqué a su orilla y esperé. Estaba completamente sola. Ni siquiera se oía la vida siempre presente en los bosques, como el trinar de los pájaros o el zumbido de algún insecto; en el Valle de Misia el silencio era similar a un vacío tan intenso que comprendías que todo lo que te rodeaba estaba muerto. Pero yo sabía que ella me veía. Había sentido su caricia incómoda desde el momento en el que había puesto un pie en sus dominios. Su aliento en la nuca. Su presencia danzando a mi alrededor como un fantasma travieso que no quiere dejarse ver.

Me senté frente a la laguna y la observé fascinada, esperando que tal vez de sus profundidades surgiera alguna revelación, que me desvelaran algún secreto que me ayudase a comprender lo que estaba por venir y mi lugar en el mundo. Redka me había dicho que en sus aguas se podía vislumbrar el futuro gracias al poder de su dueña, pero yo solo había atisbado un recuerdo pasado que no me había aportado nada nuevo.

Me asomé más, hasta sentir la humedad rozándome la nariz. Ansiaba explicaciones, vinieran de quien viniesen. Deseaba entender mi destino. Necesitaba respuestas para todas esas preguntas que me llenaban la cabeza.

Su fondo, al principio, se mostraba opaco; parecía un muro azul imposible de traspasar. Pese a ello, solo había que aguardar con paciencia y entonces el agua se abría ante tus ojos: su tono se difuminaba, el muro se convertía en cristal y se comenzaban a distinguir las formas..., los colores..., los sonidos de vida que guardaba bajo su peso.

El corazón me latía a toda velocidad. Me esforcé por dar sentido a aquello que se me estaba mostrando. Se asemejaba a lo que había observado la primera vez, pero, al mismo tiempo, era distinto, porque las visiones parecían reales; como si estuvieran atrapadas para siempre en las aguas cristalinas.

Vi mujeres danzando alrededor de una hoguera. Vi hermandad. Vi amor. Y traición. Vi a Misia arrodillándose frente a un trono. Era joven y tremendamente bella, incluso con su tez cubierta de lágrimas. Se me aceleró la respiración y noté todos los sentidos alerta. No se trataba de un recuerdo propio ni de un suceso futuro que me perteneciera, sino que esa escena que se me mostraba era únicamente de Misia. Cuando la vi entrando en el valle custodiada por dos figuras encapotadas a caballo, la escena volvía a empezar en un bucle sin fin. Era el motivo de que Misia estuviera encerrada en aquel paraíso ocre; su castigo por lo que fuese que hiciera consistía en ser testigo una y otra vez de sus pecados. No comprendía la razón, pero comencé a sentir su pena, sus remordimientos, su orgullo, su dolor... Las emociones de la bruja traspasaron las aguas y las hice mías.

Cerré los ojos ante el sufrimiento de Misia.

Estiré una mano para tocarla y consolarla, aunque solo se tratara de un reflejo de sus vivencias pasadas y no de una mujer real.

—No deberías hacer eso.

Me incorporé de un salto y dejé escapar un grito ahogado. Misia contemplaba la laguna a mi lado. Sus ojos negros de serpiente hicieron desaparecer lo que los míos habían descubierto en el fondo del agua. Todo se desvaneció y solo me quedó el recuerdo de un dolor tan hondo que me sentí exhausta.

—Si la tocas cuando están activas, te quedas atrapada allí para siempre.

Me estremecí, aunque una parte de mí deseó hundirse en ese pasado y conocer quién había sido Misia antes de convertirse en ese extraño ser.

—¿Qué ocurrió? ¿Por qué estás aquí?

Las preguntas salieron de mi boca sin meditar mi imprudencia. Parpadeé para soltar la aflicción que me había dejado en forma de lágrimas. De repente, Misia se me mostraba como un ser que había amado y sufrido igual que muchos otros. Ella negó con la cabeza y se giró. Por un instante, me pareció conmocionada por esas imágenes encerradas en el agua, casi humana, aunque su expresión se disipó con la misma rapidez.

—No deberías mirar lo que aún no quieres ver, Ziara.

—Pero yo…

Su mirada levantó un vendaval de hojas a mi alrededor y supe que lo más sensato era el silencio.

La Misia que me encontré aquel día era exactamente igual a la de mi recuerdo. Su melena rubia ceniza, el vestido que se fundía con el paisaje en el que habitaba, su mirada vacía. Percibí un escalofrío cuando me observó a su vez de arriba abajo y sonrió complacida.

—Solo parece una laguna —me aventuré a decir.

—Jamás nada es lo que parece.

Recordé que en ese mismo lugar fue donde me llamó de madrugada y me mostró mi pasado. Hacía demasiado tiempo que no soñaba con el recuerdo del prado, aquel en el que era pequeña, y corría y corría hasta que llegaba al precipicio y todo se volvía negro. En cambio, Redka me había contado que él había visto su futuro; ojalá me hubiera atrevido a preguntarle qué había descubierto gracias a la magia de Misia. Puede que hubiera visto un futuro sucedido entre su visión y su ejecución, o quizá uno que ya nunca ocurriría, porque nosotros, con nuestras decisiones, habíamos cambiado el destino.

¿Era acaso eso posible? ¿Ni siquiera la magia de las brujas podía luchar con la imprevisibilidad del ser humano?

Lo eché tanto de menos que el dolor me sacudió y me tambaleé.

Misia comenzó a andar hacia el cobijo de los árboles. La seguí y llegamos a una zona desconocida. Entre los troncos, había una pequeña cabaña cubierta de hojas ocres. Me sorprendió encontrarme en su interior con una vivienda como cualquier otra; humilde, limpia, cálida. De no ser por lo que sabía acerca de ella, habría creído que estaba en el hogar de una campesina.

Rememoré la llegada con Redka y su ejército al valle, y me tensé. Estaba tan convencida de que la bruja era nuestra única esperanza para salvar a Feila que no había reparado en el precio por entrar más allá de sus límites. La imagen del Hombre de Viento vino a mí; sus gritos agónicos provocados por Redka y los suyos para obtener información; su elección de morir antes de acabar siendo un preso más de Dowen; Misia cargando su cuerpo al hombro con una ligereza que sobrepasaba cualquier entendimiento humano. Parecía que hubiera transcurrido una eternidad desde entonces.

—Siento la intromisión, Misia —carraspeé y me mostré lo más tranquila posible sin apartar la mirada de la suya—. Lamento decirte que no he traído un tributo.

Ella se rio. Su risa tenía el efecto de agujas afiladas. Provocaba remolinos de hojas que parecían seguirla allá donde fuera, incluido el interior de su pulcra cabaña. Una parte de mí sabía que debía ser cauta. Redka me había mostrado su miedo a Misia sin dudar, sin vergüenza, pese a ser un comandante real cuya vida había estado siempre salpicada de muerte. Arien se había comportado como si la bruja del Valle de Otoño le despertara un respeto natural; a él, un Hijo de la Luna, que pertenecía a un linaje que se consideraba superior. Incluso con eso, reparé en que yo no la temía. Algo había cambiado en mí desde la última vez que la había visto; en mí y en la percepción que me despertaba una criatura como Misia.

—Tú no tienes que traerme nada, Ziara. Mi valle es tuyo cuando lo necesites. Ya te lo dije una vez y eso no ha cambiado. ¿Qué te trae hasta aquí? ¿Qué es lo que buscas?

Y, pese a que todo lo que me habían enseñado me decía que no debía confiar en ella, no sentía recelo. Sus palabras eran sinceras y la hice partícipe de mi preocupación por Feila. Le hablé de nuestra relación en la Casa Verde, de su destino como esposa del duque de Rankok, de sus golpes amoratados en la piel, de nuestra huida, de mi unión a los Hijos de la Luna y mi nombramiento como primera híbrida de la raza. Le hablé de la muerte de Redka.

—El comandante ha caído... —asintió con un afecto inesperado; arrugó el rostro y sus ojos se perdieron en la ventana.

Mi corazón sangró una vez más.

—Me ayudó. Yo...

—Lo amas.

Sentí la presión en las costillas que siempre me provocaba pensar en él, en nuestro final y en todo lo perdido. Y, aunque me dolía más que nada, no quería que mi pesar se terminara, porque el dolor siempre me recordaría que lo que había sucedido entre nosotros había sido real. Mientras doliera, Redka existiría.

—Eso ya no importa.

Misia se volvió y se acercó a mí. Las hojas la siguieron y danzaron a nuestro alrededor hasta ascender y mecerse frente a mi cara. Estaban vivas. Alcé un dedo para rozarlas, pero entonces me acordé de que la última vez las había convertido en cenizas y me contuve. Misia cerró los ojos y movió la mano con elegancia. Las hojas giraron sin descanso en una danza única, un tornado de otoño que me cubrió y que nos hizo desaparecer en su eje.

—Deja que las hojas hablen, Ziara. Escúchalas. Ellas tienen la verdad.

Respiré profundamente y obedecí a Misia, sin entender del todo qué pretendía que sucediera. Me concentré en el silbido que su danza provocaba en mis oídos, un siseo que se fue transformando en letras, en sílabas, en palabras pronunciadas con la voz de Misia, aunque convertida en cientos. Un mensaje que su poder lanzaba hacia mí. Un resquicio de esperanza si queríamos hacer trampas a la magia y que Feila viviera. Un regalo que la bruja me entregaba sin que yo conociera aún a qué precio.

Oí a la misma magia antigua que gobernaba nuestro mundo hablándome, confesándome que su mano había sido la que había levantado la de Redka y clavado un puñal a Deril como castigo por nuestra desobediencia; que Deril y Feila se desangraban a través de esa herida infligida por el comandante por intentar de igual modo luchar contra su destino. Los cuatro formando un círculo unido que nos condenaba por nuestros actos. Los cuatro sufriendo el impacto de mis decisiones.

Pensé en Redka y las lágrimas brotaron con fuerza, calientes y densas. Estaba muerto. Y de nuevo se me revelaba que la culpa era mía. La vida del duque me importaba menos que nada, pero no podía evitar responsabilizarme también de la de Feila, por haber hecho que confiara

175

en mí y haberle ofrecido una salida que parecía segura. Lo que no entendía era por qué yo no había recibido mi propia penitencia. ¿O quizá la magia consideraba que ya tenía suficiente con vivir bajo el peso de mis errores? ¿O tal vez era mi parte no humana la que me libraba de la pena? ¿Sería acaso mi corazón roto castigo suficiente para lo acontecido?

Me tambaleé cuando las hojas se movieron tan rápido que me costaba mantener el equilibrio. Aún dentro de su remolino, abrí los ojos y observé los de Misia, negros, opacos, muertos, antes de que ella lanzara un grito y la calma regresase.

Las hojas cayeron al suelo y contuve un jadeo al entender su último rugido.

La bruja me sonrió.

—¿Ya sabes cómo salvar a Feila, Ziara?

Asentí y repetí en alto lo que las hojas me habían revelado y lo que Misia había gritado antes de volver en sí.

—Tengo que matar al duque de Rankok.

XV

Me desperté sobresaltada antes de que amaneciese. Después de la revelación hallada en el torbellino de hojas de Misia, había caído presa de un sueño inesperado.

—*Duerme, Ziara. Tu magia aún es frágil. Los hilos todavía están demasiado enredados.*

Las palabras de Misia habían funcionado como un arrullo. No me gustaba sentirme débil cuando la magia doblegaba mis fuerzas, pero debía recordar que era mi parte humana la que resultaba vulnerable a esos poderes y que no quería olvidarme de ella. Aunque hubiera aceptado ser una Hija de la Luna, jamás repudiaría lo terrenal que habitaba en mí.

Sin embargo, cada día notaba que mi cuerpo respondía mejor a tales experiencias.

Me limpié las hojas pegadas a la ropa y me levanté. Me encontraba en mitad del bosque. Misia me había llevado hasta allí y había formado para mí una cama de hojas que era más cómoda que el lecho más lujoso. Me asombraba su trato conmigo, tan diferente al que había mostrado con el ejército de Redka. Me sentía cuidada y fuera de peligro ante una criatura que todos temían.

Me dirigí hacia la laguna. Quizá no debía hacerlo, pero algo tiraba de mí con insistencia y necesitaba recabar toda la información posible antes de irme. No obstante, mis pasos se frenaron cuando oí el llanto. Un lamento inconsolable que salía de la cabaña escondida al otro lado del bosque. Cambié el rumbo de mis pies hasta estar tan cerca de la ventana que podía atisbar la silueta encorvada de Misia. Sus sollozos me provocaron una congoja que me obligó a esforzarme para no acompañarla con los míos. Expresaban un dolor desgarrador. Una pena honda ante la que costaba no derrumbarse.

Abrí la puerta y me acerqué al cuerpo atormentado. Posé una mano en su hombro y Misia alzó el rostro. Contuve el aliento. Ya no era la bruja de ojos mortecinos y aspecto majestuoso, sino solo una joven asustada y dolida. Una mujer que no aparentaba muchos más años que yo, con el cabello rubio y espeso, y los ojos castaños y muy vivos. Preciosa, de labios rojos y sonrisa tímida.

—¿Qué sucede, Misia?

Su mirada se cubrió de nuevas lágrimas que limpié con mis dedos. Su dulzura era innegable y no me parecía posible que pudiera ocultarla bajo ese manto poderoso que había mostrado hasta entonces. Me senté a su lado y la consolé. Ella me contemplaba como si no lo hubiera hecho antes. Su temor me asustó.

—¿Puedes verme?

—Claro que puedo verte.

Misia negó con la cabeza y sus ojos se colmaron de una esperanza que ya había visto dirigida a mí en incontables ocasiones. En Arien, en Missendra y en todos aquellos que creían que yo era diferente.

—No, me refiero a mí. ¡Puedes verme a mí!

Parpadeé confundida y entonces comprendí su asombro. Yo ya no veía a la bruja, sino a la mujer que vivía dentro de ella o la que había sido en otros tiempos. No tenía sentido, pero nada de lo que me había sucedido desde mi salida de la Casa Verde parecía tenerlo, así que solo suponía una incertidumbre más.

Tragué saliva y asentí, sin dejar de acariciarle el cabello como consuelo.

Ella sonrió.

—Eres tú.

—¿A qué te refieres?

—Ya me lo dijeron las hojas, pero no estaba segura de que fuera posible. Pero, si puedes verme, es que eres tú.

Temblé. La verdad estaba ahí, en los labios de esa Misia joven y tan humana como lo era yo. Quizá no del todo, pero su magia no restaba su parte de corazón caliente y alma humana. Pensé en las brujas como ella, en todas las leyendas que nos habían contado, y me di cuenta de que de nuevo las mentiras resurgían. Nuestra historia estaba llena de verdades a medias, moldeadas para los intereses de los hombres, retorcidas con el único propósito de vencer sobre las demás razas que poblaban un mundo que no nos pertenecía solo a nosotros. Los Hijos de la Luna. Las Hijas de Thara. Los últimos hombres. Los tres linajes más poderosos enemistados por algo tan superfluo como la necesidad de gobernar sobre los demás.

Miré a Misia, sus ojos tristes y vulnerables. ¿Qué precio habría pagado ella? ¿Cuál habría sido su guerra, su traición, su castigo? ¿De verdad merecía semejante penitencia? ¿Por qué veía un reconocimiento en su mirada que parecía recíproco? ¿Quién era yo en aquel valle para esa bruja atrapada para siempre y castigada a contemplar sus pecados en el fondo de una laguna?

—¿Quién soy, Misia?

Sonrió. Alzó una mano y la apoyó en mi mejilla. Su tacto era cálido. Las hojas volaban a nuestro alrededor en una danza lenta. Su expresión era la de quien parece estar soñando. Incluso pronunciar cada palabra le costaba esfuerzo.

—Eres el futuro, Ziara.

No lo entendía. Cada revelación me resultaba más enrevesada que la anterior.

Recordé entonces la primera vez que Misia usó su magia en mí. Las hojas quemadas. La visión de la laguna, una imagen que no correspondía a lo que Redka me contó que debía ver. Decidí que era el momento de lanzar preguntas, aunque cayeran en saco roto. Quizá no tendría otra oportunidad de encontrarme con Misia, mucho menos con una versión de ella tan cercana.

—¿Por qué vi aquel sueño en la laguna? Si tú muestras el futuro, ¿por qué yo vi el pasado?

—¿Por qué crees que es el pasado?

Abrí los ojos con sorpresa. En mi cabeza, un remolino de pensamientos sin orden ni concierto lo emborronó todo.

—Porque lo es. Yo vi uno de mis recuerdos, Misia.

—No todo lo que se ve es un recuerdo, Ziara.

No lo comprendía. Llevaba cargando con ese sueño desde que me alcanzaba la memoria. No era el único, pero sí uno de los que más se repetían. Me veía a mí misma corriendo por un campo de trigo; llevaba un vestido azul y una capota de lana. El pelo rojo suelto al viento.

Me esforcé por encontrar su origen. Cerré los ojos y regresé a la granja en la que me había criado. Su prado verde de flores anaranjadas. Sus árboles frutales.

Los abrí de nuevo. Mi corazón saltó acelerado dentro de mi pecho.

Jamás había pisado un campo de trigo.

Misia percibió mi inquietud y sonrió.

—A veces, algunos podemos ver lo que está por venir.

Se me velaron los ojos. La cabaña daba vueltas. Me costaba respirar. La boca me sabía amarga. Y es que sus palabras albergaban demasiado. Sus palabras me decían que, si era cierto que ella me había mostrado el futuro dentro de la laguna, que yo lo hubiera visto por mí misma tantas veces antes solo tenía una explicación.

Yo también poseía esa magia.

Solo las brujas y los Antiguos Hechiceros tenían premoniciones, y era obvio que yo no era el fruto de Essandora y de uno de aquellos sabios de Lithae. Yo no era solo una Hija de la Luna, a los que Misia prohibía la entrada a su valle, yo era algo más.

Yo era otra cosa que solo se explicaba con la sangre de las brujas.

¿En qué me convertía eso? Y, lo que era más importante, ¿qué era lo que con tanto ahínco me había querido mostrar la magia a lo largo de los años?

—Ella... ¿Quién es ella, Misia?

Pero la bruja ya parecía estar lejos. Su rostro se desdibujó y comenzó a transformarse en el de mirada oscura y fría que ya conocía.

No obstante, antes de desaparecer del todo en un remolino de hojas rojizas, repitió aquella revelación que determinaba mi destino.

—Tú eres el futuro, Ziara. Estamos en tus manos.

Si yo era el futuro, esa niña... Esa niña era el mío.

Era mi hija.

181

Abandoné el Valle de Misia sin despedirme. Tras nuestro encuentro en la cabaña no volví a cruzarme con ella y tampoco oí su llamada. Pensé que después de lo que había descubierto era mejor así.

En cuanto pisé tierra seca y me recibió el aroma de las flores que me recordaban que estábamos en verano, Arien saltó frente a mí. Ya lo conocía lo suficiente para intuir que no se había movido de aquel árbol en todo el tiempo que yo había estado ausente. Ni siquiera habría dormido, a la espera de una llamada de auxilio por mi parte.

—¿Estás bien?

Asentí con una sonrisa sincera, aunque tuve que meditar si eso era cierto. Estaba sana y salva, no había mentido a Arien, pero lo descubierto me mantenía en un estado que me costaba discernir si era bueno o no. De repente, cobraron sentido los presentimientos que solían acompañarme, avisos del futuro inmediato que no correspondían a la magia de la Luna, pero que quizá por ser híbrida habían nacido en mí. Ahora sabía que su origen era otro. En mi mente también había espacio para las premoniciones, lo que me acercaba a seres como Misia, mujeres castigadas y odiadas por todos, incluidos los Hijos de la Luna, que me consideraban una de los suyos. Llevaba años creyendo que en mi cabeza se repetían sin cesar los recuerdos del pasado, sin saber que, en realidad, al menos uno de ellos correspondía a un instante que aún no había sucedido. Al rememorarlo de nuevo, la vi a ella.

Ella. Sin nombre.

Un cuerpo pequeño. Una melena cobriza. Tan parecida a mí.

Ella, que aún no existía.

Mi hija.

Tragué saliva y noté que una fuerza desconocida me estrujaba el corazón, una mano que lo aplastaba entre sus dedos. Un sentimiento desconcertante, inmenso, imparable que jamás había sentido por nada ni por nadie. Y eso que ella ni siquiera era una realidad. Solo era un futuro probable por el que, sin duda, también debía pelear.

—¿Has averiguado lo que necesitabas? —me preguntó.

—Sí. Vámonos. No debemos perder más tiempo.

Arien se mostró complacido con mi determinación. Si mi voluntad había flaqueado en algún punto del camino, ahora era férrea. No solo debía dedicar mi vida a vengar la muerte de Redka, sino también a luchar por que la de ella fuera posible.

XVI

Feila apenas abría los ojos. Tenía la piel mortecina y su herida había dejado de sangrar para empezar a expulsar un líquido amarillento cuyo olor resultaba nauseabundo.

—Me marcho hoy mismo.

—¡No puedes entregarte! —El grito de Oces hizo retumbar las paredes de la casa.

Missendra lo fulminó con una mirada que acalló cualquier reproche que tuviera cabida por mis actos y decisiones.

—Puede hacer lo que quiera. Ziara no es una esclava.

—Llevamos años buscándola y, ahora, la dejas marchar sin más… —Oces continuó maldiciendo entre dientes mientras la emperatriz calmaba una situación complicada.

Al otro lado de la sala, Arien me observaba con preocupación.

Tanto él como Missendra comprendían mis motivos. Pese a todo, temían por mi seguridad. Entendían el sentimiento de lealtad que me movía a cuidar de Feila, al fin y al cabo, era el mismo que ellos sentían hacia mí, pero también pensaban que la situación se había complicado y que su deber era protegerme.

—¿Cuál es tu plan? —preguntó Cenea, arrodillada frente a Feila.

Me fijé en ella y me di cuenta de que estaba realmente desmejorada. Dedicaba cada segundo de aliento a mantener a Feila con vida y yo jamás podría devolverle lo que estaba haciendo por ella. Me habían explicado que podían congelar su estado durante un tiempo gracias a la magia, evitando que la afección empeorase tan rápido como lo haría normalmente en su carne humana, pero eso también alargaba su sufrimiento y temían que llegase un momento en el que no despertara.

—Voy a hacer que me encuentren. Fingiré que me secuestrasteis y que en algún momento logré escapar.

Oces se rio ante mi idea.

—Nadie con un mínimo de cordura confiaría en ese testimonio. Les dirás que te creímos muerta. No todos los humanos aguantan ser transportados. —Asentí ante su aportación.

—Confesaré que Arien nos usó como escudo para huir. Que os llevasteis a Feila y que rezo todas las noches por ella.

—Tendrás que decir que coaccionaste a tu comandante para que os ayudara. Es la única explicación posible —añadió Missendra.

Traicionar a Redka. Otra vez. Sentí la bilis abriéndose paso por mi garganta. Aunque sabía que era lo más sensato. Confesaría que Redka me amaba y que usé ese sentimiento en mi beneficio obligada por la magia del Hijo de la Luna. Me odiaría por ello, pero una voz insistente y cruel me repetía sin cesar que no importaba.

«Ya está muerto. Ya murió por tu culpa. Ya no importa».

Cogí aire y me enfrenté a ella del único modo que supe: haciéndola real.

—Está muerto, no creo que eso importe demasiado.

Ignoré las miradas de todos ellos; una mezcla de lástima, orgullo y temor que me hizo sentir aún peor.

—Te interrogarán, Ziara. ¿Y si te condenan? —preguntó Missendra preocupada.

—No lo harán. Soy una Novia, ¿recuerdas? No se espera demasiado de mí.

Por una vez, pensaba hacer de mi condición una virtud y no un castigo.

—¿Y cómo volverás, una vez que cumplas tu cometido?

Sonreí a Arien, agradecida por el hecho de que no dijera en qué consistía ese objetivo. Un objetivo que todavía no sabía ni cómo iba a llevar a cabo ni si sería realmente capaz de hacerlo, pero tenía claro que no había otra salida para salvar la vida de Feila. Todos conocían lo que la bruja del Valle de Otoño me había mostrado, aunque aceptar en voz alta lo que estaba dispuesta a hacer me incomodaba tanto como para no analizarlo en exceso.

—No lo sé.

—Tu magia te protegerá, Ziara.

La dulzura de Missendra me hizo clavar los ojos en ella. Las espirales brillantes de su mirada me calmaron. Me hicieron confiar en mis capacidades, pese a que seguía sin tener del todo claro qué era lo que había dentro de mí y cómo manejarlo.

Tal vez, así fuese. Quizá aquella misión era lo que necesitaba para enfrentarme a quien de verdad era. Iría al castillo, mataría a Deril y después huiría como la fugitiva en la que me habría convertido. No concebía cómo iba a lograr cada uno de esos pasos, pero debía hacerlo; la vida de Feila estaba en mis manos.

Contemplé el vestido que Cenea había dejado sobre mi cama. Era de color musgo y con ribetes más oscuros en el pecho y en las mangas. No era el mismo con el que yo había salido de Cathalian; Arien lo había tirado por la ventana con diversión antes de descubrirme un nuevo mundo de comodidad en los ropajes que vestían los Hijos de la Luna y no habíamos vuelto a verlo. Cenea ya lo había reprendido por ello. Pero nadie tenía por qué saberlo. La única persona que me había visto aquel día, aparte de Arien y Redka, había sido la misma Feila, que yacía en una cama en una de las casas colgantes de Faroa.

Suspiré y me lo puse. La tela me resultaba áspera y pesada, nada que ver con los pantalones y camisas livianos a los que ya me había acostumbrado. Sentía que mis movimientos se ralentizaban. Jamás había pensado que las mujeres tuviéramos desventajas por nuestras vestimentas, pero, sin duda, aquellos faldones obstaculizaban el camino a cualquiera.

Me cepillé el pelo y lo recogí en una trenza. Al ver el resultado en el espejo, lo desordené con las manos, dejando que algunos mechones se escaparan descontrolados. Aun así, mi aspecto era demasiado férreo, intacto, y destilaba una fuerza que era imposible que pasara desapercibida. La magia se colaba por donde podía para hacerse notar. Apenas veía en mí a la chica inexperta y perdida que había vagado por los pasillos de palacio; dudaba que nadie en su sano juicio pudiera hacerlo. A mi espalda, percibí que Arien se colaba por la ventana con su habitual sigilo.

—No parezco una damisela en apuros.

Vi su sonrisa a través del reflejo.

—Porque no lo eres. Nunca lo has sido.

Le respondí con una igual.

—¿Cómo voy a hacerlo, Arien? ¿Cómo voy a salvar a Feila?

No tenía miedo de volver a la corte de Dowen. No me atemorizaba la posibilidad de ser descubierta, juzgada y castigada. Tampoco me asustaban las torturas. Una parte de mí sentía un alivio inmediato al pensar en que sucedieran, como si con ellas pudiese enmendar la culpa por la muerte de Redka. Había perdido la turbación ante cualquier acto que supusiera traición, deshonor y remordimientos. Pese a todo, sí había una cosa que me despertaba pánico y que hacía temblar mi corazón: el miedo a que Feila también muriese y yo tuviera que vivir con ello.

—Lo harás, Ziara. Si alguien puede hacerlo, eres tú. Y te demostrarás que eso solo es el principio de todo lo que eres capaz.

Agradecí a Arien en silencio su confianza y su afecto. No habíamos vuelto a hablar de lo sucedido en el Círculo de Plata. Él no había mostrado recelo ante mi imagen tumbada en el suelo y rodeada de ceniza. Ambos sabíamos que aquello no encajaba con lo que se esperaba de la magia de la Luna, pero para Arien solo era una razón más para confiar en que el destino había escrito mi nombre en un lugar importante. Además, su sentido de protección hacia mí era mucho más fuerte que cualquier otro.

—Espero que no te equivoques.

—Y yo, que de una vez por todas creas en ti.

Tragué saliva; para él aquel acto era una muestra de valentía, pero para mí solo significaba que iba a traspasar un límite que jamás creí posible: arrebatar una vida.

Arien me guiñó un ojo y desapareció por la ventana justo antes de que Missendra ocupara su lugar. Parecía serena, aunque ya había aprendido que entre las virtudes de la emperatriz estaba esconder sus emociones con maestría.

—Ziara, ¿estás lista?

Suspiré e hice una mueca al verla estudiar mi vestido con una sonrisa burlona. Me sentía incómoda, disfrazada, como si estuviera dentro de una piel que no me pertenecía. Asumí en ese instante que ya era mucho menos humana de lo que creía.

—Arien me esperará en el altar. Saldremos al anochecer.

Ella asintió y se acercó a mí. Tomó mi mano entre las suyas. Aún se podía percibir la piel quemada por mi magia el día de mi nombramiento. Ambas la observamos y compartimos una mirada que decía demasiado. Entonces pensé en Misia, en sus revelaciones, en lo que parecía compartir con la bruja y que me alejaba a su vez de mi sangre de plata.

¿Y si era cierto que había algo en mí que me unía a seres como Misia? ¿Y si eso explicaba el fuego que se avivaba en mi interior? ¿Y si todo había sido un error y yo no era Hija de la Luna? ¿Qué iba a ser de mí entonces? Me sentía dentro de un laberinto sin salida.

—Missendra, tengo que contarte algo.

Me sonrió con una dulzura maternal que me provocó una nostalgia instantánea. Hasta ese momento desconocía cuánto echaba de menos una figura confiable con quien sentirme cuidada. De alguna manera, la emperatriz había sido eso para mí, un ala bajo la que cobijarme, una mano que estrechar con la mía cuando lo necesitaba.

—Sé que Arien te ayudó con tu magia.

Arrugué el rostro en señal de arrepentimiento, pero negué con la cabeza, porque mis secretos iban mucho más allá de una travesura sin su consentimiento. Apreté sus dedos entre los míos y le confesé lo que no dejaba de atormentarme.

—La bruja del Valle de Otoño me reveló algo más.

Missendra tiró de mí y nos sentamos en la cama. Pese a la importancia de la conversación, su tranquilidad me sosegaba, aunque también vi una culpa revoloteando en sus ojos en forma de oscuridad.

—Ziara, sé que tu visita a ese lugar maldito resultó de ayuda, pero fue muy arriesgado por mi parte dejarte ir.

—¿A qué te refieres?

Missendra tensó los labios y me regaló otro pedazo de historia. Me observó fijamente y su mirada se convirtió en una niebla espesa antes de dar paso a un pasado desconocido.

—Las brujas no son de fiar, Ziara. Hace muchos años, antes de que las Sibilas brotaran de la tierra y el cielo, pese a ser muy pocas en número, formaban un linaje fuerte y poderoso. Dominaban el mundo de la magia y los humanos las temían. Incluso los seres mágicos lo hacían. Pero, con el tiempo, su posición fue quedando en el olvido. Eran traicioneras, egoístas y déspotas, así que fueron rechazadas por los suyos, relegadas a oscuros bosques y despreciadas por los humanos.

Las paredes desaparecieron. El techo se abrió sobre nosotras y alcé la vista al cielo nublado. Estábamos en un bosque, frente a una casa de piedra y en su interior una mujer de pelo rojo y ojos oscuros leía un viejo libro de hojas grandes y amarillentas. No la había visto nunca, pero la conocía. Sentía una familiaridad tan real como imposible, similar a la que siempre me había despertado Arien, pero infinitamente más fuerte. Mi corazón la reconocía como una parte de sí mismo. Los dedos me quemaban una vez más. Las llamas se encendían en mis entrañas pidiendo paso. Esa bruja tenía algo de mí igual que yo poseía algo de ella. No podía explicarlo, pero me resultaba tan natural como respirar.

—Durante años aceptaron el repudio y vivieron apartadas. Con la llegada de las Sibilas, un tercer linaje se instauró en el mundo. Fue entonces cuando tuvieron que convivir con fuerzas más poderosas que ellas y no les gustaba sentirse inferiores. Se mantuvieron tranquilas, pero volvieron a hacerse ver más de lo debido y a permitir que sus instintos hicieran de las suyas.

De repente, apareció un hombre a caballo y nos centramos nuevamente en aquella visión. El estandarte real brillaba en los lomos del animal en la tela grana y dorada con el símbolo de Cathalian. Abrí los ojos conmocionada por lo que Missendra me estaba mostrando.

—Ese es…

—Danan de Cathalian.

Mis latidos se aceleraron. Si él era Danan, ella…

—¿Giarielle?

Había escuchado tantas veces la historia de la bruja Giarielle que me parecía imposible lo que Missendra me mostraba. Asintió y contemplamos cómo el rey se colaba en la casa y ella lo recibía con la ilusión bailando en sus ojos brillantes. Se fundieron en un abrazo y sus labios chocaron con el estrépito incontrolable de dos amantes prohibidos.

—Pero la historia…

—¿No es así como te la habían contado? Ya lo sé. Los hombres moldean siempre la verdad para su beneficio.

Tensé la mandíbula y sumé aquella mentira a todas las que ya guardaba dentro de mí. Nos habían hecho creer que Giarielle era malvada y estaba loca, siempre exculpando a Danan de cualquier error como la víctima de un hechizo, pero aquellas visiones me transmitían una realidad muy distinta.

—Ellos se amaban de verdad.

—Lo hacían.

—¿Y qué ocurrió?

La escena se desdibujó, dando paso a una sucesión de otras similares en las que Danan visitaba con frecuencia la cabaña de Giarielle. El amor llenaba los rincones de esa casa perdida en la espesura del bosque. El vientre de la bruja se abultaba cada vez más. Su mirada rebosaba una esperanza que me dolía, porque conocer el final de la historia me hacía daño.

—Alguien los descubrió y su idilio llegó a oídos de la reina Niria. Ella estaba al día de las aventuras de su esposo, pero que compartiera lecho con una bruja traspasaba un límite inaceptable. Más aún, la posibilidad de que sintiera algo real por ella. Además, Niria también esperaba descendencia. Dos mujeres que amaban al mismo hombre y que deseaban lo mejor para la vida que crecía en su vientre.

—Eligió a Niria.

Missendra suspiró y su mirada se oscureció.

—No exactamente. Eligió a su reino. En realidad, Danan nunca tuvo elección. No podía declarar su amor por una bruja. Lo habrían condenado por traición a su linaje y a Giarielle la habrían quemado en la hoguera por hechizar al rey. Así funcionan las leyes de los hombres. Así que escogió su destino y su reino, y se alejó de Giarielle.

Vimos a la bruja esperar sentada junto a la ventana. Su mirada empañada cada anochecer cuando ya asimilaba que él no vendría. Sus lágrimas desconsoladas entre sábanas. Sus gemidos agónicos cuando dio a luz a su bebé en la soledad de una tristeza que no merecía. Una mujer rota por el desamor de un hombre que, aunque hubiera jurado amarla, siempre amaría más el poder.

—Pero ella no lo aceptó —conjeturé, ensimismada en la visión.

—Ella lo amaba. Confiaba en él. Así que no se rindió. Una noche, se acercó a palacio. Sabía que no debía, pero solo quería que Danan conociera a su hijo. Giarielle pensaba que, si lo veía, su corazón volvería a ellos.

—No lo hizo.

—No. La bruja iba preparada para verlo con su esposa, pero no para encontrarlo retozando desnudo y susurrando palabras de amor a una joven del servicio. Palabras que un día le había dedicado a ella.

La vimos esconderse en los túneles del castillo. Aguardando el momento de vengarse y dar cierto consuelo a su corazón roto. Cuando Danan regresó a sus aposentos con la reina Niria y su bebé recién nacido, se unió al sueño de ambos. Giarielle los observó; la felicidad de sus caras; la ausencia de culpa en la serenidad de Danan; la belleza de su rollizo bebé humano.

Me asomé a la cuna y contemplé con el aliento contenido al que un día crecería y se convertiría en rey de Cathalian.

—El rey Rakwen.

Missendra asintió, aunque la expresión maliciosa de su rostro me desconcertó.

—El corazón de Giarielle se rompió en pedazos. La escena tan idílica le hizo comprender que jamás había tenido una posibilidad de ser feliz junto a Danan. Él la había engañado.

La bruja comenzó a llorar en silencio y contemplé horrorizada cómo sus lágrimas se transformaban en fuego. Según se deslizaban por sus mejillas, encendían la alfombra de los aposentos. En pocos minutos, toda la habitación ardía en llamas. Los tres dormían, hechizados por el embrujo de Giarielle y castigados a una muerte segura por culpa de los actos de un hombre egoísta.

—Los mató por desamor, no por orgullo.

Sentía pena por la bruja y su dolor hondo se me clavaba como si una parte de él me perteneciera, pero mis emociones no justificaban los actos viles de Giarielle. Danan
merecía la condena, pero Niria no había sido más que
otra mujer castigada por los errores de otros.

—Sí, pero no es esa verdad la que importa —susurró
Missendra.

A nuestro alrededor, las paredes de esa parte del castillo se desplomaron. Danan y Niria morían bajo el escom-
bro y el fuego mientras Giarielle protegía a su bebé del
humo y observaba la escena con todo el dolor de su corazón reflejado en su mirada empañada.

De repente, una viga se desplomó sobre la cuna del
príncipe y lancé un grito.

—Lo mató. ¡Giarielle mató a Rakwen!

Missendra no respondió. Solo me dejó sacar mis propias conclusiones antes de verlas por mí misma. Giarielle
retiró la madera y al bebé muerto, y colocó al suyo unos
segundos antes de que las puertas se abrieran y los sirvientes intentaran rescatarlos. Uno de ellos acogió al niño entre sus brazos y se lo llevó de allí, aliviado de haber salvado al futuro rey y cambiando así el rumbo de la historia
para siempre.

—Rakwen era un bastardo. ¡Era el hijo de una bruja,
no de Niria!

—Así es. Nadie se dio cuenta, quizá bajo el embrujo de Giarielle o porque ambos hermanos se parecían. Nadie dudó jamás del heredero y la historia continuó como
las leyes humanas dictaban que debía.

—Pero no cambió nada… —susurré decepcionada
sin entender el motivo.

Sabía que no podía hacerlo. Hermine nos había enseñado que los poderes de las brujas solo se transmitían a las

mujeres; los hombres eran inservibles para su linaje. Su pequeño acto no tenía la más mínima repercusión, únicamente alimentaba un ego herido.

—No, pero Giarielle obtuvo su propia venganza. Nombró rey a un hijo suyo —me explicó la emperatriz.

—Quizá, finalmente, sí los mató su orgullo.

—Tal vez así fuera.

Cogí aire, esperando ser testigo del final de la bruja Giarielle, pero no sucedió nada. Los sirvientes pusieron a salvo al descendiente de Danan y unos soldados se ocuparon de que el fuego no se propagara a otras zonas del palacio. La imagen de la bruja desapareció entre las llamas y las sombras de ese escenario de horror y muerte.

—¿Y Giarielle? ¿No había muerto en el fuego?

Missendra se encogió de hombros y me estremecí.

—Nadie lo sabe con exactitud. La guardia real anunció que así había sido para tranquilizar a un pueblo que había perdido demasiado en una noche, pero lo cierto es que se desvaneció y nunca más se la volvió a ver.

—¿Quién conoce la historia real?

—Yo. Ahora, tú. Quizá, Misia. No lo sé. Las visiones son un regalo, pero hay que ser cautos con lo que se descubre en ellas.

Tragué saliva y medité las revelaciones de Missendra. Llevaba tantos años escuchando esa historia que me costaba digerir que no fuera tal y como me la habían contado. También entendía que, si solo algunos Hechiceros como la emperatriz conocían la verdad, esta se mantuviera oculta. Sus consecuencias eran peligrosas.

—¿Qué querías contarme de Misia, Ziara? ¿Qué te reveló la bruja?

Parpadeé y la miré aún con el rostro arrebolado por las emociones. Después de lo que había descubierto y de sentir el recelo de Missendra por el linaje de Giarielle, ya no estaba tan segura de mis intenciones. Me aparté levemente y fijé la mirada en la pared.

—No tienes que temer nada. Estás en casa, Ziara.

¿Y si no era así? ¿Y si mi destino era tan complicado como el camino que estaba atravesando para alcanzarlo? ¿Y si Missendra se daba cuenta de que se había equivocado conmigo?

Me volví y clavé mis ojos en los suyos. Y hablé. Al fin y al cabo, la verdad era lo único que tenía y no pretendía emular a todos aquellos que la ocultaban a conveniencia.

—En realidad, Misia no me reveló nada. Fueron mis ojos.

—¿Te asomaste a la laguna? —Asentí; imaginaba que los Hijos de la Luna sabrían de sus poderes—. ¿Quieres contarme lo que viste en tu futuro?

Negué con la cabeza y temblé al pensar en ella. Sentí el corazón latiendo con fuerza al ver su pequeño cuerpo corriendo, respirando y viviendo. Aquella niña no era real, pero para mí ya existía. Se había hecho un hueco tan grande en mi corazón que nada más parecía tener cabida.

—No se trata de eso.

—¿De qué, entonces?

—De que lo que me mostró la laguna yo ya lo había visto muchas veces antes.

La expresión de Missendra se rompió. Su mirada se tornó oscura y cautelosa. Sentí la tensión de su cuerpo en el mismo instante en que las piezas encajaban en su cabeza y me observaba con otros ojos; unos que leían en mí otra historia que jamás se había contado. Unos que denotaban miedo, rechazo, admiración y duda.

—¿Dónde lo viste? ¿Quién te lo mostró?

—En mis sueños. Yo lo vi. Yo ya he visto el futuro.

XVII

Mi magia estaba ligada a las brujas. Missendra no lo comprendía, pero era la única explicación posible a los poderes que habíamos descubierto. Las visiones futuras, el fuego que me unía a Giarielle de forma inexplicable, la conexión que había sentido con Misia en mi última visita a su valle y que ella permitiera mi paso por él sin trabas, la familiaridad que sentía ante todas esas mujeres condenadas. Las piezas encajaban, aunque la idea no nos agradara.

La emperatriz parecía atormentada. Daba vueltas por la estancia en silencio, con las espirales de sus ojos girando sin descanso.

—Missendra, debo irme. Feila…

Asintió y frenó su danza incansable. La sentía lejana. Desde el mismo instante en que había recibido la verdad como un golpe, una frialdad inesperada se había instaurado entre nosotras. Pero nada había cambiado. Yo seguía siendo la Ziara que habían conocido y que se había unido a ellos con un propósito. No me importaba qué sangre corriera por mis venas.

—No debes contárselo a nadie, Ziara. Si descubren quién eres...

—¿Quién soy?

Ni siquiera lo sabía con exactitud. Ella pareció verme de nuevo como la chiquilla perdida que había llegado a Faroa y se acercó con firmeza. Levantó la mano y dudó un solo un instante antes de coger la mía. Su desconfianza me dolió.

—Eres Ziara de Faroa, Hija de la Luna. También, de los últimos hombres de Cathalian. Por tu sangre corre la sangre de las brujas, Hijas de Thara. Eres la mezcla de tres linajes únicos, pero solo tú sabes quién eres de verdad y a quién honras. No lo olvides.

Apoyó mi mano sobre mi corazón y digerí las palabras de la emperatriz. Acepté quién era para todos ellos y, más allá de eso, que yo era la única que podía decidir quién quería llegar a ser.

La miré una última vez con los ojos vidriosos y le expuse mi mayor temor.

—¿Y si no logro volver?

Suspiró y el afecto de su mirada me enterneció.

—Si tienes problemas, sigue tu intuición. Y, si se complica de verdad, haz lo posible por llegar a Lithae por tus propios medios. Solo allí pueden darte las respuestas que necesitas.

Subí a casa de Feila. Me sorprendió hacerlo con una ligereza que días antes me resultaba impensable. Jamás podría ser tan ágil como Arien o Cenea, pero quizá tendría otras habilidades únicas que debía descubrir.

La encontré sumida en ese sueño profundo del que no había vuelto a despertar. Su pecho subía y bajaba a cada respiración de un modo lento y angustiante. Un silbido salía de entre sus labios secos.

Cenea alzó la cabeza al verme llegar. La había apoyado en el borde de la cama y descansaba con los ojos cerrados.

—He venido a despedirme.

—No puede oírte.

Tragué saliva y me esforcé por ocultar la pena. No quería llorar, pero después de lo sucedido con Missendra tenía las emociones descontroladas.

Me acerqué a Feila y le dejé un beso en la frente. Cenea no había soltado su mano, que yacía inerte y débil entre las suyas. Apreté su hombro con un afecto que nos sorprendió a ambas y me marché. Su voz me estremeció antes de salir de la casa.

—Haz lo que sea necesario para que regrese a mí. Por favor, Ziara... Mata a ese desgraciado y tráela de vuelta.

Pese a la contundencia de su súplica, la vulnerabilidad de su voz me desarmó. Me volví y me prometí que no permitiría que Feila muriera sin experimentar lo que de verdad significaba ser amada.

—Haré todo lo que esté en mi mano.

Cenea alzó el rostro y las lágrimas de sus ojos brillaron con fuerza.

Ya amanecía cuando me desperté bajo la sombra de un árbol. Comenzaba a acostumbrarme a los viajes, pero aún me dejaban una sensación de abotargamiento. Arien vigilaba sobre mi cabeza, sentado en una rama con gesto serio. En aquella posición, me pareció más fuerte que nunca. Me estaba acostumbrando al Arien hermano y se me olvidaba que aún seguía siendo un ser mágico que luchaba por lo que consideraba suyo.

Lancé una piedrita contra el tronco y miró hacia abajo con una sonrisa.

—Buenos días, Ziara. ¿Preparada para tu primera misión como Hija de la Luna?

Bufé y soltó una carcajada antes de caer a mi lado como si volar fuera posible. Pese a su preocupación por mí, parecía contento; Arien siempre parecía sereno y pleno cuando estaba junto a mí.

—¿No estás enfadado?

Me miró con una ceja arqueada.

—¿Por qué iba a estarlo?

—Te ha costado mucho esfuerzo llevarme hasta ti y, ahora, en menos de nada, vuelvo a ellos.

Para mi asombro, negó con la cabeza.

—No se trata de dónde te encuentres, Ziara, sino de que escojas sabiendo quién eres. Yo te regalé eso, pero tus decisiones solo dependerán de ti. Nunca podría enfadarme contigo por los caminos que tomes, siempre que seas honesta y consecuente con tus principios.

Asentí, agradecida, y recordé nuestra conversación sobre el ataque en la llanura en la que Masrin murió. Le había pedido que nunca volviera a elegir por mí. Él lo había comprendido enseguida y desde entonces, pese a que mi presencia en Faroa se debía a mucho más que a un reencuentro familiar, jamás había puesto en duda mi libertad.

Me retiré la tierra pegada a las palmas de mis manos y mi mirada se perdió en el follaje que nos rodeaba. Me pregunté si a Redka lo habrían llevado maniatado por esos senderos antes de matarlo y tragué saliva con fuerza. Arien percibió mi inquietud y me rozó el brazo.

—Eh, ¿qué pasa ahora? —Negué, pero él no lo dejó estar—. ¿Estás pensando en el comandante?

—¿Cómo lo sabes? —le interrogué extrañada.

—Puedo oír tu corazón. Cuando piensas en él, su ritmo cambia.

Tragué saliva y agradecí no compartir con los Hijos de la Luna todas las capacidades. Había reacciones naturales tan íntimas como aquella que prefería no conocer si no me pertenecían.

—A veces me pregunto qué pensaría él de mis decisiones si siguiera vivo. Qué sentiría por la Ziara que ahora forma parte de sus enemigos y que está dispuesta a volver a la corte para traicionar de nuevo a su raza.

—Él ya se enamoró de esa Ziara. Él ya vio que había algo distinto en ti y lo deseó. Él ya sabía que tu destino era otro, chica roja.

Cerré los ojos y me contuve para no gritar. Cogí aire y respiré con profundidad. Después me preparé para mi marcha; Arien me arrancó un trozo de manga del vestido y los dos manchamos mi ropa y mi piel. Como en un juego, él me hizo girar con rapidez sobre un charco de fango para que mi imagen diera credibilidad a mi testimonio y pequeños brillos de plata quedaron impregnados en mis faldones. Con el pelo revuelto y el aspecto de una víctima y no de la Hija de la Luna en la que me había convertido, me despedí de mi hermano con la promesa de regresar cuando Feila estuviera a salvo. Mis últimas palabras sonaron a condena cuando atravesé el sendero embarrado con la intención de que me apresara un grupo de soldados.

—No sé en qué me convierte esto, pero me consuela que Redka esté muerto para que jamás descubra lo que esta Ziara es capaz de hacer.

Me interné en el bosque y caminé con rapidez. Según me acercaba a mi destino, comencé a fingir confusión y a transformarme en una chica perdida y asustada que gimoteaba palabras inconexas. Grité todo lo fuerte que fui capaz pidiendo auxilio y no tardé más que unos minutos en verme rodeada de una brigada de la guardia real.

La punta de acero de una de sus espadas me rozó la base del cuello.

Mi respiración agitada la movía y supliqué por mi vida con la voz rota.

—Ayuda… Ayuda…

Al otro lado del bosque, un cuerpo a caballo levemente familiar ordenó bajar las armas con el rostro descompuesto.

—¡Por los dioses!

Con la expresión de asombro del comandante de Onize por haberme encontrado sana y salva, me desplomé sobre el suelo y fingí que mi destino estaba en sus manos.

XVIII
Redka

Acababa de llegar a palacio la primera vez que oí hablar del Cazador.

—Ha matado a tres saqueadores en el oeste. Dicen que buscaba al ladrón del ducado de Rassos.

Dos miembros del servicio charlaban mientras trabajaban en el jardín. Me gustaba sentarme allí al terminar mis entrenamientos con el viejo Roix; tal vez porque, si cerraba los ojos, el olor de la vegetación me transportaba levemente a casa.

—¿Quién es?

—Siempre va enmascarado, así que nadie lo sabe. Se rumorea que cualquiera puede contratar sus servicios a cambio de monedas de oro. Y que siempre lo encuentra todo.

—Dowen mataría por alguien así bajo sus órdenes.

Ambos habían sonreído con complicidad para, a continuación, mirar a su alrededor con recelo, por si ese comentario llegaba a oídos indiscretos.

Durante años el Cazador fue una sombra por la que el rey habría pagado una buena fortuna. A diferencia del Hombre de Madera, de su existencia sí había pruebas e incluso algunas milicias de soldados se habían cruzado con él sin altercados. No se le condenaba porque era lo bastante inteligente y hábil como para no dejar constancia de infringir las leyes de la corona. Únicamente se trataba de un hombre con un antifaz vestido de negro que trabajaba solo y cuya leyenda ya había llegado a cada rincón de Cathalian.

Llevaba unas semanas bajo la protección del Hombre de Madera cuando nuestros caminos se cruzaron. Mis conocimientos sobre el funcionamiento de los ejércitos de Dowen habían sido de gran ayuda, así como mi entrega absoluta ante el encargo de cualquier objetivo. No conocía el miedo, solo me valía el presente y no tenía a nadie que me esperase al volver cada noche a casa. Sin embargo, mi identidad era demasiado conocida en todo Cathalian, por lo que tenía que andarme con cuidado y no podía involucrarme en algunas misiones, algo que me frustraba con facilidad. Incluso habiéndome convertido en un hombre cuya vida había sido borrada, seguía sin ser libre.

Por eso, cuando lo vi tendido en el suelo en medio de un callejón rodeado de ratas, me dije que aquello solo podía ser una señal. Levanté su rostro y me encontré con sus ojos entrecerrados bajo la máscara. Le toqué el cuello y posé la mano sobre su pecho para comprobar que había dejado de respirar. No sabía cómo habría acabado allí, pero que yo lo hubiera encontrado antes que nadie me parecía un regalo de los dioses.

Una salida a mis problemas.

Un nuevo camino que me permitiría la libertad que siendo un fugitivo no tenía.

Cogí su máscara y le prometí que estaría a la altura de su legado.

Me la coloqué y me volví. Al otro lado de la calleja escondida había un niño.

—¿Quién eres? —susurró temeroso.

Sonreí.

—Creo que me llaman el Cazador. ¿Has oído hablar de mí?

XIX
Ziara

Dos soldados me subieron al caballo del comandante de Onize y me dejé caer desfallecida sobre su torso. Entre palabras titubeantes y gemidos, le había preguntado por Redka y me había dado la triste noticia de su fallecimiento. Había fingido tal conmoción que me había sumido en un estado de duermevela en el que apenas reaccionaba a los estímulos.

Cuando recuperé la compostura, ya estaba acomodada en una de las alcobas. No era tan lujosa como la que habíamos ocupado Redka y yo, pero albergaba todas las comodidades para intuir que, al menos de entrada, no me habían considerado un peligro, sino casi una invitada. La lumbre estaba encendida, de la bañera salía vapor y olía a las flores frescas que vi colocadas en un jarrón sobre una mesilla. Al otro lado de la ventana, pude atisbar los jardines reales.

Suspiré y sentí una congoja inesperada. Los recuerdos eran incontrolables y se colaban ante cualquier imagen que se asemejara a lo vivido al lado del comandante.

Me incorporé, pero no había puesto un pie en el suelo cuando la puerta se abrió y dos miembros del servicio me observaron con cautela.

—Señora, qué alegría que haya despertado. ¿Necesita algo?

Ninguna de las dos era Leah. Quise preguntar por ella, aunque sabía que aquello no se miraría con buenos ojos y que mis atenciones solo podrían ponerla en peligro, así que me abstuve. Parpadeé fingiendo confusión y entrelacé las manos con fuerza sobre mi regazo.

—¿Dónde estoy? —murmuré temblando.

Me dedicaron una mirada llena de lástima y, después de comprobar que la temperatura del baño era agradable y que todo estaba como debía, se dirigieron de nuevo a la puerta.

—El curandero llegará enseguida.

No me pasó desapercibido el sonido de una llave girando. Un acto sin importancia que podría haber significado que me protegían, pero que asentó aún con más fuerza en mí la creencia de que estaba en el bando correcto. Ya había aprendido que bajo el poder de Dowen todo tenía una doble cara y allí dentro, con un precioso vestido sobre la cama —cortesía de los monarcas— para ponerme después de mi aseo, intuía que ya no era una Novia rescatada, sino una prisionera.

El curandero no tardó en aparecer. Lo hizo junto a una joven que empujaba un carrito con sus instrumentos y algunos botes medicinales y ungüentos. Se trataba de un hombre enjuto y serio que olía a polvo. Me tumbé mientras él analizaba mi estado con aire circunspecto. Observó mis ojos bajo la luz de un candil, estudió el ritmo de mi respiración, revisó el estado de mi piel en busca de heridas, me palpó el abdomen y giró mis extremidades con delicadeza. Yo me dejé hacer como una muñeca. No hablé más que para responder sus preguntas con monosílabos titubeantes, y aparté la vista siempre que se cruzaba con la suya, como si tuviera miedo de cualquier contacto cercano. Cuando terminó su examen, le pidió a su ayudante que me diera un vaso de un remedio y dudé cuando ella me lo acercó a los labios.

—Te ayudará a templar los nervios. No te hará daño. Nadie volverá a hacértelo.

Me acarició el antebrazo con dulzura y sonrió. Tuve que contenerme para no decirle que estaba equivocada, pero ella aún creía en su rey y en que no había un techo más seguro que el que nos cobijaba. Me di cuenta de que la Ziara que una vez había traspasado las murallas del castillo no se parecía a la que bebía con cierta desconfianza un brebaje de plantas que sospechaba que no servía para nada. Ya no quedaba ingenuidad en mí. Sentía que me había endurecido, como un trozo de tierra al sol que acaba cuarteándose.

Les di las gracias y me dejaron sola.

Me pregunté cuánto tardarían en interrogarme y en que Dowen mostrara su verdadera cara.

Al caer la tarde una sirvienta vino a comunicarme que sus majestades querían verme. Asentí y me mostré temerosa y vacilante, mientras ella me ayudaba a acicalarme y me peinaba con mimo. No era Leah, pero también parecía buena, aunque humana. Por primera vez pensé que me habría sentido más cómoda con cualquier otro ser mágico.

—Ya está a salvo, señora. Ha sido muy afortunada.

Me trenzó el pelo y lo recogió en un moño sobrio. Luego me acompañó por los pasillos hasta llegar a una sala regia de acabados dorados. No era la del trono en la que los reyes nos habían recibido la primera vez, cuando acababamos de ser atacados por Arien y otros dos Hijos de la Luna, sino otra que parecía destinada a asuntos más discretos. Ignoré la consternación de aquellos con los que nos cruzábamos y atravesé las puertas.

—Ziara, bienvenida. Pasa, querida, no temas —dijo la reina.

Di dos pasos recelosos y me interné en la sala. La sirvienta, junto a la puerta, inclinó la cabeza en señal de respeto y la cerró tras de sí con sigilo. Mis sentidos trabajaron con rapidez y reparé en que estábamos solos. Únicamente un soldado vigilaba al final de la estancia, con el cuerpo escondido en el hueco que dejaba un pequeño pasillo que seguramente llevaría a otra puerta. Las cortinas estaban echadas y las llamas encendidas de una chimenea nos iluminaban los rostros. Cuando entré, se movieron en un baile silencioso que ellos no podían entender, pero yo sí. El fuego me saludaba, y por primera vez sentí que yo también estaba acompañada; yo también contaba con mi propia guardia. A ambos lados de la lumbre, los monarcas descansaban en unas butacas de terciopelo grana. Había colocada una tercera en el centro para mí.

Me quedé muy quieta y respiré con profundidad. No tenía miedo, pero fingir se había convertido casi en un juego y me resultaba fácil. La reina Issaen reparó en mi desasosiego y se levantó. Me cogió la mano con ternura y me acompañó a mi asiento. Frente a nosotras, Dowen de Cathalian fruncía el ceño y me observaba con tiento.

—Ya está, Ziara, ¿lo ves?, puedes estar tranquila.

La reina me sonrió y bajé la vista con vergüenza. Apoyé los dedos sobre los reposabrazos y apreté el tejido suave. El escrutinio de un Dowen que se mantenía en silencio comenzaba a ponerme nerviosa sin necesidad de simularlo. Al otro lado, Issaen se esforzaba por calmarme, lo que me hizo sentir una gratitud inesperada hacia ella.

Cogí aire y balbuceé unas palabras que intuía que el monarca necesitaba que yo pronunciara primero para tantear la situación.

—Les estoy tremendamente agradecida, majestades. Yo... —Aguanté la respiración hasta que noté que se me llenaban los ojos de lágrimas; mentir era sencillo, pero materializar las emociones no tanto—. Yo pensé que nunca podría regresar.

Issaen suspiró con pena y percibí nuevamente el tacto cálido de su mano sobre la mía. Dowen, en cambio, resopló y se removió sobre su asiento como si estuviera delante de un problema que ya creía resuelto. Al fin y al cabo, sin Redka, yo solo suponía una carga más a la que hacer frente.

—Lamento mucho lo que pasó, Ziara. Mi guardia tiene el deber de proteger a cada habitante de Cathalian y te encontraste con la furia de nuestros enemigos en nuestra propia casa. En nombre de todo el reino, te pido disculpas.

Parpadeé conmocionada y me sequé las primeras lágrimas antes de asentir.

—También queremos que sepas que estamos muy apenados por la pérdida del comandante de Ziatak. Nos consta que has sido informada de lo acontecido nada más atravesar las murallas.

Me tensé y noté los latidos acelerados en mi cuello. Las llamas del hogar encendido se alzaron con fuerza y crepitaron; mi furia reflejada en el vigor de las chispas. Issaen murmuró una oración y apartó la mirada, conmocionada por las palabras de su marido. Aunque eso no era todo lo que Dowen tenía que decirme; lo supe por la dureza repentina en su expresión y por la incomodidad que destilaba Issaen. Entendía que ya era capaz de leer en los demás mucho mejor de lo que lo hacía antes, sin conocerlos como para reparar en aquellos detalles, pero con mis sentidos activados para entrever mucho más de lo que se mostraba en apariencia. Me sentía más fuerte, intuitiva y valiente. Percibía que la magia me había quitado una venda de los ojos y veía el mundo, antes enturbiado, con una nueva claridad.

—Era mi mejor hombre. Confiaba en él y sé que el destino acertó con vosotros. Fuisteis afortunados de sentir amor en un mundo condenado.

Estaba inquieta. No movía ni un músculo, pero notaba el cuerpo rígido, preparado para atacar de ser necesario; la sangre, corriendo a toda velocidad; el corazón, pidiendo paso. La magia me gritaba que aquel hombre mentía y que no sentía ni un poco de remordimiento por sus actos. También, que Redka merecía mucho más y que las brasas de lo que un día había sentido por él seguían ardiendo.

—Pero cometió un acto imperdonable —continuó el rey—. Hirió de gravedad a un duque y aceptó su destino sin siquiera pedir clemencia o perdón.

Tragué saliva y, con ella, una bola de lava. Me ardía la piel y solo podía pensar en explotar en mil pedazos como en el Círculo de Plata, para que el dolor y la rabia desaparecieran, pero no debía. No había llegado hasta allí para que mis impulsos acabaran con todo en un suspiro. Así que me esforcé por pensar en Feila, en que el pasado ya no se podía enmendar y en que lo único posible era luchar por un futuro en el que el soberano que tenía delante se pudriese en el destierro.

—Me entristece, pero todos los hombres se deben a su reino. Usted actuó como lo haría un buen rey, mi señor.

Issaen sonrió con pena e hizo el amago de rozarme la mano de nuevo como consuelo, pero la levanté con rapidez y fingí que me apartaba un mechón de pelo para que no me tocara. De hacerlo, se habría quemado la piel igual que le sucedió a Missendra y yo me habría condenado.

—Me alegra saber que lo entiendes.

Asentí y el silencio volvió a alzarse como un testigo más de aquel encuentro.

—Mandé que su ejecución fuera rápida y limpia.

Me sujeté con firmeza a la butaca y noté que el terciopelo se arrugaba bajo mi calor.

—Gracias, majestad.

—Me gustaría ofrecerte un lugar donde poder honrarlo, pero no encontramos su cuerpo.

Alcé el rostro con premura y me perdí en la mirada ladina de Dowen. Sin poder ocultarla, la esperanza se pintó en la mía. Un destello que jamás creí que volvería a sentir, pero que brotó de forma incontrolable y que lo llenó todo.

—¿Qué quiere decir?

Issaen negó con tristeza y me fijé en que sus ojos estaban clavados en mi mano.

—Voy a confiarte algo, Ziara, pero solo porque, como su esposa, creemos que mereces saberlo. —Tragué saliva y sentí la respiración agitada—. Redka mató a cuatro soldados. Fui clemente y pedí que lo ejecutaran frente a su adorado Beli para que se sintiera más cerca de casa, y él me lo pagó desacatando mi dictamen, asesinando a cuatro de los míos y escapando.

Abrí la boca, pero fui incapaz de pronunciar palabra. Me temblaban las manos y notaba un pequeño latido en el dedo en el que un día la magia me había pintado un anillo. Era muy leve, casi inexistente, pero de pronto lo sentía como una llamada lejana. Tal vez solo se trataba de una fantasía provocada por la esperanza, pero su consuelo fue tan inmenso que me agarré a él con fuerza.

—¿Dónde está?

Dowen sonrió con condescendencia y entonces me di cuenta de que estaba disfrutando. Issaen parecía incómoda y afligida, pero él no. El rey había estado esperando ese momento y se estaba deleitando con mis reacciones. Un hombre tan lleno de odio que paladeaba el dolor de otros solo porque el mío habría dañado a Redka, si hubiera seguido vivo.

—Su cabeza, en las profundidades de Beli, tal y como yo había ordenado. Apareció días después en un callejón de Yusen. No sé los motivos reales de su muerte, pero tampoco importan si las consecuencias son las que siempre debían haber sido. Lo que nunca encontraron fue su cuerpo. Dicen que en ciudades como Yusen la pobreza es tan cruel que incluso la carne humana sirve de alimento a otros humanos.

Sonrió y noté la rabia caliente y densa recorriéndome la piel. La tristeza tiraba de mí y de las ganas de hacerme un ovillo y llorar de nuevo su pérdida, pero la ira era más fuerte y gobernaba cada bocanada de mi aliento.

Sentía que estábamos en medio de un combate que no tenía sentido. Yo solo era una Novia viuda que había vivido una experiencia traumática a manos de nuestros enemigos, y él, un rey con una guerra casi activa bajo su poder. Incluso con eso, se respiraba algo más entre nosotros. Una desconfianza mutua que me alertaba de que debía andar con cuidado. El más mínimo descuido podía llevarme a un encuentro con Redka en las profundidades de su adorado mar y, pese a que quizá lo merecía, no pensaba morir sin luchar.

Por los que ya no podían hacerlo. Por los que amaba. Por ella.

Me dije que tenía que ser racional y controlar mis emociones. Asentí y les mostré mi desconsuelo por la pérdida. Con la magia ya bajo control, alcé la mano y los tres observamos el vacío que había dejado mi anillo borrado. Dowen no pudo disimular que aquella revelación le agradaba: la confirmación definitiva de que, finalmente, su palabra se había cumplido incluso a ojos de la magia.

—No necesita un cuerpo, majestad.

Se me rompió la voz y en esa ocasión sí permití que Issaen atrapara mi mano. Dowen asintió y entonces se convirtió en el monarca generoso que muchos decían que era, ofreciéndome su fortaleza, sus riquezas y su protección todo el tiempo que necesitara.

—Mi casa ahora es la tuya, Ziara de Cathalian.

Pese a la gratitud que debía fingir, solo sentí pena por la forma en la que me había llamado. Hasta ese instante no había sido consciente de todo lo que suponía para mí el fallecimiento de Redka. Yo ya era una Hija de la Luna, aunque ellos lo desconocieran, pero mi parte humana aún amaba aquel lugar salado y blanco que un día había sido mi hogar. Tuve que aceptar que Ziara de Asum también había muerto con él.

Cuando me levanté y recorrí los pasillos a solas hacia mis aposentos, lo hice acariciando con lentitud el pequeño rastro de tinta que aún latía escondido en el lateral derecho de mi dedo.

XX

Aquella primera noche en el castillo me encontraba exhausta. Necesitaba descansar y descubrir dónde estaba el duque y cuál sería el mejor momento para cumplir mi cometido. La vida de Feila pendía de un hilo y el tiempo corría en nuestra contra, pero tampoco podía dejarme del todo a la improvisación si de verdad quería tener una posibilidad de que aquella locura saliera bien.

Antes de acostarme, me senté frente al fuego y jugué con las llamas. No podía posponer ni un día más afrontar quien de verdad era y allí podía hacerlo sin la presión constante por las expectativas que los Hijos de la Luna habían depositado en mí y, por otro lado, sin el miedo a que descubrieran que no solo me debía a su linaje.

Aunque la primera vez que me coloqué frente al fuego un temor olvidado se me agazapó en la garganta, enseguida entendí que manejarlo me resultaba más sencillo de lo que creía si lograba mantenerme tranquila.

Alzaba un dedo y las llamas me imitaban. Se movían a la par que las siluetas que formaban mis manos. Oscilaban con elegancia y me parecía oírlas reír cuando me divertía

215

haciéndolas chocar y mezclarse unas con otras. El calor nacía en mis yemas y se deslizaba hacia la hoguera, que crecía hasta salirse de la chimenea y flotar por la alcoba. Parecían espectros de fuego bailando a mi alrededor y no sentía miedo, sino fascinación. Me dejaba mecer por esa energía que acababa convirtiéndose en mía y que me hacía más fuerte.

Aquella madrugada aprendí de una forma rápida y natural a convivir con eso que emergía de dentro de mí. Eso que me unía a las brujas más que a ningún otro origen. No comprendía si porque era más poderoso o por alguna otra razón, pero sentía que con todas aquellas mujeres muertas o condenadas el hilo era más firme.

Antes de dormir, con las llamas ya en calma descansando dentro del fogón, me metí en la cama y entonces sí que pensé en ellos. En todos los que había dejado preocupados y confiando plenamente en mí en Faroa. Pensé en Missendra y en lo que había aprendido gracias a su sabiduría. Pensé en Arien y en su total aceptación, incluso cuando me había encontrado rodeada de cenizas en el Círculo de Plata. Pensé en Cenea y en sus entrenamientos, en los que me había proporcionado trucos para conocer la magia de la Luna y familiarizarme con ella; gracias a aquel calvario, mi cuerpo ya era más ágil, fuerte y veloz, también mucho más intuitivo. Comencé a percibir la luz que habitaba en mi interior, a sentir su presencia. Al lado del fuego de las brujas, esa luz me resultaba fría, como la superficie de un cristal en plena noche; aunque también era muy serena y no tan impulsiva como la del linaje que me aportaba el fuego.

Cuando ya me abrumaba la necesidad de descansar, las pequeñas luces plateadas bailaron sobre mi cabeza y me ayudaron a dormir.

Fue en la penumbra de los sueños cuando él apareció.

Lo vi al final de un sendero. Su rostro curtido. Su sonrisa torcida. Su cuerpo de acero y tierra. Las emociones se desperezaron y me abrazaron, otorgándome en esas fantasías el consuelo de quien ha perdido.

A la mañana siguiente, comprobé que los reyes no habían mentido. Giré el pomo de la puerta y reparé en que podía salir sin miedo a represalias. Ya no era una presa a la que encerraban bajo llave, sino que solo era una Novia. Una que, pese a todo lo acontecido, seguía siendo una privilegiada por la vida que se me estaba ofreciendo. Se me había asignado una alcoba llena de comodidades, tenía a mi disposición al servicio y podía disfrutar de las ventajas de habitar en palacio con total libertad. No había rastro de Leah por ninguna parte y temía que hubiera recibido algún castigo, pero no podía seguir culpándome por todo y basar su destino en teorías que solo alimentaban el odio que ya sentía por la corte de Dowen. Así que dejé de buscarla por los pasillos y me centré en el objetivo que me había llevado hasta allí.

Vigilé los puestos y horarios de los guardias. Los movimientos de un castillo que funcionaba con la precisión de un reloj. Las visitas que tenía un Deril moribundo en unos aposentos apartados en la segunda planta: las curas que le realizaban y también damas de la corte que leían plegarias para él. Había analizado de igual modo mis posibilidades de escapar, aunque se basaban más en la improvisación que en un plan estudiado, pero no podía dejar que el tiempo avanzase y, a esas alturas, mis prioridades ya eran otras por encima de mi seguridad. Así que, con todo eso a mi favor, tomé la decisión de dar un paso aquella misma noche.

Me despedí de mis acompañantes después de la cena y de un paseo en el jardín. Hice una reverencia a la reina y ella me sonrió con afecto. Issaen seguía siendo un enigma para mí, aún desconocía si creía en los métodos de su marido o solo se dejaba llevar por la inercia de una vida impuesta, pero me resultaba inevitable sentir cierta estima por ella.

Anduve con calma en dirección a mis aposentos, aunque en el último momento tomé un camino distinto. Pasé por la biblioteca y retiré un pequeño libro de oraciones. Me sudaban las manos, tenía la boca seca y notaba el latido del cuchillo que había escondido por debajo del vestido, pero no tenía miedo. Solo sentía el impulso de llegar al final de aquella misión, tal vez suicida, que había aceptado. Salí y me dirigí a la alcoba del duque. Saqué el libro y me lo coloqué sobre el pecho cuando me crucé con dos doncellas que bajaron los rostros con deferencia al pasar por mi lado, y me aventuré sin mostrar dudas a la habitación de donde habían salido; llevaban toallas y vendajes sucios en las manos. Me mostraba tan decidida que sabía que era mi baza para que no desconfiaran de mi visita al enfermo.

Solo era una chica viuda que sentía desconsuelo y deseaba rezar por su amiga desaparecida y su esposo al borde de la muerte.

Abrí la puerta despacio y chirrió levemente. Me colé en silencio y observé la estancia en penumbra. Olía a sangre y a algo oscuro que desconocía. Imaginaba que la muerte tendría un aroma parecido al que desprendía el cuerpo inerte que descansaba sobre una cama de sábanas blancas. Di unos pasos en la oscuridad y observé su rostro iluminado por la luz de la luna que se colaba entre las cortinas tupidas. Noté su intensidad centelleando bajo mi piel, otro recordatorio de que ya nunca más estaría sola. Me senté sobre el colchón y Deril entreabrió los ojos al notar que este cedía bajo mi peso.

—Hola.

Un brillo de pura furia destelló en sus ojos vidriosos y se removió incómodo, pero no fue capaz más que de levantar las manos y dejarlas caer de nuevo sobre la colcha con un gruñido ahogado. Casi sentí lástima. Aquel hombre ya no era más que carne enferma sobre una cama. Tenía la cara arrugada, pálida y más delgada que cuando lo había conocido. Bajo la tela liviana de un pijama se entreveían los vendajes que cubrían su herida. Acababan de limpiárselos y ya se vislumbraba la sombra de la sangre tiñendo las gasas. Apenas podía moverse. Por la sequedad de sus labios agrietados y el intento de su boca abriéndose y cerrándose, intuía que hablar también le costaba un gran esfuerzo. Ya no quedaba nada de un duque que había sido capaz de sembrar el miedo en sus tierras y en el lecho que compartía con la mujer que le había sido destinada.

Tal vez debería haber sentido pena y él sí merecía una oración, pero el odio por aquel hombre cruel era demasiado fuerte como para que las demás emociones tuvieran cabida. Desde que había traspasado el umbral de la estancia, notaba mis sentimientos intensificados, los sentidos alerta y mis instintos descontrolados.

Pensé que el proverbio estaba equivocado, porque la venganza no era fría, sino que ardía como lava.

Me humedecí los labios y sonreí.

—Parece que te alegras de verme.

El duque de Rankok echó un vistazo rápido a la puerta y sentí sus deseos de escapar; para su asombro, negué lentamente con la cabeza.

—El pestillo está echado. Sé que ese detalle podría alertar al servicio si intentaran entrar, pero también me daría el margen de tiempo que necesito para cumplir mi cometido.

Sus ojos ya no estaban furiosos, sino que habían dado paso al recelo. Me satisfizo el hecho de que un hombre poderoso como él tuviera miedo de una simple Novia del Nuevo Mundo. Para los hombres como Deril éramos menos que nada, seres insignificantes que solo servíamos para satisfacer sus vicios carnales. Y, de pronto, ahí estábamos él y yo: una Novia que sacaba con delicadeza un cuchillo de debajo de sus faldones y un duque que la miraba como si todo su mundo se hubiera desestabilizado y lo traicionara.

Sin poder evitarlo, pensé en todas ellas. En todas las Novias repartidas por las siete casas. Niñas y jóvenes, esclavas engañadas para que creyeran que sus cadenas no eran más que lazos de seda.

Sentí rabia. Sentí una ira desmedida. Sentí un odio visceral por todo lo que conocía; un mundo que, en ese instante, estaba representado por el hombre que respiraba con dificultad a mi lado.

Apoyé el libro de oraciones sobre la cama y comencé a hablar. Necesitaba soltar todas esas emociones que se habían ido acumulando en mi interior desde el día que llegué a la corte en compañía de Redka y sus hombres y me encontré con Feila. Parecía que hubiera pasado una eternidad. Mi vida, y yo con ella, había cambiado tanto que sentía que no quedaba nada de la Ziara que correteaba por la Casa Verde y que aún tenía esperanza.

—Lo creas o no, yo no me alegro de estar aquí. Ojalá hubieras muerto cuando Redka te clavó el puñal. Al menos su muerte habría tenido una razón. Ojalá la magia jamás te hubiera cruzado en el camino de Feila. Ojalá Cathalian tuviera un rey justo y noble de verdad y no a un déspota en el trono, porque los hombres como él solo pueden atraer a alimañas como tú.

Deril abrió los ojos fuera de sí ante mi injuria y supe que deseaba hacerme daño; que, si hubiera estado menos débil, me habría marcado sin dudar, como tantas veces amorató la piel de Feila. Quizá también la de muchas otras que habría conocido antes. Tuve la certeza de que las consecuencias de la magia, en su caso, habían sido una bendición en vez de un castigo, aunque dañaran a Feila por el camino. Aquel hombre merecía morir. Y, pese a que yo siempre había defendido que ninguna vida valía más que otra, junto a un Deril moribundo acepté que, mientras no nos arrebataran la capacidad de sentir, eso no era verdad.

Levanté el cuchillo y lo observé. Repasé aquellos símbolos tallados que me sabía de memoria y apreté su mango con fuerza.

—Ojalá no tuviera que hacer esto, porque rompe todos los principios en los que creía.

Empuñé la daga y la acerqué a su torso herido. Él se estremeció.

Sin embargo, en el último momento me di cuenta de que no tenía que ser así. Si iba a convertirme en una asesina, lo sería con todo lo que era. Detuve el puñal y lo guardé nuevamente bajo mi ropa, sujeto en un costado. Deril no me quitaba ojo, con la respiración acelerada y la frente perlada de sudor.

Y me centré en todo lo que sentía. Liberé mis emociones y acepté mi destino.

Alcé una mano y rocé la suya. Estaba fría y contrastaba más aún con el calor de la mía. Él tembló cuando mi calidez le enrojeció la piel. Ladeé el rostro y me encontré con el suyo. Me observaba como si un ser tan despreciable como peligroso se hubiera colado en su alcoba. Al fin y al cabo, para él así era.

Aparté la mano y suspiró con alivio. La marca del fuego ya se veía sobre sus nudillos. Exhalé profundamente y noté que algo se expandía dentro de mí, pero por primera vez no lo frené, solo permití que me recorriera el cuerpo con libertad. Deril se estremeció cuando atisbó el brillo de las primeras llamas dentro de mis ojos. Quiso huir, pero lo único que consiguió fue que su herida se abriera y que la sangre brotase. El rojo tiñó el vendaje y llegó a las sábanas.

—Te prometo que no soy una asesina. Al menos, no lo era hasta hoy. Pero debes entender que tengo que matarte. Es la única solución posible. Es el único modo de salvar a Feila.

Se esforzó de nuevo y sollozó con desconsuelo cuando el dolor lo partió en dos. Recé en silencio para que aquel daño no hiriese más aún a Feila y mis actos fueran en vano.

Apoyé la mano en su pecho y se dejó caer exhausto sobre la almohada. El sudor le cubría el cuerpo entero y farfullaba palabras a un volumen tan bajo que parecían suspiros. Convulsionaba y su pulso era errático.

Debía matarlo ya, antes de que su corazón colapsara por el pánico.

—No fuerces, Deril, no servirá de nada. Además, ibas a morir igual. La infección no frena. La diferencia es que las consecuencias de la magia ya han actuado en todos nosotros y, si mueres bajo el hechizo, Feila se irá contigo. Si te mato yo, las cosas cambian.

Frunció su rostro descompuesto, intentando comprender lo que le decía, pero parecía no ser suficiente, así que, por primera vez, acepté mi origen delante de otra persona y, quizá, también mi sino. El único cuyo latido sentía tan fuerte como para que una chispa brotara de mis dedos y cayera sobre la cama.

—Me lo dejó ver una bruja. Me lo mostró una de mis hermanas.

El fuego comenzó a expandirse por las sábanas y él tiritó sin control. Movió los labios para pedir auxilio, pero solo salió de entre ellos un silbido agudo. Me pidió clemencia con la mirada, aunque ni en sus últimos momentos parecía pedir perdón.

Me levanté y di un paso hacia atrás, mientras a mi alrededor el fuego crecía y bailaba bajo mis órdenes. Sonreí cuando una de las llamas se alzó como una rama y se acercó a mí. Me acarició el cabello y regresó a las piernas de Deril para enredarse a ellas bajo las sábanas.

Él lloraba como un niño. Me acerqué a la puerta y entonces, cuando se arqueó por el primer contacto con las brasas, algo instintivo tiró de mí y estiré los dedos hacia él. Pequeñas bolas de plata danzaron sobre su cuerpo y se adhirieron a su piel, como una capa de protección que le regalaba la mismísima Madre Luna. Sentí que Essandora hablaba a través de mí. Percibí su bondad pura y controlé mis instintos, viscerales y apasionados como solo lo eran los de las brujas, y su empuje me hizo comprender que, aunque yo hubiera elegido un camino que me convertía en una asesina, eso no significaba que tuviera que recrearme en el dolor causado.

—Sssh, tranquilo. Te prometo que no sentirás nada. Podría haberte dado el final más espantoso de todos los que existen, pero no soy como tú.

Me marché de allí con la imagen de un Deril envuelto en fuego, cuando sus ojos se cerraron con alivio y la muerte lo encontró.

En cuanto atravesé las puertas, un saco me cubrió la cabeza y todo se volvió negro.

XXI
Redka

Un hombre puede tener mil vidas y yo sentía que acababa de empezar otra que aún me era desconocida. Había vuelto a nacer, los dioses habían sido benevolentes y me habían dado una oportunidad bajo la identidad del Cazador, aunque tenía la constante sensación de que en realidad todo era un castigo por mis deplorables actos.

—¿Lo tienes?

—¿Acaso lo dudas?

Tiré de la cuerda y el cuerpo de aquella alimaña cayó al suelo del cobertizo. Aún respiraba, pero sospechaba que le costaría semanas recuperarse de la paliza. Me limpié la sangre de la mano en los pantalones; el muy miserable me había lanzado un puñal que casi me rebana un dedo.

—Por los dioses… —murmuró Mirto, el joven protegido del Hombre de Madera. No le gustaban las misiones que suponían violencia, pero aceptaba que de vez en cuando esta era necesaria—. ¿Podremos interrogarlo?

Necesitamos saber para quién trabaja y si es posible que se unan a nosotros. ¡Si no puede hablar, no sirve de nada!

Observó con resignación el cuerpo que lanzaba quejidos y se retorcía sobre la tierra, y me encogí de hombros.

—Espero que sí, pero no voy a disculparme por su estado. Ha intentado matarme.

Sacudió la cabeza, sorprendido una vez más por mi destreza para encontrar todo aquello que se me pidiera, y me colé por el portalón que daba a la cocina en busca de su superior. Lo encontré leyendo una de tantas cartas con información confidencial que le hacían llegar. Yo nunca preguntaba de dónde venían ni qué decían. En realidad, jamás preguntaba nada más que cuál era mi siguiente cometido. Tal vez por eso me había convertido en muy poco tiempo en el mejor hombre que tenía. Uno sin nada que perder, que no cuestionaba las decisiones y que parecía un cuerpo vacío.

—¿Qué tienes para mí?

Me quité la máscara y me sequé el sudor de la frente. El Hombre de Madera alzó su curtido rostro y me miró con cautela.

—Descansa. Date un baño. Busca diversión en alguna taberna.

—No.

Se pasó una mano por los cabellos con cansancio. Me observé de arriba abajo y asumí que el aseo ya respondía más a una necesidad que a un modo de relajarme. Llevaba días con la misma ropa, sucia, cubierta de sangre y de restos de otros, y no me importaba. Solo quería continuar, no detenerme, sentirme útil y dejar la mente en blanco cuando clavaba la daga en algún cuerpo caliente que lo merecía o interrogaba a algún mercenario de la corona que buscaba nuestro fin. Cualquier dolor ajeno me valía, cualquiera que me hiciera olvidar por unos instantes el de la traición y el que llevaba su nombre. Además, desde que me había apoderado de la identidad del famoso Cazador, podía seguir adelante sin miedo a que descubrieran que aún estaba vivo y aquello me daba una libertad que no pensaba desaprovechar.

—Entiendo que te aburras y que estés acostumbrado al ritmo vertiginoso de un ejército, pero aquí las cosas funcionan de otra manera.

—Lo sé. Pero siempre hay algo que hacer.

Asintió con comprensión y tuve que contenerme para no lanzar un puñetazo contra la pared. Odiaba ser tan predecible para él. Era la primera ocasión en mi vida en la que no me sentía un joven siempre adelantado a su edad por culpa de lo que le había tocado vivir, sino uno perdido bajo la tutela de un padre adoptivo muy peculiar.

—Necesitas estar ocupado. —Asentí y cerré los puños—. Puedes limpiar los establos.

Alcé una ceja y esta vez quise estampar el puño en su cara.

—¿En serio?

—¿Alguna objeción?

Negué y me marché de allí, sintiendo aún su sonrisa a mis espaldas. Aquella tarea habría sido humillante para un Hijo de la Tierra; de hecho, con asiduidad era el castigo cuando uno de mis hombres se pasaba de la raya o cuando entre ellos perdían apuestas. Pero yo ya no era un guerrero. Debía repetírmelo para que no se me olvidara. Yo ya no existía. Yo ya no era nada.

Sin embargo, antes de que pudiera coger un cubo y un rastrillo, su voz me dijo que había sucedido algo y que quizá mis planes a corto plazo serían otros. Entré a toda prisa en la cocina y me encontré con su rostro pálido con una carta aún arrugada entre los dedos.

—¿Qué ha ocurrido?

—El duque de Rankok ha muerto.

Tal vez aquello no me honraba, pero el alivio se apoderó de mí. El mundo era un lugar mejor sin hombres como Deril.

—Bueno, era de esperar. Al final, resulta que mi condena sí tuvo sentido —bromeé, pero él no sonrió.

Su expresión estaba congelada y un mal presentimiento me recorrió la espalda. Rocé la empuñadura de mi espada en un acto reflejo que no le pasó desapercibido.

—No ha muerto por tus actos, sino que ha sido brutalmente asesinado.

—¿Quién lo ha hecho?

Se levantó y se acercó a la lumbre. Su mirada se perdió en el fuego y negó con la cabeza. Luego tiró la carta a las llamas y la vi convertirse en cenizas.

XXII
Ziara

Me desperté sobre el suelo sucio y húmedo de una celda. Tenía las manos y los pies encadenados y la boca tan seca que parecía llena de tierra. No había ni un resquicio de luz que iluminara la estancia. Y, aun así, sabía que no me encontraba sola. Notaba una respiración pausada y silenciosa al otro lado de la sala. Alguien que me observaba y que esperaba pacientemente mi desvelo.

—¿Quién eres? —susurré con ronquera.

—Creo que la pregunta aquí es ¿quién eres tú?

La voz de Dowen me llegó fría y afilada. Traté de incorporarme para desentumecer los músculos y me di cuenta de que no solo estaba atada, sino que también me habían cerrado los dedos en puños y los habían cubierto con una malla metálica. Sonreí. Así era como creían que se defendían del poder de las brujas, fuese este crear fuego, hielo, tornados de hojas como Misia o cualquier otro; nos lo había explicado Hermine infinidad de veces con sus historias frente a la chimenea. Lo que yo desconocía era si aquella

228

protección serviría de algo o si solo sería un cuento más; tal vez estaría a muy poco de comprobarlo en mi propia piel.

¿Y si lo hacía? ¿Y si me centraba en la chispa siempre encendida de mi interior y la dejaba liberarse? ¿Y si trataba de concentrar mi ira en el hombre que me estudiaba entre sombras y que me había enjaulado como a una bestia? ¿Y si...?

—Ni lo intentes, bruja —murmuró con rabia.

Suspiré y dejé caer las manos sobre el suelo. Apenas distinguíamos más que la silueta del otro, pero mis intenciones habían cobrado tanta fuerza como para que él las sintiese. Me removí y noté la humedad. Era un suelo arenoso y olía a podredumbre y a muerte. Oí algún animal corretear hacia un rincón. Recordé Torre de Cuervo y me pregunté por qué no me habrían llevado allí. ¿En qué parte de la prisión me encontraría? ¿Alguien conocería mi destino? ¿Qué tendría de especial la sala en la que me hallaba?

Respiré con profundidad y observé al hombre más poderoso de Cathalian. Acostumbrada ya a la oscuridad, me fijé en sus rasgos angulosos y en sus ropajes. Se mostraba tan imponente como parecía siempre, pese a que en esa ocasión había dejado las galas y estaba vestido de un modo que nunca le había visto, como un experto cazador con un objetivo claro. Supuse que el botín del día había sido yo.

«Bruja».

Su última palabra aún hacía eco entre los muros de piedra y verdín. También su pregunta, que me envalentonó a través de la ira que comenzaba a crecer en mí. Nunca había llevado bien estar encerrada.

—¿No decía que no sabía lo que era? Veo que su majestad ya ha sacado sus propias conclusiones.

Sin darme tiempo a reaccionar, el rey tiró de una de las cadenas y se me ciñó a la muñeca hasta arder. Lancé un gemido cuando la carne se abrió y la sangre comenzó a gotear hasta mojarme los pies descalzos. Estiré los brazos y miré a mi alrededor. Si me esforzaba, podía distinguir los artilugios de hierro que colgaban de las paredes: grilletes, cascos de formas extrañas, látigos y otros aparatos cuyo funcionamiento desconocía, pero cuya utilidad resultaba obvia.

Fui consciente de que no me habían encerrado en una celda normal, sino que me hallaba en una sala de tortura. La sala de recreo de un rey que cada día se me mostraba más ruin.

—No juegues conmigo, Ziara. Estás en mis manos y, aunque mi esposa se haya encariñado contigo, no encuentro ninguna razón para conservar tu vida. Estamos en la Sala de la Verdad. —Señaló con los ojos los objetos sádicos que nos acompañaban y su tono me provocó un escalofrío—. Te resultará fácil comprender el porqué de su nombre... Muy pocos se atreven a mentirme entre sus paredes.

A mi derecha, Dowen observó de reojo una silla de hierro que esperaba paciente su siguiente víctima. Sin duda, la protagonista de aquel lugar del infierno. Y, pese a las posibilidades de que la usara conmigo, fijé la vista en el rey y le sonreí con inocencia.

—No soy una bruja —le dije.

Me escondí en aquella mentira a medias, porque yo era una bruja y mucho más; yo era descendiente de las mujeres condenadas que tanto odiaba, pero también Hija de la Luna y humana. Yo era más de lo que nunca podría imaginar y, por fin, allí encerrada y a punto de ser juzgada, me sentía orgullosa de ello.

Ladeé el rostro de una forma que me recordó demasiado a Misia y él me respondió cerrando la cadena en su puño con fuerza.

—Si no eres una bruja, ¿cómo explicas el fuego?

—¿Un candil? —pregunté con fingida candidez.

Sus labios se tensaron en una fina línea y percibí que la presión de mis muñecas aumentaba. El olor de la sangre comenzaba a mezclarse con el hedor de la sala y se me revolvió el estómago. Noté que me sudaba la nuca y que mi piel empalidecía. Sin embargo, no podía perder fuerza ni mostrarle vulnerabilidad. Me concentré en olvidar las heridas que latían en mis extremidades y en recordarme que yo podía ser tan fuerte como todos aquellos que habían depositado su confianza en mí. Me esforcé por llamar a la magia que corría por mis venas para que me mantuviera serena y protegida en lo posible, aunque desconocía si sabía hacerlo. Cerré los ojos, contuve el aliento y, cuando lo solté, sentí que recuperaba la compostura.

Dowen apoyó los brazos en las rodillas y lo observé con detenimiento. Parecía cansado y desesperadamente furioso. Era obvio que odiaba perder el control, y mis actos y mi identidad habían sido una sorpresa inesperada que no solo suponía una traición a la corona, sino, principalmente, un golpe de gracia a su orgullo.

—Deril ya me alertó en su día acerca de vosotros. Decía que no se fiaba, que había algo distinto en ti y en el comandante desde que llegaste a su vida, pero bastantes preocupaciones tenía ya como para sumarles el presentimiento de uno de mis consejeros sobre una Novia.

Me miró con desprecio y sentí una nostalgia tan fuerte por mis hermanas que temblé; siempre infravaloradas; siempre tratadas como frágil mercancía; las verdaderas Hijas de la Tierra que el mundo no reconocía.

Asentí y chasqueé la lengua. Tal vez habíamos subestimado al duque de Rankok. Había confiado en que allí no despertaba el interés de nadie y había perdido de vista a aquel hombre horrible que siempre me observó con recelo. No obstante, tampoco me importaba demasiado. No había tardado en darme cuenta de que mi actitud había sido temeraria, así como de que mis impulsos primaban más que mi instinto de supervivencia y me decían que debía matarlo, aunque yo corriese peligro. Tal vez siempre había sucedido así y mis primeras salidas al Bosque Sagrado fueron los indicios de que llevaba en mi interior algo distinto.

Rememoré todas las historias de brujas que conocía. Desde la de la buena de Nimera hasta llegar a Giarielle. Todas ellas condenadas por haberse dejado llevar por sus pulsiones más internas, por la emoción, fuera esta la bondad o la que acompaña a un corazón herido. Seres intensos, emocionales, muy vivos. El fuego que latía entre mis costillas centelleó y el calor reverberó en mí al pensar en ellas. Pese a todo, al instante recordé la serenidad que me había llegado de la mano de Essandora ante el final del duque, recordándome que yo era una bruja, sí, pero también su hija. Debía encontrar el equilibrio entre ambas fuerzas y mecerme en él.

Pese a todo, me humedecí los labios y lancé una mirada ladina al rey. ¿Quería sentir la dicha de haber atrapado a una bruja? Pues, de ser así, me comportaría como una…

—¿Me está diciendo que su majestad podría haber salvado al duque de Rankok? ¡Qué desfachatez! Debería condenarse a sí mismo por cómplice de asesinato.

Su carcajada me despertó una sonrisa genuina, aunque se me borró tan rápido como él tiró de las cadenas y me lanzó al suelo con estrépito. Me golpeé la cabeza y noté una punzada en la sien. Cerré los ojos y gemí. El rey se levantó y enganchó el final de las cadenas a cuatro salientes, uno en cada esquina de la sala. Los grilletes se tensaron y me estiraron hasta quedar completamente tumbada y expuesta, como una estrella. El olor cada vez me resultaba más nauseabundo, aunque ya no sabía si provenía de mí o de los restos de otros que ya habrían pedido clemencia allí dentro. El dolor en las muñecas y tobillos era agudo y lacerante. La voz de Dowen, un murmuro venenoso que me asfixiaba cada vez más.

—De no haberte dejado actuar, jamás habría adivinado lo que eres. Y prefiero un duque muerto que una bruja en mi corte.

—No soy…

Levantó la mano y obedecí su orden de que me callara. Eché la cabeza hacia atrás y contuve una arcada. Se me habían nublado los ojos por el dolor y notaba un sabor agrio en la boca. A mi alrededor, Dowen caminaba como lo que era: un cazador observando a su presa por el simple placer de haberla atrapado y alzarse vencedor.

—No se han encontrado pruebas del origen del incendio, Ziara. Tampoco en tu cuerpo había daños por el humo ni el calor. Has dejado una zona del castillo inhabitable durante un tiempo y dos miembros del servicio que laboraban en la misma planta estaban envenenados por el humo. Pero tú…, ni un rasguño. Es tan fascinante que solo puede deberse a magia pagana.

Volví el rostro y escupí. La tierra sucia y maloliente se me pegó a la piel por las lágrimas que habían comenzado a deslizarse por mis mejillas.

—Mi señor, creo que sigue subestimando la fortaleza de las Novias del Nuevo Mundo. Hermine nos cuidó bien.

—Nadie duda de los cometidos de la Madre.

—¡Ella no es mi madre! —exclamé con desprecio.

Sentí que con mi respuesta traicionaba a Hermine, pero cada vez tenía más claro que yo no era la Ziara que todos me habían impuesto. Mi madre era una mezcla de todas las mujeres que estaban ligadas a mí. Essandora, la Sibila de la Luna que me había engendrado; Lorna, la campesina que me había protegido durante cuatro años; Hermine, la cuidadora que me había criado; y, aunque aún no entendía muy bien cómo, las brujas poderosas del pasado.

Dowen me golpeó las piernas con un látigo. No sabía en qué momento lo había cogido, pero las piezas metálicas de sus puntas habían levantado mis faldones y, con el segundo impacto, sajaron la carne de mis muslos. Me mordí los labios con fuerza para tragarme los gritos.

—Lo que está claro es que la parte baja de tu vestido estaba quemada, pero a ti las llamas ni te rozaron. ¿Cómo explicas eso, Ziara?

La voz de Dowen seguía siendo calmada, de una frialdad sin igual que solo podía pertenecer a un hombre despiadado. Un hombre cuyo odio por la magia lo había envenenado tanto que ya no había espacio en su interior para nada más. Respiré agitadamente y le respondí entre inevitables sollozos. El dolor era insoportable.

—Debemos confiar en las decisiones de la magia, majestad. ¿No es eso lo que nos enseñan? Quizá Deril merecía morir por motivos que únicamente el concilio conoce y yo solo he sido el arma usada para lograrlo.

El rey me azotó de nuevo. Una vez. Dos. Tres. La carne viva se abría. La humedad me cubría las pantorrillas y formaba una masa pegajosa con la suciedad del suelo. El dolor me nublaba la vista y pequeños puntos negros bailaban en mis ojos. Y, pese al daño, los lamentos morían en mi garganta, porque me negaba a concederle ese placer.

Dowen se arrodilló al lado de mi rostro y me retiró el pelo apelmazado en la frente con dos dedos. Me contuve para no escupirle en la cara.

—Conozco a mis hombres, Ziara. El duque de Rankok era un vil embustero y un ser despreciable. Lo habría matado con mis propias manos de no ser por mi intuición.

—¿Y qué le decía su intuición, señor? —susurré con la voz rota.

Tenía sangre en la boca de las heridas que yo misma me estaba infligiendo con tal de no aullar desesperada.

—Que era el único hilo que teníamos para descubrir qué pasó la noche que el Hijo Prohibido, la duquesa y tú desaparecisteis. Tu querido comandante lo apuñaló poco después y, pese a que nunca quiso compartir sus razones, era sencillo concluir que tenían algo que ver contigo.

Sonreí con inocencia y las lágrimas brotaron con más fuerza al hablar de Redka. Lo eché de menos con una intensidad tan desmedida que el dolor provocado por la tortura se difuminó bajo la pena.

—Me halaga que piense así, pero las decisiones del comandante de Ziatak no giraban a mi alrededor.

—Todas las malas decisiones de los mejores hombres giran en torno al amor. ¡¿Es que aún no lo entiendes?!

Su pregunta fue un rugido que terminó con él blandiendo el látigo. Lo estaba enfadando cada vez más. Se percibía en su pose, en sus movimientos, en la furia letal de su mirada. En sus golpes, que ya no se limitaban solo a mis piernas, sino que también habían cortado la piel de mis brazos y mi cuello y sacudido mi torso.

La oscuridad se cernía sobre mí y debía luchar para no perder la conciencia. Jamás había sentido nada semejante. Como si estuvieran arrancándome la piel a tiras y clavando agujas en las heridas abiertas.

—Pero quizá me equivoqué con él —añadió Dowen—. Tal vez solo fue un estúpido humano más bajo el hechizo de una bruja. Puede que lo mandara ejecutar por una muerte que, en realidad, no me importaba. Habría encubierto su ataque a Deril con gusto, pero pensaba que me escondía una traición mayor y eso me hizo desear su cabeza más que nada. Una lástima. De no ser por ti, Redka de Asum aún estaría vivo. ¡¿Puedes tú vivir con eso?!

Pese al agotamiento y el tormento, la magia despertó en mi interior como un estallido. El calor del fuego se me condensó en la mano y grité cuando noté que reventaba dentro de mí, porque las rejillas metálicas de los puños impedían su escape.

El rey explotó en ruidosas carcajadas. Y deseé su muerte más que nada. Deseé que todos tuvieran razón y que mi sueño de acabar con su trono se cumpliera. Deseé matarlo con mis propias manos. Deseé también, solo por unos instantes, morir y que aquel suplicio terminase.

Cuando se relajó, me observó con calma, desde mi pelo hasta mis pies, y me escupió con desprecio. Noté su saliva caliente en la mejilla y la humillación se transformó en una ira pegajosa y líquida.

—Eres igual que todas. Impulsivas. Vengativas. Odio con todo mi corazón a los Hijos de la Luna, pero las brujas… Las brujas sois detestables. Suerte que la guerra ya está en ciernes; acabaré de una vez con todos los que alberguen magia y recuperaré lo que nos pertenece.

Tiró de una cuerda que colgaba sobre nosotros en la que no había reparado y un agujero en el techo iluminó la estancia. Era de noche, pero la luz de la luna y de las estrellas era suficiente para que la penumbra allí dentro desapareciera. Parpadeé para acostumbrarme a esa claridad que me alumbraba como si un rayo me atravesase. Supuse que esa era la intención, que el preso sintiera que era el centro de aquella tortura y que no existía escapatoria posible; tal vez, que fuera testigo de su indigno final.

La sonrisa del monarca me confirmó mis sospechas. Desde el suelo, me parecía más altivo aún. Pequeñas gotas de sangre habían salpicado su camisa y, aun así, resultaba tan elegante como con el mejor de sus ropajes.

—Quiero que veas mi cara mientras digo esto, Ziara. Estás condenada por orden del rey de Cathalian. Mañana serás ejecutada en la plaza de las Rosas, delante de mi pueblo. Tu cabeza rodará y tu cuerpo arderá bajo las llamas del mismo fuego que te corre por dentro. No tendrás salvación. Lo único que me apena es que él no pueda verlo. De haber sabido que su querida esposa era una bruja, habría dejado que contemplase en primera fila cómo te diriges directa al infierno.

Y, entonces, sentí un cosquilleo en el fondo del estómago. Un hormigueo cada vez más intenso que acabó saliendo de mis labios en forma de risa. Muy viva. Intensa. Incontrolable.

—¿De qué demonios te ríes? ¡¿Acaso quieres más?!

Agarró con firmeza el látigo y noté el eco sordo del último golpe en el brazo, pero no me importó. Me pasé la lengua por los labios agrietados y le sonreí con un sosiego que lo confundió por completo.

—No debería haber hecho eso, majestad.

—¿El qué?

Me observó desconcertado y percibí un temblor en su mandíbula. Clavé los ojos en los suyos y, bajo toda esa ira que irradiaba, vi el temor a lo desconocido. Alcé la mirada al pequeño agujero abierto sobre mi cuerpo y sonreí con devoción. La Madre Luna me respondió intensificando su luz. Diminutas motas plateadas brotaron de mi piel y me cubrieron como una suave sábana. La piedra escondida bajo el vestido latió sobre mi pecho como un pequeño corazón. Dowen abrió la mano y el látigo cayó a sus pies.

—Pero qué…

Cerré los ojos y dejé que la magia fluyera en mí, que se condensara en mi cuerpo y lo sanase lo que fuera posible. Dejé que la luz de la luna me alimentara y me llevase a casa. Respiré con profundidad y no tuve miedo, ni dudas, ni nada que no fuese la certeza de que yo también le pertenecía a la Madre blanca que habitaba en el cielo. Pensé en Essandora y le di las gracias por su magia siempre protectora. Pensé en Arien encerrado en una celda y en cómo la diosa Luna lo había ayudado a liberarse. Apreté las manos dentro de las rejillas y la sentí. Sentí la fuerza y su fluidez bajo mi piel como un río hermoso y vigoroso de plata. Sentí su magnitud, su poder, y me concentré en él hasta que los grilletes volaron en pedazos. Mi cuerpo se arqueó como si hubiera recibido una sacudida y se elevó encima del suelo.

Al otro lado de la estancia, Dowen estaba pegado a la pared y me observaba conmocionado. Me levanté, me retiré las rejillas metálicas de las manos y di dos pasos hacia el soberano de Cathalian. Él desenvainó su espada y la alzó frente a mí.

—¡¿Qué diablos eres?! ¡¡¡Contesta a tu rey!!!

Pese al pánico que llenaba su mirada, no temblaba, sino que me amenazaba con su acero como un soldado experimentado. Su furia parecía desmedida y sabía que, de dar un paso más, me habría atacado con fiereza. El rey era un hombre valiente, lo que lo hacía aún más peligroso; no solo podía lanzar órdenes a sus verdugos, sino que él mismo sería capaz de blandir la espada contra los que consideraba enemigos. Aquella sala de torturas en la que se había encerrado él solo con una bruja se trataba de la mejor prueba de ello.

Lo que jamás habría imaginado era que su cólera pudiera ser un reflejo de la mía. Tenía motivos suficientes para odiar a Dowen, pero en aquel momento algo en mi interior se movía a toda velocidad y alimentaba ese odio de un modo enfermizo. La influencia de las brujas era visceral, incontrolable y un tanto suicida. De repente comprendí que, si había sido capaz de matar al duque, solo era porque el influjo de las Hijas de Thara me había guiado.

La antigua Ziara jamás habría podido arrebatar una vida, pero la que había nacido de la mezcla de linajes era otra; una que incluso anhelaba hacerlo si con eso se restablecía el orden y se imponía justicia.

Me habría encantado sucumbir a mis deseos; seguir lo que mis impulsos me decían que sería lo correcto y matar a Dowen en aquel instante, terminando de una vez con un reinado que hacía tiempo que solo traía desgracias a Cathalian, tanto a humanos como a seres mágicos, pero entonces pensé en ella. Pensé en esa niña que aún no existía, aunque yo la sentía muy dentro de mí. Pensé en mi hija y en que, para que algún día fuera una realidad, mantener a aquel hombre ileso era la única posibilidad de salvarme. Si lo mataba, en mi estado no me acompañaba la certeza de que pudiera salir viva de allí. Pero, si lo mantenía con vida, podría usarlo con facilidad como escudo para salvar la mía.

Sacudí la cabeza y me dirigí a la puerta. Me volví para mirarlo una última vez y dejé caer una pequeña chispa como una gota deslizándose de las yemas de mis dedos. El fuego prendió a su alrededor; una jaula improvisada con la que pretendía mantenerlo preso mientras yo lo ordenase. Aún no sabía controlar mi magia, pero bajo presión y con el peso de las emociones me parecía tan natural como luchar por sobrevivir.

—Le dije que no era una bruja, señor. Soy mucho más que eso.

Abrí la puerta y me encontré en un pasillo oscuro. Al fondo, tres guardias esperaban pacientemente a que el rey terminase con sus *quehaceres*. Cuando me vieron, el ruido del acero de sus espadas rompió el silencio. Solo dieron dos pasos antes de que las llamas brotaran de las heridas abiertas que su soberano me había infligido y de que se alzaran entre ellos y yo en forma de muralla. Mi piel seguía cubierta de una neblina de plata.

—Bajad las armas.

Uno de ellos me obedeció, aturdido por lo que estaba viendo, y me apiadé de él. Seguramente, acabarían juzgándolo por su temerosa reacción. Los otros dos se mantuvieron firmes, con los rostros endurecidos y esperando un movimiento por mi parte para atacarme.

—¡Dime dónde está el rey, bruja!

Ladeé el rostro y las llamas que nos separaban me imitaron. Ellos las observaban sin esconder su asombro.

—Tú rey está vivo, pero solo depende de ti que lo siga estando.

—No pienso escucharte.

Dio otro paso y una llama se elevó frente a él. Trastabilló y saltó hacia atrás. Al fondo del pasillo, la voz enronquecida de Dowen rompió la tensión del momento.

—Dadle lo que pida.

—Mi señor, yo…

—¡¡¡Que le des lo que te pida, bastardo!!! —exclamó el rey fuera de sí.

El humo comenzaba a llenar la Sala de la Verdad. Bajo el poder de mis manos, el fuego era controlable siempre y cuando ellos respondieran a mis deseos. Parecieron comprenderlo. No podían pasar por encima del fuego ni de mí. Las llamas crecían si se lo pedía. El rey moriría si no se doblegaban a mis peticiones. Por primera vez, entendí el poder que se me había otorgado. Asimilé la grandeza de la magia y me sentí agradecida de haber sido bendecida con ella.

Sonreí con dulzura y jugueteé con las brasas.

—Habla —escupió el soldado con desprecio.

—Quiero un escolta que me saque de aquí y que abra las puertas del castillo. Solo cuando esté en el bosque, el fuego se detendrá y tu rey estará a salvo.

El más decidido tensó la mandíbula y sacudió la cabeza, completamente desorientado. Aquello iba contra todas las normas que conocía y se lo estaba ordenando una bruja que, quizá, también había hechizado a su monarca para que ordenara lo mismo. No tenía forma de saberlo, así que debía fiarse de su instinto y tomar una decisión de una vez por todas antes de que fuera tarde.

—¿Y por qué tendría que fiarme de ti?

Me encogí de hombros con indiferencia.

—Porque es lo único que tienes. Pero deberías darte prisa. El fuego no se contendrá mucho tiempo y tu rey solo es un humano. Su carne arde con facilidad.

Compartieron una mirada entre los tres hasta que el que lideraba el grupo habló:

—Uno de nosotros se quedará. Si el rey resulta herido antes de que cruces la muralla, dará la voz de alarma y yo mismo te cortaré la cabeza.

Asentí y bajaron las armas. El fuego que nos separaba desapareció y uno de ellos corrió hasta la Sala de la Verdad.

—¡Por los dioses!

Se quedó en la entrada, observando el enrejado que había creado con las llamas y que le impedía salvar a su rey. Los otros dos caminaron con premura por el pasillo hacia la salida y los seguí. Me apoyé en el muro, porque estaba muy débil y no sabía cuánto tiempo podría estar en pie sin derrumbarme. Pese a la protección de la magia, las heridas que me había hecho Dowen seguían abiertas y la sangre brotaba sin pausa. Me di cuenta de que, aunque me llevaran hasta el bosque, era imposible que sobreviviera sola fuera de las murallas. Si no moría por las lesiones, lo haría bajo las manos que primero me encontraran.

—También quiero un caballo. —Pensé en Thyanne y la congoja fue tan inesperada que contuve un jadeo; no sabía qué habría sido de él después de la muerte de Redka, pero no perdía nada por intentarlo. —Si aún cuidáis del que montaba el comandante de Ziatak, lo quiero. Soy su viuda. Me pertenece.

Me lanzaron una mirada airada y uno de ellos habló con un tono burlón que me tensó irremediablemente.

—¿Algo más, mi señora? ¿Un vestido nuevo? ¿Perlas para su cuello?

Parpadeé con candidez y le sonreí como la Novia del Nuevo Mundo que un día había sido.

—Sí, que controles tu actitud si no quieres que esta señora te demuestre lo que podría hacerte en un pestañeo.

El resto del trayecto lo recuerdo bajo una bruma grisácea y densa. Mi estado era lamentable, y las pocas fuerzas que me quedaban las centraba en mantener controlado el fuego que apresaba al rey y en caminar por mí misma. Me cubrieron con la primera capa que encontraron y me llevaron a los establos custodiada como si fuera una dama de la corte y no una híbrida de los linajes más odiados por su raza.

Dentro de la caballeriza, uno de ellos desapareció para volver poco después guiando a un caballo de crines negras y rojizas. Cuando lo vi, me agarré a una alpaca de heno y contuve las lágrimas. Al otro lado del camino, Thyanne me miró con asombro y se dirigió con premura hasta rozarme la mejilla con el hocico. Su ternura me conmovió. Luego se arrodilló para ayudarme a subir; en mi estado, habría sido imposible hacerlo por mí misma.

Minutos más tarde, atravesábamos los portones que nos alejaban de la corte de Onize y de mi condena a muerte. Al otro lado del castillo, dentro de la prisión, las llamas que rodeaban a un rey que comenzaba a adormilarse se apagaron.

Antes de poder disfrutar del alivio de la victoria, perdí la conciencia sobre el lomo de Thyanne.

XXIII

Me despertó un fuerte olor a pescado. Abrí los ojos y me incorporé con rapidez, temerosa de haber sido apresada de nuevo y que todos mis esfuerzos hubieran acabado en fracaso, pero solo estaba tendida en la cama de una habitación desconocida.

No estaba atada, aunque sí limpia y vestida con un viejo camisón que me recordó a los que usábamos en la Casa Verde.

¿Y si, con Redka muerto, me habían enviado nuevamente a una de las casas y mi destino volvía a estar en manos del concilio? ¿Era eso acaso posible? ¿O quizá todo había sido una pesadilla y nunca había salido de la protección de Hermine?

Observé con detenimiento dónde me encontraba, buscando indicios que me alertaran, pero solo se trataba de una alcoba pequeña y modesta. Una que no conocía y que, por tanto, me confirmaba que todo lo vivido había sido real. En la parte alta de la pared izquierda, había una ventana rectangular por la que, tras una cortina liviana, veía los pies de los viandantes, un ir y venir de desconocidos que se mezclaba con el bullicio de lo que intuía que era un mercado en hora punta.

Me levanté y revisé mis heridas. La mayoría ya habían sanado, aunque las cicatrices no desaparecerían sin los ungüentos de Missendra; me latían, rojizas y abultadas, como si estuvieran vivas. En la parte interna del muslo la carne aún estaba cosida con un hilo oscuro. Recordé el dolor de la zona provocado por la ira de Dowen y me estremecí.

La puerta se abrió y me volví sobresaltada. Estiré el brazo y los dedos centellearon como defensa. Una pequeña chispa salió disparada hacia el suelo y un pie diminuto la pisó para apagarla.

—¡Esa herida fea del muslo que te mirabas me está dando la lata, chica!

Observé a una pequeña criatura que entraba empujando un carrito. En su interior cargaba sábanas limpias, un camisón, utensilios de aseo y una jarra con agua. Era tan bajita como un niño y la frente apenas alcanzaba el borde del mueble. Tenía los pómulos redondeados y la nariz prominente. Su pelo naranja ensortijado brillaba con intensidad. Pequeñas flores estaban hiladas en sus rizos y parecían moverse, como si las raíces le salieran del cráneo. Nunca había visto uno, pero lo había deseado tantas veces en mi infancia que no salía de mi asombro. Siempre eran protagonistas de historias de hadas y duendes, y un ejemplo de dulzura y bondad.

—Imagino que nunca habías visto un Dritón.

Negué con un gesto y me mostré avergonzada por mi descaro, pero ella no parecía ofendida. Comenzó a cambiar la ropa de cama mientras silbaba una canción. Me asomé a la puerta entreabierta y no vi más que otras dos puertas de una casa tan diminuta como su dueña.

—¿Dónde estoy?

—Yusen. Ciudad de Mercaderes. Soy Matila, por cierto.

Me miró con una sonrisa de dientes separados, esperando una presentación por mi parte que no me atreví a darle. Ella pareció comprender mis dudas y sacudió la cabeza antes de zarandear la almohada.

—Puedes decirme tu nombre sin miedo, chica. Sé que eres la bruja que todos buscan.

Tragué saliva y di un paso hacia ella. Continuó tarareando la canción y me esforcé por recordar todo lo que había sucedido desde mi encuentro con Dowen en la Sala de la Verdad. Pero, tras la salida del castillo, no recordaba nada. Solo el alivio de haberme reencontrado con Thyanne y la suavidad de su pelaje entre los dedos.

Me tensé al pensar que algo malo pudiera haberle pasado por mi culpa.

—¿Y mi...?

—Tranquila, está en la cuadra del joven Mirto. Aquí ocupaba demasiado espacio. ¿Te imaginas un caballo durmiendo en esta cama?

Se rio y estiró la sábana limpia. Para lo cortas que tenía las extremidades, se movía con mucha agilidad. Pese a ello, resultaba imposible creer que aquel Dritón pudiera haberme traído desde el bosque de Onize por sí misma.

—¿Quién eres?

—Solo soy una pescadera. Tengo un puesto en la plaza —dijo orgullosa; eso explicaba el olor impregnado en cada rincón de la estancia—. Cuando tenemos *invitados*, mi marido es el que se ocupa del tenderete, aunque no le gusta la venta directa. Pierde los papeles con facilidad con los que intentan rebajar el precio.

Puse los ojos en blanco y me senté sobre la cama recién hecha. Olía a jabón y la aspereza del tejido me reconfortó. La miré sin ocultar mi consternación. «Invitados», había dicho, como si la palabra ocultara connotaciones prohibidas.

—¿Y por qué me has salvado?

—No, no te equivoques, yo no te he salvado. Yo solo te escondo. Me pagan treinta monedas de cobre por cada día que no mueras. Y me las he ganado a conciencia, que lo sepas, ¡ni te imaginas cómo llegaste!

Refunfuñó y colocó unos pequeños cojines sobre la almohada.

—¿Y cuántas has ganado ya?

—Trescientas, ¿no es increíble? ¡Voy a comprarme un hornillo nuevo!

Diez días. No me podía ni imaginar lo que habría sucedido en ese tiempo mientras yo dormía. Tampoco, lo preocupados que estarían Arien y los demás sin tener noticias mías. Moví las piernas y sentí entumecimiento, pero nada tan grave como para haber estado tantos días encamada. Supuse que aquella recuperación era otra de las ventajas de la magia.

—¿Y cómo he acabado aquí?

—Te trajo el Cazador. Él te encontró medio muerta.

—¿Quién es el Cazador?

Se encogió de hombros con sincera indiferencia.

—Me importa menos que nada su identidad, ¿sabes? Solo sé que lo encuentra todo. Lleva poco tiempo en Yusen, pero su leyenda ya nos había llegado mucho tiempo atrás. Únicamente se hacen un nombre tan respetado los que de verdad lo merecen, chica.

Tragué saliva y me mordí los labios. Agradecía lo que aquel hombre misterioso y aquella pequeña mujer habían hecho por mí, pero debía marcharme. Debía volver a Faroa para comprobar cómo estaba Feila y si mis cuestionables actos habían funcionado; también para que Missendra y yo viajáramos a Lithae y los Antiguos Hechiceros nos dieran respuestas. El tiempo corría en contra de todos, más aún, cuando la ira de Dowen a buen seguro no dejaba de crecer.

Abrí el armario. En su interior estaba mi vestido, limpio y remendado, aunque se notaba que había perdido su esplendor. Pese a ello, lo que menos pretendía era llamar la atención con un atuendo de la corte; con que me cubriera y me diese el aspecto de una lugareña, me servía.

Comencé a desnudarme y Matila lanzó un grito.

—¡¿Qué demonios haces?!

—Tengo que irme. Agradezco mucho lo que has hecho por mí, pero yo…

—¡¿Estás loca?! Si atraviesas esa puerta, acabarás muerta antes de que el sol se ponga.

Salió de la habitación de una carrera y regresó con un papel arrugado. Era un aviso real. Un esbozo de mi cara y una descripción exhaustiva notificaban que quien me entregara recibiría una gran suma de dinero. Abrí los ojos desmesuradamente al ver el precio que Dowen había puesto por mi vida. Había instrucciones precisas de que no quería mi cadáver, sino un cuerpo caliente al que poder castigar nuevamente por todas las traiciones cometidas.

Matila suspiró con desaliento y mi esperanza se desvaneció, porque ella llevaba razón. ¿Cómo iba a salir de allí sin que me vieran y sin usar mi magia como defensa, la misma que me pondría en evidencia? Yo solo era una y no sabía a qué tendría que enfrentarme; menos aún, estando en una ciudad desconocida que, si bien era capaz de situar en un mapa, ignoraba los obstáculos que me presentaría en la huida.

—Me da igual lo que seas, solo considero enemigo al que me daña a mí o a los míos, pero por aquí… —bajó la voz con pena—. Las brujas no son bienvenidas desde hace tiempo, chica. Yusen era una buena ciudad para vivir, hasta que la ocuparon desterrados, carroñeros y otras sabandijas. El rey la llenó de sus desechos y se convirtió en un lugar peligroso, todavía más para alguien que vale oro.

—¿Y qué pretendes que haga? ¿Que me quede aquí escondida para siempre?

—¡No, cielos! A mí solo me gusta la compañía medio muerta que no habla ni da problemas.

Soltó una risotada y no pude evitar sonreír. Matila era un soplo de aire fresco en un mundo que se me mostraba cada vez más hostil.

—¿Entonces?

Colocó los brazos en jarras. Me observó de arriba abajo y asintió.

—Entonces, termina de vestirte. Aunque me tienta ganar más monedas, tienes razón: debes irte. Es obvio que mi trabajo ha terminado.

Matila no solo era buena curando heridas, sino que su mayor talento era el de camuflar a alguien.

—¡Es increíble!

—Podrías atravesar Yusen desnuda que no te reconocerían. Pero no lo hagas. Acabarías encarcelada por comportamientos impúdicos. Y no quieras saber lo que les hacen en las cárceles a los inmorales.

Le sonreí con agradecimiento. Me levanté y me miré al espejo. Matila había coloreado mi pelo con una masilla oscura y después lo había sujetado en un trenzado imposible. El color rojo había desaparecido como si hubiera sido tocado por la magia y mi aspecto se veía muy distinto.

—Se irá con el agua, pero te ayudará a pasar desapercibida mientras tanto. Ese maldito color rojo te pone un cartel en la cabeza.

Asentí y me giré para observarme bien. Había cubierto mi rostro con unos polvos blanquecinos que me tapaban las pecas y la caperuza gris me cubría prácticamente entera. Como había llegado allí descalza, Matila me había comprado unas botas en el mercado por un puñado de monedas y, pese a que estaban destrozadas, eran más que suficiente. En el último momento, sacó un cuchillo escondido bajo su camisa y me lo tendió.

—Lo llevabas oculto en un costado. No entiendo cómo no te has apuñalado tú misma.

—Gracias.

Lo escondí en la bota y me agaché para abrazarla. Ella se tensó al principio, aunque acabó palmeándome la espalda con afecto antes de empujarme.

—Espera un par de días para quitarte los puntos del muslo. Soy una costurera excelente, aunque siento no haber podido hacer más, era una herida muy fea.

Frunció el ceño con culpa, pero sonreí con ganas y su expresión se borró en el acto.

—Estoy curada, es lo único que importa. Las marcas me ayudarán a recordar quién me las hizo y por qué.

Ladeó el rostro para observarme y asintió, como si mis palabras le hubieran confirmado algo que aún no tenía del todo claro.

—Si controlas ese pronto que tienes y que te hace escupir fuego a la mínima, todo saldrá bien.

Me reí y salimos de la habitación.

Instantes después subía unas escaleras y aparecía en mitad de una ciudadela atestada de puestos de venta y personas que iban y venían con prisa. El tamaño del mercado me conmocionó. Mirase donde mirase, no terminaba, sino que se extendía por el horizonte. El barullo era ensordecedor: los gritos de los vendedores, las risas de los hombres que bebían licores mientras trabajaban, la música de un artista que se mezclaba con el alboroto del gentío, las pisadas fuertes y rápidas a mi alrededor, que apresaban mi capa y me hacían trastabillar. Un hombre me empujó al pasar y me apoyé sobre una cesta de fruta.

—¡Mira por dónde vas!

Me fulminó con la mirada y siguió caminando. Fue entonces cuando me di cuenta de que debía controlar mi inquietud y no olvidar las instrucciones de Matila.

—*Gira a la derecha y camina hasta la ermita. Antes de llegar, desvíate por la primera callejuela. Verás un puesto de dulces y el pesado del panadero te ofrecerá probar las rosquillas. No aceptes. No lo mires. Sigue y para únicamente cuando te encuentres frente a la casa de la puerta roja. Atraviesa el patio abierto que queda a su izquierda. Saldrás a una calle ya fuera del mercado y menos transitada. Si ves soldados, disimula y entretente en la fuente; si no, llama a la puerta de la tercera casa. Tres veces. Ni una más ni una menos. Cuando se abra, baja las escaleras que van al sótano.*

—¿Y luego?

—*¿Y a mí qué me cuentas, chica?*

Suspiré y comencé a andar. Intentaba no cruzar la mirada con nadie, pero era inevitable no observar el ajetreo de la ciudad. También preguntarme cómo habría sido mi vida de haber crecido allí. Veía Novias por todas partes, algunas aún con sus vestidos blancos u ocultas bajo las capas de distintos colores que marcaban su procedencia. Con ellas sí apartaba la vista enseguida, por miedo a que alguna pudiera reconocerme. Qué irónico resultaba que huyera de lo que tanto había deseado con anterioridad.

Enseguida me vi atravesando el patio que Matila me había dicho y pasando a una zona distinta. Allí no había ruido. Algunas mujeres lavaban ropa en una fuente y dos niños pintaban con tizas en el suelo empedrado, pero la calma predominaba. Noté que una joven me observaba cuando me planté frente a la tercera puerta y golpeé la madera con los nudillos. Cuando se abrió, contuve el aliento y cerré a mi espalda con el alivio de quien está un paso más cerca de encontrarse a salvo. Para mi sorpresa, no había nadie al otro lado. ¿Estaría aquella casa también salpicada de magia? Descendí las escaleras y, como Matila me había adelantado, aparecí en un sótano. Una sala oscura, húmeda y llena de leños. Nada más. Aunque mi intuición me decía que eso no era todo, sino que se trataba del último paso hacia la meta desconocida que me esperaba en ese lugar. Me moví por el espacio y busqué salientes en los muros y escondites entre los estantes, hasta dar con una trampilla escondida tras unos maderos. Los aparté y me colé por ella, cerrándola después para evitar que alguien diera con aquel sitio de forma fortuita. Llegué entonces a otra habitación; era similar, aunque tenía una puerta oscura con un óvalo de cristal en la parte superior que iluminaba la estancia; olía a humo y acero.

Tuve un presentimiento. Se me erizó el vello y supe que no estaba sola, aunque no viera a nadie. Mis sentidos se activaron y barrí el entorno buscando aquello que me había hecho desconfiar, pero no encontré nada.

Retrocedí para volver a la sala anterior hasta estar segura de que no me habían tendido una trampa, pero no había reparado en que la trampilla solo se podía abrir desde el otro lado. Seguramente, para proteger aquel laberinto o para convertirlo en un callejón sin salida.

Me quedé apoyada en la pared, aún bajo los estantes en los que estaba la trampilla por donde había entrado y que me escondían de lo que fuera que me estuviese acechando, y controlé mi respiración acelerada. Cerré las manos en puños para que las emociones no despertaran el fuego y me pusiesen en evidencia antes de tiempo. Observé nuevamente la sala y no vi nada que me alertara de que estaba acompañada, pero sentía una presencia cerca, como si me respirase en la nuca. Era una sensación punzante que despertaba mi piel.

Pese a que Matila había sido buena, no pensaba dejarme embaucar por desconocidos ni tampoco confiaba en alguien que, pese a que de momento me había mantenido a salvo, no se presentaba de cara. Mi única intención era salir de allí y regresar a Faroa lo antes posible.

Me agaché y aparté las telarañas que se me enredaron en el pelo. Cuando me pisé la capa por tercera vez, decidí quitármela y la dejé tendida en el suelo. Necesitaba libertad de movimientos para llegar a la puerta situada en el otro extremo y huir todo lo rápido que pudiera. Confiaba en que Matila solo había querido ayudarme, pero tenía el presentimiento de que me habían tendido una emboscada y no me gustaba. Los mismos sentidos que de un tiempo a esta parte despertaban la magia y la convertían para mí en un salvavidas también me mantenían alerta.

Decidí lanzar la capa a un lado para distraer al intruso y aprovechar esos segundos para moverme. Solo tenía unos instantes, pero no veía otra posibilidad a mi alcance. Me escondí bajo el estante más pegado a la pared de la izquierda y arrojé con todas mis fuerzas el manto hacia el otro extremo de la sala. En cuanto la prenda rozó el suelo, lancé sobre ella una pequeña bola de fuego y una figura oculta en los estantes superiores saltó sobre la caperuza que comenzaba a quemarse.

Me levanté y corrí lo más rápido que pude hacia la salida.

Sin embargo, una mano tiró de mi vestido con firmeza y caí hacia atrás. Lo hizo con tanto ímpetu que me golpeé la cabeza contra el suelo y gruñí, aunque fui lo bastante veloz como para girar sobre mí misma antes de que se lanzase encima y me apresara. Me incorporé de un salto y rememoré las clases de Cenea. Habían sido pocas antes de verme obligada a marcharme, pero las suficientes para que, junto al despertar controlado de mi magia, pudiera ser una contrincante a la altura de lo que fuera aquel ser cubierto de negro que me observaba con tiento.

Tenía cuerpo humano, pero llevaba el rostro tapado con una máscara negra y la capucha de una capa corta puesta. Parecía un espíritu silencioso. Se movía con elegancia, pese a la fortaleza que transmitía. Lo estudié bien y reparé en que no iba armado. Al menos, no contaba con armas que se atisbaran con un vistazo rápido. Quizá no las necesitaba. Tal vez fuese letal por otras que no se colgaban en los cinturones, sino que salían de las manos como aquellas con las que contaba yo. De ser así, aunque yo quizá fuera más poderosa, al no saber a qué me enfrentaba él partía con ventaja.

Noté el calor corriendo a través de mis dedos y concentrándose en las yemas. Pequeñas chispas centellearon y mi rival las observó con recelo. Cerró las manos en puños y comenzó a dar pasos a mi alrededor, como un lobo acorralando a su siguiente presa.

—Si me tocas, te mato.

Ladeó el rostro y vi que la máscara se arrugaba, escondiendo bajo ella una sonrisa que me cabreó.

—¿Acaso no sabes quién soy? —añadí con aplomo.

Estiré la mano y formé en la palma una pequeña bola de fuego. Su rostro oculto se crispó y se acercó un paso más sin vacilar, casi parecía estar conteniéndose para no atacarme. Me giré hacia el otro lado para sortearlo y percibí que algo más crecía en mí antes de verme cubierta por diminutas luces plateadas. El fuego siempre me ayudaba a luchar, pero ya había aprendido que la magia de la Luna me protegía y frenaba mis impulsos.

—Soy la bruja a la que todo el mundo busca.

Sus ojos se desviaron a las luces plateadas y se achinaron. Apenas podía verlos, pero sabía que estaban repletos de preguntas. Me estaba poniendo tan nerviosa que no vi la capa que aún desprendía humo en el suelo y me tropecé. Al perder el equilibrio, la llama de mi mano se escapó sin control y él la esquivó con agilidad. Me cubrí el rostro por instinto como defensa, pero él no me atacó. Me di cuenta entonces de que no parecía dispuesto a hacerlo, sino que solo pretendía protegerse del ser al que esperaba.

Me relajé visiblemente. ¿Y si eso fuese todo? ¿Y si ahí yo era la única criatura que despertaba miedos y de la que tenían que guardarse las espaldas? ¿En eso me había convertido? De repente, fui consciente de que había cruzado la línea del todo y que la misma Ziara que observaba a seres mágicos en el Bosque Sagrado se había convertido en uno muy temido.

—No quiero matarte.

Mis palabras lo aturdieron y percibí que la tensión de sus músculos también se disipaba. Asintió sin pronunciar palabra y lanzó un suspiro profundo. Reparó en que una pequeña chispa había vuelto a prender la capa y se acercó a ella para apagarla. Se confió y se agachó para recogerla. Yo aproveché el momento para tomar uno de los leños y golpearlo en el hombro.

—¡Pero sí quiero salir de aquí! —exclamé enfurecida.

Trastabilló y corrí hacia la puerta. La abrí y la brisa del exterior me rozó la cara. Sonreí al descubrir que aquel sótano estaba a pie de calle, lo que significaba que la casa a la que pertenecía se encontraba en un nivel inferior que de la que provenía, y que escapar podría resultar más fácil. Di un paso, pero me agarró de la trenza y me atrapó con fuerza entre sus brazos. Caímos de nuevo dentro de la sala y cerró la puerta de una patada. Me removí ansiosa y le clavé el codo en las costillas. Gruñó y noté que el vello se me ponía de punta al notar su aliento en el oído. Abrí la mano para liberar el fuego, pero me giró el brazo hasta colocarlo en mi espalda y grité de dolor. Me mordí el labio y le lancé un cabezazo hacia atrás que le dio en la barbilla. Rugió y caminamos de espaldas hasta quedar pegados al muro.

—No quería matarte, pero me estás obligando a hacerlo… —murmuré con voz decidida, aunque era obvio que mis dotes en la batalla aún estaban desentrenados.

Él subió el otro brazo, que me apresaba el torso, hasta presionar la base de mi garganta. Después siguió tirando del otro hasta el punto en el que noté los ojos cubiertos de lágrimas. Estaba forzándome a pedirle clemencia, de no hacerlo acabaría rompiéndome un hueso, pero eso significaría perder, así que empujé con la cadera todo lo que pude contra la suya y pataleé con fuerza. Cuando notó mi trasero sobre su cuerpo, noté que aflojaba un instante; aproveché para girarme y logré liberar el brazo dolorido.

—¡Ja! —grité sin poder contenerme.

Lo miré con expresión victoriosa y agarré un tronco para defenderme. Él me observó como si estuviera loca. Entrecerré los ojos, encendí el borde del madero con fuego y lo ataqué. Había conseguido quitármelo de encima, pero aún necesitaba llegar a la puerta antes que él y ganar tiempo para tomarle ventaja. Era rápido. Y ágil. E inteligente. Un contrincante complicado para una inexperta en cualquier tipo de lucha. Ni siquiera dominaba aún mis capacidades ni conocía sus límites ni su alcance. Sin poder evitarlo, eché de menos a Cenea.

Se acercó un paso a mí e hizo algo inesperado. No dudó cuando agarró el leño con las manos y me lo arrancó sin más. Uno de sus guantes se prendió y se lo quitó de un tirón entre gruñidos hoscos. Me pregunté qué podría hacer ante alguien capaz de quemarse para atraparme, si yo solo contaba con el fuego, y aún sin controlarlo del todo. Suspiré y me concentré en lo que sentía en mi interior, mientras él estiraba el cuello hacia los lados y sonreía bajo su estúpida máscara. ¿Acaso comenzaba a divertirle aquella batalla inesperada? Dio un salto ridículo, como si estuviera calentando el cuerpo, y quise golpearlo en la cabeza.

—No quería matarte, aunque empieza a apetecerme —refunfuñé una vez más entre dientes.

Soltó una risa suave y me animó con la mano a que me acercara a él. Noté un cosquilleo extraño. Una sensación familiar ante ese sonido que me azotó como un recuerdo lejano. No era posible, pero el efecto fue tan similar que trastabillé y el corazón me latió desbocado.

Cogí aire y me centré de nuevo en la amenaza que tenía frente a mí. Me esforcé por controlar el poder que me pertenecía y que aún no conocía del todo. El polvo de plata brotó en mi piel y cubrió el suelo que nos rodeaba. No sabía qué podía hacer con él. Cenea me había atacado con su fuerza en los entrenamientos, pero yo siempre había sentido las luces como algo ajeno que solo creaba sin poder controlarlas más allá. Incluso cuando Arien y yo nos habíamos escapado al Círculo de Plata, había sido el fuego el que había brotado en mí por encima de todo lo demás. En la Sala de la Verdad la Madre Luna me había ayudado a escapar, pero nunca había sabido usarla para enfrentarme a alguien. Aunque mi contrincante eso lo desconocía.

Le sonreí de medio lado mientras él miraba el polvo de plata con recelo. Su expresión me confirmó que, tal vez, mi condición de Hija de la Luna seguía siendo un secreto que el rey Dowen no había querido desvelar. El ataque de una bruja ya era un problema de envergadura como para sumarle más.

—A ver qué haces con eso... —lo provoqué.

Se tensó momentáneamente y dio dos pasos veloces para atacarme cuerpo a cuerpo. Salté hacia un lado, demasiado rápido como para que mi agilidad fuera humana, y ambos nos miramos con evidente sorpresa. Recordé la ligereza con la que Arien y los suyos se desplazaban y sentí la esperanza de estar avanzando con mis habilidades. Me envalentoné y saqué el cuchillo escondido en mi bota antes de que él volviera a intentarlo. Lo contempló unos segundos y, cuando decidió acercarse de nuevo, salté hacia el otro lado y me apoyé en el muro para darme impulso. Sonreí con ganas cuando casi lo había rodeado y llegado a la puerta gracias a aquel giro propio de los Hijos de la Luna.

Me sentía liviana, fuerte y confiada.

Tanto como para lanzarle una estocada y rozarle la camisa con la punta de acero. Respiró de forma entrecortada y me asestó un puñetazo en el brazo que no vi venir y con el que me tambaleé hasta golpearme la sien con los estantes de leños que cubrían toda la pared. Me mareé levemente por el dolor y él aprovechó para retenerme; me dio la vuelta con fiereza, colocando mi espalda sobre su torso y apretando tan fuerte que me costaba respirar.

Un aroma conocido me embargó hasta el punto de marearme y me transportó a un chamizo nómada. Pensé que mis sentidos estaban descontrolados por el esfuerzo, la magia activa y las situaciones tan extremas que estaba viviendo. Era la única explicación posible para aquel recuerdo erizando mi piel.

Se me cayó el cuchillo al suelo. Sentí la falta de aire y un dolor tan fuerte en las costillas que pensé que me las rompería bajo el agarre de sus brazos. Cuando ya no podía soportarlo más y notaba el sabor de las lágrimas en los labios, asumí mi derrota y exclamé sin vergüenza:

—¡Me manda Matila! Ella me ha guiado hasta aquí. El Cazador me salvó. ¿Tú eres el que llaman el Cazador? Yo soy la que todos buscan. Soy la bruja, no te mentía, ¡lo has visto tú mismo! Puedes entregarme a cambio de un montón de monedas. El rey te hará dichoso si me llevas con él.

No deseaba por nada del mundo volver a la corte, pero solo necesitaba tiempo para recomponerme y encontrar otra salida.

Me esforcé por respirar más despacio y percibí que él elevaba una de las manos y me rozaba el mentón. Tenía los nudillos en carne viva y no por mí, sino que poseía las manos de quien vive peleando. De un guerrero. Contuve el aliento cuando su caricia bajó por mi cuello y se detuvo ahí. Noté el suyo sobre mi oído, provocándome un hormigueo que intensificó las sensaciones. Más aún, cuando habló por primera vez y el mundo entero desapareció bajo el embrujo de aquel susurro que jamás creí de nuevo posible.

—Eres Ziara.

Esa voz…

Se me paró el corazón y dejé de luchar. Se me aflojaron las rodillas y tuvo que agarrarme para que no me cayese. Me dio la vuelta y me apoyó contra la pared, quedando uno frente al otro y tan cerca que mi respiración agitada se mezclaba con la suya pausada.

No era verdad…

Parpadeé y nuevas lágrimas mojaron mis mejillas.

Exhalé con profundidad y me di cuenta de que me había soltado del todo. Solo me mantenía presa por el peso de una de sus piernas sobre la mía y la mano todavía sujetándome con delicadeza por la garganta.

Era imposible…

Me perdí en sus ojos: dos rendijas verdosas que brillaban a través de la tela que le cubría el rostro. Sentí que el corazón se me partía en dos y después se recomponía, como una vasija hecha añicos que alguien arregla con mimo.

Era un sueño…

Me busqué la voz y la encontré entre todos los recuerdos que compartíamos, los pedazos rotos, el desconsuelo, la culpa y la esperanza mermada hasta ser solo un anhelo infinito.

—No es posible… Tú…

Alcé la mano temblorosa y la acerqué a su mejilla. Él contuvo el aliento. Ansiaba tocarlo y, al mismo tiempo, me daba un miedo atroz por el que temía derrumbarme. Porque no podía ser real, aunque ahí estaba, frente a mí, respirando y atravesándome con la mirada. Le pedí permiso con un gesto y se dejó hacer. Noté que se tensaba cuando tiré de la máscara y descubrí lo que ocultaba.

Ahogué un jadeo y lloré desconsolada.

—Estabas muerto… Me dijeron que habías muerto… ¡Creí que no volvería a verte, maldito seas!

Lo empujé con toda la fuerza que fui capaz y trastabilló lo justo para sujetarme por los brazos. Las lágrimas se mezclaban con mis palabras y me impedían ver con claridad, pero era él. No había duda. Incluso con la nariz ligeramente torcida, jamás podría haberlo confundido con otro; mucho menos, olvidarlo. Era un Redka más curtido, con el rostro más cansado, la piel oscurecida por el sol y nuevas heridas, pero era él…

Era él.

—Hola, Ziara.

—¡No me hables! ¡No se te ocurra hablarme como si nada!

Lloré, forcejeé con él y el dolor liberado comenzó a moldearse y a convertirse en otra cosa; en esperanza, dicha, consuelo y rabia. Una rabia intensa por haber permitido que me culpara cada día por su muerte y romperme en mil pedazos mientras él respiraba en algún otro lugar del reino.

Me mordí los labios para contener la emoción. Me daba pavor estallar en llamas. Me asustaba la posibilidad de estar dentro de un hechizo y que después me lo arrebataran. Me atemorizaba la idea de que él fuera otro en un cuerpo conocido, como Thyanne bajo el embrujo que lo había convertido en un etenio.

—¡¿Eres consciente de lo que he sufrido?!

Le golpeé el pecho con los puños y él gruñó. Nos movíamos por el sótano en un baile extraño, entre mis intentos por golpearlo para soltar la frustración y los suyos de sujetarme, quizá incluso para evitar devolvérmelos. Porque, según mi enfado crecía por la incredulidad, el suyo también lo hacía.

—¡¿Quieres parar de una vez, mujer?! —exclamó con furia.

Pero no podía. Era eso o convertirme en fuego entre sus brazos. Me costaba respirar con normalidad y notaba el corazón pidiendo paso bajo mis costillas.

—¡Te he llorado! ¡Una parte de mí murió al enterarme de que tú lo habías hecho!

Lo agarré de la camisa y tiré con firmeza hasta que la tela se rasgó. El calor la deshizo y Redka lanzó un rugido antes de llevarme consigo y apoyarme nuevamente en la pared. Resollé y su propio jadeo chocó con mis labios. Las

261

lágrimas apenas me dejaban distinguir sus formas. Noté que se acercaba y que su aliento me rozaba el oído.

—Aún respiro, pero ¡deja de decir que estoy vivo, porque la única verdad que conozco es que di mi vida por ti en el momento en el que permití que te marcharas! ¡Mi vida ya no existe, maldita seas tú! Y no vuelvas a pronunciar mi nombre. ¡Redka de Asum murió prácticamente el día que te conoció!

Cerré los ojos y respiré su dolor. Me lo tragué y dejé que me abriera nuevas heridas invisibles provocadas por su resentimiento.

Cuando los abrí, su tensión había desaparecido con el rencor liberado. Parecía más tranquilo, aunque también más triste.

Suspiré y le rocé la frente con un dedo. Recorrí los surcos despacio, con calma, asegurándome de que era real y no una fantasía, un regalo de la magia o un castigo. Deslicé la yema por su nariz malherida, por la cicatriz de la ceja que un día yo le había cosido, por sus mejillas, que raspaban por el vello mal rasurado. Acaricié la curva de sus labios. Un solo instante. Un momento demasiado breve que él cortó con un suspiro, cerrando los ojos y colocándome una cuerda a la espalda para atarme las manos. Estaba tan conmocionada que no sabía de dónde la había sacado, pero tampoco me importaba. Ni sus razones. Ni las consecuencias de que hubiera ganado la batalla.

Nada lo hacía.

Redka estaba vivo.

Era lo único que importaba.

El dolor de mi corazón se diluyó como agua.

XXIV
Redka

Habían pasado diez días desde que la había encontrado medio muerta a lomos de Thyanne y aún me costaba creérmelo.

Después de la noticia de que el duque de Rankok había sido asesinado, el Hombre de Madera me había encomendado ir en busca de quien había acabado con la vida de aquel hombre ruin. Y no solo eso, sino que también había logrado escapar de las cadenas de Dowen. No sabía si esa misión guardaría intenciones ocultas, aunque ya lo conocía lo bastante como para saber que siempre ofrecía su ayuda a los enemigos de la corona. No todos aceptaban, pero él les brindaba la posibilidad de redimirse apoyando una lucha por el bien común.

El Hombre de Madera era el centro de la resistencia. El alma de un movimiento que pretendía terminar con el reinado de un rey despiadado. De puertas hacia fuera, solo era un carpintero que respondía al nombre de Tiero y que pasaba desapercibido entre los ciudadanos de Yusen;

muy pocos conocían su doble identidad y ese era el moti-vo por el que evitaba mostrar su cara cuando trabajaba en la clandestinidad. Su vieja casa parecía el hogar de un hombre viudo y su hijo, pero, en realidad, Mirto y él eran el eje sobre el que giraba una fuerza que cada día crecía más y que tenía aliados e infiltrados en cada rincón de Cathalian. La mayoría de las decisiones pasaban por él y todo el que trabajaba de forma activa para que el reinado de Dowen acabara lo respetaba.

Durante años habían llegado a la corte rumores sobre enemigos que deseaban derrocar al rey. No solo los linajes mágicos lo odiaban, sino que incluso entre los nuestros había disidentes que denunciaban que su reinado no era justo, ni libre, ni lo que Cathalian merecía. Como comandante, yo había perseguido y castigado a esos desertores por orden de Dowen. Me parecían más despreciables que los Hijos Prohibidos, ya que siempre había pensado que no podía existir peor adversario que aquel con el que compartes sangre y origen.

Nuestra guerra tenía sentido y por ese motivo la palabra de Dowen para mí siempre había sido incuestionable.

Sin embargo, convertirme en uno de ellos me había hecho ver la realidad con otros ojos. Si era honesto conmigo mismo, debía admitir que desde que Ziara se había cruzado en mi camino todo en lo que creía se había tambaleado hasta enfrentarme a mis propias creencias hechas pedazos.

Cuando el Hombre de Madera me había aceptado a su lado, había descubierto que el mundo en el que vivía no era tal y como creía. En Yusen había interiorizado que los malos podían vivir bajo cualquier techo y que los buenos, a veces, tenían magia en su interior. Mi experiencia como comandante real, la información confidencial que conocía sobre los planes de Dowen y su manera de trabajar, así como no tener nada que perder, me había convertido en el arma que el eje de la resistencia necesitaba. Porque, pese a que los aliados cada día aumentaban, solían ser poco experimentados en la batalla y su apoyo no servía de mucho; casi resultaban más un lastre que un alivio para el movimiento. Yo, en cambio, en muy poco tiempo había robado, intercambiado información y ayudado a otros a escapar o esconderse, y todo en contra de la corona por la que había jurado dar mi vida hacía tanto. Había cometido traición a Dowen de Cathalian en tantas ocasiones que habría necesitado vivir cien vidas para pagar mi condena.

Por eso, cuando me dijo que Deril había sido asesinado, no dudé, aunque aquel propósito fuera arriesgado para mí al acercarme demasiado a la capital de Onize. Si el Hombre de Madera lo consideraba justo, tenía que serlo. Aunque jamás habría imaginado que la artífice de aquel acto hubiera sido Ziara.

Cabalgué durante horas buscando un ser sin rostro. Nuestros informadores de palacio nos habían confiado que se trataba nada menos que de una bruja, la primera que vivía libre, tan peligrosa como para haber engañado a la corte, asesinado a uno de ellos, atacado al rey y escapado de su ejército.

No hice preguntas. Solo me marché con la intención de proteger a una criatura que dudaba mucho que quisiera un cómplice. No confiaba en que aceptase nuestra ayuda, las suyas jamás habían sido amigas de alianzas, pero mi presente nuevamente se resumía en acatar lo que se me ordenaba, aunque pudiera perder la vida en el intento.

Pese a ello, cuando ya atisbaba el bosque que limitaba la corte de Onize, un caballo surgió de entre la espesura con un bulto sobre su lomo. Un caballo que relinchó y galopó hacia el claro en el que me encontraba en cuanto me vio, como si me estuviera esperando para salir de su escondite. ¿Acaso era eso posible? La sorpresa fue inmensa y el alivio me inundó al distinguir que se trataba de Thyanne. Uno de mis mayores pesares era no haber podido regresar a por él. Confiaba en que mis guardias lo hubieran devuelto a Asum, pero desconocía qué decisiones había tomado Dowen con respecto a ellos y me temía que, tras mis deshonrosos actos, los hubiera enviado a alguna misión suicida como castigo indirecto sin posibilidad de llevarlo con ellos. Incluso había barajado la posibilidad de que le hubiera hecho daño simplemente porque sabía que para mí era importante y, muerto o vivo, eso fortalecía su orgullo.

Lo más sorprendente era que Thyanne me hubiera reconocido desde la lejanía y con mi nuevo aspecto, que distaba mucho del guerrero con el que él había vivido. Desde que Redka había muerto oficialmente y había suplantado la identidad del Cazador, todos mis ropajes eran negros y me cubría el rostro con una máscara de tela gruesa que solamente dejaba mis ojos a la vista. El Cazador tenía un disfraz, un nombre y una historia que, aunque no me pertenecía, me ayudaba a poder seguir creando la mía propia.

—Viejo amigo…, qué alegría volver a verte. Siento no haberte llevado conmigo.

Apoyé la frente en su hocico y lo acaricié; él me devolvió el saludo con afecto y luego dio un paso atrás y se arrodilló.

—Bien. Veamos qué me traes aquí.

Sobre él yacía un cuerpo ensangrentado. Cuando retiré con mucho cuidado el cabello de la cara, la tierra y mugre que lo cubrían cayeron en parte y atisbé sus destellos rojizos. Se me aceleró la respiración. No era posible… Pero en cuanto giré su rostro sentí una presión en el pecho más intensa que la que podría provocar una daga en medio del corazón.

—Por los dioses, Ziara…

Rocé su mejilla y contuve un jadeo.

«Es una bruja», me había dicho el Hombre de Madera. Pero no podía tratarse de ella. Aquello no tenía ningún sentido.

No sabía qué estaba haciendo Ziara allí, con Thyanne, escondida en las fronteras de la corte y en un estado que me hizo apretar los dientes y desear matar con mis propias manos al culpable de sus heridas. Desconocía cuál había sido su destino después de separarnos y de que escapara junto a aquel Hijo de la Luna, pero de lo que sí tenía la certeza era de que lo que había sentido al verla era real. Lo bueno y lo malo. El calor que despertaban los recuerdos y la rabia que crecía por todo lo demás.

Coloqué sus mechones hacia atrás y comprobé que aún respiraba. Tenía la piel pálida bajo la suciedad. Su vestido era refinado, aunque iba descalza. La sangre seca oscurecida había cubierto sus piernas, brazos y cuello. Le levanté las faldas para ver de dónde provenía y tuve que contenerme para no lanzar un rugido.

—Por la Diosa Tierra, ¿quién te ha hecho esto?

Un fino reguero de sangre caía de la carne abierta de sus muslos. Algunas heridas eran superficiales, pero había una de ellas con demasiada profundidad, que podía hacerla morir si no la curábamos pronto. Deseé que fueran mías. Deseé que abriera los ojos y me contemplara una vez más con su mirada siempre curiosa. Deseé que las cosas hubieran transcurrido de otro modo y que nuestras decisiones hubiesen sido diferentes.

No obstante, la vida era la que teníamos entre las manos. Y la suya pendía de un hilo sobre las mías.

De pronto, oímos el golpeteo de los cascos de unos caballos. Thyanne se incorporo inquieto y me avisó con una mirada rápida de que era el momento de marcharnos.

—¡Al oeste! En el estado en el que salió y después de días, la bruja no puede estar muy lejos —gritó el líder de lo que parecía un equipo de búsqueda de la Guardia Real.

«La bruja».

Tragué saliva e intenté comprenderlo. Miré a Ziara y noté un nudo en mi interior apretándose con fuerza. Me esforcé por entender quién era la joven que un día había compartido conmigo hogar y sueños. La que se había aliado con un Hijo de la Luna y que ahora huía por ser Hija de Thara. La misma chica un tanto rebelde pero llena de bondad con la que el destino me había unido. Mis ojos se desviaron al anillo tatuado en su dedo y comprobé al girarlo que era exactamente igual que el mío; solo quedaba de ellos un fino trazo en la parte interna.

Pese a lo que aún nos unía, éramos muy distintos a los jóvenes que un día habían salido de la mano de la Casa Verde.

La observé a conciencia. Su respiración era apenas un silbido. Bajo la suciedad y las heridas, su belleza seguía resultándome embriagadora. Sus largas pestañas. Sus labios carnosos, aun resecos y agrietados. La curvatura de su cuello. Las pecas que le salpicaban la piel y que me recordaban al cielo estrellado de Asum.

Suspiré y, pese al rencor que todavía alimentaba mi corazón por lo sucedido, supe que no podía hacer otra cosa que protegerla con mi vida.

Até al caballo que me había llevado hasta allí en un árbol.

—Tranquilo, chico. En la corte te cuidarán bien.

Le palmeé el lomo y cogí de la silla el agua que cargaba y una capa. Luego me acerqué a Thyanne y levanté a

268

Ziara con su ayuda. Me la coloqué sobre el cuerpo y la cubrí con la capa. Un instante después el grueso de los guardias de Dowen llegaban al claro y nosotros galopábamos con furia hacia el este.

No fue un viaje fácil, pero con mis habilidades y los aliados con los que contábamos en muchos puntos del camino logramos llegar hasta Quenco, una pequeña aldea que limitaba con Yusen por el oeste y que recibía el reparto de pescado al amanecer. Allí esperé a Matila oculto tras unos matorrales. Cuando vi su carreta acercándose por el camino para regresar a casa después de entregar los pedidos, salté y ella tiró de las riendas de su caballo enano con brío.

—¡Por Beli y sus bestias marinas!

Se colocó la mano sobre el pecho y me fulminó con la mirada antes de apartar la carreta a un lado del sendero para ocultarnos de posibles testigos.

—Si me matas del susto, no podré volver a ayudaros. ¡¿Me has oído?! ¡Así que aprende modales! Tanto Cazador, tanto Cazador…, ¡y no sabe ser discreto! Si es que la gente teme a cualquiera que use máscara, aunque sea un mendrugo. ¡¿Adónde vamos a llegar?! —exclamó con sus cortos brazos en alto.

Pese a los insultos, llevaba razón; en otras circunstancias jamás la habría abordado de ese modo, pero estaba desesperado porque el tiempo se nos terminaba.

Me disculpé con los ojos y la llevé hasta el escondite en el que Thyanne aguardaba con Ziara. La había colocado sobre unos matojos y abrigado con la capa. Le había lavado las heridas, pero no había conseguido más que agua y un licor con el que limpiarlas. Ella había temblado y se había quejado entre sueños, aunque no llegó a recobrar la conciencia. Unos kilómetros atrás, le empezaron a castañear los dientes, y me había inundado un miedo real a perderla.

Cuando Matila se acercó a ella, suspiró y maldijo en un susurro.

—Espero que el que le haya hecho esto se pudra en el infierno.

—Ha sido el rey.

No tenía pruebas de que él hubiera levantado el látigo, pero conocía bien sus modos de actuación.

—Oh. Pues más aún espero que nadie me haya oído.

Le sonreí con cansancio y ella me palmeó el hombro con menos delicadeza que si estuviera limpiando pescado. Pero así era Matila. Era la tercera vez que trabajábamos juntos y ya había aprendido que los Dritones, por mucho que las leyendas los endulzaran, eran más huraños que ninguna criatura con la que me hubiera cruzado.

—¿Sobrevivirá? —le dije entre suspiros nerviosos.

Matila se había arrodillado frente a Ziara y analizaba sus heridas con la precisión de un sanador. Cuando le levantó el vestido y se encontró con el corte del muslo, gruñó una opinión que yo también compartía.

—¡Hijo de puta!

Asentí y cerré los ojos unos instantes. Había hecho lo que había podido, pero no había sido suficiente. Yo era un soldado, estaba acostumbrado a coser heridas con lo que tuviéramos al alcance o a vivir con ellas abiertas hasta que la carne se cerraba dejando una cicatriz abultada y fea de por vida. El dolor, las llagas y la muerte no nos daban miedo; estábamos hechos de tierra y sobre tierra moriríamos en algún momento. Solo temíamos la posibilidad de que llegara un día en el que no pudiéramos luchar, porque entonces no seríamos nada. Un guerrero sin sus armas no sabía quién era. Por ese motivo muchos continuaban en el ejército, como Yuriel, con su cojera permanente, por la que ya no podía batallar, aunque todos fingíamos que lo necesitábamos en el campamento y le cedíamos las tareas de cocina para que se sintiera útil.

Pero con aquella herida en la suave piel de Ziara no había sabido qué hacer. Me había sentido un inepto después de limpiarla. Sabía que debía cerrarla, al menos momentáneamente para que la suciedad no la envenenara, pero temía hacerlo mal, dejarle una marca deforme o hacerle un daño innecesario. Finalmente la había cubierto con una masa hecha con la savia de un árbol de lluvia que había encontrado por el camino, y había rezado a los dioses por que le dieran fuerzas para aguantar hasta llegar a un lugar seguro donde sanarla.

Matila observó mis métodos y sacudió la cabeza.

—Remiendos de guerrero, ¿qué te parece? ¡No sé cómo no os caéis a pedazos!

Exhalé con profundidad y no oculté la tensión que irradiaba todo mi ser. No necesitaba juicios de criaturas enanas de los bosques, solo respuestas. Solo la certeza de que ella aún tenía una oportunidad.

—Te he hecho una pregunta, Dritón.

Se giró de malos modos y se cruzó de brazos.

—No lo sé. La bruja es ella, yo no tengo premoniciones. ¡¿Cómo podría saberlo?!

Cerré los ojos con dolor al recordar lo que Ziara era y le di la espalda para que no se recrease en esos sentimientos que me costaba controlar.

—Contéstame, por favor.

Matila refunfuñó hasta que se apiadó de mí.

—Treinta monedas por día. Y no me responsabilizo si llora desconsolada cuando vea las cicatrices que la acompañarán de por vida.

Asentí aliviado, porque si Matila cerraba un trato significaba que Ziara aún tenía una oportunidad de recuperarse. Mientras el Dritón vigilaba el camino, cogí a Ziara en brazos y la escondí bajo el paño que tapaba las cajas ya vacías de pescado. Antes de marcharme con Thyanne de su pequeña casa bajo el mercado de Yusen, Matila se volvió y se despidió de mí con unas palabras que me acompañarían durante los siguientes diez días.

—Voy a hacer todo lo posible para curarla, pero, si al final muere, espero que sepa que hubo alguien a quien de verdad importó hasta su último aliento.

No contesté, no habría podido hacerlo sin dejarme en evidencia. Los Dritones serían huraños, pero también perceptivos y mi cuerpo gritaba que aquella chica era mucho más que una misión cumplida.

Con Ziara ya en manos de la sabiduría de Matila, fui en busca del Hombre de Madera. Estaba encerrado en su pequeña biblioteca y escribía en un papel amarillento. Cuando entré sin llamar, alzó las cejas, suspiró y apoyó la pluma sobre la mesa.

—¿Sabías que se trataba de mi esposa?

Me miró en silencio durante unos segundos, tal vez dudando sobre si sería mejor mentirme, pero finalmente chasqueó la lengua y respondió:

—Sí.

Sin poder controlar mis instintos, di dos pasos y clavé los puños en su escritorio. Pequeños botes de tinta tintinearon y uno se volcó sobre la madera, tiñéndola de negro.

—¡¿Por qué no me avisaste?! ¡¡¡Merecía saberlo!!!

Sacó un pañuelo de su bolsillo y comenzó a limpiar aquel desastre con calma, mientras yo bufaba de un lado a otro de la pequeña sala como una bestia enjaulada. Cuando ya no quedaba blancura en el trozo de tela, alzó el rostro y se enfrentó a toda esa rabia que yo me había esforzado por contener desde que había descubierto que Ziara era la bruja que todos estaban buscando.

—No te lo dije porque sé que te importa y temía que eso te afectara hasta llegar a ella. —Lo fulminé con la mirada, aunque él, paciente, ni se inmutó ante mi gesto amenazante—. ¿Habrías ido a buscarla o me habrías pedido que lo hiciera otro?

—Por la Madre Tierra, ¡nunca te he negado nada! —exclamé con furia—. Soy el mejor soldado que has tenido jamás. Llegué aquí el último y sé más de lo que haces que nadie con quien hayas trabajado. Solo un puñado de personas de tu confianza conocen tu rostro y a mí me lo mostraste desde el primer día. Desconozco los motivos, pero lo que sí sé es que merecía algo más que un encontronazo con esa vida que me prometiste que ya no existía. ¡Redka de Asum murió el día que te conocí y así debía seguir siendo!

Me observó sin parpadear y noté el calor de la rabia expandiéndose bajo mi pecho. Una parte de mí sabía que no habría dejado que nadie la tocara y la protegiera si podía hacerlo yo, pero otra… Otra se sentía engañada y tan enfadada con ella que me costaba gestionarlo.

—Por eso yo no envié al comandante de Asum a buscarla, sino al Cazador. Pero los recuerdos no mueren, hijo. No puedo ayudarte con los que cargas. Tampoco podía arriesgarme a que te negaras a ir en su busca.

Reflexioné sobre su última aportación y entrecerré los ojos. Los años sirviendo al rey me habían hecho muy intuitivo, y presentía que aquella misión guardaba explicaciones que se me estaban negando.

—¿Por qué me da la sensación de que esto va más allá de lo que le hizo al duque de Rankok?

Sus labios dibujaron una pequeña sonrisa; era triste y desapareció antes de que pudiera indagar más sobre los motivos de salvar a Ziara —una bruja activa que había asesinado a un duque, atacado al rey y escapado de una ejecución— para mantenerla escondida. Hasta ese momento habíamos ayudado a disidentes de la corona a desaparecer, así como a seres mágicos que necesitaban protección, como algunos esclavos de Dowen, pero nunca a alguien que no quisiera ser salvado. Mucho menos a una Hija de Thara que, por razones aún desconocidas, también contaba con la simpatía de los Hijos de la Luna. Aún me costaba creer que todo eso pudiera ser verdad. Hasta aquel momento yo solo había visto a Ziara dormida sobre un caballo, la misma que un día me había dado las gracias con un beso antes de desaparecer. Pese al poco tiempo que había transcurrido, sentía que ambos cargábamos años sobre las espaldas.

—Ojalá pudiera contarte más, pero algunas preguntas no pueden responderse antes de tiempo. Solo necesito que entiendas que mi deber es protegerla. Daría mi vida por hacerlo, y, si sigues a mi lado, también es el tuyo.

Compartimos una mirada cargada de interrogantes hasta que lancé el mayor de todos. Ese que comenzaba a tomar forma en mi cabeza, aunque al mismo tiempo convirtiera a Ziara en una auténtica desconocida y me alejara más de ella.

—¿Quién es?

Él sonrió y apoyó las manos en la mesa. En esa posición sus músculos se marcaban bajo la camisola y parecía más robusto. No era la primera vez que pensaba que, por su físico, la templanza que irradiaba y su capacidad de liderazgo, podría haber sido un magnífico comandante de guerra.

—Para ti, tu esposa destinada. La misma por la que tiraron tu cabeza a Beli. El motivo de que me pidieras ayuda y de que hoy estés aquí.

Apreté los dientes al recordarlo todo. Cada paso. Cada decisión. Cada consecuencia. Que él sacara a relucir precisamente eso no era una casualidad, sino que su intención parecía la de llevarme al límite con respecto a ella y observar mi reacción. Conocía el método. No había nada como tensionar una cuerda para comprobar su alcance si se quebraba.

—¿Y para ti? —le pregunté.

Entonces algo en su rostro cambió. Fue tenue, un matiz casi imperceptible, un destello en sus ojos que no comprendía, pero que importaba más que cualquier respuesta.

—La razón de todo lo que hago.

Nos miramos con desafío. Me pregunté qué habría hecho en ese momento el guerrero que un día había jurado fidelidad al rey. Quizá hubiera desempuñado su espada y lo habría amenazado hasta obtener la verdad. Tal vez lo habría arrestado y después torturado en Torre de Cuervo como a tantos otros. Puede que hubiera pasado por alto sus medias palabras y me hubiera marchado en busca de otras fuentes. Pero yo ya no era él. Así que asentí y confié en aquel hombre que me había salvado de mí mismo dándome un hogar y una razón para seguir respirando.

—¿Está bien? —preguntó preocupado.

Pensé en su cuerpo magullado y me estremecí.

—No, pero lo estará. Es fuerte.

—¿Y tú?

—¿Acaso importa?

Se rio entre dientes.

—Claro que importa. Siento haberte obligado a verla si no estabas preparado, pero eras el único en el que podía confiar.

—El único que no la entregaría —murmuré al comprender por fin su jugada.

Él asintió y me dirigí a la puerta, pero antes de marcharme le mostré mis dudas, porque aún había cosas que se me escapaban, como la confianza ciega que me tenía y que no sentía que me hubiera ganado en tan poco tiempo.

—¿Cómo estabas tan seguro de que no lo haría? Podía haberla abandonado a su suerte. O haberla entregado a cambio del perdón del rey. Tal vez, haberla vendido a otros que la estuvieran buscando a cambio de riquezas.

Sacudió la cabeza y me miró con una expresión paternalista que, contrariamente a lo que habría creído, me reconfortó.

—Porque el amor no funciona así, hijo. El amor nos hace proteger lo que amamos. Siempre. Da igual lo que nos duela.

—El amor no existe —contesté derrotado.

—El amor es lo que provocó esta guerra y lo que terminará con ella. No lo olvides. Necesitarás agarrarte a eso cuando llegue el momento.

Me tensé irremediablemente y abrí la puerta.

—¿Y qué haremos cuando despierte?

—Le ofreceremos lo que necesite. Protección. Asilo. Un ejército.

—¿Te has vuelto loco? ¿Para qué demonios podría querer Ziara un ejército?

Se encogió de hombros, como si aquello no tuviera importancia ni llevara el peso de otro secreto, y recalcó sus últimas palabras con una determinación que me hizo creer que estaba ante algo mucho más grande que el destino de una bruja condenada.

—Tú solo prométeme que la mantendrás a salvo, hijo, y estarás protegiendo el futuro.

Me marché de allí con más preguntas que respuestas y con el presentimiento de que estaba a punto de emprender un viaje sin posibilidad de regreso.

Diez días después, que resultaron ser un auténtico infierno, Ziara despertó en casa de Matila, ella le dio indicaciones para reunirse con nosotros y, en un sótano oscuro, intentó darme una paliza. También me demostró que la chica que un día había salido de mi mano de la Casa Verde ya no existía; se había convertido en otra no solo de fuego, sino también de plata.

XXV
Ziara

Redka estaba vivo. Había visto su rostro. Había rozado su piel. Me había traspasado con aquellos ojos verdes que recordé tantas veces con el dolor de la tristeza y la culpa más hondas.

Vivo.

Me había responsabilizado de su muerte. Me sentía tan culpable de su final como de tantas otras cosas que aún no comprendía cómo ni por qué habían sucedido, pero que me habían llevado hasta allí. Dowen me confirmó que, aunque había logrado huir de sus soldados, habían encontrado su cabeza en los bajos fondos de Yusen.

Y, de repente, todo había sido una gran mentira.

Y él estaba vivo.

Respiraba. Su corazón latía con fuerza. Su cuerpo aún estaba listo para el combate. Y me odiaba, aunque no podía juzgarlo por ello.

Cogí aire profundamente y me dejé caer en el suelo de la cuadra.

Después de descubrir que el Cazador, que me había salvado y del que había intentado huir, era Redka, me había embargado una emoción tan intensa que había dejado de pelear y le había permitido apresarme. Estaba tan conmocionada que no fui capaz de seguir batallando por mi libertad. Él me había sujetado las manos a la espalda con una cuerda y me había encerrado junto a Thyanne en un establo. El espacio era tan pequeño para los dos que tenía que apoyarme en los bloques de heno y rozaba sus patas con facilidad. Olía a forraje y excrementos, pero estando allí con Thyanne sentí una familiaridad que me reconfortó. Con él sí me sentía en casa y era algo que echaba mucho de menos.

Antes de cerrar la puerta, Redka me había lanzado una mirada afilada y hablado con dureza.

—Sé que con tus poderes la cuerda no sirve de nada, pero, si prendes fuego a la caballeriza, el caballo ardirá contigo. Así que piensa bien lo que haces.

Cerró las compuertas de un portazo y suspiré. Pese a la aspereza de su trato, el alivio por saber que su destino había sido uno muy distinto al que se decía era más fuerte que cualquier otro sentimiento. También porque, de algún modo, confiara en mí; de lo contrario, jamás habría dejado en mis manos la posibilidad de dañar a Thyanne.

Ya arrodillada sobre la paja, cerré los ojos y dejé que las emociones se liberasen. Todo había pasado tan rápido que aún debía digerirlo. Además, todavía tenía que terminar de recuperarme de la tortura de Dowen y de las heridas que no habían sanado. Me notaba más lenta, menos ágil, y necesitaba recuperar fuerzas y que la llaga del muslo cerrase. Sentía que mi cuerpo ansiaba soltar lo sufrido de alguna manera, pero Redka llevaba razón y no podía permitir que fuera mi magia la que lo hiciese. No solo temía hacer daño a Thyanne, sino que habría sido incapaz de hacérselo a él. Además, lo que menos necesitaba era provocar un incendio en medio de Yusen y quedarme sin los únicos aliados que allí conocía.

Las lágrimas me empañaron la vista y dejé que me mojaran las mejillas. El calor que transmitía el caballo me alentaba. Rememoré cada segundo compartido con Redka desde que lo había atacado en el almacén de leña. La forma en la que se movía enfundado en su traje negro. El brillo de su mirada mientras esperaba mis golpes. La sorpresa en su expresión cuando le había manifestado mis poderes; y no solo como la bruja que todo el mundo ya sabía que era, sino la huella de la luna en mí y que para él habría sido otra puñalada más que hacía pedazos lo que un día habíamos sido.

Si había contemplado el fuego que creaban mis manos con asombro, cuando el polvo de plata me había cubierto la piel su expresión se había tensado y convertido en una de rechazo tan visceral que la había percibido incluso oculta bajo la máscara.

Pero no importaba, porque estaba vivo.

Vivo.

Recibía otro nombre y su vida ya jamás sería la misma, pero estaba vivo.

Suspiré y, si aún quedaba algo de rabia en mí por lo descubierto, se diluyó en la sonrisa inesperada que se abrió paso entre mis labios.

Recordé el tacto de su piel bronceada y endurecida bajo mis yemas.

El estremecimiento de su cuerpo cuando lo había tocado, como si le hiciera daño, como si mi arma más letal fuera una simple caricia y no la magia.

Tragué saliva y temblé al recordar el peso de sus manos sujetándome y apresándome, la calidez que desprendía su cuerpo, la suavidad de su aliento rozando mi oído. La opresión en mi pecho cuando había pronunciado mi nombre después de haber estado muerto para mis sentidos.

Lloré sin pudor como una niña y me recreé en que, por primera vez desde hacía demasiado tiempo, era de felicidad.

Me desperté cuando alguien abrió la puerta y la luz de la tarde me cegó.

—Ho... Ho... Hola. Soy Mirto. Solo vengo a dejarle agua y comida, ¿de acuerdo? Espero que sea de su agrado.

Un joven que rondaría los quince años se asomó con cautela y noté que le temblaban las manos al apoyar una bandeja en el suelo. En ella había un cuenco con una carne aderezada con nabos y zanahoria, y un vaso de agua. Me rugieron las tripas y salivé; hasta que no había visto la comida, no había sido consciente de lo hambrienta que estaba.

Me constaba que Matila me había alimentado con gotas de un brebaje mágico que había conseguido en el mercado, pero que solo servían para mantener mi cuerpo vivo y caliente. El estómago llevaba días vacío y, de no haber sido porque la magia tiraba de mí con firmeza, mi parte humana habría perecido.

Lo miré con una sonrisa calmada antes de fruncir el ceño, mientras me giraba para que viera la cuerda tensa que me impedía moverme.

—Gracias, pero no puedo comer con las manos atadas.

—Oh.

Se mordió una uña con nerviosismo y apartó la vista, consciente de lo que le estaba pidiendo.

—Podría quemar la cuerda, pero intento portarme bien —bromeé, aunque mis palabras solo lo asustaron más—. Aflójala tú, ¿quieres? Todavía no se me han curado las heridas del todo como para sumarle nuevas.

—Yo… no… —Dudó, aunque acabó tartamudeando una negativa—. No puedo, mi señora. Aprecio mucho mi vida y el Cazador parecía muy enfadado.

Alcé una ceja antes de reírme con suavidad. Aún no me había acostumbrado a que los demás me temieran simplemente por existir.

—No voy a hacerte daño, Mirto. Solo tengo hambre.

—Le preguntaré al señor primero, si no le importa. Yo obedezco órdenes.

Suspiré y lo vi marcharse tan asustado como compungido.

Thyanne me empujó con el hocico para que me diera la vuelta y comenzó a roer la cuerda con delicadeza. Sentía que era el único en el que podía confiar y con el que ser yo misma. Él había conocido a todas las Ziaras que existían y las había aprobado sin más, de igual modo que yo siempre había aceptado que era un etenio sin importarme sus verdaderos orígenes.

Cuando Mirto regresó, yo ya estaba cenando tranquilamente y las marcas rojizas de mis muñecas brillaban. Redka las había tensado tanto que la cuerda me había levantado la piel.

—Oh, yo…

Mirto se quitó el gorro que escondía sus rizos castaños y lo apretó entre los dedos. Parecía molesto por no poder ofrecerme más comodidades, quizá no estaba acostumbrado a encerrar a damas en los establos ni a darles de comer junto a los caballos, pero, al mismo tiempo, tenía miedo de que usara mis poderes para atacarlo.

Le sonreí con dulzura y, con un dedo, creé una chispa sobre el plato de carne para calentarla; estaba tan fría que su sequedad cortaba la lengua. Además, quería que el joven comprobara lo que era capaz de hacer, pero que no guardaba intención alguna de hacérselo a él. Al ver el fuego flotando sobre el plato y el humo que destilaba la carne, Mirto dio dos pasos atrás tan rápido que se tropezó y cayó al suelo. Me reí y él se disculpó antes de levantarse, desearme buen provecho y salir con prisa y trastabillando.

No tardé en percibir otros pasos acercándose; eran diferentes, más fuertes y seguros que los de Mirto. Ya se había metido el sol y la figura llevaba el rostro oculto bajo una capucha. Se paró en la puerta y me observó desde el quicio sin pisar el suelo cubierto de heno. Pese a no poder ver sus facciones, sabía que no se trataba de Redka. Su torso era más fornido y superaba en altura al guerrero convertido en cazador.

Sin embargo, en aquella ocasión mis sentidos no se pusieron alerta, sino que me di cuenta de que ya confiaba en aquel lugar y en sus gentes, aunque fueran desconocidos. Al fin y al cabo, no dejaban de protegerme y que se hubieran ganado la confianza de Redka me tranquilizaba.

—¿Cómo estás, Ziara?

Su voz era profunda y lenta. Transmitía una seguridad y una calma que reconfortaban. Me provocó un cosquilleo suave en la piel, como el recuerdo que deja un abrazo cuando acaba. Intuí al instante que él debía de ser el cabecilla de aquel grupo variopinto que me había salvado; un grupo que, de momento, estaba formado nada menos que por un Dritón, un mozo de cuadra y un comandante muerto.

Observé la silueta del hombre que esperaba mi respuesta y me pregunté quién sería y por qué lucharía para haber acabado guiando a aquel equipo tan dispar.

—¿Quién eres?

—Me llaman el Hombre de Madera.

—¿Por qué? —Sonrió, pero supe que no iba a obtener respuesta a aquella duda, así que elegí otro camino—. ¿Qué estoy haciendo aquí?

—Puedes salir cuando quieras. No eres una esclava. No estás presa.

—Entonces ¿debo entender que las cuerdas en las manos y las alcobas en cuadras son tradición en Yusen?

El Hombre de Madera sonrió bajo su caperuza y arrugué la nariz. Aún notaba la picazón en las muñecas.

—Te pido disculpas por el trato que has recibido, no hemos empezado con buen pie, pero entiende que mi compañero dude de ti. Compartís un pasado en el que las cosas no salieron como él creía que lo harían.

Pensé en Redka y noté un nudo en el estómago al rememorar todo aquello que nos había unido. Nuestro tiempo juntos en el campamento nómada, más tarde en Asum y después en la corte. Los secretos que aún nos escondíamos, como mi relación con la luna y el collar igual al mío del que él nunca me reveló la procedencia. Mi traición y la suya al ayudarme a huir con un fugitivo.

El nudo se me subió a la garganta y hablé con la voz tomada por el pesar y la nostalgia.

—Él me odia. Y lo entiendo. Sé que lo merezco.

El Hombre de Madera negó y sus labios se curvaron entre las sombras. Tenía la nariz afilada y la mandíbula cuadrada. Su cabello parecía oscuro y sus ojos estaban hundidos. Acostumbrada a la penumbra sobre sus facciones, cada vez podía atisbar mejor sus rasgos.

—Él no te odia. Solo odia lo que le enseñaron a odiar. Dale tiempo y acabará mirando por sí mismo.

Tragué saliva y me abracé las rodillas. Pese al consuelo de descubrir que aún estaba vivo, de pronto, pensar en Redka me daba frío. Ladeé el rostro y lo clavé en aquel hombre misterioso que, por la confianza y tranquilidad que transmitía, me recordaba a Missendra.

—¿Quiénes sois? ¿Para quién trabajáis?

—¿Has oído hablar de la resistencia?

Alcé las cejas por la sorpresa y asentí.

Recordé lo que había oído infinidad de veces sobre ese movimiento que algunos incluso dudaban de que existiera. Hermine ya nos había relatado las historias de humanos desagradecidos, carroñeros, ladrones o asesinos que no aceptaban las leyes de Cathalian y que, por lo tanto, se unían movidos por el sentimiento de odio a Dowen y a la corona. Cuando viví con Redka y los suyos me habían contado que algunos desterrados luchaban por su cuenta y que se unían incluso a otras razas con tal de no pelear junto al ejército del rey. En la corte había oído los comentarios despectivos sobre los habitantes de las Islas Rojas, un reino independiente y autosuficiente en el que vivían exiliados de los antepasados del propio rey y otros desertores que habían encontrado allí asilo. Una vez, conocí a su representante en una visita que había hecho para reunirse con el consejo, pero Redka me había confiado que se rumoreaba que muchos de sus hombres estaban del lado de la resistencia.

Sin embargo, nunca habría pensado que me encontraría cara a cara con uno que admitiera que pertenecía a ella. Había llegado a creer que no era más que un bulo; mucho menos habría imaginado que un grupo como aquel pudiera liderarla y que el comandante real de Ziatak hubiera acabado formando parte.

285

—Crecemos despacio. Es la única manera de protegernos. Creemos en un mundo justo y en la igualdad de todos sus habitantes, independientemente de su raza. Defendemos la libertad verdadera, Ziara, no la que aporta un concilio que solo sirve para ocultar una guerra que está muy lejos de haber acabado.

Cogí aliento hasta notarme llena. Había ansiado tantas veces en los últimos meses que alguien apoyara esa creencia que me costaba digerir la emoción de saber que no estaba sola. También recordé unas palabras de Dowen a las que no les había dado mucha importancia, pero que de pronto me parecían de un gran valor.

—*Suerte que la guerra ya está en ciernes; acabaré de una vez con todos los que alberguen magia y recuperaré lo que nos pertenece.*

Suspiré y me pregunté si podría confiar en aquel hombre un instante antes de asumir que no tenía muchas más opciones.

—Creo que Dowen planea algo. Algo grande. Siento que se acaba el tiempo.

El Hombre de Madera asintió.

—¿Qué más te preocupa?

Suspiré y compartí por fin con alguien dispuesto a escucharme eso que cargaba desde que había salido de la Casa Verde y que parecía que a nadie le preocupaba.

—Somos esclavas. Las Novias. Nos hacían creer otra cosa, pero solo escondían que no éramos dueñas de nosotras mismas.

Chasqueó la lengua y me pareció que aquello le entristecía tanto como le incomodaba.

—Así es, pero su existencia también sirvió para mantenerte protegida todos estos años.

—¿Eso qué significa?

—Que incluso de lo malo podemos sacar algo bueno. No todo es blanco o negro, Ziara, tú lo sabes bien.

Me sonrió de modo paternalista y aparté la mirada. No estaba en posición de juzgar a otros, lo comprendía, pero eso no evitaba que una sensación desagradable me recorriese al pensar en las Novias y en que yo me hubiera beneficiado de alguna manera de aquella situación.

Suspiré y me enfrenté de nuevo a ese hombre sabio que me estaba ofreciendo mucha más información que nadie hasta la fecha.

—¿Por qué me has salvado?

Se mantuvo unos segundos en silencio, tal vez esperando que yo misma respondiera a esa cuestión, y asumí que había una constante que me perseguía desde que Arien me había llevado a su hogar. Yo era valiosa y todos parecían saberlo. Faltaba el porqué y quedaban lagunas por llenar que explicaran la razón de que me vieran como una pieza clave en la paz del reino, pero la respuesta estaba clara.

—Creo que ya lo sabes, Ziara. Aún te cuesta aceptarlo, pero vas comprendiendo que eres importante. Hay algo en ti que todos desean o temen. Algo único que cumple la profecía del antiguo hechicero Egona. Eso que ya ha despertado en ti y que nadie más posee.

Me tensé y percibí que mis pensamientos se enredaban, al igual que lo hacían los hilos bajo mi piel, que latían cada vez con más fuerza. Estiré el brazo frente a mí y me pareció ver a través de la tela del vestido el entramado de hebras plateadas, rojizas y ocres que representaban mis tres linajes. Hija de la Luna, del fuego de Thara y de los hombres que nacieron de la Tierra. Un símbolo de las tres grandes fuerzas de Cathalian que luchaban por su futuro. El Hombre de Madera no lo veía, pero sabía que la magia me estaba mostrando algo de gran trascendencia, algo que solo mis ojos percibían.

—¿El poder del fuego? ¿Eso es lo que me engrandece? —susurré con inocencia.

—No, Ziara. No finjas conmigo. Yo estoy de tu lado, ¿recuerdas? No eres solo fuego. Eres mucho más.

Exhalé con profundidad y entonces exploté. Me levanté de un salto y comencé a moverme con inquietud dentro de la cuadra. Thyanne descansaba sobre la paja, ajeno a mi descontrol.

—¡Es que estoy harta de no obtener respuestas! Sé lo que soy. Soy bruja. Y también Hija de la Luna. Y sigo siendo tan humana como tú. Lo que todavía no alcanzo a comprender es qué significa.

—Por eso debes ir a Lithae.

—¿Cómo lo sabes?

Sonrió con suficiencia y aquel gesto bajo la tela me resultó vagamente familiar.

—¿Por qué te crees que mandé al Cazador a buscarte? Era el único capaz de traerte sana y salva para que pudieras continuar tu viaje.

Asentí, pero entonces recordé los motivos de mi desvío hasta el castillo de Onize y mi expresión se turbó.

—Primero debo saber si Feila está bien.

—Toma. Para eso te he traído esto.

Me tendió un sobre blanco y de él saqué una carta. Una nota firmada por la pluma negra de Missendra en la que me decía que Feila estaba curada y me pedía que llegara a Lithae cuanto antes.

—¿De dónde la has sacado?

—La emperatriz la ha enviado. Hice llegar una misiva a Faroa en la que explicaba que estabas viva bajo nuestra protección. Un escuadrón de la Luna te buscaba por los alrededores de la corte; hubo bajas humanas significativas y el comandante de Onize mandó levantar defensas permanentes en la frontera con Iliza.

Noté una punzada ante la culpa por el hecho de que hubieran muerto soldados por mi causa, pero la guerra funcionaba así y debía acostumbrarme cuanto antes a sus consecuencias.

—¿Eso qué supone?

—El paso a Faroa está bloqueado.

—¿No puedo volver? —pregunté con temor.

—Puedes viajar directamente a Lithae y, cuando acabes allí, hacer el descenso por el noroeste, por la parte que limita con Tierras Altas. Es lo más seguro.

—Pero… ¡yo no puedo viajar sola hasta Lithae! Si entreno, quizá algún día sea capaz de transportarme como los demás Hijos de la Luna, pero aún es pronto.

Era imposible. Aunque lograra manejar la totalidad de mis poderes, no sería capaz de salir yo sola de Yusen y llegar hasta Lithae sin que me apresaran y me entregaran a Dowen, o, peor aún, que me matasen. Todo el mundo odiaba a las brujas, más todavía a una a la que habían puesto un alto precio.

Sin embargo, el Hombre de Madera sonrió levemente y me tensé.

—Podrías llegar en unos días.

—¿Cómo?

—El Cazador te acompañará.

Noté que el corazón retumbaba en mi pecho. Recordé los viajes que ya habíamos compartido y la dicha que había despertado en mí desde que descubrí que estaba vivo se intensificó, pero al mismo tiempo la culpa se me anudó con fuerza. Redka ya había perdido demasiado por mí. Había sacrificado hasta su identidad para que yo pudiera descubrir la mía, y no estaba dispuesta a seguir arrastrándolo.

Suspiré y negué con la cabeza.

—Yo no… Él no aceptará.

—Ya lo ha hecho. ¿Aceptas tú?

Lo miré con incredulidad y noté una calidez extraña en la base del estómago.

—¿Tengo alguna otra opción?

Sonrió y se dispuso a marcharse antes de dar un paso atrás.

—Hay una alcoba preparada para ti al otro lado del patio. Puedes asearte, y te hemos dejado ropa limpia en el armario. Aunque, si prefieres dormir aquí, no te juzgaremos.

Se despidió con un gesto y se dio la vuelta, pero, antes de que desapareciera, me atreví a poner voz a lo que me perseguía sin descanso.

—Espera.

—¿Sí, Ziara?

—¿Qué pasa si llego a Lithae y no soy lo que todos creéis? ¿Qué ocurrirá si estáis equivocados?

—Que Dowen seguirá gobernando y los humanos y los seres mágicos continuaremos en guerra. La muerte acabará rigiendo Cathalian y nos condenará a todos.

Gruñí y, como una cría, lancé un puñado de heno al otro lado de la cuadra.

—Menuda responsabilidad para una Novia.

—Nunca has sido una Novia, Ziara. Desde que se firmó el concilio supe que tu destino era otro.

Se marchó dejando muchos más interrogantes de los que había resuelto, aunque el mayor de todos, y que me acompañó hasta en sueños, fue el que me llevaba a preguntarme si sus últimas palabras significaban que ya nos habíamos visto antes y por qué yo no lo recordaba.

Decidí aceptar el ofrecimiento de ocupar una alcoba y me despedí de Thyanne. Me encantaba su compañía, pero necesitaba descansar en una cama. Salí de la cuadra y me encontré con un patio en el que, si bien lo había atravesado maniatada y empujada por Redka, no me había fijado en él por estar demasiado centrada en asimilar que seguía vivo.

La casa era modesta y estaba dividida en dos edificaciones, más el establo y el almacén de leña al que había accedido a través del sótano, y se erigían de forma circular alrededor de un corral de suelo terroso. Había una zona con plantas, otra con herramientas de trabajo y labranza, y un banco de madera desde el que se podía vislumbrar el cielo estrellado. Allí era donde se encontraba Redka.

Tuve que coger aliento al verlo. Sujetaba una copa con un líquido ambarino y aún vestía de negro, pero se había quitado las botas. El pelo le caía por el rostro y todavía destacaban en él esos mechones enredados que se habían formado por el escaso cuidado en sus años nómadas. Parecía cansado. Y, aunque imaginaba que su nueva vida tampoco sería sencilla, tenía la certeza de que las arrugas de su frente estaban más marcadas por mi causa.

—No es como el cielo de Asum —le dije.

Redka alzó la mirada y se cruzó con la mía. Noté un cosquilleo instantáneo, un calor parecido al que despertaba en mi interior cuando la magia prendía, pero, a la vez, distinto. Único. Solo suyo. Se tensó al verme y se llevó la copa a los labios. Dio un trago largo sin dejar de observarme y suspiró.

—Ninguno lo es.

Miramos al cielo y recordé todas las noches en las que habíamos hecho lo mismo en su pequeño pueblo bañado por Beli. Aquel rincón idílico de vida y sal. Su verdadero hogar. Tragué saliva al percatarme de que, tras su supuesta muerte, no habría podido volver y quizá nunca lo haría. Pese a saber que seguía vivo, la culpa no había menguado en mí, sino que sentía que no paraba de crecer.

—Yo...

Redka negó con lentitud y su gesto apagó mi temblorosa voz.

—No digas nada, Ziara. No hay nada que puedas decir que cambie las cosas.

Noté sus palabras como pequeñas dagas arañándome la piel. Pese a ello, llevaba razón. Las decisiones que habíamos tomado nos habían convertido en quienes éramos en aquel patio oscuro que olía a flores. Él, un hombre sin rostro que trabajaba para los que en el pasado habría condenado; yo, una bruja, Hija de la Luna y esperanza de todo aquel que se cruzaba en mi camino.

Me moví hacia el otro lado del patio, pero dudé entre las dos edificaciones.

—Tu alcoba está ahí. —Señaló una de las dos—. La primera a la derecha. Si lo necesitas, hay un surtidor de agua detrás del arriate de flores.

Asentí agradecida y me dirigí a la casa. Sin embargo, al pasar frente a él, mis pies frenaron y percibí que mi respiración se agitaba. Me giré y me encontré con su mirada clavada en mí. Quizá en el pasado me habría tragado las palabras, habría dudado de cada uno de mis pasos o habría considerado lo adecuado o no de lo que ansiaba decirle, pero yo ya no era esa Ziara. Y, si era verdad que íbamos a viajar juntos hasta Lithae, él también debía enfrentarse a la chica en la que me había convertido.

Suspiré y me acerqué a él.

—Tienes razón. Es imposible cambiar las cosas, pero sí puedo pedirte perdón. Lamento mucho que tuvieras que pagar las consecuencias de mis decisiones.

Me estudió el rostro con calma y su escrutinio despertó el rubor en mi piel. Yo no aparté la vista, sino que la mantuve firme hasta que sentí que una chispa nacía en ella. Por primera vez no era caliente, sino que la percibía liviana y fría como la plata. Me imaginé los remolinos de luna en mis ojos, como tantas veces los había observado fascinada en Arien y en los otros, y contuve el aliento. Redka, en cambio, se tensó y su mirada se perdió en el suelo como si lo que tenía delante lo asqueara profundamente. Deseé que me mirase de nuevo con tanta intensidad como también deseé que nunca volviera a hacerlo.

—Pagué la condena de lo que yo decidí, Ziara. Fuese por ti o por mí, las elecciones fueron solo mías.

—Aun así, lo siento.

Asintió, vació la copa y soltó una bocanada de aliento que olía a licor hacia el cielo.

—Deberías dormir.

—Una última cosa, Redka.

—¡Redka no existe! —dijo con brusquedad.

—Pero tú…

Negó con determinación y noté que sujetaba la copa con tanta fuerza que temía que la hiciera pedazos.

—Yo solo soy el que llaman el Cazador.

Tragué el nudo que se había formado en mi garganta y acepté que, en parte, así había sucedido, porque era innegable que los que habíamos sido se parecían poco a los que se lanzaban miradas cautelosas en aquel patio.

—Entiendo. Supongo que, al final, la Ziara que tú conociste también murió con él.

—Algo había oído, sí.

—Y hoy, ademas, lo has visto —anadí, en un intento por descubrir cuáles eran sus pensamientos ante mi magia.

Pero él no estaba por la labor de colaborar en ese aspecto. Asumí que Redka era de los que confiaban una sola vez y que, si no cumplías con tu parte, no volvía a abrirse contigo.

—Deberías descansar. Salimos al amanecer, con el reparto del pescado.

—No hace falta que me acompañes —murmuré tensa. De repente, me parecía una idea espantosa.

—Cumplo órdenes.

—¿Has cambiado un amo por otro? —pregunté con desdén en un impulso de lo más imprudente de provocarlo.

Para mi sorpresa, él no pareció ofendido. Solo sonrió y su expresión entonces se convirtió en una anhelante que costaba asociar con el joven allí sentado.

—El Hombre de Madera es distinto.

—¿Por qué?

—Porque lo que hace no responde al deseo de poder, Ziara, sino a la esperanza.

Me pregunté si eso significaba que también la habría aún para nosotros.

XXVI

Me desperté temprano y con la intención de asearme a conciencia antes de partir. La noche anterior estaba tan cansada y notaba los músculos tan agarrotados por la incomodidad del establo que me había acostado directamente. Además, la conversación que había mantenido con Redka no había dejado de repetírseme en la cabeza. Su voz y su rostro me habían acompañado incluso en sueños.

No todos los días los muertos volvían a la vida.

De madrugada, me había desvelado y las emociones habían brotado de mi interior como de una presa. Me encontré con las mejillas cubiertas de lágrimas incluso antes de ser consciente de que estaba llorando. Había abierto agujeros en las sábanas por el calor que desprendían mis dedos y el temblor de mi cuerpo me resultaba incontrolable.

Porque estaba vivo, y conmigo, y, aunque me odiara, los sentimientos me mantenían al borde de un precipicio.

Ya más tranquila, me dije que iba a esforzarme por ser una compañera de viaje agradable. Necesitaba que me viera como una aliada y no como una enemiga. Y sentía que se lo debía. Ya había sufrido mucho por mi culpa y, cuanto antes termináramos con aquello, antes podría olvidarse de mí. Pero, cuando vi la ropa que me habían dispuesto en el armario, toda esa calma en la que estaba trabajando se convirtió en rechazo y furia. Cogí el vestido blanco y salí al patio en busca de una explicación.

—¿Qué significa esto?

Tres rostros levantaron las cabezas de su desayuno. El ceñudo de Redka, el sorprendido de Mirto y el divertido de Matila, que me miraba con una sonrisa pícara.

—Oh, ¡cuánto me alegro de haber venido a despediros! —dijo antes de cruzarse de brazos y mirarnos a Redka y a mí alternativamente, como si estuviera a punto de presenciar una batalla.

Él masticó lentamente un trozo de pan con compota de frutas y habló, aún con migas entre los labios.

—Es tu forma de salir de Yusen sin levantar sospechas. Ahora eres mi esposa. Otra vez. *El Cazador se ha colado en tus sueños y tú te has colado en los suyos.* Qué buena noticia, ¿no es así?

Que pronunciara precisamente las palabras de la ceremonia de plenitud me provocó un escalofrío. Su actitud, sin duda, no era muy alentadora.

—No quepo en mí de gozo… —murmuré desairada.

Matila lanzó una carcajada y Mirto observó a Redka con los ojos como platos, igual que si acabara de atizarle un puñetazo a su respetado Cazador. Él, en cambio, ni se inmutó y continuó comiendo despacio, sin apartar la mirada de mí. Yo aún llevaba puesto el vestido con el que había llegado allí y que, aunque Matila lo había lavado, no estaba en su mejor momento. No me había mirado en un espejo, pero intuía que el estado de mi cabello tampoco era muy prometedor. Aunque nada de eso me importaba. La simple idea de volver a ser una Novia me parecía un castigo.

—¿Cuánto durará eso en su pelo? —le susurró Redka a Matila como si yo no estuviera delante.

—Se quita con agua.

—Pues no te lo mojes hasta que lleguemos a Muralla de Huesos. Ahora, desayuna y prepárate. Tenemos que salir antes de que empiece el mercado.

Suspiré y dejé el vestido sobre un tocón sin importarme que se ensuciara. Me senté junto a un Mirto perplejo y me metí un bollo en la boca.

—Sí, querido esposo.

—¿Siempre es así? —preguntó Matila a Redka, de nuevo como si yo fuera invisible.

Él me miró de reojo y apretó los dientes. Una gota de leche le mojó la barbilla.

—No. Antes era muy diferente.

Cerré las manos bajo la mesa. Me ardía la piel y debía controlarme para no lanzarle fuego y achicharrarle el pelo. Comprendía su actitud, sus desprecios y que acompañarme a Lithae no fuera precisamente su mejor forma de pasar el tiempo, pero había algo en su comportamiento condescendiente que me enervaba. Me enfurecía de un modo que me desesperaba. Y, si cuando Redka me había sacado de la Casa Verde yo le había demostrado ser una jovencita poco dócil, desde que la magia mandaba en mí mi espíritu resultaba indómito.

—Él, en cambio, siempre ha sido un hombre hosco y esquivo. Supongo que a nadie le sorprende.

Mastiqué sin apartar los ojos de Redka y Matila rompió en carcajadas. Mirto me observaba con la boca abierta y muy pálido.

—¡Me caes bien, bruja!

Matila me sonrió con afecto y me di cuenta de que, pese a que apenas la había visto despierta un par de veces, el sentimiento era correspondido.

—No la llames así —replicó Redka.

Alcé una ceja y lo fulminé con la mirada.

—¿Por qué? ¿Te incomoda?

—No, es lo que eres —dijo Redka sin ocultar su desprecio por aquella verdad—, pero mejor no corramos riesgos, ¿no crees? Recuerda que hay quien te busca viva para entregarte, aunque a otros les importaría poco encontrarte muerta.

Tragué y un trozo de bollo se me atravesó en la garganta. Tosí y Mirto me sirvió un vaso de leche con miel. Era servicial, aunque intuía que en el fondo tenía miedo de que lo matara.

Terminamos de desayunar en un silencio solo roto por los comentarios maliciosos de Matila, que parecía encantada de provocarnos y de tensar aún más esa cuerda inexistente que me unía tanto como me separaba de Redka.

Regresé a la alcoba con el estómago lleno y con una inquietud nueva bajo la piel.

De pronto, había sido consciente de que iba a pasar los siguientes días a solas con Redka y me costaba asimilarlo. Todo había sucedido tan deprisa que a ratos aún debía repetirme que él seguía vivo. De vez en cuando, me sentía dentro de un sueño que me costaba discernir si era o no una pesadilla.

Me aseé y después me enfrenté a esa otra parte de mi pasado que había vuelto de forma inesperada. El vestido era sencillo e incluso bonito. Las mangas largas se ceñían a los brazos y el encaje estaba rematado por pequeñas flores amarillas en las muñecas. Se abrochaba por la parte del pecho con una lazada y la falda era liviana, lo que agradecí no solo por el clima cálido del verano, sino porque la sensación de estar dentro de un atuendo como aquel me asfixiaba.

Solo era un vestido, pero representaba algo tan grande que la tela me picaba y pesaba como si estuviera hecha de hoscas alfombras.

Me observé en el espejo y me apreté el estómago con las manos sobre la seda. Aún no me había acostumbrado al color de mi cabello, de un tono negruzco que me recordaba al de otras chicas como Feila; dudaba mucho que pudiera hacerlo tanto como dudaba que pareciera una Novia a ojos de los desconocidos con los que me cruzara.

Alguien golpeó la puerta y observé el pequeño cuerpo de Matila en el reflejo.

—¿Estás lista?

Suspiré y arrugué el rostro. Me coloqué el pelo por delante del hombro y le mostré la espalda desabrochada.

—¿Puedes ayudarme con esto?

Me senté en la cama y Matila se subió encima. Según cerraba cada botón, el corazón se me aceleraba y mi respiración sonaba rápida y forzosa. Cerré los ojos, esforzándome por mantener la calma, pero me costaba contenerme dentro del tejido blanco que no solo representaba a esas niñas encerradas, sino que, de repente, tenía un efecto demoledor en mí: el recordatorio constante de que ese era el castigo por la muerte de las Madres de la Luna.

De mi madre.

Pensé en Essandora y sentí una congoja tan inesperada que el hilo que me unía a mi familia de plata latió con fuerza. En algún lugar remoto, percibí la respuesta de Arien como un abrazo sentido.

Matila apoyó sus manos rechonchas sobre mis hombros y me dio un apretón afectuoso.

—Solo es un vestido.

—¿Qué?

Parpadeé y me giré para verla, pero ella no me dejó y comenzó a trenzarme el cabello. Sus movimientos me trasladaban de nuevo a la Casa Verde y a las manos de las chicas peinándome. Sentí una tristeza tan honda por el destino de todas ellas, siempre mujeres, aunque de distintos bandos, que vestirme de ese modo por iniciativa propia me parecía una falta de respeto.

—¿Estás sorda? ¡Que solo es un vestido! Tienes poderes mágicos y un trozo de tela te ha empequeñecido. No lo permitas. No dejes que ellos ganen.

Solté el aliento contenido y me sinceré solo para poder respirar mejor.

—Siento que usar este disfraz en mi beneficio es una ofensa para todas ellas. Las que murieron y las que viven presas y engañadas.

Matila chasqueó la lengua a mi espalda y me dio un tirón fuerte al cerrar el final de la trenza con una bonita lazada.

—Si a un borracho se le vuelca una tinaja de vino tiene dos opciones: o llorar por lo que ya no podrá beber o gritar de alegría por lo que aún le queda dentro.

—¿Qué pretendes decirme con eso?

—Pues que puedes verlo como un castigo o como un homenaje. Recuerda que lo que estás haciendo es también por su recuerdo. Por su sacrificio.

Asentí y compartimos una mirada cómplice; en los ojos de Matila por primera vez no vi picaresca, sino orgullo y esperanza.

—Y, ahora, id a Lithae y demuéstrale por el camino a ese hombre que odiarte puede ser tan agotador como para que recuerde por qué es incapaz de hacerlo.

Sonreí a aquella pequeña gran criatura que desde que había averiguado que Redka y yo estábamos destinados parecía disfrutar de cada uno de nuestros encuentros. No me di cuenta de que tenía los ojos llenos de lágrimas hasta que ella me las secó de un manotazo.

Redka me esperaba en el patio. Iba vestido de negro de los pies a la cabeza y el pelo suelto le cubría parte del rostro. Lo llevaba más corto que en el pasado, pero su largura aún le daba un aspecto salvaje. La máscara le colgaba de la hebilla del cinturón. Mirto se estaba ocupando de preparar a Thyanne y de cargar las provisiones necesarias para el viaje. No había rastro del Hombre de Madera.

Me acerqué al Cazador y le agradecí que no hiciera ningún comentario sobre mi atuendo, aunque, por el vistazo que me echó, resultaba obvio que a él también le traía recuerdos. Antes de salir de la alcoba, Matila había cogido una capa de un perchero y me la había colocado sobre los hombros. No era verde, sino de un azul intenso que representaba a la Casa Zafiro. Pese al clima cálido del verano, debía mantenerme lo más oculta posible y la decencia siempre asociada a las Novias me daba la excusa perfecta para ello. No quise preguntar si mis ropajes habrían pertenecido antes a alguien o no.

Me rasqué la nuca bajo el encaje y me imaginé el sarpullido que me saldría en breve. Redka disimuló una sonrisa de lo más elocuente y mi desasosiego aumentó.

—¿Y tu caballo?

—Lo tienes delante.

Suspiré con dramatismo y puse los ojos en blanco. Ya había barajado la posibilidad de que él eligiera viajar sobre Thyanne para molestarme o ponérmelo más difícil al tener que cabalgar con otro caballo que no conociera, pero si Redka quería jugar como un crío propenso a las rabietas yo le seguiría la corriente. A fin de cuentas, Matila llevaba razón y no debía pensar solo en mí, sino también en las personas por las que hacía todo aquello.

—¿Dónde está el mío?

—También lo tienes delante.

Fruncí el ceño y entonces entendí que lo que pretendía era que viajáramos solo en Thyanne. Juntos. Como tantas veces en el pasado. Tragué saliva con fuerza y me ruboricé al imaginarme su cuerpo pegado al mío durante lo que se asemejaría a una pequeña eternidad.

—Pero ¡yo puedo montar mi propio caballo! Sabes que Sonrah me enseñó bien. Y he pulido mis capacidades desde entonces —mentí, porque desde que había llegado a Faroa no había vuelto a ver un caballo.

Redka sacudió la cabeza y sonrió entre dientes.

—¿Para montar como una bandolera y que nos arresten antes de salir de la plaza? No, gracias. Viajarás conmigo. Es el modo de mantenerte de verdad a salvo no solo de los demás, sino también de tus *imprudencias* —remarcó con ironía.

—¿Imprudencias?

Alzó una ceja en mi dirección y se acercó tanto como para percibir la calidez de su aliento. Porque estaba vivo. Muy vivo. Debía repetírmelo cada poco tiempo.

—¿Tengo que recordarte lo que ocurrió la última vez que nos vimos?

Supuse que él estaría pensando en la liberación de su preso, en mi huida, en la traición. No obstante, a mi cabeza solo había acudido el recuerdo de un beso. Uno tan breve como intenso, una despedida dulce, un modo de agradecimiento. Un beso que había rememorado hasta la extenuación y con el que me había recreado en sueños.

¿Pensaría Redka alguna vez en él? ¿Habría sentido ese cosquilleo intenso en las tripas al notar mi boca sobre la suya? ¿Habría anhelado que se repitiera?

Suspiré y aparté la vista, cohibida e incómoda.

—No te fías de mí.

—No. Y no voy a arriesgarme a que me demuestres que hago bien en no hacerlo. O viajamos a mi modo o vas sola.

Fui a abrir la boca para decirle que podía meterse su ofrecimiento por donde le cupiera, pero me lanzó una mirada que no admitía réplica y supe que lo mejor era mantener la boca cerrada. Además, cuanto antes llegáramos a Lithae, antes acabaría todo.

—A sus órdenes, entonces, *Cazador*.

—Puedes llamarme *esposo*, si eso te agrada más —replicó con sarcasmo.

Bufé y me subí a Thyanne de un salto antes de que me ofreciera su ayuda para hacerlo; el despertar de mi magia tenía sus ventajas y mi agilidad era muy diferente a la última vez que estuvimos juntos. El caballo relinchó, Mirto silbó ante mi pequeña hazaña y Matila se rio.

—Esto va a ser divertido… —murmuró ella sin quitarnos los ojos de encima—. ¡Qué pena que no podamos verlo!

Redka se subió al caballo y presionó su cuerpo contra mí con más fuerza de la necesaria. Me agarré a las crines de Thyanne de la impresión y recé para que aquel suplicio terminase pronto. Cuando nos despedimos y salimos de la casa, su susurro me erizó la piel y me confirmó que aquella prueba iba a ser la más dura de las que había tenido que superar hasta el momento.

—Procura no mirar a nadie a los ojos. Compórtate por una maldita vez como la Novia que nunca fuiste y todo irá bien. ¿De acuerdo?

Asentí, me coloqué de medio lado como cabalgaban las damas y, cuando nos mezclamos con el bullicio de una ciudad amaneciendo, Redka colocó su mano sobre mi cintura y me erguí. Sobre su dedo, un anillo desdibujado cobraba vida y brillaba bajo el sol.

XXVII
Redka

En ocasiones sentía que estaba en medio de un sueño. Uno similar a aquel en el que la magia me la había mostrado en mitad de un bosque, con un camisón blanco y su pelo rojo alborotado.

Mi vida había cambiado tanto desde su huida que me resultaba imposible encajarla de nuevo en ella; más aún, habiéndose convertido en una de quienes siempre consideré enemigos. Bajo su piel corría la sangre de dos linajes que había aborrecido tanto como para provocarme un rechazo demasiado aprendido, pese a que mis principios también se hubieran visto quebrantados.

Y, sin embargo, allí estaba. Compartiendo conmigo el lomo de Thyanne, con su cabello tintado de negro rozándome la nariz y su aroma trayéndome recuerdos que, en vano, me había esforzado por desterrar.

Llevábamos una hora viajando. Habíamos llegado al límite fronterizo de Yusen y nos dirigíamos hacia el norte, en busca del sendero que marcaba el camino más seguro hacia Lithae. Debíamos cruzar los terrenos del difunto duque de Rankok, lo cual no sería precisamente sencillo, pero era la única forma de llevarla hasta los Antiguos Hechiceros.

Después de años de miseria y malas relaciones con su señor, los aldeanos del ducado habían comenzado a alzar la voz por sus derechos e incluso habían llegado a atacar a Deril y a su esposa en su propia casa, motivo por el cual se habían alojado durante un tiempo en la corte de Dowen. Qué ironía que esa decisión fuera lo que, al final, lo había llevado a la muerte. Tras el fallecimiento, sin que constaran herederos ni familiares cercanos, se habían extendido los rumores de que sus tierras habían sido tomadas por los propios campesinos y que, mientras su joven esposa no reclamara lo que ahora le pertenecía, las gobernarían a su modo. Yo temía la reacción al pedir permiso para atravesar sus campos, intuía que no confiarían fácilmente en nadie, pero era la ruta más corta y la que menos nos acercaba a Onize. Solo rezaba para que no nos pusieran impedimento y nuestra presencia no levantase sospechas; sobre todo, rezaba para que no reconocieran a Ziara como la bruja, ya que el dinero podía corromper al mejor de los hombres.

Al fin y al cabo, aunque los hubiera liberado de su yugo, era la persona más buscada en esos momentos. Yo conocía lo bastante bien al rey como para saber que ella había desatado su furia y que ya no se trataba de un asunto de Estado, sino de algo personal. Dowen jamás aceptaba la humillación y haría lo que fuera necesario para que Ziara pagase por ello. Mucho mejor si podía hacerlo de una forma pública con la que dejar constancia de que nunca había que ofender a un monarca, así como recordar a los seres mágicos que los hombres continuaban siendo implacables con aquellos que los traicionaban.

Por otra parte, aún me costaba creer no solo que ella hubiera matado a un hombre, sino también que fuese quien se decía que era. Pensaba en sus poderes, los mismos que había utilizado para defenderse de mí, y gruñía entre dientes. La bruja había demostrado serlo creando fuego, pero lo que todavía no había sido capaz de digerir era que la plata también la acompañaba; tal vez, porque eso me obligaba a aceptar lo que en el pasado había preferido ignorar.

Aquella revelación había despertado algo en mí que no dejaba de darme vueltas en la cabeza y que me hacía juntar unas piezas desperdigadas que, hasta el momento, nunca habían tenido sentido. Notaba el collar que un día Dowen me había entregado latiendo dentro de mi morral. Un pequeño pedazo de luna que había pertenecido a una de las Sibilas idéntico al que Ziara tenía, y que yo había escondido durante todo este tiempo por un impulso que no comprendía.

La primera traición que había cometido.

El instante en el que comprendí que esa joven de mirada inquieta y corazón salvaje me importaba más de lo que jamás habría creído posible. Más que mi lealtad. Más que mi reino. Más que yo mismo.

Aún recordaba a menudo el día que el rey me había hecho llamar para un asunto confidencial. Llevaba ya unos meses a su servicio como el comandante de Ziatak y le había demostrado con creces mi entrega y confianza. No solo por mis años de intenso entrenamiento con los que él no había logrado que mi empeño flaqueara, sino también por mi valor e integridad.

Había acudido al que era su despacho personal, una pequeña sala con chimenea en la parte más alta del castillo. Allí solía encerrarse a meditar en soledad con una copa de licor y ni siquiera la reina Issaen entraba. Parecía preocupado, cansado y, aunque jamás me había parecido un hombre vulnerable, su tristeza traspasaba las paredes.

—¿Qué puedo hacer por usted, majestad?

—Valem era un gran hombre. Lo fue hasta su último aliento.

Disimulé la sorpresa por que nombrara a mi padre y tensé los hombros con deferencia.

—Y rezo cada día por parecerme a él.

—Vas por buen camino. —Asentí agradecido y me mantuve callado, con la mirada fija en las llamas del hogar encendido—. Le encomendaba misiones que solo él podía llevar a cabo. Compartíamos secretos que se llevó a la tumba. La confianza es el bien más preciado que puede darte un soldado.

—Sé que la confianza se demuestra y gana, señor, pero quiero que sepa que puede contar con la mía. Hice un juramento y me place cumplirlo.

Sonrió satisfecho y me observó largo rato. Nunca me había sentido incomodado por la determinación de ningún hombre, pero aquel día atisbé algo distinto en él. Una cercanía sin barreras de ningún tipo. Una muestra de que, quizá, también era humano y de que estaba a punto de confesarme su mayor debilidad.

—Cuando ejecutamos a las Sibilas de la Luna, Valem no hizo preguntas, solo obedeció órdenes.

—No quiero quitarle mérito a mi padre, pero ¿ese no es el deber de un soldado?

—Por supuesto, aunque ¿qué pensarías si los motivos de esa condena hubieran sido otros distintos a los que contamos?

Tragué saliva y lo observé, mientras él a su vez me contemplaba con tiento. Por un instante, me pareció otro, como si se hubiera desprendido de una capa y me permitiese ver al hombre que habitaba bajo el monarca. Las Sibilas habían sido castigadas por asesinar niños humanos para sus hechizos, cualquier habitante de Cathalian lo sabía, pero sus palabras me mostraban otra realidad oculta que no estaba seguro de querer averiguar.

—Jamás juzgaría las decisiones de un rey para proteger a su reino, señor —le dije con firmeza. Incluso si las razones de aquel crimen hubieran sido otras, las respetaba si con ellas protegía a nuestro linaje.

Dowen asintió y me miró nuevamente con reservas. Sentí que se me estaba juzgando mucho más allá de mi puesto de comandante. Tuve la certeza de que estaba viendo en mí a un amigo que hacía demasiado tiempo que había enterrado y aquello me enorgullecía.

—Te pareces mucho a él, no hay duda.

Suspiró y se sacó algo del bolsillo. Cuando abrió el puño, una cadena de plata se balanceó frente a mí. De su extremo colgaba una pequeña pieza blanca. Con las llamas detrás, su brillo centelleaba.

—Toma. Quiero confiarte esto.

—¿Qué es?

Me lo tendió y lo cogí con cuidado. Estaba frío y era tan liviano que apenas se notaba su peso sobre la palma.

—Un trozo de luna. Essandora, una de las Sibilas, se los regalaba a sus hijos nada más nacer. Este era el suyo.

Rememoré los relatos que tantas veces nos había contado mi padre sobre aquel nefasto suceso. Su rostro cuando recordaba cómo había liderado el escuadrón que había apresado a las Madres de la Luna para después ejecutarlas en la Plaza de las Rosas. Su furia ante aquellas criaturas que tanto daño habían hecho y el cansancio provocado por una guerra en la que no parecíamos vencedores.

Pese a todo, mis ojos de niño también habían percibido algo más en sus silencios y miradas perdidas. Una aflicción que no comprendía y que solo, según crecía, veía que se asemejaba a la culpa, el remordimiento y la pena, aunque no le encontrara sentido. Tal vez, las palabras de Dowen acababan de darle uno.

—Tu padre capturó a los dueños de dos de los otros tres collares de los que teníamos constancia y los ejecutó. El tercero sigue libre, aunque espero que por poco tiempo. Essandora era la más joven de todas y no se le conocían más vástagos. Aun así…

Dowen se perdió en sus pensamientos y finalmente negó con la cabeza. No continuó, desconocía si porque prefería que yo no tuviera esa información o porque daba por hecho que la sabía, pero recordé la expresión de mi padre al contarnos que la última Sibila que capturaron acababa de alumbrar. Essandora dijo que el niño había muerto en el parto y, tras su ejecución, suficientes problemas tenía ya mi padre como comandante con una guerra en ciernes como para preocuparse por un bebé que, seguramente, si no estaba muerto de verdad, no tardaría en estarlo.

No obstante, aquella tarde el recelo de Dowen me hizo pensar que, quizá, el rey sí creía que aquel retoño de plata seguía vivo junto al hermano que le quedaba en algún lugar.

—Si alguna vez encuentras uno igual, mata a quien lo porte. Sea quien sea. No hagas preguntas. No merece la pena el riesgo.

Las palabras de Dowen me habían perseguido durante años sin entender del todo su alcance. A fin de cuentas, mi responsabilidad era la de acatar órdenes sin plantearme los motivos. Y así fue hasta que vi un pequeño trozo de piedra blanca colgado del cuello de Ziara, uno exactamente igual al que yo escondía.

Debía matarla, pero enseguida me di cuenta de que no podía. Y no solo por mis sentimientos, sino porque, al haberse convertido en mi esposa, el concilio nos lo prohibía. Pese a ello, la decisión más lógica habría sido la de alertar a Dowen de lo descubierto. No habría tardado en ocuparse él mismo de aquel cometido, con sus manos o con las de otros que tampoco pedirían explicaciones. Pero no lo hice. No hice nada. Y, al no hacerlo, me estaba posicionando en un bando y rompiendo un juramento.

Desde ese instante, me había esforzado por comprender, por hallar una razón que no convirtiera a Ziara en lo que yo tanto despreciaba, e incluso había intentado ignorar las señales que me decían que podía tener algún tipo de vínculo con ellos.

¿Qué otra cosa podía significar que Hermine le hubiera regalado ese amuleto si no? Y, si Ziara era una hija de Essandora, ¿por qué era también humana? Los interrogantes se me amontonaban y las respuestas en blanco no servían de nada.

Así que, por primera vez en mi vida y en contra de todos mis principios y de mi palabra, traicioné la confianza del rey de Cathalian, primero con mi silencio y, poco después, permitiendo que Ziara huyera con uno de nuestros enemigos y con la duquesa de Rankok.

La verdad se me había mostrado cruda y devastadora al verlos juntos. Aquella había sido la prueba de que quizá sí había algo en ella que merecía ser condenado y de lo que, más tarde, había sido testigo en el caserón del Hombre de Madera.

Desde ese momento, había intentado aceptar la realidad de lo que había visto con mis propios ojos, pero me costaba. Ziara era portadora de magia, pero al mismo tiempo tenía en mi memoria a la joven que había llevado a Asum, y encajar ese recuerdo con lo que había descubierto de ella me suponía un gran esfuerzo. Y luego estaba lo demás, lo que no se veía, pero que ardía en mí como brasas candentes que nunca se apagaban.

La rabia. El miedo. El rechazo.

El alivio por tenerla de vuelta y sana. El odio hacia lo que representaba. La nostalgia de lo que un día creí posible para mí, aunque nunca lo hubiera buscado y que llegó de su mano. El dolor que aquellos con los que ella compartía sangre y simiente habían causado a los míos durante años. El amor apagado bajo todas esas emociones, pero aún prendido a la esperanza de nacer de nuevo entre nosotros algún día.

Y los secretos. Los malditos secretos que cargábamos y que tenían más peso que cualquier otro sentimiento.

¿Por qué no se lo había contado a Ziara cuando tuve oportunidad? ¿Por qué no le había confesado que había una posibilidad de que tuviera alguna relación con los Hijos Prohibidos cuando había visto su collar? ¿Por qué, en vez de confiar como ella había hecho al contarme que era un amuleto que le había regalado Hermine, le había mentido con burla repitiendo la primera excusa que ella me había dado antes?

Tal vez, porque eso me habría obligado a aceptar que, desde la muerte de mi familia, había encontrado una razón por la que luchar más allá de mi reino. Una razón que compartía sangre con los enemigos que tanto odiaba.

XXVIII
Ziara

Suspiré hondamente y me recoloqué la capa. Hacía demasiado calor para ir cubierta, pero no me quejaba. La manga larga del vestido se me pegaba a la piel y el cuello me quemaba; la picazón de la nuca era insoportable. Ya habíamos dejado Yusen atrás hacía horas, pero no me podía arriesgar a que alguien me viera y reconociese. Era una Novia. Nada más. Me habían convertido en una y sería la mejor que jamás nadie hubiera encontrado.

No obstante, el sol brillaba con fuerza, el ambiente era húmedo y asfixiante en aquella zona y ya comenzaba a notar en mi cuerpo los efectos de viajar a caballo. Me ardían los músculos y tenía la espalda entumecida; principalmente, porque era incapaz de relajarme. En cuanto lo hacía, advertía la presión del cuerpo de Redka y se me disparaban los nervios.

De un Redka vivo. Un Redka que respiraba contra mí, cuyo corazón latía y cuyos murmullos me erizaban la piel. De vez en cuando, me sobrecogía un sentimiento de gratitud tan hondo hacia los dioses por haberlo salvado que debía sujetarme al caballo con fuerza para no tambalearme. También debía recordarme que aquello no era un sueño, sino una realidad en la que el destino nos había cruzado de nuevo.

Me sentía agradecida y dichosa, al mismo tiempo que terriblemente confusa e incómoda, porque, pese a las emociones que habían despertado al descubrir que su muerte jamás había sucedido, nuestro reencuentro estaba muy lejos de ser agradable.

No era la primera vez que viajábamos de ese modo, pero sí la primera en la que era consciente de que su proximidad me provocaba un deseo desconocido. Un hormigueo que había nacido con las fantasías, al que le habían salido alas con un beso y que ahora me alertaba si lo tenía demasiado cerca.

—¿Tienes sed?

—No.

Me retiré la capucha y su suspiro de impaciencia me provocó cosquillas en la oreja. Notaba la piel cubierta de sudor e intuía que el cabello humedecido desteñiría el engrudo de Matila que me lo oscurecía. Él maldijo entre dientes y continuó guiando a Thyanne por un camino empedrado entre finos árboles de hojas amarillas.

Lo estaba poniendo nervioso. Me alegró comprobar que aún lo conocía lo bastante como para saber que mi hermetismo lo sacaba de quicio.

—Podemos parar.

—Sigamos.

Bufó sin disimulo y no aparté la vista del horizonte. A lo lejos, solo se atisbaban frondosos bosques separados por campos de cereales que rompían el verdor. Aún quedaba una eternidad para alcanzar aquellos prados. Y no quería imaginar cuánto para llegar a nuestro destino. Noté una punzada en el muslo y me removí inquieta. Poco después de partir había comenzado a sentir los latidos de la herida que aún debía cerrarse, pero cada vez me resultaban más molestos. Me recoloqué los faldones para que no rozaran la sutura y suspiré con profundidad.

A mi espalda, Redka murmuraba incoherencias mientras se contenía para no parar a Thyanne de un tirón y obligarme a un descanso. Su escasa paciencia y su necesidad de cuidar a los demás seguían siendo las mismas de antes y ese detalle me conmovió. Pese a ello, yo no quería que nos detuviéramos. Deseaba continuar y pasar juntos el mínimo tiempo posible que no estuviésemos cabalgando. Entre otras cosas porque, según pasaban las horas, las preguntas se me agolpaban y temía que llegara el momento en que no pudiese controlarme y acabara lanzándoselas. Desde que había aceptado por fin que Redka no había muerto, comencé a imaginarme su nueva vida. Una en la que la anterior había sido borrada. Una en la que era un hombre distinto, uno sin un pasado real, que siempre escondía su rostro a los desconocidos y cuyos seres queridos creían que lo habían perdido. Me cuestionaba sin cesar a qué habría tenido que enfrentarse, si se habría sentido solo o cuánto habría sufrido. Si confiaría en alguien.

Me preguntaba cómo se sentiría un hombre al que le arrebatan todo lo que ha sido.

Estiré la pierna herida y gemí. Las punzadas cada vez eran más constantes y dolían. Estaba incómoda, pero me negaba a compartir mis preocupaciones. Bastante tenía él ya con haberme conocido; la simple posibilidad de volver a ser una carga me enfurecía.

—¿Necesitas algo?

Negué y me erguí, aunque me arrepentí en cuanto nuestros cuerpos se rozaron con el movimiento. Noté la presión de sus muslos contra mi trasero y un ardor abrasador me embargó. Me percaté de que Redka carraspeaba y se separaba con cautela.

¿Eso significaba que él también lo sentía? ¿Aún era real aquello que había surgido entre nosotros y que habíamos sepultado con un beso? ¿Eso que parecía haberse visto intensificado al reencontrarnos cuando ninguno parecía creer posible que sucedería de nuevo?

Thyanne avanzaba a buen ritmo, pero el terreno era demasiado pedregoso como para que cabalgase rápido. A esa velocidad, podía percibir con detalle a Redka: su respiración, su aliento, el ritmo de su corazón y la presencia hosca y varonil de su cuerpo. No sabía si la magia intensificaría mi percepción de las cosas o si a esas alturas mis sentidos ya estarían abotargados de tantas sensaciones, pero, fuera por lo que fuese, la chispa de mi interior creció y un calor abrumador me dominó hasta el punto de lanzar un gemido.

Redka gruñó, viró las riendas y Thyanne giró obediente. Nos internamos en una zona boscosa y paramos entre dos árboles. Él se bajó de un salto y me observó con el rostro fruncido. El sol le daba de cara y los cabellos le brillaban por la luz.

—¿Qué diablos haces? —exclamé furiosa.

—Vamos.

Redka me ofreció su mano, pero yo me agarré con fuerza a la silla y negué con vehemencia.

—¡No quería parar! Cuanto antes lleguemos, antes podrás deshacerte de mí.

—No pienso viajar mientras parezca que tienes pulgas bajo la falda.

—Serás…

Retiró la mano y nos retamos con la mirada. Con los brazos en jarras, su torso se marcaba más bajo la casaca negra. Tragué saliva y aparté la vista primero.

—Vamos, Ziara. Es normal que estés cansada, aún no te has recuperado del todo y el calor no da tregua. Descansaremos ahora y retomaremos el camino antes del amanecer. Con el frescor que deje la noche resultará más llevadero.

Suspiré y asentí, aunque en cuanto moví las piernas noté un latigazo y cerré los ojos con fuerza. Se acercó solícito y volvió a tenderme la mano. En esa ocasión, su constante preocupación me irritó.

—Sé hacerlo sola.

Descendí de Thyanne, pero al poner los pies en el suelo me mordí el labio con saña y contuve un jadeo. El dolor comenzaba a nublarme. Debía revisarme la herida en cuanto estuviera sola y limpiarla de nuevo; si no tenía cuidado, el viaje podía convertirse en un suplicio aún peor.

—¿Qué te pasa?

Percibí su presencia a mi espalda demasiado cerca y su rostro ceñudo sin verlo.

—Nada.

—Ziara…

Su forma de pronunciar mi nombre me estremeció. Lo había echado tanto de menos que su efecto era tan reconfortante como un baño de agua templada. Había soñado en ocasiones con ello, con su voz enronquecida y el modo en el que siempre alargaba el último sonido hasta casi convertirlo en silbido. Jamás había pensado que una simple palabra pudiera sonar tan diferente según los labios que la pronunciaran, pero en los suyos mi nombre parecía albergar un significado distinto.

Y, por un instante, deseé abrazarlo. Ansié con necesidad apretarlo contra mi pecho y sentir su viveza entre mis brazos. Anhelé romper la barrera que habíamos creado entre nosotros después de lo sucedido y llorar de nuevo todo lo que ya había llorado por él con el rostro escondido en su cuello.

Pero, como jamás podríamos borrar lo acontecido, evité mirarlo y caminé en busca de un lugar cómodo en el que resguardarme.

Lo hallé bajo el ramaje enredado de unos árboles. No conocía su especie, pero las hojas grandes y tupidas me cobijaban del sol y de posibles miradas. Allí el calor se disipaba y se respiraba mejor. Me senté sobre sus raíces y comprobé que Redka estaba lejos. Se había acomodado con Thyanne a una distancia prudencial como para poder vigilarme, pero la vegetación me daba cierta privacidad. Me levanté las faldas hasta ver la herida. Estaba caliente y enrojecida en uno de los extremos. Al rozarla, sentí un pinchazo.

Apoyé la cabeza en el tronco y exhalé profundamente. Pensé en Matila, en sus cuidados expertos y en que no había pasado ni un día y yo ya estaba sumando nuevos problemas a los que tenía. La herida casi estaba cerrada, pero el sudor y el roce con el vestido la habían sensibilizado y una de las suturas parecía afectada. No iba a morirme por aquello, pero sí que podía complicar una situación ya de por sí engorrosa.

Me levanté y me acerqué a Thyanne para revisar las provisiones que Mirto nos había preparado. Redka me observó con las cejas alzadas mientras bebía agua de una bota y se secaba la boca con el brazo. Pequeñas gotitas mojaron sus labios y se deslizaron por el mentón. Suspiré y comprobé que contábamos con un par de vendas y una pastilla de jabón. Me alejé de nuevo con mi tina de agua y el jabón sin dirigirle la palabra, y dejé los vendajes para que no hiciera preguntas, aunque me arrepentí en cuanto me vi mordiéndome la lengua para no gritar cuando, después de limpiar la herida, tuve que cubrirla de nuevo con mis faldones.

Eché de menos mis pantalones de Faroa y pensé que ser mujer, sin duda, no era más que una cadena infinita de infortunios.

Comimos en silencio. Gastamos parte del pan y del queso, y Redka recolectó unos cuantos frutos de piel roja y aspecto jugoso de una arboleda cercana.

—¿Cómo sabes que son comestibles? —le pregunté con indiferencia.

Estaba enfadada, aunque no tuviera motivos concretos. Entre lo incómoda que era la situación, las palabras no dichas entre nosotros, que pesaban más que cualquier conversación trivial, el dolor de la pierna y las dudas que no dejaban de azotarme, me encontraba superada.

—Viajas con un soldado nómada, Ziara. Sobrevivir en cualquier lugar es parte de nuestra naturaleza.

—Creía que ahora eras el *Cazador*, no un soldado —le respondí con retintín.

Él sonrió entre dientes y dio un mordisco al fruto rojizo. Los labios se le tiñeron con su jugo y aparté la vista. Aún tenía hambre, pero, de un modo estúpido, sentía que si cogía uno significaba perder.

—Y yo creía que las brujas tenían poderes que las hacían invencibles. Imagínate que mueres por comerte una de estas delicias. Yo que tú no me arriesgaría.

Chasqueé la lengua y le robé los dos últimos que quedaban. En cuanto me metí uno en la boca su dulzor me calmó y lo saboreé con gusto. Frente a mí, Redka me observaba con una expresión traviesa que no habría creído que vería de nuevo. Suspiré y me pregunté si sería sincera o solo un modo de esconder todo lo demás que le quemaba por dentro.

—¿Cuánto tiempo más vamos a esperar para continuar?

Resopló y se apartó el pelo del rostro. Estaba claro que yo iba a seguir insistiendo hasta que aceptara regresar al camino.

—No soy partidario de viajar de noche, pero podríamos intentarlo. El ducado de Rankok está pasando esa montaña. —Señaló al horizonte y asentí satisfecha—. Podríamos llegar antes del amanecer, pero primero quiero que descanses, Ziara. Aséate o duerme. Lo que necesites.

Ni siquiera me molesté en contradecirle; me tumbé sobre un colchón de hojas y, simplemente, cerré los ojos.

Cuando me desperté, la luz del bosque había cambiado. Entre las hojas se colaban haces anaranjados y el calor se había apaciguado. Me incorporé y vi a Redka al otro lado del claro. Se había quitado la camisa y se lavaba con un trozo de jabón y apenas un poco de agua, previsor como solo lo sería un soldado. La cicatriz que le cruzaba del costado a la espalda hasta subir por su cuello brillaba. Observé sus movimientos, sus músculos tensos, el color de su piel bajo la luz del atardecer. Sentí que la chispa de mi interior se expandía con suavidad y suspiré.

Me había centrado tanto en aceptar su muerte y en el dolor asociado a la pérdida que me había olvidado de las pequeñas cosas, los detalles que me habían fascinado en el pasado, las sensaciones que me suscitaba mirarlo...

Me levanté, me limpié las hojas enganchadas al vestido y me dirigí a él con pasos decididos para que se percatara de mi presencia. Cuando se volvió, la sonrisa burlona que me dedicó hizo que cualquier pensamiento positivo desapareciera en el acto.

—¿Qué pasa?

—Nada.

Me acerqué inquieta a Thyanne, observé mi reflejo en el metal de la silla y di un pequeño brinco. Mi estado era lamentable. Tenía el pelo ennegrecido enredado y cubierto de restos de hierba. Debido al calor, el tinte me había manchado el cuello y tenía la piel enrojecida por el picor que me ocasionaba el encaje. Estaba sudada y sucia, y el trayecto no había hecho más que empezar. Se me pasó por la cabeza que, cuando me vieran los Antiguos Hechiceros, podrían confundirme fácilmente con un Hombre Sauce.

Bufé y me quité la trenza de malos modos. La plasta que había utilizado Matila para colorear mi cabello era útil, pero también tremendamente pringosa y me encrespaba el pelo, provocando que, durante la siesta, se hubiera llenado de ramitas y hojas. Comencé a quitarlas y a lanzar improperios, hasta que un silbido a mi espalda me hizo darme la vuelta.

—¿Te estás riendo?

Observé a Redka con la mandíbula tensa mientras él se mordía los labios para ocultar su risa. Levantó las manos en señal de inocencia y deseé lanzarle un puñado de tierra a la cara.

—Jamás osaría reírme de una bruja. —Ladeó el rostro y añadió unas palabras que aún no había dicho frente a mí, pero con las que aceptaba mi origen—. Ni de una Hija de la Luna. Ni siquiera sé lo que eres. ¿Hay algún nombre para lo tuyo?

Puse los ojos en blanco y me arranqué un pegote negro del tamaño de una nuez del pelo.

—No creo que tu mente obtusa de ideas fijas lo entendiera aunque te lo explicara.

—Puedes intentarlo —susurró.

Lo miré con cautela y pensé que era sincero. Casi parecía el mismo Redka que en tantas ocasiones se había abierto a mí confiándome aspectos de su vida cuando no solía hacerlo con nadie. Sin embargo, yo estaba cada vez más enojada. Sentía que las emociones me burbujeaban y él resultaba un blanco fácil. No comprendía las razones, pero la situación me superaba. La sangre de Thara era volátil e irreflexiva, ya lo había experimentado antes.

—¿De verdad? ¿Acaso serviría de algo? ¿Dejarías de odiar a todos los que no son como tú? ¿Nos mirarías un solo instante como a un igual y no desde el pedestal de los humanos?

Redka se tensó al oír que me incluía en el grupo de todos aquellos contra los que siempre había luchado. Se levantó y dio dos pasos hacia mí. Noté el ritmo acelerado de mi respiración y las ganas de pelear despertando. Percibía mis sentidos inquietos, mi parte impulsiva esperando un solo toque para saltar y la necesidad de soltar todo eso que empezaba a atosigarme.

Para mi sorpresa, él me estudiaba con calma, como si lo que tuviera delante le provocara tanto curiosidad como rechazo.

—¿Por qué estás tan enfadada?

Boqueé ante su pregunta y comencé a moverme de un lado a otro con nerviosismo.

—¿Cómo...? ¿Cómo te atreves? Yo no... ¡No tienes ni idea de lo que siento!

Lo señalé con vehemencia y apretó los dientes. De repente, tenía calor, y sed, y ganas de correr, de huir, de empujarlo y, quizá nuevamente, también de abrazarlo. Porque estaba vivo. Condenadamente vivo. Y yo cansada. Y muy cabreada. Y un poco triste. Y su sonrisa no dejaba de erizarme la piel y de desenterrar recuerdos que era mejor mantener olvidados.

La garganta de Redka se movió al tragar y dio otro paso.

—No, no tengo ni idea. Pero lo que sí sé es que, si alguien debería estar enfadado aquí, ese soy yo.

Que respondiera de forma pausada me enervó todavía más y dejé que todo se liberase: el dolor, el resquemor, la cólera, el miedo. Y grité. Grité tan alto que una bandada de pájaros salió volando presa del pánico por mi alboroto. Grité como para ponernos en peligro y no importarme, porque en ese momento yo solo era impulso. Fuego. Una verdadera Hija de Thara.

—¡Pues demuéstralo! ¡Cúlpame, si es lo que necesitas! ¡Brama mis pecados! Aunque te informo de que ya me fustigo yo cada día desde que nos separamos. ¡Ódiame en voz alta y no solo con tus silencios! Demuéstrame que te perdí y acaba de una vez con esto...

«Con *esto*. Con esto que me late y que no me deja respirar. Con esto que llevo dentro y que se descontrola desde que has regresado de entre los muertos».

Me toqué el pecho para que entendiera a qué me refería y noté que había perdido el control del todo cuando la tela comenzó a arder bajo el calor de mis dedos.

—¡Por los dioses, Ziara!

Redka saltó sobre mí y apagó la llama con la mano sin importarle quemarse. Cuando alcé la vista, me encontré con sus ojos lanzando destellos como estrellas fugaces. Donde latía mi corazón, el vestido tenía un agujero. El borde de la tela estaba oscuro y olía a quemado.

Pestañeé y suspiré, soltando el aliento contenido durante lo que me pareció una eternidad. Frente a mí, Redka aún me miraba con preocupación.

—¿Estás bien?

El afecto implícito en sus palabras hizo que los ojos se me empañaran.

—No.

Tragó saliva, alzó la mirada al cielo y me sorprendió como solo podía hacerlo un hombre capaz de reconstruirse una y otra vez.

—Podrías contármelo. Dicen que soy bueno escuchando.

—No creo que mi relato vaya a gustarte.

Una pequeña sonrisa despertó en sus labios. Las lágrimas mojaron los míos.

—Correremos el riesgo.

Nos sentamos en el claro. Redka cruzó las piernas estiradas y levantó el rostro hacia el sol que comenzaba a esconderse en el horizonte. En esa postura, parecía relajado. Solo un joven vestido de negro observando el atardecer con anhelo. Me habría encantado alargar ese momento, pero sabía que debía darle algo a cambio de su actitud, que, si bien había creído que sería intransigente, había resultado de lo más comprensiva.

Me abracé las rodillas y me esforcé por encontrar las palabras que pusieran forma a todo lo que había sucedido; finalmente, me di cuenta de que, aunque respondiera a otro nombre, seguía tratándose del mismo Redka con el que en tantas ocasiones había sido sincera. El mismo que jamás me dio motivos para esconderme ni temerlo.

—Siento que todo el mundo espera algo de mí. Algo que no sé si tengo. Algo que no sé si puedo ofrecer, porque ni siquiera comprendo aún quién soy.

Me mordí el labio con saña al soltar aquella verdad que pesaba más que ninguna otra y él volvió el rostro para mirarme.

—No deberías permitir que las expectativas de los demás determinen tu vida. No lo hiciste cuando eras una Novia, ¿por qué deberías hacerlo siendo..., siendo..., portadora de magia?

—Puedes llamarme «Hija de la Luna» o «bruja», no me ofende.

—A mí sí.

—Ya...

Ambos suspiramos y apartamos la vista. Era cómodo e incómodo a la vez. Tan contradictorio que solo podía significar que los sentimientos aún nos sobrevolaban. Me abracé con más fuerza.

—La confianza que ellos depositen en ti es problema suyo, no tuyo.

Asentí y apreté los dedos sobre el encaje hasta que sentí dolor.

—Pero ¿y si tienen razón? ¿Y si ese es mi destino?

—¿Qué te preocupa, entonces?

Sacudí la cabeza e ignoré su pregunta.

—¿Y qué pasa si no la tienen? ¡Siento que los dioses juegan conmigo continuamente y que doy pasos con una venda en los ojos!

—Pues arráncatela.

Se encogió de hombros y mordisqueó una brizna de hierba. Como si fuese sencillo. Como si las dudas fueran obstáculos cuya existencia solo dependiese de mí.

—¿Qué diablos significa eso? Ya tengo suficiente con aguantar a Arien y sus mensajes crípticos. ¡Compórtate como el soldado que eras y sé claro, por favor te lo pido!

Redka se tensó levemente y me arrepentí no solo de haber nombrado delante de él al culpable de todo lo que había sucedido, sino también de haberme referido en pasado a su posición como soldado.

—¿Arien…? —susurró con los ojos llenos de interrogantes.

—Es mi hermano. El único que queda vivo —añadí con cierto resentimiento—. Éramos hijos de Essandora.

Asintió y, si no hubiera estado tan perdida, habría creído que respiraba aliviado de que aquel nombre no supusiese para mí otro tipo de vínculo más íntimo.

—Quizá deberías dejar de actuar según lo que los demás te ordenen. Toma tus decisiones. Conócete como la Ziara que eres ahora. Acéptate.

—¿Tú lo has hecho? ¿Tú has sido capaz de aceptarte después de todo?

Suspiró hacia el cielo. El azul se había intensificado hasta parecer púrpura entre los árboles.

—Aún no. Pero estoy en camino, ¿verdad? Estoy protegiendo a un engendro de mis mayores enemigos, ¡por la Diosa Tierra! Si esta no es una prueba de fuego, yo no sé qué puede ser.

Inesperadamente, me reí y él me acompañó. Y nos miramos. El sonido de un insecto se repetía como un eco incesante que rompía nuestro silencio. Los ojos de Redka, siempre tristes, brillaron esperanzados. Tragué saliva y, cuando él movió la mano, creí que iba a quitarme un mechón de pelo de la mejilla, pero solo la dejó en el aire antes de apoyarla sobre la tierra y juguetear con ella entre los dedos. Aun así, no apartó la vista y nos perdimos en todo lo que ya conocíamos el uno del otro, en los recuerdos, en lo sentido que parecía resurgir, lo quisiéramos nosotros o no, aunque solo fuera por ese instante cómplice que nos estábamos permitiendo.

Sentí la necesidad de compartir con él algo que llevaba tiempo pesándome; tal vez no sirviese de nada, pero supuse que me ayudaría a desprenderme un poco de la culpa que siempre me acompañaba.

—Necesito decirte algo. Necesito que sepas que lo ignoraba. No supe quién era hasta que llegué a Faroa. Nunca te lo oculté, porque ni yo misma lo sabía.

Su alivio fue inmediato. Suspiró con profundidad y su mirada entonces sí se despegó de la mía y se perdió en el bosque. Habría dado mi vida por conocer sus pensamientos. Por percibir el latido de su corazón una última vez bajo el peso de mi mano. Por que volviéramos a ser solo Redka de Asum y su esposa destinada, aunque únicamente fuera hasta la salida del sol.

Cuando me miró de nuevo, él ya estaba lejos.

—Y, aun así, los elegiste. Incluso desconociendo que formabas parte de ellos, los escogiste por encima de tu raza. Por encima de mí. Por encima de nosotros.

Tragué el nudo de mi garganta e intenté darle una razón que justificase mis actos, por pequeña que fuera, pero no la encontré. Al fin y al cabo, así había sido y debía aceptarlo. Él sonrió con pena, se levantó sin mirarme y se alejó.

La amargura de su voz me enfrió hasta que creí que la chispa que siempre latía en mí se había apagado.

XXIX

Salimos cuando la temperatura era agradable y la oscuridad lo bastante densa como para pasar desapercibidos. Siempre había pensado que la luz implicaba seguridad, pero Redka me había advertido de la posibilidad de lo opuesto en cuanto nos subimos a Thyanne.

—Cuanto más cerrada esté la noche, más fácil es esconderse.

—¿Hablas de nosotros o de las criaturas de los bosques?

Sentí su sonrisa sobre el hombro y su susurro me puso el vello de punta.

—De ambos.

Las nubes habían cubierto el cielo y tapado la luna. Según atravesábamos los prados silenciosos, me di cuenta de que siempre la había buscado como referencia, incluso antes de saber lo que compartía con ella. Era guía, faro, puerto que me aportaba seguridad. Por ese motivo, no verla me ponía nerviosa y hacía que la echara de menos. Además, las noches sin luna siempre llevaban consigo el miedo a lo que ocultaba la negrura.

El tiempo avanzaba lento y pesado, como si estuviéramos moviéndonos sobre arenas movedizas en vez de en terrenos sin grandes obstáculos. En un momento dado, sentí un escalofrío y me coloqué la capucha, no tenía claro si en un acto reflejo de protección interiorizado en mi infancia o simplemente porque estaba destemplada.

Redka no hablaba. Me había advertido de la importancia del silencio para viajar de madrugada y de la necesidad de estar alerta sin distracciones. No obstante, su respiración era para mí un lenguaje propio y enseguida aprendí lo que significaban sus cambios de ritmo, sus exhalaciones al quedarnos al descubierto cuando salíamos a un campo abierto o sus pausas conteniendo el aliento cuando cruzábamos una zona más frondosa.

Por ese motivo, cuando el escalofrío se repitió y tuve la sensación de una culebra serpenteando en mi espalda, rompí la quietud con un solo susurro de alerta. Algo nos vigilaba. Alguien nos había encontrado. Percibí el peligro adherido a mi piel, tan pegajoso como la resina de un árbol. Si mis sensaciones a menudo se anticipaban a los hechos, con mi magia fortalecida las señales a mi alrededor resultaban ensordecedoras.

—Redka.

Antes de que pudiera responderme, un cuerpo enorme y veloz chocaba contra el lomo de Thyanne y nos hacía volar por los aires.

—¡Ziara!

Su grito reverberó en el bosque y aceleró mi corazón, ya de por sí agitado. Tosí y gemí con el sabor de la tierra aún en la boca. Me había caído a los pies de unos matorrales y las pequeñas hojas con pinchos que cubrían el suelo me habían arañado la mejilla. Me incorporé de un salto y observé con rapidez lo que me rodeaba. A un lado Thyanne intentaba levantarse; tenía sangre en una pezuña y estaba desorientado, pero por lo demás parecía sano. Al otro, Redka había desenvainado su espada y se enfrentaba a una criatura espeluznante que lo miraba amenazadora.

—Estoy aquí. —Dirigió una mirada rápida en mi dirección que el otro aprovechó para acercársele demasiado—. ¡Cuidado!

Redka lo provocó con la espada, y el ser que nos había atacado dio una zancada hacia atrás. Era capaz de caminar a dos patas, pero parecía que su estado natural le pedía desplazarse con las cuatro. Lo examiné de un vistazo. No sabía lo que podía ser, pero sí que no solo era mágico y peligroso, sino también que respondía más a los instintos de las bestias que a cualquier otro. Su cuerpo era robusto, de patas musculadas y vello oscuro. El rostro acababa en un hocico afilado bajo el que unos dientes puntiagudos salivaban ante lo que deseaba que fuera su cena. Aun así, su forma de ladear el rostro denotaba cierta inteligencia, quizá los resquicios de algún linaje con el que los suyos se hubieran cruzado en el pasado.

Me moví muy despacio para rodearlos y acercarme a Thyanne sin alertar al animal que se disponía a cazarnos. Necesitaba estar preparada para subirme al caballo en caso de ser necesario; Redka me lo había explicado a conciencia antes de partir. No pensaba dejarlo solo si las cosas se complicaban como me había hecho prometerle, pero sí que iba a seguir los consejos del soldado experimentado que continuaba siendo para facilitar las cosas.

Se dio cuenta de mis intenciones y asintió levemente.

—Más despacio, Ziara. No hagas movimientos bruscos —murmuró sin mover un solo músculo—. Es un Sarbo; seguramente, un híbrido con lobo. Si somos rápidos en matarlo, no alertará a tiempo a su manada. Cazan en soledad, a no ser que decidan compartir su botín.

Tragué saliva. Recordaba su raza de las lecciones de Hermine, aunque su condición de híbrido era lo que me había impedido reconocerlo. En los libros que yo había estudiado su aspecto parecía más comedido, no eran tan salvajes y mucho menos tomaban decisiones en grupo.

—¿Cómo podría avisarlos?

—Lanzan un silbido inaudible para la raza humana. Cuando lo hacen, sus orejas se mueven de una forma muy peculiar.

Ambos observamos al Sarbo y Redka tensó la mandíbula. Yo sentí una corriente de frío tan intensa que me castañearon los dientes. La criatura alzó el hocico y sus orejas se batieron como las alas de un colibrí.

—Eso me parece peculiar —susurré.

Redka, ya a mi lado, escudriñó la oscuridad que nos rodeaba y me colocó a su espalda de un modo instintivo.

—A mí también me lo parece.

Thyanne dio un paso hacia el follaje que asustó al Sarbo y provocó que se lanzara sobre Redka con un rugido. Él se apartó con agilidad e intentó atacarlo con la espada, si bien el acero solo cortó el aire. Al segundo intento, la espada rozó a la bestia, pero, del impulso, el arma salió volando y cayó a los pies del Sarbo. A nuestro alrededor, entre las sombras, tres pares de ojos brillaban como luciérnagas.

Contuve un jadeo. Deseaba ayudar a Redka, aunque no sabía cómo. Estábamos rodeados y solo éramos dos. Un soldado exiliado y una chica medio bruja y medio Hija de la Luna que aún no sabía bien controlar sus poderes. Pese a todo, apenas percibía el miedo bajo el peso de mis sentidos alerta y un instinto de protección que me hacía analizar la situación al detalle para no cometer fallos.

—No te alejes de mí —me ordenó él.

La manada se hizo visible y nos vimos acorralados por cuatro cuerpos que al colocarse a dos patas nos sacaban casi una cabeza y cuya fuerza física se presentía superior a la nuestra. Sus expresiones eran de gozo, sus dientes brillaban cubiertos de saliva y sus respiraciones rompían la quietud de la noche. Éramos su cena y tenían la certeza de que la disfrutarían.

—¿Qué vamos a hacer? —le pregunté a Redka en un susurro.

Sentí sus ojos puestos en mí un solo instante, y esa mirada me transportó a todos esos momentos del pasado en los que su único objetivo era protegerme.

—Yo, luchar. Tú, subirte a Thyanne. Te llevará lo más lejos posible. Y no mires atrás. —Para su asombro, solté una risita y negué con la cabeza. Me observó nervioso y cerró las manos en puños—. Ziara, por favor…

Pero su súplica se perdió en la noche cerrada. No pensaba escucharlo. No estaba dispuesta a dejarlo solo ni tampoco a que me trataran nunca más como alguien vulnerable. En ese momento, Redka y yo éramos iguales; tal vez siempre lo habíamos sido, aunque nos hubieran colocado en niveles distintos y nosotros nos lo hubiésemos creído.

A mi derecha, un Sarbo se preparaba para atacarme sin piedad.

—¿Acaso te he obedecido alguna vez? —le pregunté al comandante con un mohín.

Su expresión entre recelosa y nostálgica me hizo sentirlo más cerca.

Antes de que el animal pudiera reaccionar, estiré el brazo frente a él y el fuego estalló sobre su torso. Su alarido retumbó en el bosque y espantó a algunas pequeñas criaturas que dormían y que huyeron despavoridas. En segundos había muerto calcinado bajo todas las miradas que observaban fascinadas el resplandor del fuego creado con magia. Con el rugido de su compañero, los otros tres ejemplares arremetieron contra Redka y lo tiraron al suelo. Lanzaban golpes y dentelladas que Redka esquivaba como podía al mismo tiempo que trataba de protegerse mientras aguantaba su peso con los brazos tensos. Thyanne relinchó y empujó a dos con un fuerte empellón, interponiéndose entre ellos y su dueño. Me esforcé por crear nuevas llamas, pero la herida sin cerrar de mi pierna palpitaba, y descubrí en el peor momento posible que no me había recuperado por completo y que, tras el esfuerzo por haber hecho brotar tanta energía de mi interior, me estaba costando reponerme. Sentía como si la chispa se hubiera apagado y tuviera que volver a nacer poco a poco. Así que hice lo único que se me ocurrió para ayudar a Redka: salté sobre el tercer Sarbo y me colgué de su cuello. Apreté con todas mis fuerzas mientras me esforzaba por alimentar el calor de mi interior y guiarlo hacia fuera en la dirección correcta. El animal forcejeaba con Redka y los otros dos intentaban atacar a Thyanne, pero era rápido y más grande que ellos; me pregunté una vez más quién habría sido en otra vida y si eso lo habría beneficiado alguna vez en la guerra.

Notaba el aliento amargo de la bestia resollando bajo mi agarre. Su vello áspero y duro se me clavaba en la mejilla y en los brazos, pero no pensaba desistir hasta que soltara a Redka. Cuando sentí que el calor se condensaba nuevamente en mis manos, apoyé una en la base de su cabeza. Comenzó a chillar en agonía y soltó a su presa. Se irguió fuera de sí y giró conmigo aún sobre su cuerpo mientras su piel ardía y el humo se colaba entre mis dedos. Redka me observó unos instantes, aturdido por lo que era capaz de hacer, hasta que volvió a meterse en el papel de soldado, recuperó su espada y se la clavó al Sarbo en un costado con un gruñido. El acero lo atravesó de lado a lado y rasgó el encaje de mi vestido.

Solté a la criatura antes de caer al suelo con ella, y la sangre, oscura y densa, encharcó la tierra. La mirada de Redka se desvió al corte a la altura de mi cintura, que dejaba parte de piel a la vista. Sentí una caricia invisible y en sus ojos leí una disculpa innecesaria. Le sonreí comedida y compartimos un gesto cómplice antes de correr hacia Thyanne para ayudarlo. Nunca había luchado más que contra el mismo Redka, con el que ahora me lanzaba miradas de entendimiento, pero, de pronto, percibía un cosquilleo según me movía y jugaba con la magia y mis propios pasos. Me notaba ligera, ágil, con la capacidad de captar todos los detalles, el mínimo movimiento de nuestros contrincantes antes de que lo hicieran, veloz. Me sentía fuerte, valiente y capaz.

Lancé una bola de fuego contra uno de ellos, pero no calculé bien y chocó con el tronco de un árbol. Pese a mi error, Redka aprovechó la distracción para embestir contra él y en dos giros le había rebanado el pescuezo. Me miró y asintió levemente. Luego estiró el cuello hacia los lados de igual modo que había hecho frente a mí en el sótano y el soldado resurgió de sus cenizas. Supe que aquella última bestia no tenía nada que hacer con alguien como Redka, tan acostumbrado a la batalla, un Hijo de la Tierra que, pese a que le hubieran arrebatado su identidad, seguía siendo el mismo en esencia. El Sarbo murió poco después, cuando unas nuevas llamas que dirigí hacia él lo cegaron y el soldado aprovechó para que su acero le atravesara el corazón.

Salía el sol cuando llegamos al límite del ducado de Rankok. Sus tierras estaban delimitadas por un vallado de madera que, pese a que no servía de mucha protección, sí indicaba que allí vivía alguien importante. No conocía el pasado del duque, pero no necesité más que un vistazo a sus dominios para hacerme una idea del alcance de sus riquezas. Su propiedad se erigía en el centro de una arboleda. Constaba de un castillo de piedra parda y altas torretas; en ellas distinguí un par de astas cuya bandera azulada se izaba hecha jirones. A su alrededor, aunque a una distancia prudencial, se podía atisbar una pequeña aldea junto a las tierras de labranza.

—Han quemado el escudo —murmuré más para mí misma que para que Redka me oyera. Su suspiro fue la única respuesta que obtuve.

Recorrimos el último sendero en completo silencio. Aún notaba el hormigueo que el acero había provocado en la piel de mi costado. Me lo había acariciado antes de subirme a Thyanne y había comprobado que escocía, porque la espada había llegado a arañarme. No obstante, aquella sensación me había resultado agradable como el recuerdo de una caricia prohibida. Me sentía exhausta, pero también dichosa. Por fin entendía el gozo de la victoria de la que tantas veces había oído alardear a los soldados de Redka. Notaba el cuerpo cansado y el alma llena de algo nuevo y cálido. Luchar resultaba adictivo.

—Por eso es tan peligroso.

Redka me leyó el pensamiento y rompió la quietud.

—¿De qué hablas?

—Hablo de la guerra, Ziara. Si pierdes es horror y miseria, pero si ganas…, si ganas siempre anhelas más.

Tragué saliva y me avergoncé de mis sentimientos. Al fin y al cabo, había olvidado que acababan de morir cuatro criaturas. Fueran bestias o no, debía recordarme que la muerte siempre acompaña a la batalla.

—Hoy dormirás bien, aunque mañana no podrás moverte. Bueno, quizá con la magia sea distinto...

Dejó caer sus últimas palabras y supe que estaba rememorando mi imagen peleando. El fuego. La magia creciendo de la misma mano que un día él había entrelazado con la suya. Me crucé de brazos y acepté que llevaba razón cuando los párpados me pesaron y bostecé dos veces seguidas.

Ya en el portón de la entrada a la edificación, olí el humo de las brasas de los hogares apagados. Se oía el murmullo de la aldea despertando y sentí la presencia de algún grupo al otro lado de la cancela. Nuestra llegada los había puesto nerviosos. Redka, a mi espalda, se tensó y supe que estaba estudiando la situación antes incluso de comprobar qué nos íbamos a encontrar. Me resultaba curioso que los presentimientos de la magia se parecieran tanto a las capacidades de un soldado.

—Ahora, mantén la boca cerrada. No hables y haz lo que te pida.

Bufé y puse los ojos en blanco.

—Ya que debo fingir que soy tu esposa, podías tratarme como tal y no como a una mula a la que das órdenes.

Cerró los muslos y di un brinco de la impresión.

—Ojalá fueras una mula. Sería infinitamente más fácil, *amor mío*.

Pese a la ironía de ese apelativo, noté un sonrojo instantáneo y me mordí una sonrisa que enseguida dio paso a la preocupación.

—¿Y si alguna me reconoce? —pregunté.

Cuando me dijo que debíamos atravesar las tierras del duque de Rankok, compartí con él que Feila me había contado que había dos Novias de la Casa Verde en su ducado, de las primeras que salieron, por lo que para ellas apenas quedaría de mí el recuerdo de una niña que no tenían por qué ver reflejado en la joven de pelo oscuro que ahora parecía.

—No lo harán. Y Casa Zafiro es grande como para que sea creíble que las suyas no te reconozcan. No te preocupes, Ziara.

Pese a ello, me inquietaba tanto la posibilidad que me puse la capucha y me escondí bajo la capa azulada.

Nos abrió la puerta un hombre fornido que se ocultaba tras un escudo. Sabíamos que el ducado de Rankok había sufrido la insurgencia de sus campesinos y ese había sido el motivo de que el duque y Feila hubieran solicitado asilo en la corte. Redka me había contado que desde que Dowen lo había nombrado consejero pasaba largas temporadas en Onize, pero solía volver a su hogar para encargarse de asuntos políticos. Recogía el diezmo él mismo y otras cargas que solicitaba a sus aldeanos, si no querían que los echara de sus dominios. Eran pagos a cambio de protección, pero se rumoreaba que hacía ya tiempo que los siervos que defendían las tierras se habían marchado para colaborar con los ejércitos del rey, dejando al duque solo con centenares de lugareños hambrientos e indefensos. En algún momento, los cimientos de su ducado se habían rebelado, cansados de un hombre vil que ya no les aportaba nada y que tampoco cubría sus necesidades.

Atravesamos los portones y un grupo de jóvenes nos recibió con sus armas en alto. Solo dos de ellos contaban con dagas, el resto se servía de herramientas de labranza. Aquello no se parecía en nada a la cuadrilla que durante tanto tiempo lideró Redka, pero también era un ejército.

—¿Quiénes sois? —exclamó uno de ellos en posición de ataque—. ¡Hablad!

Redka los observó con calma y se bajó del caballo. Se había colocado la máscara y todos lo miraban con furia, aunque era obvio que bajo su actitud beligerante crecía el miedo. A sus pies, apoyó la espada sobre la tierra con mucho cuidado. Se había desarmado sin que se lo pidieran, aunque sabía que, de haberlo querido, podría haberse enfrentado a los seis solo con su cuerpo y salir airoso. Pero los respetaba. Respetaba sus temores, su fortaleza y la defensa con tanto ahínco de lo que consideraban suyo.

—Loux de Yusen y mi esposa.

Bajó el mentón como saludo y yo lo observé sorprendida por ese nombre que ignoraba si se lo acababa de inventar o si sería una parte más de esa nueva vida de la que apenas sabía nada.

—¿Por qué te ocultas bajo una máscara, Loux de Yusen? —gritó uno de ellos con desconfianza.

—Respondo al nombre de Cazador.

Se tensaron y murmuraron al cuello de sus camisas. Desconocía cuál era la historia que guardaba aquel nombre; sin embargo, todos lo aceptaron como explicación.

—¿Qué hacéis en nuestro ducado?

—Ella está enferma. —Me señaló y me observaron un instante; supuse que una Novia no merecía más que eso—. Viajamos a Lithae en busca de la sabiduría de los Antiguos Hechiceros, pero hemos sido atacados en el cruce de los álamos. Os solicitamos el paso por vuestras tierras. Podemos pagar.

Se palpó el pequeño bolso de cuero que colgaba de su cinturón y las monedas tintinearon. Tres pares de ojos las miraron con anhelo y otros tres siguieron con la mirada puesta en su visitante con cautela. Uno de ellos, el que parecía el cabecilla, dio un paso y me contempló de arriba abajo antes de hablar. No me pasó desapercibido que se fijó en la tinta de mi dedo, comprobando que no mentíamos; al menos, no lo hacíamos en algunos aspectos. Sin poder evitarlo, rocé la negrura con la yema. Desde que había vuelto a dibujarse, lo hacía a menudo de modo inconsciente.

—El paso del puente está bloqueado. ¿A quién honráis lealtad?

El joven y Redka compartieron una mirada significativa. Aquella pregunta, tal vez, marcaría nuestro destino, así que debía escoger bien la respuesta.

—A cualquiera que nos dé comida y un lecho en el que mi esposa pueda descansar hasta que podamos cruzarlo.

Los hombres de Rankok suspiraron y bajaron las armas al mismo tiempo, como si hubieran recibido una orden implícita o eso fuera todo lo que necesitaban para que unos desconocidos entraran en su casa.

—Los soldados de Dowen han establecido una zona de ataque en el norte. Llevan días molestándonos. Exigen comida, pero… apenas tenemos para nosotros.

Redka asintió con comprensión y frunció el ceño. Aquella información cambiaba nuestros planes.

—¿Qué hacen aquí?

—No hacemos preguntas. Tampoco nos incumbe.

—¿No colaboráis con la corona? —preguntó Redka.

A nuestro alrededor, la tensión aumentó y la ira brotó igual que una planta robusta. El cabecilla alzó el mentón y asió su rastrillo con firmeza.

—No volveremos a permitir que nuestros hijos se consuman trabajando en estas tierras. Si el rey las quiere, que pague o luche por ellas. Si vamos a morir igual, lo haremos peleando, no arrodillándonos.

Sentí su esperanza, sus ansias de libertad, y apreté los dientes. Me contuve para no confesar que yo misma había matado a su duque. Redka los observó con un brillo nuevo y asintió complacido.

—Ojalá todos los ejércitos tuvieran el espíritu del vuestro.

Los hombres suspiraron con agradecimiento y pena. Después se marcharon, no sin antes aceptarnos como si acabáramos de lograr una pequeña victoria juntos.

—Hay una cabaña abandonada en el límite norte, pegada al río. Podéis alojaros allí hasta que el paso sea seguro.

—Gracias.

—Los aliados siempre son bienvenidos.

Redka no se subió a Thyanne, solo comenzó a caminar tras recoger su espada y el caballo lo siguió. Aún era pronto, pero el poblado despertaba poco a poco. Mujeres que salían con cestos de ropa para lavar, hombres que cortaban leña o limpiaban la entrada de sus casas. Los niños, con las rodillas sucias y sin zapatos, jugaban a saltar líneas trazadas con palos en la tierra. Era una villa como otra cualquiera, una más salpicada por las consecuencias de la guerra y del egoísmo no solo del rey, sino también del duque dueño de aquel territorio; no obstante, era un pueblo en el que se respiraba algo distinto. Algo esperanzador. Algo que irradiaba fuerza y vida, y no únicamente muerte.

—¿Cómo sabían que estamos de su lado? —le pregunté en un susurro.

A lo lejos, las risas de los niños me calentaron el pecho.

—Si fuéramos partidarios de Dowen, habríamos cruzado el puente sin miedo a sus hombres. Por una vez, esto nos beneficia.

Se señaló a sí mismo y asentí. Bajo la manga de la camisa, vi que tenía sangre por los dientes de uno de los Sarbos. Durante el ataque le habían arrancado el botón del cuello y se le veía parte de la piel del pecho; la tenía dorada por el sol y salpicada de cicatrices que parecían enredarse con el vello. Había realizado prácticamente todo el trayecto sin la máscara, se la había quitado al salir de Yusen y no se la había vuelto a poner hasta acercarnos al ducado, pero, por primera vez, pensé que le daba un aspecto no solo intimidante, sino también seductor. Un hombre de negro, misterioso y valiente, que entrecerraba sus ojos verdes cuando a lo lejos divisó la cabaña que nos habían prestado.

—Así que Loux, ¿eh?

Sus labios se curvaron. Los míos se entreabrieron y soltaron un suspiro de anhelo.

La choza se encontraba lejos de los aldeanos, en un sendero entre árboles que flanqueaban un riachuelo que Redka me contó que desembocaba en Beli. Era estrecho en ese punto y tan cristalino que se veían con claridad la tierra, las rocas y el vaivén de los peces bajo el agua. Se oía el murmullo de las mujeres lavando en dirección al este, pero desde esa posición no las veíamos. Parecía un rincón de paz e intimidad que se me asemejaba casi a un regalo después de lo vivido hasta entonces.

Thyanne paró frente a la cabaña y observó con ilusión el manzano que crecía junto al porche.

—No te las comas todas seguidas o te sentarán mal.

Sacudió el hocico y sonreí, aunque, en cuanto puse los pies en el suelo, sentí un dolor intenso en el muslo y se me llenaron los ojos de lágrimas. Me apoyé en el murete de piedra que marcaba la entrada de la casa y Redka se acercó para ayudarme. No solo me temblaban las piernas por la tensión acumulada durante la pelea, sino que, después de la emoción que me había hecho olvidarme de todo y sentirme inmortal, mi parte humana me había vuelto a recordar que la herida aún existía.

—Eh, ¿qué pasa?

—La herida del muslo.

Me mordí el labio y lo observé arrodillarse.

—Déjame verla.

—No, yo…

Me sujeté a la pared, pero mis palabras se quedaron en el aire cuando Redka negó y se quitó la máscara. Me encontré con su rostro curtido y tuve que contenerme para no apartarle el pelo húmedo de la cara. Me pidió permiso con una mirada y contuve el aliento. Sus ojos verdes no se separaron de los míos mientras colocaba una mano sobre mi bota a la altura de mi tobillo y con la otra agarraba la parte baja del vestido. Lo subió con lentitud sin dejar de mirarme. La piel se me erizó y sus dedos fueron ascendiendo con los faldones. Cuando noté el frescor de la brisa matutina en los muslos, entreabrí los labios y él bajó la vista a la herida que latía con insistencia en mi pierna.

—Ziara…

Su susurro provocó una oleada de sensaciones en mí. Temblé, aunque mi temblor se perdió bajo la presión de sus yemas en la carne. Me acarició la piel con delicadeza; primero, la rodilla; después, el comienzo de la cicatriz. Sobrevoló la parte afectada sin tocarla para no ensuciarla y bajé los párpados. Suspiré contra su pelo cuando sopló sobre la herida y me estremecí.

—Lo habría matado.

Abrí los ojos y me encontré con los suyos; intensos, llenos de ira, tristes, avergonzados.

—Redka, no…

Chasqueó la lengua y maldijo entre dientes. Su mano aún acariciaba mi piel con una dulzura que chocaba con sus manos encalladas. El corazón me latía con desenfreno y sentía que el vestido me quedaba pequeño.

—No me importa si te lo merecías o no, Ziara, pero, de haberlo visto haciéndote daño, lo habría matado sin dudar. ¿Entiendes en qué posición me sitúa eso?

—Yo...

Sacudió la cabeza y tensó la mandíbula. Deseaba decirle que yo habría hecho lo mismo. Ansiaba confesarle que hacía tiempo que, por él, también habría dejado de lado mis principios y tomado decisiones cuestionables; de hecho, así había sucedido, porque la misma Feila me había amenazado con acusarlo de traición si no hacía lo que ella quería. Necesitaba preguntarle si su ira significaba lo que creía que significaba. Pese a todo, las emociones me anudaban la lengua y solo podía pensar en la aspereza de sus yemas sobre mi muslo desnudo.

—No digas nada. Ahora voy a curarte y luego vas a dormir. No todos los días se mata un Sarbo.

Solté el aliento contenido.

—Cuatro. Han sido cuatro. Y lo hemos hecho juntos. Que no se te olvide.

Aún arrodillado frente a mí, Redka alzó el rostro y me sonrió con orgullo. Deseé que jamás apartara sus dedos de mis heridas, aunque las hiciera sangrar de nuevo.

XXX
Redka

Nuestros planes habían cambiado. Por culpa del ejército de Dowen, debíamos frenar nuestro viaje y esperar. Y yo odiaba esperar. Siempre significaba perder. Tiempo. Recursos. Oportunidades. En la guerra, esperar regalaba a los adversarios más posibilidades de atraparte.

—¡Esto es culpa de los tuyos! —le dije a Ziara con desprecio refiriéndome a los Hijos Prohibidos—. Te buscaban y han obligado al comandante de Onize a desplegar sus defensas también en esta zona.

Ella me había dedicado una de sus miradas insolentes para después ignorarme.

Cierto o no, tras ver y curar su herida había necesitado algo, lo que fuese, para borrar la suavidad de su muslo de mi cabeza. La tersura de su piel. Su imagen con el vestido arremangado y conmigo arrodillado entre sus piernas. El vértice cubierto de tela blanca que ocultaba sus intimidades. Necesitaba odiarla por cualquier motivo y no desearla con todo lo que había dentro de mí.

También había ansiado volver a Onize cabalgando sin descanso y clavarle a Dowen mi espada en el corazón.

Salí de la cabaña y me acerqué al río. Me desnudé con premura y entré al agua. Estaba helada, pero mi cuerpo ansiaba serenarse y no se me ocurría una manera mejor. Me zambullí bajo la superficie y cerré los ojos. Por unos instantes, todo desapareció. La guerra. La pérdida. La deshonra. La traición. Todo, menos el agua fría y la chica que, cuando saqué la cabeza y resoplé, me observaba con la boca entreabierta desde la ventana.

Le dejé espacio. Me vestí junto a la orilla, me coloqué la máscara y salí en busca de comida. Ambos debíamos relajarnos. Ambos tendríamos la cabeza llena de todo eso que ya habíamos compartido en tan poco tiempo. Su magia. La pelea con los Sarbos. Mi espada rozando su piel. Su capacidad para sorprenderme de nuevo aceptando pelear y haciéndolo como si fuera uno de mis soldados. El fuego. Su belleza. El deseo de su mirada al observar mis manos lavándole la herida y su respiración agitada golpeándome el rostro. Su estupor al verme en el río.

Los aldeanos me ofrecieron patatas, verduras para hacer un guiso y unos panecillos con miel a cambio de un par de monedas. No era mucho, pero suficiente por el momento. La idea era marcharnos en cuanto pudiéramos escapar de los ojos de Dowen, así que no entraba en mis planes pasar allí más de una noche. Aquella parada nos serviría para que Ziara se curase del todo y pudiéramos descansar y partir con fuerzas.

Me entretuve charlando con algunos de los lugareños. Me habían puesto al día de la lamentable situación con el duque de Rankok y contado su visión de los hechos desde una perspectiva que no se parecía nada a la que había oído en boca de Deril. Estar en el otro lado me ayudaba a aceptar que llevaba años equivocado. La situación cada vez era más tensa en cualquier rincón del reino, incluidos esos pequeños pueblos a los que nunca nadie había dado importancia, pero que habían comenzado a alzar la voz y los puños por la desesperanza. Apoyar a un rey que dejaba a los suyos desprotegidos y muriéndose de hambre ya no tenía sentido. Y los comprendía. Pese a que lo había visto durante años, siempre había creído que aquella situación era parte de la guerra y justificaba cualquier acto con la palabra del monarca; sin embargo, la realidad me había arrancado una venda de los ojos y el mundo que se mostraba ante mí era muy diferente, aunque igual de injusto y cruel.

Regresé a la cabaña con el sustento y nuevos pensamientos revoloteando en mi mente. Esperaba que Ziara ya se hubiese lavado y estuviera descansando, lo que menos pretendía era que se sintiera incómoda si la encontraba aseándose.

No obstante, cuando regresé, la sorpresa tiñó mi rostro y provocó que algo en mi interior se agitara.

Al otro lado de la cabaña, en la parte más oculta y entre dos árboles de gruesos troncos y raíces profundas, Ziara se había desprendido de su vestido y probaba sus poderes contra unas rocas. La enagua, como la blusilla interior de tirantes, era de un tejido claro, y le cubría hasta las rodillas, pero la claridad del sol que se colaba entre las ramas dejaba entrever la suavidad de sus curvas. Aún se atisbaba en la tela la quemadura de su pecho y el roto que yo le había hecho con la espada, y estaba descalza. Se había deshecho la trenza y el pelo le caía como una cascada por la espalda, aún oscurecido por los trucos de Matila, aunque el rojo de sus cabellos comenzaba a distinguirse en algunos mechones.

Estiró la mano y una pequeña bola de fuego creció en su palma. Me quedé muy quieto, sin apenas respirar, observando aquel momento que me parecía de una intimidad nunca vista, mientras ella jugueteaba con las llamas y les hablaba entre susurros.

La chispa se engrandeció y subió por el aire como si fuera una nube de fuego. Ziara soltó un soplido y la lanzó contra una roca con un movimiento de dedos. Erró en su objetivo y cayó sobre unas flores azuladas.

—Maldición.

Corrió mordiéndose el labio y apagó las llamas con los pies igual que si se tratara de agua y no de fuego. Luego retomó la misma posición, cerró los ojos unos instantes con la cara alzada al cielo y comenzó con un nuevo intento.

Podía haberla interrumpido. Podía haberle pedido otra vez que descansara o que evitara ponerse en evidencia por si alguien la veía. Podía haberle recriminado sus imprudencias. Podía haber hecho muchas cosas más sensatas, pero lo único que hice fue colarme en la cabaña con sigilo y aguardar a que ella decidiera por sí misma.

XXXI
Ziara

El primer día en la casa apenas hablamos.

Después de observar a Redka bañándose en el río y su ropa tirada sobre la tierra, me sentí tan despierta que necesitaba soltar todo lo que me burbujeaba en el estómago y había salido de la cabaña. Escondida entre dos árboles, lo había visto marcharse al pueblo y entonces había respirado con alivio.

La magia me había ayudado a escapar de Dowen, aunque no lograba comprender cómo lo había hecho, y la pelea con los Sarbos había dejado en evidencia que aún me quedaba mucho camino para aprender a controlarla. Así que decidí ponerle remedio. Estaba agotada y la herida del muslo me dolía, pero después de curarla me encontraba mejor y no podía desaprovechar más tiempo. El ataque en el bosque me había hecho darme cuenta de todas las oportunidades que había perdido de mejorar mis capacidades por estar compadeciéndome.

Al segundo intento tuve que deshacerme del vestido. Hacía calor y los movimientos eran mucho menos precisos cada vez que notaba la tirantez de una costura. Ni siquiera pensé en la posibilidad de que alguien me viera, ni en los lugareños ni en Redka. Tras concentrarme de verdad en el fuego, sentía que vibraba dentro de mí el espíritu de las Hijas de Thara y no la ingenuidad de la chica humana educada en el decoro y la decencia. Aquella mañana, oculta bajo el refugio de unos árboles y una cabaña abandonada, había permitido que la bruja saliera y me había desprendido de las pocas ataduras que la retenían.

Pese a todo, era difícil. Cuando pensaba que lo tenía controlado, el fuego se me volvía en contra y saltaba en una dirección completamente azarosa. Había quemado ya todas las flores que habían crecido alrededor de los dos troncos. Tenía algo en su magia tan visceral que ni siquiera su dueña podía domarla. Acabé aceptando que quizá fuese así siempre, parte de un espíritu emocional e indomable.

Me retiré de las mejillas el pelo humedecido por el sudor y decidí que era el momento de descansar. Me coloqué el vestido de cualquier forma y entré en la cabaña. De espaldas al fuego encendido, Redka daba vueltas a un guiso con lentitud. Olía maravillosamente bien y mis tripas rugieron. Me di cuenta, antes de que se callara por mi presencia, de que estaba tarareando una canción. La escena era tan hogareña que un pudor repentino me encendió la piel. Pensé que ni en Asum había experimentado una sensación de cotidianidad igual.

—Estaba…

No terminé de justificarme, resultaba obvio que había estado haciendo algo que él no aprobaría.

—Ya.

Para mi asombro, vi una sonrisa torcida mientras apartaba la olla del fuego y la colocaba sobre la mesa. ¿Me habría visto Redka entrenar mi magia? ¿Acaso habría comenzado a tolerarla? ¿Terminaría por aceptar a la Ziara en la que me había convertido?

Me mordí el labio y corrí descalza al interior de la única alcoba. Suspiré agradecida cuando vi que Redka había dejado la pastilla de jabón sobre la cama junto a una vieja tela que podía servirme para secarme o cubrirme después de mi aseo. Lo cogí y salí de nuevo corriendo hacia el río. Mientras me desnudaba bajo la fina tela y me metía en el agua antes de dejarla caer en la orilla, pensaba en todo lo que había cambiado mi vida y en que la antigua Ziara jamás habría hecho algo como aquello; sin embargo, la nueva sabía que Redka respetaría su intimidad. Más aún que, en caso de que fuera descuidado y la viera, a ella tampoco le importaría...

El río parecía de hielo, aunque mis músculos doloridos lo agradecieron. Caminé hasta que el agua me cubrió los hombros y noté que el cabello suelto se me humedecía antes de recordar la advertencia de Matila. Tal vez estaba siendo temeraria, pero sentía que habitaba un nuevo espíritu en mi interior que no acataba órdenes. Solo la bondad de Essandora tiraba de mí de vez en cuando para mantener un equilibrio de fuerzas.

Me tumbé y dejé que el agua me acariciara. Abrí los brazos y percibí el calor del sol en mi piel mientras cerraba los ojos y gozaba de un instante de tanta libertad que jamás había creído posible. Cuando los abrí, supe que nada en mí sería igual que antes de aquel viaje. Nada. Me levanté y descubrí que había dejado un rastro de plata con la silueta de mi cuerpo sobre el agua en calma.

Comimos en un silencio agradable. El guiso estaba delicioso y Redka no dijo nada acerca de que mi pelo ya no fuera negro. Parecía tranquilo y cómodo, tanto que me recordó momentos similares a su lado en Asum. Solo me observaba de vez en cuando y nuestros ojos se cruzaban mientras masticábamos y disimulábamos sonrisas. Me daba la sensación de que el despecho se había diluido entre otras emociones nuevas que surgían sin cesar entre nosotros.

Pasé casi toda la tarde dormida. Caí en un sueño tan profundo que, cuando la vi a ella, pensé que era real y no una fantasía. Su pelo cobrizo. Su vestido azul. El prado amarillo y el acantilado que terminaba siendo solo una visión negra. Tan pequeña. Tan parecida a mí y al mismo tiempo tan única siendo solo una premonición. Tan intensa en mi interior como para sacudir mi corazón con la fuerza de una tempestad.

Cuando desperté, Redka no estaba en la cabaña. Salí y lo encontré regresando por el camino que ya me había dicho que marcaba la salida norte del ducado. Por su expresión supe que nuestro destino aún debía esperar.

—¿Has averiguado algo?

—Son equipos bien formados.

—¿Eso qué significa?

Suspiró y ambos nos sentamos en el pequeño banco de piedra que había junto a la puerta. Utilicé una vieja manta roída para taparme los hombros.

—Dowen tiene un gran ejército, pero no todos sus soldados son iguales. Guarda a sus mejores hombres para las misiones importantes.

—¿Como para su protección?

Chasqueó la lengua y sonrió con condescendencia.

—Chica lista. O cuando intuye que una bruja puede escapársele.

Me tensé y me escondí bajo la manta. No había pensado que aquella cuadrilla pudiera estar buscándome y la culpa me sobrevino de nuevo.

—Siento que todo lo malo que te pase sea siempre culpa mía.

Para mi asombro, Redka suspiró y se encogió de hombros. Parecía resignado.

—Empiezo a pensar que los humanos tendemos con facilidad a responsabilizar a otros de las decisiones que tomamos y que, en otras circunstancias, cuestionaríamos.

—¿No crees que merezca su condena? —le susurré conmocionada.

Él ladeó el rostro y observó el mío con lentitud. Mis ojos. Mi nariz. Mi boca.

Sacudió la cabeza y jugueteó con una brizna de hierba entre los dientes.

—Mataste a un hombre.

—Lo sé.

Tragué saliva y, pese a que era muy consciente de lo que había hecho y no me arrepentía, que me mostrara la verdad tan crudamente me golpeó.

—Pero yo también. Y él ha matado a cientos, a miles, sea con sus manos o con las de otros. No es mejor que nosotros y se sienta en un trono. No exculpo nuestros actos, pero sí empiezo a creer que la verdad absoluta no existe.

Reparé en que estábamos unidos nuevamente por un mismo hecho. Él había intentado matar a Deril primero, aunque fuera por mandato de la magia, y yo había terminado su cometido más tarde. Nuestros caminos avanzaban unidos de un modo u otro. Quizá el destino se empeñaba en decirnos que así debía ser o, tal vez, esa posibilidad solo respondiera a mis propios deseos.

—La libertad es relativa. Me lo dijo Amina, la mujer de Prío. Puede que todo lo sea. Puede que todos tengamos razón y, al mismo tiempo, estemos equivocados.

Redka asintió y se quedó fijo en mi pelo.

—Si Nasliam y Sonrah hubieran estado aquí, habrían apostado que tardarías menos que nada en recuperar el color de tu cabello.

Sonreí con nostalgia. No podía ni imaginarme hasta dónde alcanzaría la suya.

—¿Los echas de menos?

—Cada día.

—No creo que sirva de mucho, pero yo también —le dije con la voz rota.

Su expresión se ensombreció. Empezaba a ser consciente de que le sucedía cuando los recuerdos de la traición regresaban. Noté que se cerraba en sí mismo y que ese nuevo acercamiento terminaba. Suspiré mirando al cielo y atisbé el brillo de la luna entre dos nubes. Pensé en Arien y el hilo me devolvió un tirón leve que cada vez percibía con mayor claridad.

—Deberías acostarte —le aconsejé—. Con la siesta que me he echado no creo que pueda dormir en unas horas. Aprovecha la cama, Redka.

Entrecerró los ojos mientras me estudiaba de nuevo con calma y asintió. Cuando se levantó, rozó su rodilla con la mía y me estremecí.

—No deberías llamarme así.

Levanté la vista y me perdí en sus ojos verdes. Llevaba razón. Debía dirigirme a él como el Cazador, Loux o incluso esposo, pero me costaba, porque para mí siempre sería Redka, el comandante de Ziatak, el joven de Asum y el hombre capaz de arriesgarlo todo por mis decisiones. Ya habían borrado su vida, si yo también lo hacía, ¿qué quedaría de él?

Carraspeé y tragué saliva, levemente arrobada por la intensidad de su mirada.

—Lo sé. Perdóname.

Él asintió y dio un paso más, pero, antes de atravesar la puerta, su susurro me envolvió y provocó que la chispa de mi pecho centelleara con fuerza.

—Aunque me gusta. Buenas noches, Ziara.

No tardé en notar que mi cuerpo se relajaba. Pese a que había dormido durante la tarde, tenía cansancio acumulado y, mirando la luna, comencé a mecerme en un estado de duermevela. Me levanté, cené un poco de pan con queso y me asomé a la alcoba. Redka dormía plácidamente en un lado del colchón. Daba la sensación de que había dejado una zona libre por si yo necesitaba utilizarla.

El guerrero siempre velaba por los suyos, y, en su caso, era el hombre el que cuidaba de los demás con una intensidad fiera.

Tragué el nudo que se me había formado en la garganta y me tumbé a su lado. Cuando percibió mi peso, abrió los ojos y contuve el aliento. Cerré los míos. Su respiración se aceleró levemente y la percibí suave y dulce contra la mejilla. La distancia parecía prudencial, pero su cuerpo era grande y la cama pequeña. Mi corazón se sacudió cuando sentí su pierna rozar la mía. Cuando me atreví a mirarlo de nuevo, Redka ya dormía. La expresión de su rostro era una que nunca le había visto. Tranquila. Confiada. Me habría atrevido a decir que incluso feliz.

De una manera natural, creamos unas rutinas.

Cada mañana él se levantaba temprano, se colocaba su disfraz de Cazador y se marchaba a investigar la zona. Charlaba con los lugareños, que respetaban nuestra presencia como si no estuviéramos, e intercambiaba comida o información con ellos por monedas. Cuando regresaba, se aseaba mientras yo llenaba el estómago y fingía que no sabía que estaba desnudo al otro lado del muro. Después yo me disculpaba para dar un paseo y entrenaba. Si sabía que le mentía descaradamente, no decía nada.

Me habitué rápido a mis poderes. Recordaba los consejos de Arien y comprobé que tenía razón, era sencillo, solo debía tener paciencia y trabajar en compañía de mis sentidos. Cada vez me resultaba más fácil controlar el fuego. Sus movimientos, su dirección, su tamaño y fulgor. Era rebelde, pero aprendí que no se trataba de ordenarle, sino de colaborar con él, como si fuéramos compañeros y nos convirtiéramos por unos instantes en uno. Me preguntaba a menudo si sucedería lo mismo con el amor.

¿Por eso las brujas siempre habían sido tan pasionales? ¿Había acaso una semejanza entre su visceralidad y ese sentimiento por el que la magia había condenado a los humanos?

Con la luna ya en lo alto, nos sentábamos fuera de la choza y admirábamos el cielo. Seguíamos sin mantener conversaciones largas, pero las que compartíamos no eran triviales. Percibía que entre ambos siempre se alzaban emociones que envolvían todo lo que vivíamos.

La tercera noche, bebíamos un brebaje templado hecho con cerezas secas y las nubes anticipaban tormenta.

Cuando Redka me tendió la manta y la cogí, observé el entramado de mi dedo con la mano estirada. El color era más intenso que nunca y ya no quedaban huecos.

—¿Qué sucede?

Mi mirada se desvió hacia el suyo y comprobé que también brillaba como nunca.

—Aún hay cosas que no entiendo. —Arqueó las cejas animándome a continuar; no estaba segura de que le agradara remover el pasado, pero solo nos teníamos el uno al otro y ya estaba harta de callar—. ¿Por qué, si no estábamos muertos, el anillo llegó casi a desaparecer?

Redka asintió y un suspiro hondo escapó de sus labios.

—No lo sé.

—¿Y por qué me parece que ocultas algo?

Levantó una comisura y se volvió hacia mí con determinación. Sus rodillas se pegaron a las mías.

—Porque, aunque no conozco la verdad, tengo una teoría.

—Me encantaría oírla.

Apoyó los codos en sus muslos y lo sentí muy cerca. Como si fuera a compartir conmigo un secreto.

—Las Novias son la esperanza de los hombres, Ziara. Su existencia guarda un objetivo para con su raza. Y tú...

—Ya.

Me abracé. Aquello me había incomodado y no comprendía por qué. No añoraba ser una Novia; sin embargo, seguía apreciando mi condición humana.

—Puede que por mis venas corra sangre de la Luna y de las Hijas de Thara, aunque también de la tuya.

—Lo sé, pero ¿lo sabes tú?

—¿A qué te refieres?

Redka se pasó la mano por el rostro y supe que sus siguientes palabras dolerían antes de pronunciarlas.

—Nos traicionaste para convertirte en una Hija de la Luna y después has atacado a tu rey con fuego. No digo que ya no quede nada de ti que esté de nuestro lado, pero es lógico que parezca que reniegas de los humanos. Creo que la magia que llevas dentro se interpuso tanto que borró la parte de ti que te había unido a mí. —Sacudió la cabeza y se rio—. Aunque esto solo es la teoría de un soldado que no actuó mucho mejor, así que... no deberías hacerme caso.

Parpadeé sorprendida y digerí una verdad que, fuera o no posible, no me había planteado. Redka respetó mi silencio. Rememoré cada uno de mis actos y asimilé que era cierto que parecía que renegaba de mi linaje. Y, de repente, me sentí profundamente triste.

—No pretendía incomodarte —se disculpó.

—¿Sigues enfadado conmigo? —le pregunté, dando un giro a la conversación que ninguno esperaba.

Se volvió asombrado y sus labios dibujaron una línea tensa. El silencio que nos rodeó antes de su respuesta se asemejaba a un humo denso. Supe que no iba a gustarme lo que se disponía a decir, pero también que quizá era lo que necesitaba saber. Su mirada se perdió en mi rostro y su voz sonó ronca y con una rabia insana.

—Vivo enfadado, Ziara. Lo siento cuando abro los ojos cada mañana y al cerrarlos antes del sueño. Lo siento cuando respiro, cuando camino, cuando como. No puedo pensar en otra cosa y solo me olvido un poco cuando peleo. Estoy tan enfadado que creo que es imposible que algún día deje de estarlo. —Resoplé y la pena que ya sentía se intensificó hasta el punto de que me dolió el pecho—. ¿Es lo que querías oír?

Apreté los dientes y asentí, pese a que me había arrepentido enseguida de mi curiosidad insaciable. Lo que sentía era lo lógico, aunque una parte de mí confiaba en que Redka hubiera llegado a entender algunas de mis elecciones, pese a que no las compartiera. Tal vez durante un tiempo me había visto como una cría caprichosa, pero mi situación no era sencilla y ahora él la conocía.

Sin embargo, nada había cambiado y yo merecía su odio. Solo tenía que aprender a vivir con ello.

Me mordí una nueva disculpa y le sonreí con pesar.

—Lo entiendo, aunque espero de corazón que algún día puedas olvidar. —Noté que me temblaba la voz—. Mereces una vida distinta, Redka, no una siempre guiada por el rencor.

Me levanté y sentí que me atravesaba con la mirada. Me pregunté si volvería a hacerlo alguna vez sin la sensación de que yo hacía de su vida una existencia peor.

—El rencor es lo único que aún me mantiene en pie. ¿Es que no lo entiendes?

Negué con la cabeza y sentí compasión por el soldado.

—No te creo. Tiene que haber algo más. Ojalá lo encuentres antes de que el odio te consuma por dentro.

Aquella noche, dormí sola en una cama que me pareció inmensa.

XXXII
Redka

Las primeras gotas de lluvia me encontraron aún sentado donde Ziara me había dejado. Sabía que no iba a ser capaz de dormir. No con ella a mi lado. Mucho menos, después de la conversación que habíamos mantenido. Notaba la ira agazapada en mi interior, esperando un solo asentimiento para salir a la superficie y atacar.

Resoplé y caminé hacia el bosque. Las nubes habían comenzado a descargar con más fuerza, pero no me importaba. Necesitaba soltar la rabia. Necesitaba desahogarme. Necesitaba que la quemazón que me atosigaba desapareciera. Necesitaba dejar de oír su voz.

Llegué a la orilla del río y me arrodillé. Con el cielo cubierto, nada lo iluminaba y parecía un líquido denso e impenetrable. Metí la mano y toqué la tierra del fondo. Así me sentía, como un muro que nadie podía atravesar, oscuro, espeso.

Suspiré y cerré los ojos no solo a la noche que me rodeaba, también a sus palabras, que dañaban como aguijones.

—No te creo. Tiene que haber algo más. Ojalá lo encuentres antes de que el odio te consuma por dentro.

¿Y si ya lo había hecho? ¿Y si el Redka que ella conocía no solo había muerto a ojos de un reino, sino también de espíritu? ¿Acaso quedaba algo del hombre al que un día ella había besado?

Cogí agua entre las manos y me mojé el rostro. Y lo intenté. Me esforcé por mirarme por dentro y sentir algo que no fuese odio, furia y dolor. Si era honesto, había jugado con ella y con las palabras, porque, de algún modo, le había mentido. En realidad, yo no estaba enfadado con Ziara. Solo lo estaba conmigo mismo.

Escondí la cara entre los brazos y pensé en ella. En todo lo que ya me había fascinado cuando solo era una chica curiosa e ingenua y en lo que había descubierto tras nuestro reencuentro, convertida ya en la mujer poderosa que todos consideraban una especie de elegida.

Pensé en Ziara y percibí que la oscuridad desaparecía. Ella era luz, blanca y plateada. Era fuego, rojizo y vibrante. La negrura en mi interior se transformó en agua transparente y lo supe. Entendí de una vez por todas que aquella joven tozuda y valiente llevaba razón.

Si dejaba a un lado todo el rencor que guardaba, había algo muy vivo dentro de mí ansiando que lo liberase.

Algo que siempre había llevado su nombre.

El amor y el odio como las dos caras de una moneda.

XXXIII
Ziara

Cuando me levanté, Redka no estaba en la cabaña. Era la primera noche que no compartíamos el lecho, y que mi sinceridad lo hubiera alejado de mí de sopetón me inquietaba. Después de cuatro días en el ducado, había esperado que la situación fuera cada vez más llevadera, pero mi tendencia a hablar de más lo había estropeado todo.

Desayuné y salí de la choza. Era un día muy caluroso, aunque después de la lluvia la frescura del bosque resultaba placentera. Me refugié entre los árboles de siempre y me descalcé. La humedad de la tierra me provocó un escalofrío y moví los dedos de los pies. Me desprendí del vestido y lo apoyé sobre las gruesas raíces. Me había trenzado el pelo y la brisa del amanecer me erizó el vello de la nuca.

Estiré los brazos y coloqué las palmas de las manos hacia arriba. Al instante, dos pequeñas bolas de luz nacieron de ellas. Las balanceé y jugué a moverlas de un lado a otro sin que me rozaran la piel. El fuego estalló cuando chocaron una contra la otra y desapareció tan rápido como si nunca hubiera existido.

Llevaba días entrenando y cada vez lo hacía mejor. Me fascinaba que, sin nadie que me guiara, supiera qué podía hacer y qué no, aunque intuía que aún me quedaba mucho por aprender. Me había centrado en el fuego, aunque en ocasiones también corría por el bosque y comprobaba que mi velocidad y agilidad iban creciendo. Había logrado impulsarme de un árbol a otro un par de veces antes de acabar tendida en el suelo. Jamás tendría las habilidades de Arien o Cenea, pero la magia de la Luna también poseía sus ventajas.

Aquella mañana decidí centrarme en el control de las llamas. Sabía crearlas perfectamente, si bien me parecía complicado dominar sus movimientos si volvíamos a vernos en una situación comprometida. Necesitaba potenciar mis reflejos para tomar decisiones rápidas y que estas salieran bien.

Estaba concentrada en la bola que chispeaba en mi mano cuando noté un empujón a mi espalda. Trastabillé y un pie se cruzó en mi camino, haciéndome caer de bruces. Ni siquiera lo vi venir, lo cual ya suponía que todavía me quedaba mucho por trabajar. A fin de cuentas, los presentimientos que en ocasiones me azotaban no respondían a ningún tipo de dominio por mi parte, sino que aparecían de forma azarosa.

Abrí los ojos sorprendida y me encontré con Redka. Había reconocido la punta de su bota, aunque eso no hacía que lo que acababa de hacer resultara menos chocante. Me observaba con el ceño fruncido. Me sacudí la tierra de las manos y lo miré estupefacta. Tenía la camisa medio abierta y el pelo recogido con una cinta.

—¿¡Acabas de tirarme al suelo!? —exclamé enfurecida.

—Acabo de atacarte y no te has dado ni cuenta.

—Pero ¿qué problema tienes? ¡Que me odies no significa que tengas derecho a agredirme!

Apagué la llama que aún prendía con los pies, aunque me quedé con ganas de lanzársela a él. Pese a todo, bastante follaje había quemado ya en mis entrenamientos como para alertar a los aldeanos con un incendio. Respiré de forma agitada y Redka se cruzó de brazos. Había gritado las últimas palabras de un modo que dejaba en evidencia que sus sentimientos por mí me afectaban.

Me observó con tiento, hasta que chasqueó la lengua y puso los ojos en blanco.

—Vamos, levántate.

Lo obedecí y lo fulminé con la mirada. Él estiró el cuello a ambos lados como ya le había visto hacer en otras ocasiones y sus labios se curvaron en una sonrisa maliciosa que me inquietó.

—¿Qué se supone que estás haciendo?

—Yo no voy a acompañarte siempre, Ziara. Mi objetivo termina en Lithae. Después regresaré a Yusen. ¿Qué harás tú?

—Volveré a Faroa.

Asintió y sentí una congoja inesperada ante la idea de separarnos. Él parecía tan impasible como siempre y lo odiaba por ello.

—Necesitas aprender a protegerte.

—Tengo magia —le escupí con desdén.

—Que aún no controlas. —Alcé una ceja y se encogió de hombros con indiferencia—. Te he visto entrenar. Mira, Ziara, te confieso que me sorprendió tu arrojo en el almacén de leña. Cogerte no me resultó tan fácil como pensaba. Eres rápida. Y ágil. Pero todavía no lo suficiente. Porque, igual que yo te encerré en un establo, otros podrían hacerte cosas mucho peores. No sabes a qué vas a enfrentarte. Tienes que entrenar. No sirve de nada que llegues a Lithae con vida si luego la vas a perder en cuanto estés a solas.

Tragué saliva y me abracé. Caí en la cuenta de que no llevaba el vestido, sino solo la fina enagua sobre la ropa interior, aunque él no parecía incómodo. Me recordó demasiado al Redka del campamento nómada en el que nunca encontré ni vergüenza ni decoro. Aun así, en ese momento mi embarazo no se debía al pudor por mi piel visible, sino a que me sentía acorralada.

—En Faroa entrené antes de marcharme.

—E imagino que te instruirían muy bien. Pero lo harían como a una Hija de la Luna.

—¿Y eso qué significa?

Fruncí el ceño y él gruñó entre dientes.

—Que, me guste o no, tú eres otra cosa. Con el fuego te manejas bien; sin embargo, en conjunto… eres caótica. Luchar se parece más a un baile real de lo que te imaginas.

—Pensé que era bueno sorprender al otro.

Él asintió brevemente antes de enseñarme como el líder de un ejército que había sido.

—Ser imprevisible es bueno siempre y cuando tú lo controles. Si no sabes lo que estás haciendo, acabarás cayendo en tus propios errores. El orden entre tus sentidos, pensamientos y acciones es esencial, Ziara.

Sus palabras me molestaron. Tal vez porque me estaba hablando con un deje paternalista que no me gustaba en absoluto. O porque la sangre de las brujas tendía a recordarme que no estaba hecha para acatar órdenes y que, si ya había sido capaz de escapar sola del castillo, podría volver a hacer lo que hiciera falta en el futuro. Fuera por lo que fuese, me encontraba a la defensiva y no cejé en mi empeño por demostrárselo.

—Te salvé. Con los Sarbos.

Redka disimuló una sonrisa y me sentí una niña estúpida.

—Y agradezco tu ayuda. Aunque, dime, ¿qué pasa si estás herida y tu magia se resiente como sucedió entonces, pero hasta el punto de no poder contar con ella? ¿Cómo pelearás? ¿Qué te quedará?

Tragué saliva y noté el latido de la herida del muslo. Me había quitado los puntos hacía un par de días y aún estaba levemente hinchada. Las demás ya apenas las sentía, pero esa siempre sería un recordatorio de lo que había vivido en aquella sala de tortura.

«Mi parte humana», pensé. Eso era lo que me quedaría. Eso que Redka ya me había dejado entrever que yo olvidaba con facilidad y que era obvio que también debía entrenar. Me limpié la tierra de la falda y di un paso hacia él. Frente a mí, Redka sonreía animándome a acercarme más. Había tirado la espada al suelo y solo se enfrentaba a mí con su cuerpo.

Curvó los labios y cerró las manos en puños. Sus músculos se tensaron. El soldado estaba más que preparado.

De repente, noté un hormigueo de emoción en la base del estómago. Aquello podía ser un modo como cualquier otro de limar asperezas entre los dos. Y, sin duda, también muy divertido.

—¿Hay normas? —le pregunté con una sonrisa nerviosa.

—No, puedes hacer lo que desees. Solo intenta no matarme.

Asentí con lentitud y me lancé sobre él.

Redka había encendido el fuego y, aunque fuera la humedad del atardecer se había convertido en un ligero bochorno, su calidez me agradaba. Sobre las llamas se doraba un ave que había cazado con sus propias manos. Aspiré el olor de la carne asándose y me rugieron las tripas.

Me senté frente al hogar y solté un quejido. Me dolía la pierna y el hombro me latía por el eco de un golpe que no había esquivado. Aunque la sensación reconfortante de mi cuerpo despertando y recordándome de lo que era capaz era mucho más intensa.

Habíamos pasado la mañana peleando. Al principio, yo me lo había tomado como un desafío y mi única intención era la de demostrarle que estaba equivocado y que podía valerme por mí misma. Pero, según pasaba el tiempo y Redka dejaba a la vista una y otra vez mis debilidades, me fui relajando y le permití enseñarme.

—Golpear pronto es tan malo como hacerlo tarde. Eres impaciente. Mide los tiempos, Ziara.

Yo asentía, apretaba los dientes y estudiaba su ataque. En ocasiones, llegaba tarde y me llevaba un empujón o incluso un puñetazo. En otras, me anticipaba demasiado y Redka acababa tumbándome en el suelo igualmente. Pese a todo, notaba que se cohibía, que intentaba luchar conmigo pero que controlaba su fuerza para no dañarme. No me parecía una pelea equilibrada, aunque no se lo dije. Pensé que serviría como una primera toma de contacto en la que yo también podía observarlo a él desde una perspectiva nueva y estudiar sus habilidades. Lo había visto entrenar con sus hombres muchas veces, pero siempre bajo la mirada de la chica que jamás creyó que llegaría a alzar los puños. Y, de pronto, no solo veía cosas que antes me habían pasado desapercibidas, sino que me fijaba en otras que no me habían parecido importantes y lo eran tanto o más que la fuerza de Redka o su agilidad sobre el campo de batalla. Como su tendencia a atacar siempre por el lado izquierdo o de dar un paso de más cuando se lanzaba hacia su presa, acorralándola y obligándola a responder con uno hacia atrás. Redka era fiero, avasallador y muy inteligente, lo que lo hacía un contrincante difícil.

Se acercó al fuego y se sentó a mi lado. Llevaba el cabello húmedo y su camisa se secaba sobre una silla. El torso le brillaba bajo la luz de la hoguera. Suspiré y estiré las piernas para disimular que su desnudez me afectaba, aunque él lo malinterpretó y chasqueó la lengua con culpabilidad.

—¿Te duele?

Gruñí y el fuego creció y chamuscó la piel del animal.

—Como vuelvas a pedirme disculpas te lanzo una llama.

Levantó las manos con expresión inocente y escondió una sonrisa.

—Tranquila, no volveré a hacerlo. No quiero quedarme sin cena.

Asentí, agradecida, y nos miramos en silencio. Me fijé en que aún se le notaba enrojecido el cuello y me sentí dichosa.

Si la mañana había sido interesante, la tarde había resultado asombrosa.

Después de comer y pese a que él consideraba que yo debía descansar, le había dejado claro que no era una delicada damisela y que no quería perder el tiempo. Así que habíamos salido al bosque y habíamos seguido con las lecciones. Entrenar contra un objetivo en movimiento en lugar de contra la corteza de un árbol me había ayudado mucho a controlar mis poderes. Cada vez que creaba una bola de fuego, Redka se tensaba, pero no decía nada. Solo se ponía en posición de defensa y la esquivaba con maestría. En un momento dado, el calor era asfixiante y se desprendió de la camisa. Mis latidos se aceleraron y él aprovechó la distracción para atacar y apresarme bajo el peso de su brazo. Notar la suavidad de su piel humedecida por el sudor me había provocado un burbujeo en el estómago.

Cerré los ojos y me concentré para que mis sentidos se relajaran, pero el aroma que Redka desprendía no ayudaba en absoluto y, lejos de relajarme, me tensé. No sabía si era la rabia por no ganarle ni una vez o la inquietud por la situación tan íntima que estábamos compartiendo, ambos ligeros de ropa, sudados y excitados por la emoción que aportaba la lucha, aunque poco a poco mis nervios comenzaron a tomar el control.

Me impulsé hacia atrás con fuerza y me desprendí de su agarre con soltura. Él asintió con admiración y le lancé una patada al estómago inesperada para los dos. Se apartó de un salto y se tocó la piel del torso, enrojecida por mi golpe. Ladeó el rostro y comenzó a girar sobre su posición, obligándome a mí a hacer lo mismo. Odiaba cuando hacía eso, cuando valoraba la situación con una calma que me ponía el vello de punta, teniendo en cuenta que yo por dentro hervía. Redka volvió a atacarme y lo esquivé, aunque al segundo intento me golpeó el hombro con el puño y trastabillé hasta caerme. Su expresión cambió y se dulcificó. Me tendió la mano para ayudarme a levantarme, pero yo le lancé una llama y le di bajo la oreja. Su piel se encendió y se llevó una mano al cuello.

Después de aquello, yo me había marchado maldiciendo la cabaña y no nos habíamos vuelto a ver hasta ese momento frente a la hoguera, a punto de compartir la cena.

Lo miré, nerviosa y avergonzada, y le pedí perdón.

—Siento lo del cuello. No quería hacerte daño.

—Sí querías.

Chasqueé la lengua y me abracé las rodillas.

—Bueno, quizá sí, pero no estuvo bien.

—Estabas enfadada.

Suspiré y le fui sincera; con él, incluso en nuestros peores momentos, no había encontrado motivos para lo contrario.

—¡Porque te has contenido! No me sirve de nada que quieras enseñarme y que luego lo hagas a medias. No creo que ninguna criatura vaya a tener esa deferencia por mí.

Asintió con comprensión y me miró con una expresión que denotaba orgullo.

—¿Quieres enfrentarte al comandante de Ziatak?

—Pensé que el comandante estaba muerto. —Tragó saliva y apartó la mirada; si había sido dura o no, no me arrepentía, porque necesitaba que él aceptara que, aunque solo fuera para nosotros, Redka de Asum siempre seguiría vivo y eso no era algo malo—. ¿Quieres tú enfrentarte a mí?

Sonreímos con complicidad. Después, cenamos sabiendo que estar juntos ya no encerraba la presión de una obligación, sino que incluso lo disfrutábamos.

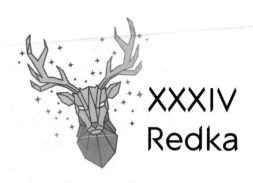

XXXIV
Redka

Llevaba la batalla en las venas. Sentía un gran placer en el arte de la espada, en experimentar la victoria en la piel y en la sensación de plenitud cuando los enemigos caían.

Pero jamás me había enfrentado a la imagen que bailaba frente a mí. A la elegancia animal de Ziara analizando mis movimientos y danzando sobre la tierra.

Sus pasos eran precisos.

Sus ojos se deslizaban por mi cuerpo con determinación.

Su fuerza era innegable. Al igual que su condición mágica, aunque aún no supiera controlarla.

Había algo en ella que siempre había atisbado, pero que ahora brillaba con tanta intensidad que me cegaba.

Odiaba la magia. Lo había hecho tanto tiempo que aún me costaba aceptar que mi situación me hubiera hecho cambiar de bando y que mi odio ya no importase. Había llegado a ayudar a seres a los que antes despreciaba.

Pero con ella buscando un resquicio de duda en mí para atacarme, la magia me parecía hermosa y admirable.

Ella me lo parecía.

Y las emociones crecían imparables.

XXXV
Ziara

Me asomé desde la copa de un árbol. Era frondoso, y sus hojas grandes, gruesas y suaves escondían mis movimientos. Controlé la respiración y conté hasta tres. Me sujeté con fuerza a una de las ramas, crucé las piernas a su alrededor y me colgué bocabajo para comprobar la situación de Redka.

No había ni rastro de él, pero sabía que estaba cerca.

Era de noche. Las estrellas brillaban en el cielo y la luna decrecía a lo lejos.

Después de pedirle que me tratara como a un igual y no se contuviera conmigo, los entrenamientos se habían convertido en otra cosa muy distinta. Era habitual que, cuando nos reuníamos frente a la hoguera antes de la cena, lo hiciéramos con nuevos golpes que, en mi caso, menguaban por la noche bajo el embrujo de la magia, pero que en el suyo se mantenían a la mañana siguiente y yo me burlaba de él sin reparos.

—Bonito arañazo —le decía mientras desayunaba—. Combina bien con tus ojos.

Él masticaba con gesto pícaro y, cuando volvíamos a vernos la cara descalzos sobre la tierra, se lanzaba sobre mí aún con más ímpetu.

Era divertido, adictivo, motivador. Jamás habría creído que disfrutaría tanto de algo que en el pasado me había provocado reparos, pero luchar se parecía demasiado a un juego infantil. Lo que no debía olvidar era que se trataba de un entrenamiento por si debía ponerlo en práctica en alguna ocasión; si eso sucedía, se parecería poco al pasatiempo de un niño.

Sin embargo, aquel día, Redka había tenido la idea de que hiciéramos algo diferente. Un ataque casi real que no pudiéramos prever. Tras el atardecer, para que las sombras complicaran aún más las cosas. Y, por ese motivo, yo había escalado sin dificultad hasta la copa de un árbol y él se mantenía oculto a su vez, a la espera de que uno de los dos sorprendiera al otro.

No tardé en verlo. Se encontraba agazapado entre unos arbustos pegados al río y se movía con el sigilo de un fantasma. Sus prendas oscuras lo hacían casi invisible en la penumbra de la noche. Era extremadamente silencioso y se desplazaba sobre la tierra con la elegancia de una culebra, lo que resultaba sorprendente teniendo en cuenta su tamaño. Percibí que mis latidos se aceleraban y me preparé para saltar a un árbol cercano. Mi agilidad siempre había encontrado más pegas que ventajas, pero desde hacía un par de días me sentía tan liviana que moverme entre los árboles había sido relativamente sencillo.

Me coloqué en el extremo de la rama y me lancé sobre otra a menor altura conteniendo el aliento. La caída fue tan delicada como una pluma rozando la corteza. Reprimí una exclamación y me escondí en el follaje. Bajo mi cuerpo, Redka vigilaba su entorno sin ser consciente de que me encontraba encima. Doblé las piernas hasta quedarme en cuclillas y, cuando vi que él reptaba para avanzar, me dejé caer al suelo y aterricé justo sobre su espalda, con una pierna a cada lado de su cuerpo. Pasé los brazos alrededor de su cuello y lo apresé con firmeza, obligándolo a levantar el torso y sintiendo una dicha tan honda que tuve que morderme la lengua para no gritar.

—El Cazador cazado —le susurré al oído.

Aunque mi emoción duró poco. Redka lanzó un gruñido furioso, apoyó las manos con fuerza sobre la tierra y nos levantó a ambos de un salto. Se movió conmigo enredada a su pecho hasta golpearme la espalda contra un tronco. Durante unos instantes me quedé sin respiración por el impacto y noté que dudaba, planteándose, como siempre, si debía ser más suave o comprobar que yo estuviera bien. Pese a todo, dejó de hacerlo cuando lo mordí con todas mis ganas entre el cuello y el hombro, y sentí la calidez de su sangre entre los dientes. Un pequeño aviso de que no debía ceder y sí ayudarme en mi empeño de enfrentarme a un soldado implacable.

Redka bramó improperios y me sujetó del brazo con tal vigor que consiguió que lo liberase antes de lanzarme al suelo. Me deslicé hacia atrás empujándome con las piernas y me esforcé por condensar el calor en mi mano, aunque no lo bastante rápido como para que él no me sujetase del tobillo y tirase de mí. Una pequeña llama salió despedida hacia el otro extremo del bosque y prendió un montón de hojarasca. Con la otra pierna, le solté una patada en el mentón y conseguí apartarlo.

Me levanté de un brinco y nos miramos, ambos resollando y con el dolor palpitante provocado por los golpes del otro. Aun así, eso no nos frenaba, sino que habíamos comenzado a comprender que solo envalentonaba lo que éramos y respondía al sentido de todo aquello. Él siempre sería un soldado y yo ya me sentía algo más que una chica con poderes.

Además, una parte de mí intuía que aquel juego también nos ofrecía una forma de exteriorizar lo que aún manteníamos solo para nosotros. El despecho, la culpa, los sentimientos agazapados, deseando con la misma intensidad ser liberados que desaparecer. Entre golpes y estrategias aprendidas, nos lanzábamos pullas silenciosas que el otro esquivaba o aceptaba con gusto.

Reparé en que una pátina plateada me cubría los brazos y la observé fascinada. La luna había permanecido oculta entre nubes y la frondosidad del bosque, y yo no había llamado a su magia. Redka me contempló a su vez sorprendido y me encogí de hombros. Entonces di dos zancadas y me lancé sobre él. Había descubierto que con el comandante o eras tan decidida y rápida como él o estabas perdida.

No obstante, me hizo un placaje con su torso y me lanzó a una distancia considerable. Cuando volví a intentarlo, la luz que crecía en mi piel centelleó y mi cuerpo se desplazó con una rapidez asombrosa mientras los haces de plata giraban a toda velocidad a mi alrededor. Choqué con Redka de un modo tan inesperado que él trastabilló y cayó al suelo.

Cuando logré que mis pies parasen, me tambaleé y lo miré con una sonrisa inmensa. Acababa de derribar al comandante de Ziatak como si pesara lo mismo que un muñeco de trapo.

—Tornado de plata, por los dioses… —murmuró.

Por primera vez, me pareció que su expresión era una de admiración que jamás había dedicado a nadie que no fuera humano. Me reí como una niña y volví a intentarlo, pero la magia plateada ya se había adormecido en mí y lo único que conseguí fue tropezarme y caer de bruces sobre la tierra.

Redka aprovechó el momento para girarme y colocarse sobre mi cuerpo. Abrió mis piernas con la fuerza de las suyas y me sujetó las manos por encima de la cabeza para inmovilizarme. Su aliento se mezcló con el mío, agitado y furioso, aunque mis labios aún sonrieran, emocionada por lo logrado. En esa posición, parecíamos dos seres fundiéndose en uno. Y eso... resultaba maravillosamente íntimo.

Se me aceleró la respiración y jadeé contra su boca. Estábamos cubiertos de tierra y sudor, pero aquello, para mi asombro, resultaba de lo más placentero. Su expresión era ardiente y mordaz, desconocía si por la rabia, el orgullo herido o por algo más, y sus ojos recorrían mi rostro con calma. Deseé que aquel instante no terminarse.

—Sigues siendo... —susurró con un deje ronco que me estremeció.

—¿Qué?

Redka tragó saliva y me quedé prendada del movimiento de su garganta. Me pregunté cómo sería sacar la lengua y pasarla por ese trozo de piel áspera y curtida por el sol y las cicatrices. Una reacción demasiado indecente como para corresponder a la Novia que había sido durante toda mi vida. Sentía que la bruja que habitaba en mi interior cada vez ocupaba más espacio, cada vez sus instintos primaban con más fuerza por encima de todo lo que me habían enseñado.

—Tremendamente imprudente —respondió contra mis labios.

Reprimí un jadeo y sus piernas presionaron con fuerza el vértice oculto de las mías. Su mirada se había perdido en un punto entre mi boca y mi nariz. Deseé que lo tocara y lo hiciera suyo. Me sentía... extraña. Como si mi cuerpo se expandiera al notar su cercanía. Como tantas veces me había sentido al advertir el ardor del fuego despertando para después salir en forma de llamas, aunque se trataba de un fuego distinto. Suspiré con suavidad y él contuvo la respiración. Me soltó la mano para apartarme un mechón de la mejilla y después la mantuvo ahí, rozando mi cara con una dulzura insoportable.

Cerré los ojos y me centré en su caricia, en la sensación de sus yemas ásperas arañándome la piel y provocándome calor y cosquillas. Exhalé con fuerza y entreabrió los labios. Lo miré y me perdí en el verde de sus ojos. En la fiereza que transmitían, una que intuía que no tenía nada que ver con guerras. En su viveza. En los destellos que me lanzaban. En el anhelo profundo que leía en ellos. Sin poder evitarlo, cerré las piernas alrededor de las suyas y las anudé con las mías. La dureza de su cuerpo se marcaba contra el calor cada vez más intenso que crecía bajo mis faldas.

Necesitaba abrazarlo. Necesitaba tocarlo. Necesitaba besarlo.

Pero, también, necesitaba ganarle.

—Mejor un soldado imprudente que uno confiado.

Me arqueé sobre la tierra con él encima aún enredado y noté que la magia que ardía en mí estallaba a través de mi piel y lo lanzaba por los aires. Y no era solo fuego. Era calor, y plata, y luz, y deseo. Un deseo tan extremo que me atemorizaba qué podría causar, si había sido capaz de despertar aquella fuerza junto con mi magia. Corrí al lugar donde había caído y lo apresé sin dudar. Un segundo después, las tornas habían cambiado y era yo la que lo tenía debajo. Yo, como si pudiera atisbar todo Cathalian desde esa posición aventajada y lo sintiera mío.

Las enaguas se me habían subido por los muslos y tenía un tirante de la blusilla interior roto que me caía por el brazo y dejaba la curvatura de mi pecho a la vista.

Redka me observaba como si los mismos dioses lo hubieran hecho volar y no solo una chica.

—Eres...

Pero en aquella ocasión no hubo palabras. Levantó la mano y sujetó el tirante entre dos dedos. Luego lo dejó caer y rozó la piel desnuda que antes escondía la tela.

—Soy Ziara. Solo eso —respondí con las emociones en la garganta.

Sonreí y él asintió. Sus dedos dibujaron un camino por mi hombro hasta llegar al cuello. Lo acarició con una ternura infinita y las cosquillas se expandieron hasta invadir cada rincón de mi cuerpo. Sus yemas subieron por mi rostro dejando un rastro perfecto: el contorno de mi mandíbula; las mejillas; la punta de mi nariz; mi boca.

La abrí y suspiré con anhelo.

Sentí que el corazón rasgaba mi vestido y buscaba el suyo.

Y rocé sus labios con los míos muy suavemente, con la calma de la brisa de las noches de verano. Una caricia sutil pero más sentida que ninguna. Un instante perfecto en el que ambos nos perdimos con los ojos cerrados y todo lo que éramos en manos del otro.

Cuando los abrí y me encontré con los suyos, temí haberme equivocado, aunque Redka rápidamente me demostró que no. Me sujetó por la nuca con decisión y con la otra mano me acarició el cuello. Imaginé sus dedos entremezclados con los mechones de mi pelo y el calor se convirtió en lava fundida bajo mi piel. Me acercó tanto a su rostro que nuestros resuellos se mezclaban, acelerados y nerviosos. Apreté las caderas contra él y noté su dureza, su deseo por mí, todo eso que desconocía pero que mi cuerpo ansiaba con una necesidad enfermiza. Tanteó mi boca, pellizcó mis labios, jadeó con voz hosca. Maldijo entre dientes y apretó las manos tanto que me tiró del pelo, provocando olas de placer. Noté humedad entre mis piernas y me mecí contra su cuerpo. Hacia delante. Hacia atrás.

Adelante. Atrás. Redka gruñó y aquel sonido hizo que me moviera más rápido. Contoneé las caderas. Sentía que encajábamos demasiado bien como para que el destino se hubiera equivocado con nosotros.

Susurró mi nombre.

—Ziara…

Mi respuesta fue un gemido que cayó en su boca y que él atrapó con sus labios. Los abrimos con urgencia y las lenguas se encontraron. Y en aquella ocasión el beso fue muy distinto. En cuanto sentí su sabor, algo se liberó en mí. Nos besamos con ardor, el mismo que despertaba con fiereza en mi interior cada vez que me tocaba, pero intensificado por mil. Nos mecimos uno contra el otro. Nos bebimos el deseo y luchamos como si estuviéramos en el campo de entrenamiento, pero por ver quién de los dos sentía y daba más al otro.

Redka se incorporó hasta estar sentado conmigo a horcajadas sobre él. Separamos las bocas un momento para recordarnos dónde estábamos; el bosque dormía en silencio y la aldea a lo lejos nos traía el aroma del humo de los hogares encendidos. Pero allí, en aquel rincón escondido entre árboles y cercano a un río, nos encontrábamos completamente solos. Observó la oscuridad que nos rodeaba y me preguntó con los ojos. Sentí una vez más su preocupación, respeto y afecto. Siempre pensando primero en mis necesidades y deseos. Siempre en un segundo plano, postergando los suyos.

Mi respuesta fue lamerle los labios con vehemencia.

Su expresión fue tan ardiente que, por un instante, volví a ser la chica que un día salió de la Casa Verde y me sonrojé. Él acarició mi rubor y lo besó con ternura hasta que me relajé y me olvidé de todo lo que podría separarme de Redka y de las sensaciones que estábamos compartiendo. No había espacio para el decoro, ni para las enseñanzas de Hermine ni la vergüenza. Solo para el deseo.

Me resultaba curioso que allí, entre sus brazos, me sintiera más humana que nunca y me hubiera olvidado de que guardaba en mi interior el instinto de las brujas y de las Sibilas. Su pasión. Su naturalidad. Su forma de amar y de sentir por encima de cualquier otro sentimiento.

Le besé los párpados, la cicatriz de la ceja, el lóbulo de la oreja, la nariz.

Una de sus manos se perdió bajo mi enagua.

Rodeé su cuello y lo atraje hacia mí. Le mordí el labio y tiré de él. Su dureza se me clavó entre las piernas y gemí su nombre.

—Redka...

Rozó la cara interna de mi muslo y contuve un jadeo. Le desabroché la camisa con dedos temblorosos y le besé el cuello y el torso. Descubrí las marcas del guerrero bajo mis manos mientras él acariciaba mi ropa interior y con el balanceo de las caderas yo le pedía más.

Cuando sentí un pellizco entre las piernas, me tensé y me encontré con su mirada, nublada por las emociones.

—¿Estás bien? ¿Quieres parar?

Suspiré agitadamente contra su mejilla y percibí que ralentizaba las caricias.

Cogí su mano y la coloqué de nuevo en el punto exacto en el que me había hecho estremecer. Sus ojos brillaron. Me mordí el labio cuando presionó el pulgar en un lugar que parecía conocer bien y mecí las caderas. Su sonrisa fue más canalla que ninguna. La mía, arrebolada y anhelante, pero también cómplice.

—Entiendo que eso es un no —me dijo con arrogancia.

Me reí y lo besé con todo el deseo del mundo condensado en la unión de nuestras bocas.

Todo desapareció.

El futuro de Cathalian podía esperar.

XXXVI

Después de besarnos durante una pequeña eternidad, un ruido entre matorrales nos hizo tomar conciencia de que seguíamos en el bosque y de que, pese a que se trataba de un animal, a muy poca distancia había personas que nos habían cedido un pequeño refugio.

Nos separamos con las respiraciones entrecortadas y una sonrisa en los labios. Me senté sobre la tierra y Redka, ya de pie, me ofreció su mano para levantarme. La luna brillaba, aunque estuviera decreciendo en su ciclo constante, y las estrellas centelleaban sobre nosotros. Quizá fuera yo, que, embriagada por las emociones, lo veía todo con un fulgor nuevo.

Caminamos en silencio hacia la cabaña y cerramos la puerta. Nuestro aspecto no era muy alentador tras la pelea y la intimidad compartida, pero, al mirar a Redka y notar un cosquilleo imparable en la base de mi estómago, pensé que nunca me había parecido más atractivo. Con el pelo revuelto y los brazos sucios de tierra bajo la camisa desabrochada. Él también me observaba comedido, aunque su anhelo era tan obvio que me cortaba la respiración.

Me dirigí a la alcoba andando de espaldas y sin dejar de mirarlo. Una invitación que él aceptó siguiéndome y encontrándose conmigo a los pies del lecho. Levantó la mano y la posó en mi mejilla con delicadeza. Cerré los ojos y mis dedos se perdieron bajo su camisa. Tenía la piel caliente. Ladeé el rostro cuando sentí su boca en el cuello. Redka me besó una y otra vez, con pequeños roces que provocaron que, si aún quedaba algo de la decencia de las Novias en mí, esta se convirtiera en polvo.

Nos sentamos en la cama y mi inquietud creció. La habíamos compartido muchas veces, pero aquello era muy diferente. Abrí los ojos y me encontré con sus labios. Dulces. Apremiantes. Suaves. Lo besé con fervor y él me correspondió con tal avidez que temblé entre sus brazos.

—Ziara, ¿estás segura de esto?

Suspiré y sonreí. Le acaricié el rostro con ternura y aprecié todo lo que aquel hombre era. Todo lo que muchos desconocían y que intuía que solo había compartido conmigo. Aquello me honraba. Aquello lo hacía merecedor de cada latido que mi corazón daba en su nombre.

Recordé las enseñanzas sobre la intimidad que había recibido. Las advertencias de Hermine sobre siempre dejar al hombre tomar la iniciativa; responder a sus deseos; no mostrarnos decididas ni anhelantes; no olvidarnos del decoro que caracterizaba a las hijas de la Casa Verde.

Mentiras. Obstáculos para sentir. Otro modo de prohibirnos experimentar con libertad el mayor sentimiento que yo había conocido. La magia había castigado a los hombres con las uniones destinadas, pero los humanos también contábamos con cadenas propias con las que nos apresábamos.

Cerré los ojos y me prometí que jamás permitiría de nuevo que me culpabilizaran por aquello que me hacía sentir tan viva como en aquel momento.

Asentí a un Redka embelesado y lo empujé con suavidad hasta que cayó sobre las sábanas. Arrodillada frente a él, contuve la respiración y me retiré la ropa lentamente. Nunca me había mostrado de ese modo a nadie, pero con Redka hacía mucho que no había espacio para dudas.

Según mi piel quedaba expuesta y él la acariciaba sin tocarla, se me erizaba y el calor se intensificaba. Su propio deseo crecía ante mis ojos, su aliento acelerado, su mirada oscurecida, su dureza bajo los pantalones.

Ya desnuda, tragué saliva y me acerqué a su cuerpo hasta tumbarme sobre él. Redka gimió cuando abrazó mi desnudez y me besó con una suavidad que contrastaba con la pasión del momento.

—¿Esto es real? ¿Acaso lo eres tú, Ziara? —murmuró entre caricias y jadeos.

Sin poder evitarlo, me reí y atrapó mi risa con los dientes.

—Si fuera un sueño, me quedaría gustosa a vivir en él.

Su beso fue urgente. Sus labios chocaron con los míos y las manos volaron sobre la piel del otro. Redka me tumbó sobre el colchón y se desprendió de sus ropajes.

Cuando lo vi desnudo, contuve el aliento. Su presencia era imponente. Su cuerpo de soldado y el deseo del hombre que despertaba ante el mío. Sus músculos forjados por la guerra, sus cicatrices, la suavidad escondida en algunos rincones que descubría ante mí.

Me sujetó por los muslos y los abrió. Se deslizó por la cama y me miró con reverencia antes de posar los labios entre mis piernas. Cuando sentí su lengua, me arqueé y lancé un quejido hondo. Agarré la manta entre los puños y cerré los ojos. El placer me invadió y pensé que me desharía sobre el colchón como un caramelo al sol, pero Redka parecía dispuesto a demostrarme que eso solo era el principio. Recorrió mi cuerpo dejando un rastro de saliva y besos. Rodeó mi ombligo, la pálida piel de mis costillas, mis pechos. Los lamió tan despacio que tuve que morderme los labios para no suplicarle más.

Cuando pensé que estallaría en mil bolas de fuego y luz, lo agarré del pelo y lo acerqué a mi boca. Lo besé con furia, con hambre, con una intensidad que jamás había sentido por nada ni nadie. Él respondió con anhelo y se colocó entre mis piernas. Tanteó el centro con su miembro y entonces entró en mí muy despacio, sujetándome el rostro con las manos y dejando suaves murmullos que se mezclaban con mi aliento acelerado.

Sentí un latigazo y cerré los ojos. Redka se quedó muy quieto y me besó los párpados. Cuando reparó en que yo me relajaba, comenzó a moverse dentro de mí. Primero con suavidad, con una lentitud que provocó que todas las sensaciones volvieran a nublarme, incluido ese dolor que empezaba a convertirse en líquido caliente entre mis piernas.

Lo empujé con los pies para que acelerase el ritmo y me sonrió con picardía antes de mover las caderas más rápido. Un baile enloquecedor en el que nos mecimos, una danza natural y primitiva de besos, mordiscos, gemidos y caricias que culminó cuando sentí que estallábamos en mil pedazos y solo quedamos él y yo perdidos en un abrazo.

Abrí los ojos cuando el amanecer comenzaba a teñir el interior de la cabaña con la luz que se colaba por las ventanas. Redka dormía a mi lado. Apenas le cubría el cuerpo una vieja manta que se enredaba a su vez en el mío. Me mordí el labio, impresionada por lo que habíamos vivido en la madrugada y me sonrojé. El calor despertaba en mi interior solo con el recuerdo de las sensaciones, pequeñas chispas que prendían el deseo al instante.

Lo observé obnubilada. Tan tranquilo en su sueño. Tan imponente en su desnudez. Tan cautivador para mí.

Le rocé el mentón con dos dedos y suspiró hondamente. Al hacerlo, vi que el anillo que nos había unido brillaba con más intensidad que nunca. Sin pretenderlo, habíamos aportado lo que se nos había ordenado a la esperanza de los últimos hombres. Entonces rememoré las enseñanzas de Hermine y la preparación para mis nupcias, y me di cuenta de que lo que imaginaba no se parecía ni un ápice a lo que había experimentado con él. Entre nosotros había habido mucho más que una cuestión puramente instintiva. Cuando Redka me tocaba, yo no solo notaba calor, sino también que algo en mi interior se expandía y lo llenaba todo. Cuando me besaba, la dulzura predominaba sobre la pasión. Cuando me abrazaba, le daba un sentido nuevo a todo lo que conocía.

Pasé la mano por su cuello y acabé posándola en su pecho. Los latidos de su corazón me recordaron cuando lo creí muerto y me embargó un dolor tan repentino como fugaz al sentir de pronto sus dedos apresando los míos.

Me encontré con su mirada somnolienta y sonreí con lágrimas empañando la mía.

—Estoy aquí, Ziara. Estamos bien.

Asentí, me atrajo hacia él y me cobijé en su cuerpo. Aquello era lo único que importaba, aunque ninguno era capaz de dejar de lado los motivos de que estuviéramos allí y el hecho de que tendríamos que continuar por caminos distintos.

—¿Por cuánto tiempo?

—Lo desconozco. Pero podemos disfrutar del que los dioses nos concedan.

Alcé la vista y me perdí en su rostro.

—Me encantaría.

El beso prendió de nuevo el fuego y no lo apagamos hasta que las tripas nos recordaron que alimentarnos era necesario para seguir vivos.

Aquellos días en la cabaña con Redka aprendí que el ejercicio de la pasión era tan natural como comer o dormir. Yo era una inexperta, pero, con él bajo mi cuerpo mientras me movía con deliberada lentitud, parecía la más diestra de las mujeres. Sin dudas. Sin miedos. Sin vergüenza. La sangre de las Hijas de Thara tiraba de mí cuando cualquiera de esas tres cosas me sorprendía vacilando sobre si aquello sería suficiente para él, si habría otras esperando hacerlo en algún lugar o si para Redka lo que compartíamos no era más que vicio carnal y no había espacio para el amor en nuestro lecho.

Porque lo había. Cada vez estaba más segura. Sobre todo, cuando lo sorprendía mirándome con adoración mientras yo cocinaba descalza; cuando entrenábamos, usaba la magia y él ya no escondía que lo que era capaz de hacer le fascinaba; cuando me besaba antes de dormir y me abrazaba con una dulzura que me hacía sentir más protegida que con mil ejércitos.

—¿Me has hechizado? —me preguntó una noche entre sábanas. Yo estallé en carcajadas que aplacó con un beso.

—¿Por qué dices eso?

Se encogió de hombros con indiferencia, pero su expresión era una tan cargada de emociones que me estremecí.

—No lo sé. Jamás había sentido nada parecido. Y eres poderosa. ¿No es acaso posible?

Mi burla desapareció y lo miré con seriedad, porque, entre mis siguientes palabras, dejaba mi corazón totalmente expuesto y a su alcance por si ansiaba quedárselo para él.

—Aunque pudiera, jamás querría que esto fuera fingido, Redka.

—Yo tampoco.

Nos besamos y después compartí con él otro de esos detalles que había cobrado sentido con el paso de los días.

—Lo que hemos hecho antes...

—¿Sí? —preguntó con una sonrisa pícara.

Escondí mi arrobo en su cuello y él se rio. Pese a que me había olvidado del pudor cuando estaba a su lado, poner palabras a lo que hacíamos sí que suponía atravesar otras barreras que me avergonzaban.

—Yo ya lo había visto.

—Explícate.

Me recreé en su mirada anhelante antes de confiarle lo que la magia de las brujas me había regalado durante toda mi vida sin yo saberlo.

—En el pasado, en ocasiones, te veía en sueños. Ahora sé que se trataba de premoniciones. De cosas que aún no habían sucedido, pero que algún día llegarían.

Recordé cada una de esas ensoñaciones, la imagen de un Redka desabrochándome un vestido blanco como el que ahora yacía sobre el suelo, nuestros cuerpos en la misma cama reclamándose sin descanso.

Me retiró el cabello de la cara y sentí su deseo despertando bajo la sábana.

—Así que tenías fantasías con el comandante de Ziatak... —Lo pellizqué en el costado y sonrió con burla—. ¿Qué clase de sueños podía tener una ingenua e inexperta Novia como tú?

Me mordí el labio antes de acercarme y susurrarle unas palabras que lograron encender el fuego entre nosotros y que las llamas de la chimenea centellearan.

—De los que podrían hacer enloquecer al soldado más estoico.

Redka gruñó y atrapé su oreja entre los dientes.

—Llegas tarde. Hace ya tiempo que perdí el juicio por ti, Ziara.

Sonreí y enredé mis piernas con las suyas. Después nos besamos como dos amantes que han perdido la cordura.

Dejamos los entrenamientos para las mañanas y el resto del tiempo lo empleábamos en dar rienda suelta a los sentimientos que habíamos liberado. Paseábamos, charlábamos, nos bañábamos desnudos en el río y nos besábamos hasta que todo dejaba de existir menos nuestros labios. También recordábamos y nos abríamos al otro cada día un poquito más. Sobre todo Redka, que parecía haberme perdonado, si bien aún percibía en él cierta oscuridad que me decía que nunca lo haría por completo. Ya me lo había dicho con una crudeza que me había dolido en lo más hondo.

—*Vivo enfadado, Ziara. Lo siento cuando abro los ojos cada mañana y al cerrarlos antes del sueño. Lo siento cuando respiro, cuando camino, cuando como. No puedo pensar en otra cosa y solo me olvido un poco cuando peleo. Estoy tan enfadado que creo que es imposible que algún día deje de estarlo.*

Pese a ello, lo que me daba me valía, porque era puro, y sincero, y más bonito que nada de lo que ya hubiera vivido. Si duraba poco, lo disfrutaría y, luego, lo guardaría con mis más preciados recuerdos.

Por las noches, después de cenar entre conversaciones profundas y algunas más triviales, hacíamos el amor sobre un lecho que sentía que ya nunca podría pertenecer a otras personas. Nos desnudábamos y nos aprendíamos de memoria el cuerpo del otro. Nos acariciábamos no solo la piel suave y sana, sino también las cicatrices. Los dos teníamos y esas marcas contaban historias que, en ocasiones, él compartía conmigo y me angustiaba por todo el dolor que había tenido que soportar.

—De esta nunca me hablas —le dije rozando la línea blanca que le nacía en la espalda, surcaba su torso y acababa en el cuello.

Se apoyó sobre el codo y me retiró el pelo de la cara con delicadeza. Supe antes de que hablara que la respuesta no iba a gustarme.

—Me la hizo uno de los tuyos.

Tragué saliva y me aparté de forma instintiva. Sabía que había matado Hijos de la Luna igual que Arien había acabado con la vida de algunos soldados. Sin embargo, había algo innato en mí que se tensaba solo al pensar en ello. No era lógico, menos aún, teniendo en cuenta que yo había asesinado a Deril y que era la primera cuyas manos estaban cubiertas de sangre. Aunque no podía evitarlo. Noté el hilo de mi hermano tirando de mí con fuerza y la presencia de Essandora calmándome, como un bálsamo sobre una herida.

—¿Lo mataste?

Redka asintió y suspiré profundamente. Su mano cayó inerte al lado de la mía, pero sin tocarla. En momentos como ese, en el que exponíamos nuestros errores y diferencias, nos alejábamos sin necesidad de movernos.

Colocó las manos bajo la nuca y se tumbó. A pesar de lo que estaba a punto de confiarme, en ese instante parecía un chico despreocupado y no un soldado con un pasado cuestionable.

—Tuve que superar un entrenamiento muy duro para conseguir mi ejército. Durante cuatro años me formó Roix, el mejor maestro de armas de Cathalian por orden de Dowen. Me hacía dormir en un establo y comer del suelo.

—¿Así cuida el soberano a sus hombres? —pregunté con ironía. Cada vez que nombraba al rey mis nervios se crispaban y mi tensión salía a relucir del modo que fuese.

Para mi sorpresa, Redka sonrió.

—En realidad, lo estaba haciendo, Ziara. —Fruncí el ceño y su expresión risueña se endureció—. Tenía dieciséis años cuando llegué a palacio, y lo hice muy enfadado. Solo quería venganza. Durante esos cuatros años Dowen me mantuvo protegido en sus dominios. Se lo había prometido a mi padre y cumplió su palabra. Sufrí mucho, pero aprendí más, y me regaló todo lo que sé.

Lo observé asombrada por esa nueva versión del monarca que había ensombrecido Cathalian. Un hombre que, aunque fuera despiadado, quizá también era capaz de cumplir promesas y hacer sacrificios por los que apreciaba.

—¿Y por qué lo hizo? Entiende que no le tenga por un hombre bueno ni justo.

Redka coló una de las manos bajo la sábana y rozó mi cicatriz del muslo. Pese a la tristeza y la rabia que sentía cada vez que recordaba lo que Dowen me había hecho, su mirada se dulcificó.

—Mi padre y él eran amigos. Valem de Asum fue su mano derecha durante muchos años y su persona de mayor confianza.

«Valem de Asum».

Aunque me habían hablado de él, nunca había conocido su nombre. Entonces, una imagen apareció en mi mente. Un recuerdo que yo no había buscado y que alguien había llevado hasta aquel momento a través de mi magia para descubrirme otra desoladora verdad. La imagen de un hombre de pelo claro y mirada adusta acercándose a Essandora y preguntándole por el bebé que portaba en su vientre antes de decapitarla y quemarla delante de todo su pueblo. Un hombre vestido de soldado y que respondía a las órdenes de un rey. Y lo supe. Lo supe con una certeza que abrió un agujero en mi pecho y que lo hizo sangrar con violencia. Supe que el padre de Redka había matado a mi madre.

Tragué saliva y aparté la mirada. Él seguía con la suya clavada en las vigas de madera, perdido en esos recuerdos que le había hecho compartir conmigo y que me habían mostrado otro nudo más que nos unía.

¿De cuántas formas el destino habría querido que Redka y yo nos cruzáramos?

—Pero, al final, rompió su promesa —susurré, dejando mis sentimientos a un lado.

Él se rio en voz baja y agarró mi muslo con más firmeza.

—Bueno, no eres la única que piensa que soy testarudo…

Le sonreí con complicidad y, pese a la congoja inesperada que había sentido al descubrir algo nuevo sobre la muerte de Essandora, volví a notarlo cercano. Busqué su mano bajo la sábana y la entrelacé con la mía.

—Dowen me puso una prueba que nadie había logrado jamás sin morir. Me dijo que, si le entregaba la cabeza de un Hijo Prohibido cazado sin ayuda, me daría todo lo que deseara.

Asentí y apreté mis dedos. Aunque aquello había sido algo habitual en su vida, a Redka esas pérdidas también le dolían.

—¿Sabes quién era?

—No. Era un varón.

Pensé en mis hermanos. Aquellos dos hijos de Essandora que habían muerto en la guerra y por los que Arien rezaba a menudo. Mi corazón se aceleró y la pregunta se me escapó sin poder contenerme.

—¿El collar era…?

—No.

Su determinación me alivió, aunque noté que su agarre menguaba hasta soltarme la mano. Se la pasó por el rostro en un gesto de tal inquietud que me atravesó un escalofrío y me tapé hasta el cuello.

—Ese collar respondía a otra promesa. Ziara, yo…

Tragué con fuerza y negué con efusividad. De repente, no quería saberlo. Llevaba ansiando respuestas desde el día que encontré en su morral el collar igual al que Hermine me había regalado; sin embargo, en ese instante, temía que estas nos rompieran.

—No tienes por qué contármelo. No te lo estoy preguntando. Comprendo que tu pasado y el mío convergen en un punto en el que chocan. No somos enemigos, Redka, aunque tenemos objetivos distintos.

—No lo entiendes —murmuró con la voz tomada por una emoción desconocida.

—No, pero no me importa.

—Pero a mí sí.

Nos miramos y nuestros rostros se unieron como si estuvieran imantados. Rozó su nariz con la mía y suspiré contra su boca. Me dejó un beso dulce antes de susurrar contra mis labios otra verdad que oscurecía aún más mi pasado.

—Me lo dio Dowen.

Me aparté para verlo mejor y lo miré aturdida.

—¿Por qué?

—Una orden confidencial. Me dijo que matase a cualquiera que portara uno exactamente igual.

Contuve un jadeo y lo entendí. Comprendí, con sus ojos brillando por las emociones contradictorias que todo aquello aún le provocaba, que el collar que siempre había acompañado a Redka pertenecía a mi madre.

—Era de ella. De Essandora.

Él asintió y rodeó mi cintura con firmeza en un abrazo no pedido que me conmovió. Sobre todo, porque a Redka seguía sin resultarle fácil convivir con mis raíces.

—Con el tiempo, descubrí que mi padre lo recuperó de sus restos entre las cenizas. Dowen le encargó ese cometido a él y durante la guerra el rey consiguió dos de ellos.

—Mis hermanos.

—Sí.

Suspiré y me cobijé en su cuello. Su calor me calmaba. Su olor. Los latidos que retumbaban en su piel. Allí dentro, el dolor pesaba menos.

—Pero buscaba más.

—Desconozco los motivos —continuó pensativo—. Dowen sabía que Essandora era la única que regalaba collares a sus hijos; también, que había gestado muchos menos que sus hermanas. No sé si deseaba especialmente la muerte de Arien o si sospechaba que el bebé que acababa de parir seguía vivo. Dowen es orgulloso y calculador, no siempre es sencillo leer sus intenciones.

Entonces reparé en algo y lo compartí con él.

—Nos tuvo a ambos en el castillo. A Arien en una celda y a mí en sus pasillos. Y no lo supo. Nos tuvo a su alcance y logramos escapar de su poder.

—Tú lo hiciste en dos ocasiones.

Sonreí y Redka me abrazó.

—Su comandante lo traicionó, sus dos linajes enemigos demostraron que podían escapar de su torre de *honor* y una Novia lo engañó. Si quedaba algo de humanidad en él, no creo que haya sobrevivido a esto —murmuró con gesto serio.

—No soy una Novia —le respondí con desdén.

—Lo sé.

—¿Estás seguro?

Nos enredamos en una mirada que decía demasiado y que Redka rompió al levantarse para recuperar ese collar que aún guardaba entre sus pertenencias. Se tumbó a mi lado y me lo ató alrededor del cuello. Me apartó el pelo y lo observamos brillar e imantarse al mío, como si se reconocieran. Se me llenaron los ojos de lágrimas y lo abracé con fuerza. Jamás me habían hecho un regalo tan preciado y necesitaba que supiera lo agradecida que estaba, no solo por ese detalle, sino por todo lo que implicaba. Redka acercó su boca a la mía y me susurró unas palabras que importaban más que cualquier otra confesión.

—Creo que, en el fondo, nunca me ha importado quién eras. Novia, Hija de la Luna o bruja. Yo solo veo lo que siento cuando estás cerca. Lo que provocas aquí. —Me colocó la mano sobre su corazón y me estremecí—. Haces que un hombre que lo ha perdido todo sienta que no necesita nada más que esto.

Apresó mi labio entre sus dientes y gemí. Le respondí con un beso profundo hasta que solo fuimos piel y roces, y amor encerrado en una cabaña.

Cada día, cada tarde, cada noche, nuestra unión era más fuerte. Tal vez por eso me preguntaba a menudo qué sería de nosotros cuando tuviéramos que viajar y, después, separar nuestros caminos. No lo comentábamos, pero las dudas flotaban en el aire, cuando nos quedábamos callados o manteníamos una de esas conversaciones en las que salía a relucir la situación del reino y nuestro papel en él.

Vivíamos en una burbuja que un día explotaría y de la que intuía que no quedaría más que su recuerdo.

Y, cuando el sueño nos encontraba, la veía a ella. Su pelo alborotado al viento, su vestido azul, su pequeño cuerpo atravesando un campo de trigo y llegando a un acantilado que se volvía negro. Si hasta el momento se me aparecía de vez en cuando, desde mi acercamiento con Redka su ensoñación se había convertido en una rutina.

Quizá porque, hasta entonces, había obviado una pregunta que, de repente, oía una y otra vez en mi cabeza como un mantra que nunca cesaba.

Si ella era mi hija y yo su madre, ¿quién sería su padre? ¿Habría alguna posibilidad de que fuera Redka? ¿Su semilla ya estaría creciendo en mí y algún día mi sueño sería una realidad? ¿O, tal vez, el destino tendría otros planes para nosotros?

Fuera lo que fuese, su posible existencia era algo que guardaba para mí. Protegida en mi secreto como por el más valioso de los amuletos.

XXXVII
Redka

El último día que pasamos en el ducado de Rankok fue el más especial. Aunque, siendo honesto, no era muy distinto a los demás. Por la mañana, después de que yo revisara el terreno y recabara información de los lugareños, entrenamos hasta que Ziara consiguió que escupiera tierra. Había encontrado un gran placer en vencerme, y yo, un soldado poco acostumbrado a perder, sentía sin embargo algo de lo más reconfortante en hacerlo si se trataba de ella.

Comimos, descansamos y paseamos por el bosque.

Nos sentamos a la orilla del río y le dije lo que ninguno de los dos ansiaba escuchar.

—Los soldados se han ido. —Ziara alzó las cejas sin ocultar su desazón—. La salida norte está limpia. Nos vamos mañana.

Asintió y su mirada se perdió en las aguas verdosas. Desconocía sus pensamientos, pero, si se asemejaban un poco a los míos, debía sentir dagas afiladas cortándola por dentro. No quería irme. No quería separarme de ella. Y, lo que era más sorprendente, por primera vez en mi vida no quería luchar, ni que la situación en Cathalian mejorase, ni que la paz llegara y todo lo malo que nos rodeaba se convirtiese en cenizas. Solo ansiaba estar con ella. Besarla. Oírla reír. Perderme en su cuerpo. Compartir momentos que cobraban importancia solo por hacerlo juntos. Amarla.

Nos quedamos allí lo que restaba de tarde, callados, hasta el anochecer. Entonces, Ziara se levantó en completo silencio y se desnudó. Cuando la totalidad de su piel ya resplandecía bajo la luz de la luna, caminó hacia el agua y esta la cubrió lentamente. Su cuerpo estaba envuelto de pequeñas bolas de luz, blancas y plateadas, que centelleaban según se movía. Su cabello rojizo parecía más intenso y recordaba a las llamas que ocultaba en su interior. Ella entera brillaba, igual que un tesoro escondido en las profundidades y por fin expuesto al sol.

La imagen era dolorosamente hermosa.

Se volvió y su sonrisa provocó que el dolor se convirtiera en paz, en calma, en el calor del hogar, en un sentimiento que solo había experimentado con ella.

—¿Voy a tener que pedírtelo, comandante? —dijo con un mohín.

Me reí y me levanté. Me desprendí de la ropa y la seguí. Lo habría hecho entre arenas movedizas si me lo hubiera pedido.

Ya en el agua, Ziara me rodeó la cintura con las piernas y me abrazó. Enterré el rostro en su cuello y aspiré su olor. Dulce. Intenso. Salvaje. Noté mi deseo crecer entre sus piernas y su balanceo nos unió como tantas veces antes.

Aunque aquello era distinto.

Alcé la vista y me encontré con sus ojos. Sus labios rozaron los míos suavemente. La apreté contra mí y jadeamos sin dejar de mirarnos. A su espalda, la luna nos iluminaba y la envolvía con una luz que cada vez era más viva.

Ziara me rodeó el cuello con las dos manos y entonces lo sentí. Una calidez única que salió de sus dedos y se pegó a mi piel. Un cosquilleo que crecía imparable, al mismo tiempo que nuestros cuerpos se movían a la par y nuestros jadeos se convertían en un silbido constante.

Me miré los brazos, el torso, las piernas que refulgían con firmeza bajo el agua. Levanté el rostro, conmocionado, y me encontré con la expresión más fascinante que había visto jamás. Ziara sonreía, con los labios entreabiertos y espirales de plata y fuego en sus ojos. Sus movimientos sensuales parecían de otro mundo. Su cabello se disparaba en todas las direcciones, cubriendo nuestros cuerpos plateados como un manto llameante.

Nunca había visto nada igual.

Nunca volvería a sentir nada semejante.

Y, cuando Ziara me besó con violencia y nos fundimos en uno, el agua, y el cielo, y la noche se convirtieron en un torrente plateado durante unos segundos antes de apagarse con el susurro ronco que dibujé en sus labios.

—Te amo.

XXXVIII
Ziara

Ya había amanecido cuando preparamos a Thyanne y dejamos atrás la cabaña.

Lo hicimos en silencio, lanzándonos miradas que decían más que las palabras no pronunciadas, y con la expresión de quien no desea marcharse.

La noche anterior había sido la mejor de mi vida. No sabía qué había ocurrido ni si aquello era normal en los seres que portaban magia, pero habíamos compartido un momento de una intensidad sin igual que incluso había rociado a Redka de esa magia contra la que él tanto había luchado. El recuerdo de nuestros cuerpos cubiertos de luz y bolas de plata me estremecía sin remedio. La sensación de algo parecido al fuego envolviéndonos, incluso estando dentro del agua. El deseo brutal y desmedido estallando y envolviendo el bosque de haces blancos y plateados.

Si para mí había sido una experiencia trascendente, no podía imaginarme lo que habría supuesto para él, que jamás había sentido antes la magia en su piel.

Suspiré y me encontré con sus ojos antes de apartar la vista a mis botas.

—¿Estás bien?

Asentí y me sonrojé. Redka se rio entre dientes y me agarró por la cintura para atraerme hacia su pecho y dejarme un beso en el pelo. Con la máscara puesta, se le veía distinto, aunque igual de embriagador. El calor se propagó por cada rincón de mi cuerpo y recordé esas palabras que no sabía si habían sido reales o solo un efecto más de ese instante mágico.

—*Te amo.*

¿Las había acaso imaginado? ¿Las habría oído a un volumen tan bajo como para dudar de su existencia? ¿Me las habría traído el viento desde algún otro lugar?

Noté la mirada de Thyanne sobre mí y le acaricié el hocico según caminábamos. Me guiñó un ojo y volteé los míos; sentí que con ello me daba la respuesta que deseaba escuchar, pero no estaba segura de que hubiera espacio en mi relación con Redka para la esperanza. Era el momento de centrarnos de nuevo en lo que nos había llevado hasta allí y olvidarnos de los sentimientos.

Tuve que dejar de lado mis cavilaciones cuando llegamos al límite norte del ducado y nos encontramos con algo inesperado. Bloqueando el portón, nos aguardaban en silencio decenas de aldeanos. No sabía qué número alcanzaban, pero intuía que, si no estaba allí el poblado entero, poco faltaba. Redka me advirtió cautela con una mirada y dio un paso hacia delante fingiendo tranquilidad, aunque yo sabía que estaba alerta y preparado para lo que fuera necesario.

—Nos marchamos —anunció con determinación.

Los lugareños levantaron las armas hacia nosotros en señal de negativa. Nos tensamos y me pregunté qué pasaría si nos viéramos obligados a defendernos. Yo no me había relacionado con ellos, pero por lo que Redka me había contado eran buenas personas, hombres y mujeres trabajadores del campo, niños más delgados de lo debido, ancianos demacrados por las condiciones adversas, familias humildes que solo pedían justicia y un hogar digno en el que vivir y que hacía mucho que, entre diezmos y otras imposiciones de su duque, les habían arrebatado. No eran soldados. Y no importaba el número, sabía que, si tenían intenciones de luchar, Redka y yo saldríamos vencedores.

Me di cuenta una vez más de lo injusta que era la guerra, obligándote en ocasiones a clavar una daga en propia defensa a aquellos a los que tu instinto solo desea proteger.

Sin embargo, la situación dio un giro inesperado cuando uno de ellos se plantó frente a Redka y me miró de reojo antes de hablar sin ocultar la agitación que aquella revelación le provocaba.

—Sabemos que ella es la bruja.

El silencio entonces fue denso e insoportable. Contuve la respiración y percibí la inquietud del pueblo. Las miradas disimuladas a mi pelo, ya sin el disfraz de Matila e imposible de ocultar bajo la capucha. Los temblores de manos frente a esa información. Las dudas sobre cómo podría yo responder ante su afirmación.

Redka, en cambio, soltó una risa burlona.

—Solo es mi mujer. Enséñales el anillo.

Lo obedecí y la tinta negra de mi dedo brilló bajo el sol. Una Novia. Solo eso.

—No me importa su anillo. El niño la vio crear fuego contra los árboles. —El hombre señaló a un crío que se escondía entre las faldas de su madre y me di cuenta de que habíamos sido unos imprudentes—. Y ayer…, ¿qué diablos sucedió ayer en el bosque?

El hombre sacudió la cabeza con incredulidad y oí los susurros del gentío.

—Fue magia negra.

—Todo se volvió plata.

—La luna bajó del cielo.

Sentí tal vergüenza que oculté el rostro bajo la capucha azulada.

Pero Redka era mucho menos transparente que yo y ni se inmutó ante las acusaciones.

—No os hemos dado problemas. Hicimos un trato. Solo queremos llegar a Lithae. ¡Los Antiguos Hechiceros la han reclamado!

Me señaló y todos me miraron. Para mi sorpresa, no vi rechazo en sus expresiones, sino cierta admiración. Al fin y al cabo, Redka no había desmentido que yo portaba magia y que los Hechiceros me estuvieran esperando también suponía un hecho poco habitual. No eran muchos los que atravesaban Muralla de Huesos.

Finalmente, fue una mujer la que tomó el relevo. Se sacudió las faldas y dio un paso hasta situarse junto al hombre. Llevaba un vestido tan desgastado que parecía gris, pero aún podía intuirse el encaje y su blanco de origen. Contuve el aliento al compartir con ella una mirada de reconocimiento.

—Solo necesitamos respuestas —dijo la Novia sin apartar los ojos de los míos.

—¿Qué deseáis saber? —preguntó Redka fingiendo hastío.

Ella negó con la cabeza.

—Respuestas suyas.

Tragué saliva y él apretó los dientes. Aquello no le gustaba y no confiaba en que saliera bien, pero estábamos en un callejón sin salida. Nos habían descubierto y, si no estábamos dispuestos a hacer daño a esa gente, no teníamos más opciones que aceptar lo que quisieran pedir antes de marcharnos. Tal vez, dejarles sentir que tenían el poder de su hogar después de tantos años de sufrimiento bajo el yugo de Deril sería suficiente.

Asentí y la Novia se acercó a mí. Tenía la tez oscurecida por el trabajo en el campo bajo el sol y el pelo recogido en un moño sobrio. Parecía triste, aunque también enfadada. Me observó con cautela y suspiró antes de lanzar una pregunta tan directa como peligrosa.

—¿Es cierto que mataste a Deril Barnon, duque de Rankok?

Redka abrió la boca con rapidez para acallarme, pero no tenía sentido seguir mintiéndoles, por lo que me adelanté, alcé el mentón y acepté mis pecados también frente a aquel pueblo tan furioso como desolado.

—Así es.

Todos abrieron la boca conmocionados y los murmullos comenzaron a convertirse en un alboroto que nos rodeó con avidez. Algunos movían sus armas al aire y otros me miraban con un recelo evidente. La emoción descontrolada puso nervioso a Redka, que desenvainó su espada y marcó con ella la distancia entre los campesinos y nosotros.

—¡Apartaos! Nos ampara la ley de los…

—Loux, para.

Posé la mano en su brazo y me miró confuso. A nuestro alrededor el caos reinaba y ellos cada vez se acercaban más, era cierto, pero estábamos equivocados.

—Te dije que me dejaras hablar a mí —me reprendió.

Pese a ello, negué con la cabeza y mis labios dibujaron una sonrisa tenue. Aquellas personas no habían ido a nuestro encuentro para apresarnos, sino para algo muy distinto que cambiaba radicalmente las cosas.

Bajé la espada de Redka con un tirón brusco y él me observó como si hubiera enloquecido.

—¡Confía en mí! No van a atacarnos. Se...

Reparé en que estaban tan cerca que apenas había espacio para no tocarse entre ellos. Habían formado un semicírculo en el que yo era el eje central. Redka maldijo entre dientes al comprender, por fin, lo que estaba sucediendo y dio un paso hacia atrás.

—Se están arrodillando... —susurré mientras observaba a la aldea de Rankok alrededor de mis pies. Solté una risa nerviosa.

—¿Qué estáis haciendo? ¡Esto no es necesario!

—El pueblo de Rankok le está muy agradecido. Si algún día necesita algo, lo que sea, os ofrecemos nuestras manos.

—¡Declaramos nuestra lealtad a la Novia Roja, Hija de Thara y de la Luna! —exclamó una mujer con los ojos húmedos por la emoción.

Sin poder evitarlo, busqué a la Novia con la mirada y me encontré con su sonrisa esperanzada. «Novia Roja». Nadie jamás me había llamado así, pero aquello..., aquello me gustaba. Por primera vez, sentí que esa forma de dirigirse a mí sí encajaba. Y yo nunca había sido una Novia, me había esforzado por defenderlo, aunque, en el fondo, no era verdad. Yo había sido tan hija de Hermine, una cría olvidada en una casa esperando a que la emparejaran, como Hija de la Luna y también de Thara, la primera de todas las brujas.

—Esto es alta traición —dijo Redka en un torpe intento para que la situación terminara, o quizá porque, lo quisiera o no, el espíritu del soldado aún vivía en él.

—Lo sabemos —añadió uno de los más jóvenes—. Pero jamás volveremos a arrodillarnos ante un rey que nos deja en manos de un monstruo como Deril de Rankok, pero sí ante quien nos libere de él. ¡Llevamos toda una vida temiendo a la magia cuando las únicas manos que nos han hecho daño son humanas!

El grupo entero aplaudió sus palabras. Contemplé aquella muestra desmedida de agradecimiento y decidí aceptarla, aunque solo lo suficiente para que no sintieran que les faltaba al respeto. Los miré uno a uno mientras asentía con gratitud, y luego alcé las manos y me comporté como esperaban de mí.

—¡Levantaos!

Me obedecieron y me sentí distinta. Me di cuenta de que el poder no solo lo daba la magia, sino lo que hicieras con el que te otorgaban. Supe más que nunca que debía llegar pronto a Lithae. Supe, además, que aquella gente necesitaba algo en lo que creer más allá de un rey déspota que abandonaba a los suyos cuando no le aportaban nada.

Un anciano se acercó y me cogió la mano con afecto.

—Debió decírnoslo antes, os hubiéramos ofrecido algo mejor que la vieja cabaña de un muerto.

Me reí y todos sonrieron. La tensión se convirtió en una algarabía alegre. Redka se mantenía en un segundo plano, como si también aceptara que mi presencia allí significaba mucho más y que el Cazador para ellos no era nadie.

Nos acompañaron al portón y entonces sí nos despedimos.

—Gracias por su hospitalidad. Ahora debemos marchar. Pero me guardo sus palabras.

Subimos a Thyanne y partimos rumbo a la tierra de los Hechiceros. Lo hicimos en un silencio cómodo. En mi caso, además, con la satisfacción implícita de haber ayudado a alguien, aunque fuera a costa de la vida de un hombre.

—Eso ha sido…

Miré a Redka, que chasqueó la lengua y dejó las palabras en el aire.

—¿Increíble? ¿Admirable? —respondí con sorna.

—Iba a decir peligroso.

—¿Por qué? Solo se han mostrado agradecidos.

Fruncí el ceño y no fingí que su actitud no me molestaba.

—Están desesperados y buscan una figura en la que creer, Ziara. Antes lo hacían en su duque y mira cómo ha acabado.

—Yo nunca seré Deril —repliqué con indignación. Me dolía que pudiera haber una comparación entre el duque y yo.

—La cuestión es si hay algo que puedas darles aparte de esperanza.

—¿No te parece suficiente?

Redka me traspasó con una de esas miradas que ignoraba qué escondían y se encogió de hombros. Quizá para él ya ni siquiera hubiera espacio para esa emoción en Cathalian. Tal vez, para Redka ya todo estuviera perdido.

Atravesamos el bosque sin apenas cruzar palabra, cada uno encerrado en sus pensamientos, hasta que observamos a lo lejos el comienzo de un muro inmenso que se extendía a lo largo del horizonte. Blanco, grandioso, imponente como solo lo son las cosas regadas de magia.

—Muralla de Huesos —susurré.

—Impresiona, ¿verdad?

Asentí y me di cuenta de que ya no importaba lo que dejábamos atrás. Ni los aldeanos, ni lo que habíamos descubierto de nosotros mismos en ese bosque, durante nuestra estancia en la cabaña junto al río. Lo único que importaba era el motivo por el que estábamos a punto de llegar a una zona tan respetada como temida, y a la que no tenía acceso cualquiera.

—¿Lo conoces?

—No. Solo he llegado a bordear la muralla hasta la parte de Iliza, nunca he entrado en Lithae. ¿Tienes miedo?

Suspiré y negué, aunque había comenzado a notar una inquietud que despertaba según nos acercábamos. Uno de esos presentimientos dormidos que me avisaban de que estaba a muy poco de que sucediera algo importante. No tenía miedo, era…, era algo diferente. Una congoja que me animaba a retroceder al mismo tiempo que a llegar cuanto antes.

Sentí la mano de Redka rodeando mi cintura y agradecí su abrazo rozando sus dedos. Reparó en mi desasosiego y lo calmó con su susurro, narrándome una historia que no sabíamos si sería real u otra invención más, pero que me ayudó a perderme en su voz para no prestar atención a mis sentidos alertados.

—Lithae se levantó mucho antes de que Cathalian fuera lo que conocemos. Los hombres, las brujas y otras criaturas vivían en armonía y las Sibilas aún no habían brotado de la tierra. Cuenta la leyenda que es un paraje que guarda cierta magia oscura y muy antigua. Allí, un grupo de hombres se asentó y erigió una escuela de sabios. Se trataba de eruditos con ideas revolucionarias que habían sido tomados por locos en otras zonas del reino y que por eso se habían escondido en un lugar poco habitable por su clima desértico. Todos eran hombres y llevaban una vida sencilla destinada al conocimiento. Curanderos en su mayor parte, se cerraron tanto en sí mismos que crearon una relación espiritual con el suelo que los había acogido, consiguiendo parar el tiempo. Dejaron de envejecer. Su piel se oscureció por el fuerte sol que siempre brilla en Lithae, sus rayos encontraron cobijo en sus ojos y la magia se asentó en sus corazones.

Tragué saliva y recordé las enseñanzas de Hermine. La humanidad y la magia se habían convertido en uno para esos hombres inmortales. Nadie comprendía por qué había sucedido, pero en eso consistía lo sobrenatural: rompía las reglas a su antojo cuando menos lo esperábamos, haciendo del mundo un lugar imprevisible.

—Hay algo muy bello en las leyendas.

Sentí su sonrisa sobre mi hombro. Su aliento me revolvió el pelo. Thyanne ralentizó el paso y supe que lo hacía para regalarnos otro instante únicamente nuestro antes de llegar a aquel lugar de magia antigua.

—Hay algo muy bello en el modo en el que tú ves las cosas, Ziara.

Me giré y me encontré con un beso en la punta de la nariz.

—Pues espero que lo recuerdes la próxima vez que te encuentres con tu reflejo.

Redka asintió y su expresión fue tan pura que me contuve para no abrazarlo. Él, en cambio, sí lo hizo. Se apretó contra mí y me rodeó con más fuerza. Su mejilla rozaba la mía según avanzábamos.

—Ziara, una cosa.

—¿Sí? —susurré con el corazón en la boca.

—No vuelvas a llamarme Loux. No me gusta.

Sonreí tanto que la luna dormida nos rozó con un haz de plata.

A pesar de que habíamos comenzado a ver Muralla de Huesos por la mañana, llegamos a ella cuando la noche era cerrada. Su color blanquecino destacaba sobre la oscuridad que se cernía sobre nosotros.

—¿De quiénes son los huesos? —me atreví a preguntar.

Redka suspiró y me di cuenta de que observaba la muralla con devoción, con un respeto innato.

—Dicen que de ellos mismos. Han vivido y muerto tantas veces que fueron capaces de alzar un muro con sus restos.

—Eso no es posible.

Se rio de mí con ganas. Mi ingenuidad seguía resultándole hilarante, sobre todo después de lo que ya habíamos vivido.

—Lo imposible no tiene cabida cuando se trata de magia antigua, Ziara. Mucho menos en Lithae. Aunque, que sea verdad o no, nunca lo sabremos.

El aire comenzó a traernos la arena levantada del paisaje seco de la ciudad de los Hechiceros. Me resguardé bajo la capucha de la capa para evitar que me dañara los ojos y Redka se sujetó el cabello con una de sus cintas. La máscara en aquella ocasión le servía de protección. Di gracias por que mi vestido fuera de manga larga, pese a mis quejas iniciales por el calor y por tener que fingir que era una Novia.

Recorrimos un sendero pegados al muro durante una pequeña eternidad en busca de la entrada. Durante ese tiempo observé bien la muralla. Tan alta como los árboles más crecidos de Faroa. Parecía un tupido muro de mármol, pero, si te fijabas bien, veías unas formaciones fusionadas con otras, levantando un entresijo de despojos tan robusto e impenetrable como la más grandiosa de las fortalezas.

Oí un murmullo a lo lejos, como si saliera de las profundidades del muro, un silbido agónico que me erizó el vello y me tensó al instante. Redka me dijo al oído:

—No mires. No hables. No te muevas.

Asentí con lentitud y recordé a criaturas como los Nusits, de los cuales Arien me había salvado en el Bosque Sagrado. Me había contado que vivían en Muralla de Huesos y que eran seres carroñeros y despreciables que se colgaban las vísceras de sus presas a la vista. Me parecía que aquello hubiera sucedido en otra vida. Ahora tenía poderes, aunque tampoco me apetecía reencontrarme con ellos, así que oculté mi respiración bajo la caperuza y me mantuve en completo silencio mientras Thyanne avanzaba a un ritmo constante y Redka vigilaba atento.

Por fin llegamos a un portón tan blanco como todo lo demás. Sin embargo, era fácil distinguirlo porque, perpendicularmente al muro, salía un hueso en el centro. Uno largo, que acababa en una forma redondeada y que me hizo pensar en la pierna de un humano. Thyanne se paró justo frente a él.

Nos mantuvimos los tres quietos, aguardando una señal que no llegó, porque era obvio que debía surgir de nosotros. A pesar de ello, me sentía paralizada por aquel resto muerto de una persona que desconocía cómo había llegado allí, pero que me provocaba escalofríos y una angustia repentina.

Redka me apartó un mechón de la cara y su aliento cálido y dulce me devolvió a la realidad.

—Tienes que abrir tú, Ziara. Es a ti a quien esperan.

Tragué saliva al entender lo que me estaba diciendo y me sequé las palmas en los faldones. No me había percatado de que había empezado a sudar. Alcé la mano y temblé antes de tocarlo. No comprendía por qué me provocaba tanto rechazo, pero solo de pensar que eran huesos reales se me revolvía el estómago.

Cerré los ojos, cogí aire y pensé en ellas. En Essandora, en las brujas, en las Novias, en Hermine. Pensé en Lorna, la campesina que durante cuatro años me había protegido. En Syla, Leah y todas aquellas mujeres que habían sido castigadas por los pecados de otros. Pensé en mis madres y hermanas, y giré el hueso suave y duro hasta que sonó un chasquido.

La muralla se abrió en dos y nos permitió el paso a Lithae.

Al otro lado, todo era desierto. Arena fina bajo el cielo estrellado. Nada más.

Nos quedamos parados, estupefactos y sin saber qué hacer. Redka suspiró y observó la enorme extensión de dunas que teníamos ante nosotros con el ceño fruncido. Me removí inquieta sobre Thyanne.

¿Y si el problema era que debía haber llegado con Missendra? ¿Y si había sucedido algo y ya no esperaban mi visita? Mi preocupación crecía mientras el soldado se mantenía impasible a mi espalda, lo cual me enervaba todavía más.

—¿Qué diablos hacemos ahora?

En cuanto lancé la pregunta, el suelo vibró bajo nuestros pies, la tierra se abrió y de las dunas emergió un alcázar tan solemne como el más admirable de los castillos. Observé boquiabierta aquel espectáculo de magia imposible y me agarré con fuerza a las crines de Thyanne.

—Supongo que entrar —respondió Redka, como si aquella visión fuera tan normal para él como cabalgar.

Animó con las riendas al caballo, que se había quedado tan conmocionado como yo, y avanzamos sobre el terreno árido hasta la entrada de la ciudadela.

Llegamos frente a un hueco con forma de arco y Thyanne frenó, reacio a dar un paso más. Recordé entonces que él había muerto y renacido como etenio cerca de allí, en el Santuario de los Dioses, un pequeño mausoleo que se encontraba en el extremo este de la muralla.

—¿Quieres marcharte? —le susurré acariciándole con afecto—. Puedo seguir sola. Ya has hecho mucho por mí, Thyanne.

Redka chasqueó la lengua al darse cuenta de lo que sucedía y se bajó del caballo de un salto. Lo rodeó hasta colocarse frente a él y lo agarró por el hocico.

—Eh, amigo. Aquí estaremos bien. Los Antiguos Hechiceros son neutrales. Dejaremos que Ziara haga lo que tenga que hacer y después tú y yo volveremos a casa.

«A casa».

Tragué saliva y compartí una mirada de Redka que no comprendí del todo. Deseé preguntarle si se refería a Yusen o, tal vez, si sus intenciones eran muy distintas y se planteaba volver a Asum, pese a que eso lo pusiera en peligro. También me contuve para no decirle si iba a echarme de menos y si habría espacio para mí en su vida cuando todo terminase.

Sin embargo, no tuve tiempo, porque una sombra apareció de la nada bajo el arco y estiró los brazos hacia nosotros con las palmas hacia arriba. Un hombre de edad indeterminada, sin pelo en la cabeza y una túnica tan oscura como su piel. Llevaba los pies cubiertos por unas sandalias de cuerdas y su expresión era de lo más ambigua; ni dulce ni áspera; ni cercana ni distante.

—Bienvenida, Ziara. Te estábamos esperando. Soy Eradon.

Contuve el aliento y me bajé de Thyanne. Di unos pasos hacia el hechicero y, un instante después, apoyaba la rodilla en el suelo en señal de respeto, aunque nadie me había enseñado cómo se les saludaba. Lo supe de un modo innato y él sonrió agradecido por esa deferencia. Redka me imitó un poco avergonzado y hasta Thyanne bajó la cabeza.

—Los tres sois bienvenidos en Lithae. Seguidme.

Obedecimos y entramos en aquella extraña edificación que había nacido del desierto. No había puertas ni ventanas, solo paredes, pasillos y techados hechos de arena y capaces de sostenerse pese al viento y a lo imposible que parecía eso. Sin poder evitarlo, rocé uno de los tabiques y me miré los dedos; había pequeños granos de arena pegados a las yemas.

Llegamos a una sala circular en la que otros Hechiceros leían gruesos tomos de hojas amarillentas bajo la luz de velas suspendidas en el aire. Contando con Eradon, eran doce. Los doce Antiguos Hechiceros de Lithae que levantaron sus rostros a la vez y clavaron sus ojos dorados en mí. Su brillo iluminó la estancia, sonrieron al verme y Redka trastabilló por aquel destello inesperado que recordaba al mirar de frente al sol.

Uno de ellos se acercó a Thyanne y lo observó muy de cerca. Los ojos del caballo se humedecieron y después siguió al hechicero, que lo guio hasta un pequeño establo que juraría que instantes antes no se encontraba allí y que ellos habían creado para él. Thyanne entró y el alivio de Redka fue inmediato cuando su amigo relinchó con dicha frente a un cesto de manzanas.

Volví la mirada hacia los Hechiceros y me retiré la capucha. El pelo, revuelto por el viento del desierto, me cayó por un lateral, enredado y despeinado. Hice lo mismo con la capa. Estaba cansada de su peso, y no me refería solo al del propio tejido, sino de lo que representaba. La dejé caer a mis pies y ellos asintieron como si comprendieran lo que eso significaba.

A pesar de que yo era el centro absoluto de los doce hombres, no sentí vergüenza, ni temor, ni duda, solo una calma sin igual que se parecía demasiado a no sentir nada. Eso transmitían, esa neutralidad que siempre los había caracterizado y que solo entonces comprendí. Notaba el corazón hueco, aunque no como algo negativo, solo…, solo era un vacío que hacía que todo pesara menos y que la existencia fluyera mejor.

En Lithae no existía ni el bien ni el mal, solo la vida pausada de los doce Hechiceros.

Uno de ellos se levantó y me observó con detenimiento. Su túnica rozaba la arena y la levantaba a cada paso. Su negra tez apenas se distinguía de sus ropajes, de no ser por el dorado de sus ojos y la arena que se le pegaba a la piel y que parecía blanca en comparación.

«Egona».

Lo supe sin que tuviera que presentarse y sonrió, igual que si mi pensamiento hubiera sido pronunciado. Egona era el hechicero más conocido; había escrito la profecía que llevó a la creación del concilio y que, según los que creían en ella, daría por fin la paz entre especies que Cathalian tanto necesitaba. Me contempló con un afecto que no tenía sentido, porque era la primera vez que nos veíamos, y me saludó igual que había hecho Eradon, con las dos palmas de sus manos extendidas hacia arriba.

Me arrodillé con devoción hasta que me tocó el hombro y alcé la mirada.

—Demos un paseo.

Lo seguí y no miré atrás. Redka desapareció de mi vista y me perdí con el hechicero por los pasillos arenosos que se cruzaban con otros y que nos adentraban en un laberinto interminable. Pensé en la posibilidad de regresar por mí misma y supe que sería imposible, pero, a pesar de eso, el miedo no hizo acto de presencia en ningún momento. La certeza de que estaba donde debía estar me aturdió y comprendí con una claridad asombrosa que ni Missendra ni los demás se habían equivocado: sin duda alguna, mi destino pasaba por conocer Lithae de la mano de sus Antiguos Hechiceros.

Llegamos al final de uno de los pasillos y, de repente, las paredes se desvanecieron como si estuviéramos dentro de un reloj de arena. Me volví estupefacta. La fortaleza había desaparecido y nos encontrábamos solos, en un espacio abierto únicamente roto por una pared de roca en la que destacaban unos símbolos que no lograba distinguir a esa distancia.

Noté que la respiración se me agitaba y que mis sentidos se ponían alerta. Lo sentía todo con una intensidad desmedida. La sequedad de la arena sobre la piel. El olor a tierra y sol que desprendía Egona, pese a ser noche cerrada. La brisa tibia del desierto, no parecida a ninguna otra que yo hubiera conocido. Mis latidos, furiosos e inquietos.

Me acerqué con cautela y entrecerré los ojos para leer lo que Egona me estaba mostrando. En el muro, unas líneas escritas con las manos del mismo hechicero que me descubría uno de los secretos mejor guardados de Cathalian. Aún se podía ver el rastro de sangre que había quedado marcado en algunas de las letras después de haberlas tallado con sus propias uñas. Egona había sido bendecido con una predicción sobre el futuro de su reino en sueños y la había dejado grabada en ese lugar escondido para siempre.

Rocé cada palabra según la leía en voz alta.

Un fuego vencerá sobre el agua, el aire y la tierra.
Un tornado de plata acabará con todo.
Un soldado resurgirá de las cenizas.
Una reina será norte, sur, este y oeste.

Noté que había cerrado los puños hasta hacerme daño. Parpadeé con rapidez y Egona se colocó a mi lado, tan cerca que su túnica me tocaba.

—Te he estado esperando, Ziara.

Me volví y no le oculté lo que aquellas palabras habían provocado en mí. Me sentía vulnerable. Expuesta. Responsable de algo que no alcanzaba a comprender.

—Lo sé. Aunque todavía no entiendo por qué. —Señalé la roca y negué con efusividad—. Esto no significa nada. Esto podría referirse a cualquier cosa.

Egona sonrió y me observó de nuevo como si fuera un tesoro.

—Puedes negar la realidad, pero eso no la hace desaparecer.

Tragué saliva y analicé de nuevo las frases. Una por una. Con detenimiento y del modo más distante posible. Yo era fuego. Y también plata. Sin embargo, yo no era una reina y nunca lo sería. Tampoco deseaba reflexionar sobre la tercera parte, si eso significaba que Redka volviera a luchar. Quizá su existencia fuese mucho más gris ahora, aunque al menos era una en la que su vida, mientras no se quitara la máscara, no estaba en juego a cada amanecer.

Di la espalda a Egona y mis ojos se perdieron en el desierto. La noche era preciosa, las estrellas se contaban por cientos e incluso vi una fugaz cruzar el cielo. No había luna. Me di cuenta de que allí no se la podía ver, pese a que sí la hubiéramos contemplado al otro lado de Muralla de Huesos.

—¿A qué has venido, Ziara?

Suspiré y compartí con él ese mantra que me acompañaba desde mi salida de Faroa:

—A por respuestas.

—¿Estás segura de que las quieres? —Me volví y me encontré con su rostro impasible.

—¿Por qué no iba a estarlo? Estoy cansada de caminar a tientas. Mi vida entera ha sido una mentira, un acertijo sin solución. Sea lo que sea, merezco saberlo.

—Hay preguntas que, una vez respondidas, no nos permiten volver atrás.

Pensé en Redka y dudé un solo instante, antes de mirar dentro de mí y sentirlos a todos. El fuego, la luz, el amor por mis hermanas, el hilo de Arien y Essandora, cada vez más fuerte y resistente. Tragué saliva y asentí.

—Pues seguiré hacia delante.

Egona sonrió y me señaló un punto oscuro que había surgido de la nada en el horizonte. La claridad que aportaban las estrellas me ayudó a distinguir con rapidez que se trataba de un pozo.

—Recuérdalo cuando dudes de si eres capaz de continuar. Regresar no siempre es una opción.

Un presentimiento me dijo que su consejo guardaba mucho más de lo que en un principio podía parecer. Ambos miramos el pozo oscuro y solitario en medio de la nada.

—¿Qué es?

—Es el origen y el fin de nuestros tiempos. Todo lo que hemos sido, somos y seremos se encuentra ahí dentro. Es el eje sobre el que nuestro mundo se mueve, Ziara.

Abrí la boca desconcertada por su revelación, pero fui incapaz de decir nada; tal vez, porque ni siquiera alcanzaba a comprender de qué me estaba hablando.

—¿Por qué crees que vivimos aquí? Hace muchos años uno de los nuestros descubrió que había un lugar donde se originaba toda la magia que crecía en Cathalian. Un agujero del que manaban fuerzas y energías ocultas, y que había hecho posible la existencia de todas las razas que conoces, pero que, en manos equivocadas, podría resultar peligroso. Un tesoro de valor incalculable que debíamos proteger si no deseábamos que nuestro mundo acabara.

Jamás había oído hablar de ese lugar, ni tampoco me había preguntado por los orígenes de una magia que siempre había convivido con nosotros. La historia de los últimos hombres era la que me habían contado y la había aceptado como tal sin cuestionarme nada más allá. Sin embargo, la existencia de un foco a partir del cual manaba todo el poder de los linajes mágicos hacía que los misterios en torno a Lithae y su muralla cobraran un sentido distinto. Porque los Hijos de la Magia también tenían su historia, aunque los humanos siempre hubiéramos intentado ocultarla y arrebatársela. Ellos eran tan merecedores de un mundo que les perteneciera como los hombres.

Yo lo era. Hija de la Tierra, de la Luna, del Fuego. Hija de la Magia.

Quizá aún estábamos a tiempo de reescribir la historia y convertirla en una en la que todas las criaturas de Cathalian tuvieran cabida como iguales.

Asentí a Egona con comprensión. Si lo que decía era cierto, muchos habrían matado por descubrir el pozo y hacerse con el poder de toda la civilización. No me podía imaginar qué habría sido de nuestro reino si hubiera llegado a manos de los que cada día ansiaban más, incluido Dowen. Era muy posible que, de haber ocurrido algo así, ninguno de nosotros estuviera ya aquí. De repente, el papel de aquellos extraños hombres inmortales tomaba un cariz nuevo en la historia, aunque eso seguía sin explicarme por qué motivo Egona, si tan peligroso era que el pozo llegara a descubrirse, lo estaba compartiendo conmigo.

—¿Y por qué me lo enseñas a mí?

—Porque, si la profecía es cierta, algún día también será tu deber protegerlo.

Suspiré incómoda, pero no pude ignorar una pequeña luz que centelleó en mi interior. Era plateada. Era bondadosa, cauta y justa. Era Essandora hablándome a través de la magia que me había regalado y empujándome a creer en mí de una vez por todas.

Miré a Egona y temblé.

—¿Qué debo hacer?

Curvó los labios y cerró los ojos al cielo un instante, como si estuviera agradeciendo mi decisión a los dioses.

—Debes mirar en su interior y descubrirás lo que ansías saber.

—¿Eso es todo?

—Sí, aunque primero debes llegar hasta él.

—¿Eso qué significa? —Pero Egona no me contestó.

—Y hay normas. Siempre las hay. Solo puedes hacer una pregunta. Así que escógela bien.

Respiré profundamente y comencé a caminar.

XXXIX

En esa zona la arena era más densa y costaba andar con normalidad. Las botas me pesaban y el vestido se me colaba entre las piernas dificultando las zancadas. En una de ellas sentí que la pierna se me hundía hasta la pantorrilla y me asusté, pero no dudé y continué avanzando con tesón.

Pese a que la temperatura a nuestra llegada me había parecido agradable, el calor comenzó a resultar asfixiante debido al esfuerzo y noté que el vestido me ahogaba hasta el punto de que me costaba respirar. Estiré el brazo hacia atrás y desabroché los primeros botones de la espalda; luego rasgué la parte delantera, sintiendo un alivio inmediato. Allí me había quedado sola, todos los que aguardaban mi regreso conocían mi identidad y ya no importaba mi aspecto, por lo que no me incomodaba volver con el vestido más roto de lo que ya estaba y la piel más expuesta de lo debido. Cogí aire y seguí sin mirar atrás, aunque enseguida me percaté de que la distancia que parecía que me separaba del pozo no era la que mis sentidos habían calculado. Por cada paso, daba la sensación de que mi destino se alejaba.

Me volví un segundo para comprobar si aquella medición era, tal vez, una alucinación por el cansancio, y comprobé que, mirase donde mirase, solo había desierto. No había rastro ni del hechicero, ni de la fortaleza, ni de nada que pudiera servirme de referencia o, en caso de urgencia, de salvación.

Estaba completamente sola en un lugar regado de magia antigua y perdido entre el espacio y el tiempo.

Recordé el consejo de Egona y asumí que mi presentimiento había sido certero.

—*Recuérdalo cuando dudes de si eres capaz de continuar. Regresar no siempre es una opción.*

Me encontraba cubierta de sudor y su humedad provocaba que la arena se me pegara en cada porción de piel visible. Los dos collares de piedra lunar se mecían sobre mi escote y lanzaban haces de luz buscando a su dueña, pero ya había comprobado que la Madre Luna no estaba. Quizá todo se debía a que aquel lugar, en realidad, no existía, solo era una ensoñación provocada por la magia de los Antiguos Hechiceros. Pese a todo, no importaban los motivos de que la luna hubiera desaparecido al igual que las edificaciones de Lithae nacieran y se evaporaran cuando ellos querían, sino que lo único en lo que debía concentrarme era en avanzar y llegar al pozo.

La arena ya me cubría hasta las rodillas cuando me topé con un trozo de vegetación en medio de aquel paisaje árido y me agarré a él. En las puntas de sus hojas había una pequeña flor de color azul que reconocí de mis lecciones con Hermine. Se trataba de una cánula de invierno, una especie muy rara que contenía en el interior de sus flores el frío del hielo. Decían que cada gota de su néctar equivalía a un baño de agua helada. Abrí sus pétalos y extraje una pequeña gota oscura que me pegué a la lengua.

En solo un instante percibí que el calor insoportable desaparecía bajo un torrente glacial que me provocó incluso escalofríos. Su frescura me enfrió el cuerpo y cerré los ojos aliviada por aquel regalo.

No esperé más y continué avanzando. Me dolían las piernas y notaba el cuerpo pesado, pero sabía que no podía parar. Además, ya había comprendido que volver no era una posibilidad y no tenía intención alguna de intentarlo. Aquello no solo suponía para mí la ocasión de descubrir por fin lo que tanto me habían repetido que era mi destino, sino también un reto que ansiaba cumplir. Necesitaba sentirme capaz y no un lastre para todo el que se cruzaba en mi camino, una sensación que me perseguía con insistencia y de la que quería desprenderme.

Me moví durante horas. A ratos lo hacía a un ritmo constante con el que me parecía que lo lograría, pero otros todo se ralentizaba y presentía que el tiempo se había congelado y, con él, yo dentro de un reloj de arena infinito.

En algún momento, las dudas comenzaron a asentarse. El miedo y la extenuación me dominaron y las preguntas me rodearon en un bucle de voces enfermizas que me debilitaban todavía más.

¿Y si no lo conseguía? ¿Y si aquello no era más que una prueba que no estaba destinada a superar? ¿Y si con eso les demostraba que se habían equivocado y todo terminaba? ¿Y si, en realidad, solamente era una Novia y todo lo demás había sido fruto de la esperanza de los que ya estaban desesperados por una situación insostenible?

Cuando empecé a notar que mis pasos eran más lentos y que el desaliento me nublaba, me esforcé por distanciarme de mi mente y de esos pensamientos tóxicos. Debía centrarme en cualquier otra cosa que me ayudara a viajar lejos de allí, lejos del calor insoportable, del entumecimiento de mis sentidos, del dolor de mi cuerpo e incluso del tacto de la arena, que había pasado de resultar suave a arañar como agujas afiladas.

Recordé todo lo que había vivido desde el mismo instante en el que soñé con un soldado y salí de la Casa Verde. Rememoré cada detalle, cada momento, cada vivencia. Pensé en cada ser querido del que había tenido que despedirme y en todos aquellos nuevos que habían llegado a mi vida. Reflexioné sobre todo lo aprendido, sobre quién había descubierto que yo misma era y sobre la situación de un reino que no se regía por los principios que me habían enseñado. Me acordé de todos aquellos que habían depositado sus esperanzas en mí y deseé corresponderles. Si mis esfuerzos resultaban en vano, nadie podría echarme en cara que no lo hubiera intentado. Pensé en Redka. En nuestra historia. En los jóvenes que se habían conocido el uno al otro en un campamento nómada, que se habían acercado en Asum y que se habían deseado en la corte de Onize. También en los que se habían reencontrado después, ya convertidos en la bruja fugitiva y el Cazador, y que se habían amado en una cabaña abandonada. Me pregunté dónde estaría él en ese momento y ansié no decepcionarlo.

Y, por último, pensé en ella.

La vi correr y, por primera vez, el sueño no tenía el eco del silencio, sino que la oí. Su risa era dulce y me hizo pensar en cascabeles. También sentí la brisa que movía su pelo, que era húmeda y olía a flores y sal. Quise tocarla, pero cuando mi mano aparecía en la visión ella caía en la negrura del acantilado y desaparecía.

Pestañeé y desperté aturdida antes de darme cuenta de dónde me encontraba.

Vi que el sol comenzaba a salir. No sabía cuánto tiempo llevaba paralizada, de no haber sido por el sueño ni siquiera habría sido consciente de que me había quedado dormida, pero la arena me llegaba por los hombros y tenía la boca seca y llena de polvo. Apenas podía abrir los ojos, solo eran dos rendijas cubiertas de legañas que se habían formado con las lágrimas que desconocía cuándo había derramado.

Noté el cuerpo blando y los párpados pesados. Me encontraba en un estado de somnolencia en el que era sencillo perderse y la idea resultaba tentadora. Si cerraba los ojos..., todo sería fácil. Todo acabaría y, por fin, descansaría. Tal vez era lo mejor. Quizá dejarme llevar y olvidar sería lo más sensato, aunque fuera cobarde.

Sin embargo, sentí un tirón fuerte que me obligó a abrir los ojos de nuevo y a enfocar la vista en busca del pozo. Un latigazo que partió del centro de mi pecho y que se propagó por todo mi ser. Un montón de hilos de diferentes colores, texturas y dueños. El rojo del fuego. El plateado de la luna. El ocre de la tierra. Hebras que se entrelazaban formando lo que yo era, el resultado único e inesperado de los tres grandes linajes, y que me dieron la energía necesaria para mover las extremidades e intentar salir de aquel desierto.

Saqué las manos de la arena para apoyarme en la superficie y avancé el último tramo. En lugar de ascender, me percaté de que mi cuerpo se cubría más con cada paso que lograba dar, pero no importaba. De repente, me sentía decidida a darlo todo para llegar a aquel destino. Cogí aire profundamente cuando advertí que la arena me golpeaba en la cara. Me sumergí en el desierto mágico de Lithae y caminé bajo tierra con los ojos cerrados y toda la fuerza que salía de mi interior empujando aquel peso desmedido como si no fuera más que viento contra el que avanzar. Sentí el empuje de todos mis antepasados concentrado en una mano que me ayudaba a no derrumbarme y a dar zancadas. La magia que corría por mis venas concentrada en un único objetivo y mostrándome que era más fuerte de lo que jamás habría creído posible.

Cuando empezaba a faltarme el aire, noté que tocaba suelo firme. Busqué a tientas bajo las dunas vivas y movedizas hasta que pisé roca. Al percibir la dureza de la piedra, la arena se volatilizó a mi alrededor, como si solo hubiera vacío y esta cayera hasta desaparecer.

Tosí con fuerza y me tumbé en la superficie dura. Observé el paisaje y comprobé que, de repente, me hallaba de nuevo al aire libre, en el desierto calmado y seguro en el que Egona se había despedido de mí. Me limpié el rostro de la arena que lo cubría y me reí con nerviosismo. El pozo me esperaba a mi espalda. Las lágrimas habían vuelto a crear una densa capa de tierra en mis mejillas, pero ya no importaba. Porque estaba viva. A salvo. Y lo había conseguido.

Me coloqué bocarriba, miré al cielo y observé las nubes blancas que rompían su azul.

Cuando mi respiración recuperó su ritmo habitual, me apoyé en mis brazos temblorosos, sintiendo un dolor insoportable que apenas me dejaba mover las piernas. Las notaba en carne viva bajo el vestido hecho jirones. Me agarré al borde negro del pozo y me colgué de él para lograr levantarme. No sabía si sería capaz de regresar por mis propios medios, pero tampoco importaba, porque bajo mis manos se encontraban las respuestas a todas las cuestiones que existían.

Una vez conseguí ponerme en pie, cogí aire y me asomé al agujero que daba sentido al mundo que conocía.

Una sola pregunta. Eso me había dicho Egona.

Había tenido tiempo para reflexionar sobre qué era lo más adecuado. Había contado con horas para plantearme las posibilidades y tomar la decisión más sensata.

Sin embargo, no lo había hecho. Porque, dentro de mí, solo había una pregunta posible cuya respuesta esperaba que sirviera para contestar todas las demás que aún quedaban por resolver. Porque todo se resumía en un interrogante:

¿Qué tenía yo que fuera tan determinante? ¿Qué podía aportar al reino en la consecución de la paz? ¿Por qué yo y no otros?

Observé su fondo negro y suspiré. No había agua. No se veía nada más que un agujero de una oscuridad sin igual que parecía tan profundo como el mar. Intuía que no tenía fin y que, si me precipitaba en su vacío, estaría condenada a una caída eterna.

Pero no era el momento de ese final, sino de otro que, quizá, marcaría un nuevo principio. Clavé los ojos en el fondo y recé a los dioses para no equivocarme.

—¿Quién soy?

En cuanto las palabras salieron de mi boca, el suelo vibró y toda la arena que formaba aquel desierto que aún desconocía si era real o no se levantó y comenzó a girar a toda velocidad. Dentro de ese tornado, en el pozo se empezaron a formar unas imágenes que no comprendía qué tenían que ver conmigo, pero que esperaba que explicaran cómo y por qué había acabado allí.

Vi una extensión de tierra inmensa brotar de entre los mares de Osya y Beli. Vi plantas y árboles germinar y crecer poco a poco, mientras en sus ramas iban surgiendo especies animales y la vida llenaba sus paisajes. Vi a los primeros hombres. Vi a la magia colarse por los rincones y echar raíces con tanta fuerza como para hacer Cathalian suyo. Vi brujas. Vi sirenas, gigantes y Hombres Sauce. Vi familias humanas viviendo en armonía con criaturas mágicas y compartiendo la felicidad de un mundo precioso y en paz. Vi a los Antiguos Hechiceros llegando a Lithae y convirtiendolo en su hogar. Vi a un hombre levantando las primeras murallas y creando fronteras. Vi el poder, agazapado, ansiando ocupar las almas de aquellos dispuestos a convertirlo en el yugo de otros. Vi a los primeros reyes y reinas, los primeros humanos que decidieron que su linaje era superior al de los demás y que debían gobernar nuestra tierra. Vi y sentí su miedo a que la magia los relegase a un segundo plano para siempre y las decisiones tomadas para que eso jamás sucediera. Vi historias que ya conocía, como la del rey Danan, la bruja Giarielle y su corazón roto. Vi la línea de sucesión, incluida la de un rey bastardo, Rakwen, que nadie sabía que tenía sangre de bruja en sus venas. Los vi nacer, morir, y relevarse unos a otros en un trono que parecía inquebrantable y que cada vez cargaba más peso, poder, responsabilidades y muertes. Vi brujas amando, sufriendo, errando y siendo castigadas por sus pecados por las leyes de otros que también los cometían. Vi a los Antiguos Hechiceros y a las Sibilas conocerse, relacionarse y crear una nueva fuerza que pudiera servir de equilibrio entre la magia y los humanos, pero que, en cambio, acabó provocando una guerra. Vi destrucción, hambre, sufrimiento y pena. Vi los cadáveres de las Sibilas quemados en la Plaza de las Rosas, y también los de mujeres y niñas que pagaron el precio del odio de los huérfanos de la Luna. Vi hombres muertos en el campo de batalla y a otras criaturas mágicas que dieron su vida por el bando al que se confiaron. Vi un bosque. Un bosque inmenso, de vegetación profunda y regado por la magia. Un bosque en el que se alzaron siete casas, cada una de un color. Vi niñas entregadas a sus puertas, niñas a las que se les enseñaba que eran esperanza y se les decía que su capa las protegería de aquellos que no debían nombrar. Lo vi todo girando una y otra vez a mi alrededor, como una historia narrada que al acabar empieza nuevamente. Y, de repente, un detalle en un camino que no había atisbado con claridad. Un episodio escondido entre tantos acontecimientos que habían marcado nuestro mundo.

Vi a Rakwen, el hijo bastardo de Giarielle, creciendo. Lo vi casarse con la reina Liza y tener tres hijos. Vi al mayor, Ceogar, convertirse en rey cuando su padre falleció de una enfermedad. Lo vi enamorarse de Yania, una mujer buena, y dar vida a dos hijos a los que llamaron Dowen y Nieladel. Dos hermanos que crecieron unidos y a los que, ya en su juventud, les gustaba salir a cazar ciervos al atardecer. Nieladel solía aburrirse rápido y acababa descansando bajo la sombra de un árbol en lo que su hermano terminaba por los dos. Pero Dowen no; él era de ideas fijas y odiaba perder, aunque fuera frente a un animal al que no lograba atrapar. Una de esas tardes, sonrió satisfecho cuando la flecha atravesó el cuello de una cría que se había despistado de su madre. Se acercó al cuerpo y se arrodilló frente a él. La sangre manaba caliente y el animal lo miraba con sus ojos negros muy abiertos. Aún respiraba, aunque le quedaba poco tiempo y sentía una dicha inmensa en ser el único que podía observar su último aliento. Al otro lado del claro, una joven lo contemplaba con gesto severo. Tenía el pelo blanco muy largo, la tez pálida y una corona de flores en la cabeza. Dowen se tensó y se levantó para preguntarle quién era, pero ella fue tan rápida que no pudo reaccionar antes de encontrarla tumbada sobre el ciervo, presionando su herida con la mano y tarareando una melodía suave y dulce que era imposible que fuera humana.

—¿Quién eres? —preguntó el príncipe con la voz ahogada.

Aunque ya lo sabía. Todo el mundo sabía quiénes eran.

Vi a la criatura mágica acompañando con cariño al ciervo en sus últimos momentos. Vi sus lágrimas cubrirle el pelaje y penetrar en la herida. Y también vi a Dowen a su lado, mirándola impresionado y, quizá, incluso conmovido por presenciar aquella intimidad con un animal. Lo vi agarrar la empuñadura de su espada y dudar, como si se le hubiera pasado por la cabeza matarla, aunque solo fuese por un instante; después se agachó y se dirigió a la chica con afabilidad.

—¿Era tu amigo?

Ella alzó el rostro y asintió.

—Todos lo son.

Dowen pareció avergonzado y la observó mientras se alejaba, dejándola junto al cadáver de un animal al que había matado solo por placer. Cuando encontró a Nieladel dormido bajo la sombra de un árbol de lluvia, le dijo que había sido una mala tarde y que regresarían a casa con las manos vacías.

Vi a los dos hermanos marcharse y no volver a cazar juntos nunca más; la diversión había acabado con aquel suceso.

Pero también vi a Dowen regresar cada tarde al mismo lugar. Lo vi buscarla. Vi su mirada anhelante y su sorpresa cuando un día ella apareció al final de un camino y, tras una expresión que era pura perplejidad por encontrarlo allí, le sonrió.

Y lo vi todo con una intensidad sin igual. Oí su historia. La olí. La sentí.

Vi los primeros encuentros, las primeras palabras, las primeras caricias. Los vi enamorándose, como dos jóvenes que tienen toda la vida por delante y nada contra sus sentimientos. Los vi besarse, desnudarse despacio y amarse deprisa. Los vi compartiendo un secreto, uno que era un error para los demás y que, con el tiempo, los rompería en pedazos.

La vi a ella cuidar de sus hijos en una ciudad de árboles legendarios que casi llegaban al cielo. Lo vi a él uniendo su vida con otra, subiendo a un trono y convirtiéndose en rey. Los vi a ambos encontrándose en la noche, como fugitivos, dando rienda suelta a sus instintos y haciéndose cada día un poco más de daño, porque lo suyo se agotaba como un tarro de miel en medio de un bosque.

Vi a Dowen sufrir al no lograr que Issaen, su mujer, fuera bendecida con descendencia, y la dicha en su mirada por un momento, cuando la joven de aspecto fantasmal le confesó que esperaba un hijo suyo. Una emoción que murió casi al instante, cuando el rey fue consciente de que jamás podría aceptar un heredero con magia en la sangre.

Lo vi llorar en brazos de su hermano —la única persona a la que le confió su historia de amor imposible— cuando le confesó lo que había sucedido y lo dispuesto que estaba a romper aquel vínculo con la criatura de los bosques para proteger su reino.

—Haré lo que sea para que desaparezca, Nieladel. Nadie puede saber jamás que ella y yo…

Para su sorpresa, su hermano se mostró en desacuerdo y la relación entre ambos se quebró para siempre.

—Un hombre debe asumir sus responsabilidades, Dowen. ¡No puedes juzgar a otros con leyes de sangre mientras cometes sus mismos pecados!

Pero Dowen ya no se regía por sus principios, sino por el miedo a perder el trono.

Lo vi cerrarse en sí mismo. Lo vi caer presa de sus demonios. Lo vi tomar decisiones drásticas y cambiar el rumbo de la historia para siempre. Lo vi romper el corazón de la joven y elegir el poder por encima de cualquier afecto. Incluso por encima del fruto de su amor.

—Ese niño no puede nacer, Essandora. No puedo permitirlo.

Ella lo miró por última vez, contuvo los fragmentos de su corazón roto y se abrazó la tripa abultada con arrojo.

—Tú no eres quién para decidir eso.

—¡Soy el rey!

—Solo eres un hombre. Un hombre al que no necesitamos.

—¡Nadie puede enterarse de esto! —le advirtió con una violencia que casaba muy poco con el joven del que se había enamorado.

No obstante, el poder era nocivo, una alimaña que infectaba poco a poco a los hombres, y él ya estaba podrido por dentro. Essandora cerró los ojos, rezó por su alma y se despidió del amor que habían compartido.

—Y nadie lo hará. Es mi hija. Solo mía. Adiós, Dowen. Te deseo la vida que tanto anhelas.

Él la vio marchar y allí se despidieron para siempre. Ni siquiera se percató de que ella se había referido al bebé como una niña.

Lo que Dowen no había previsto era que no solo el poder funcionaba como un lento veneno, también lo hacían el desamor y el miedo. Y, según pasaban los meses, la desconfianza crecía en su interior con la misma rapidez que la tripa de Essandora se redondeaba. También aumentaba el miedo del monarca a que aquello se supiera y los suyos lo acusaran de traición. A perder lealtades, a que Issaen lo odiase, a que, en un futuro, aquel mestizo que crecía en el vientre de la Sibila reclamara lo que le pertenecía. A que surgieran razones para arrebatarle lo que solo consideraba suyo por derecho propio. Así que, una tarde, cuando intuía que la fecha del nacimiento estaba cerca, no pudo contener más sus emociones y pidió llamar a su comandante. El rey actuó movido por el temor, el desprecio y las brasas de un corazón que, al romperse, se había convertido en piedra.

—Valem, necesito encomendarte una misión. Nunca debes preguntarme los motivos. Nunca debes cuestionarlos.

—Así será, majestad.

Al amanecer, las Sibilas habían sido capturadas y, poco después, ejecutadas.

Dowen había protegido su trono con tanto ahínco que había provocado una guerra entre los Hijos huérfanos de la Luna y los humanos. E, incluso así, no había logrado su cometido, porque, en el último momento, el comandante Valem de Asum le había preguntado a Essandora dónde estaba el bebé que crecía en su vientre y ella había respondido que había muerto en el parto.

Los vi mirarse. Los vi dudar. Vi en los ojos de Valem el mismo color que relucía en los de un Redka que conocía bien y que algún día ocuparía su mismo lugar junto al soberano. Vi que el comandante sabía que ella le estaba mintiendo y, aun así, lo dejó estar.

Vi que, aunque el padre de Redka había matado a mi madre, también me había salvado la vida.

Y, por último, vi a Valem recoger un collar de entre las cenizas y guardarlo bajo su casaca. Lo vi llamar al despacho de Dowen y abrir la puerta despacio. Lo vi dejarlo frente a él sobre la mesa de cristal.

—¿Qué significa esto?

—Pensé que, quizá, le gustaría guardar un recuerdo.

El rey lo traspasó con una mirada helada, porque era obvio que no se refería a guardar un trofeo por la victoria sobre las Sibilas, sino a tener algo que le recordara su historia de amor con Essandora, una que el comandante había adivinado. Pero el joven que una vez había amado ya estaba muerto. Valem se dio cuenta cuando el monarca no tembló y observó con tal odio la joya que creyó que la tiraría al fuego de la chimenea. Cuando apartó la vista, su frialdad era la del hombre cruel y despiadado que seguiría siendo con los años.

—Guárdalo y, si alguna vez ves a alguien con uno igual, mátalo.

El comandante tomó el colgante y, durante la guerra, se hizo con dos más idénticos que le entregó a Dowen. Pese a ello, su señor no parecía del todo complacido y el botín nunca era suficiente.

—No dejes de buscar.

El soldado asintió, aunque una parte de él sabía que el rey en el que tanto había confiado y por el que habría dado su vida ya no existía. Años después, su hijo le haría la misma promesa al soberano, si bien no la cumpliría al ver en mi cuello el collar que Essandora me había regalado al nacer.

Las lágrimas eran tan densas que ya apenas veía nada. Las imágenes se superponían unas con otras, se difuminaban, se entremezclaban y repetían sin cesar, recordándome tantas cosas, exponiéndome tantas verdades, que me costaba respirar.

Y, por encima de todas ellas, la única que en el fondo importaba. La respuesta a todos los interrogantes y el destino escrito para mí desde el mismo instante en el que Essandora se enamoró de un hombre que no lo merecía.

Egona tenía razón: hay preguntas que, una vez respondidas, no nos permiten volver atrás.

Me aclaré la voz y la encontré entre las emociones de una vida que, por fin, asumía como mía.

—Dowen es mi padre.

XL

Cuando logré recuperarme de la conmoción, el pozo ya no estaba, la arena volvía a ser fina y tan transitable como una playa, y el alcázar de los Hechiceros estaba de nuevo frente a mí, como si no hubiera tenido que atravesar un laberinto de pasillos para dejarlo atrás la noche anterior y aparecer en un desierto inhóspito y peligroso tras hacerlo.

Me levanté, aún aturdida y con la sensación de que una parte de mí había salido de mi cuerpo y lo observaba todo desde fuera, y caminé de vuelta a la fortaleza. Me percaté enseguida de que mi aspecto volvía a ser el mismo que cuando habíamos llegado allí. La arena había desaparecido, el vestido estaba de una pieza y el dolor se había evaporado en un suspiro.

Era como si en un pestañeo nada hubiera sucedido y la noche que había soportado atravesando la arena para llegar al pozo jamás hubiese existido. Pero lo había hecho. Había llegado a él y había mirado en su interior. Le había lanzado una pregunta y había obtenido una respuesta.

Dowen de Cathalian era mi padre.

Él y Essandora habían vivido una historia de amor que terminó cuando ella se quedo encinta. El mismo hombre que semanas antes me había torturado hasta casi matarme era el que me había dado la vida; también, el que había ordenado a su comandante quitármela y, años después, al hijo de este, que, casualmente, era la persona a la que amaba. El hombre que había ordenado el asesinato de mi madre y sus hermanas únicamente por miedo a que sus planes de reinar se trastocaran.

—*Todas las malas decisiones de los mejores hombres giran en torno al amor. ¡¿Es que aún no lo entiendes?!*

La voz de Dowen volvió a mí como un recuerdo doloroso y siniestro que cobraba un significado distinto, uno que decía mucho más de él que de los demás.

Cogí aire y entré en la misma estancia en la que la noche previa había visto a los doce Hechiceros y había dejado a Redka. Él estaba allí, sentado frente a un libro y con aspecto aseado. Solo con verlo sentí unas ganas inmensas de abrazarlo y perderme en él, en el calor de su cuerpo, en la sensación de protección que siempre me proporcionaba. Aunque al mismo tiempo me sentía frágil y no estaba segura de que pudiera soportar que me tocase sin derrumbarme. Cuando aparecí, los trece rostros se alzaron y me observaron con esperanza. Egona fue el primero en ofrecerme un gesto de asentimiento, como si hubiera presenciado todo lo que yo había soportado en las últimas horas. O como si su visión le diera la razón sobre sus creencias sobre mí. Los demás lo imitaron y solo Redka pareció leer en mis ojos que algo en mi interior se había roto y me había cambiado para siempre.

Se levantó y se acercó cauteloso. Me observó de arriba abajo y alargó la mano para rozar la mía, pero no sé qué vio en mí que en el último instante se contuvo.

—Ziara, ¿estás bien?

Pestañeé y tragué saliva. Pese a que todo había desaparecido, aún notaba la sensación de la arena en la boca. Egona apareció a mi lado con un vaso de agua y me lo bebí de un trago. Ignoré a Redka y miré al hechicero con el que sentía que compartía una experiencia más íntima que cualquier otra que hubiera vivido.

—¿Por qué?

Asintió y sus labios dibujaron una sonrisa tenue. No necesitó más explicación para saber que me refería al sufrimiento que había experimentado hasta alcanzar el pozo.

—Necesitaba estar seguro de que querías saber la verdad. Debías luchar por ella.

Torcí la boca y vi que sus ojos dorados bailaban como tantas veces lo habían hecho los de la emperatriz Missendra, antes de mostrarme algo. Sonreí con pena cuando, en su interior, vi el primer abrazo prohibido entre Essandora y Dowen como un recuerdo enredado para siempre en ese bucle de imágenes.

—La profecía…

Recordé lo que decía y la comprendí con una fuerza nueva.

Un fuego vencerá sobre el agua, el aire y la tierra.
Un tornado de plata acabará con todo.
Un soldado resurgirá de las cenizas.
Una reina será norte, sur, este y oeste.

Exhalé con profundidad y miré a Egona esperando una explicación que me diera algo más que unas palabras que, aunque se me mostraban cada vez más claras, podían dar lugar a cientos de realidades distintas.

—La profecía no era más que un aviso de lo que estaba por venir. Una ayuda de los dioses para garantizar tu seguridad hasta entonces.

Noté un nudo en la garganta y lo tragué con esfuerzo. Pensé en las Novias, en que para mí la Casa Verde había sido un refugio mientras todos me buscaban para sus propios intereses, unos para protegerme tanto a mí como al futuro de su raza, y un comandante real para matarme por orden del mismísimo rey, y lancé una pregunta cuya respuesta me aterraba conocer, pero que merecía saber para comprender el alcance de todo.

—¿Creasteis el concilio por mí?

Egona suspiró mientras a mi lado Redka nos miraba aturdido, pese a que no podía entender de lo que estábamos hablando. Para mi alivio, las palabras del hechicero fueron lo que necesitaba para que las emociones no me desbordaran. Podía aguantar haber sido una marioneta en manos de unos y otros sin tomar ninguna decisión sobre mi vida, pero no soportaría descubrir que todas las niñas de Cathalian hubieran vivido en jaulas por mi culpa.

—Buscamos una solución que pudiera mantener a todas las partes controladas —explicó el hechicero—. El concilio daba a ambos bandos lo que querían y paralizaba la guerra.

—Aunque con una solución drástica y cruel.

—Las malas decisiones conllevan malas consecuencias —replicó con vehemencia—. No íbamos a premiar a los hombres ni a los Hijos de la Luna por escoger la muerte como recurso. Con el concilio les dimos la posibilidad de enmendar sus errores, pero, como intuíamos, lo único que hicieron fue alimentar una guerra dormida hasta que esta comenzó a despertar de nuevo.

—Y os aprovechasteis de ello.

Egona asintió.

—El concilio primero nos ayudó a encontrarte y, después, nos sirvió para mantenerte a salvo.

Medité sobre toda esa nueva información y la encajé con lo que ya había descubierto. Sin poder evitarlo, también recordé a la Ziara que un día salió de la Casa Verde, la que era apenas una niña que creía que su capa podía protegerla de los que le habían enseñado que eran sus enemigos. Apenas quedaba nada de ella en mí. Entre unos y otros, la habían convertido en algo muy diferente.

Suspiré y observé a todos los hombres que me rodeaban. Los Hechiceros me contemplaban con una expresión ausente de apariencia divina que hacía difícil creer que alguna vez hubieran sido humanos. Pero Redka... Su rostro transmitía una emoción tan intensa que solo podía pertenecer a un hombre.

—Y, ahora, ¿qué? —pregunté.

Egona dio un paso hacia mí y el dorado de sus ojos centelleó como el brillo de un centenar de estrellas.

—Ahora te toca a ti decidir si quieres que todo siga igual o si es el momento de que Cathalian tenga el futuro que merece.

De día, Lithae era bonito. La arena brillaba bajo el sol como si escondiera granos de oro entre sus partículas. Pese a ello, el calor resultaba pegajoso y molesto.

Salí del alcázar y me senté bajo un techado que me refugiaba de la calina. Él no tardó en aparecer.

—Ziara...

Cerré los ojos con fuerza y contuve el aliento. La forma en la que pronunciaba mi nombre siempre me había encantado, pero aquel día me dolía, como si su voz me raspara sobre una herida aún sin curar.

Se dejó caer a mi lado y esperó. Si de algo sabía el comandante era de aguardar con paciencia hasta que los demás estuvieran preparados para dar el paso.

—Si no hubiera sido yo, ¿la habrías matado? ¿Habrías matado a la hija de Essandora sin hacer preguntas?

Su rostro se descompuso y supe que estaba recordando esa promesa que le había hecho al rey. Una que había roto al no matarme. Entonces, con esas dudas que le hacían no mentirme y mostrarme su parte oscura, esa que se había manchado las manos de sangre sin titubear en incontables ocasiones por orden de otro, comprendí de golpe todo por lo que había tenido que pasar Redka. La manera en la que había actuado en contra de sus principios y de todo lo que conocía. Los juramentos que no había cumplido, cuando para él no había nada de más valor que la palabra de un hombre. ¿Y qué quedaba cuando un hombre perdía su integridad? Nada. Solo un Cazador.

—Hoy he visto cosas, Redka.

—¿Qué has visto? —preguntó asombrado. Pese a que sentía que no podía dejar de llorar por dentro, le sonreí.

—La magia de Lithae me ha mostrado esta noche más de lo que nadie debería ver en una vida. He visto a Dowen entregarte el collar de mi madre, y a ti aceptar lo que implicaba.

—Lo siento.

Dejó la mano en el suelo y buscó con suavidad la mía. Su simple roce me recordó que, pese a lo descubierto, todavía existían cosas bellas por las que luchar.

—¿Te disculpas por no matarme? ¿Por traicionar a tu rey por mí incluso antes de que volvieras a hacerlo dejándome escapar con Arien? Soy yo quien debería darte las gracias, Redka.

Me giré y apoyé la frente en la suya. Respiramos el aliento del otro y sentí que el dolor se apaciguaba.

—Nunca habría podido hacerte daño, necesito que lo sepas. No a ti —me susurró con voz ahogada—. Desde la primera vez que te vi supe que te protegería siempre que estuviera a mi alcance. ¿Me crees?

Se separó para mirarme y rozó mis labios con los dedos. Suspiré contra su yema y cerré los ojos. Era el momento. Debía compartir con él lo que había descubierto, porque para eso habíamos llegado hasta allí y por eso también ahora teníamos que separarnos. La verdad debía dejar de ser un secreto y convertirse en un arma.

—Dowen es mi padre.

Cuando Redka apartó la mano, sentí el mismo frío que si me hubiera tragado una cánula de invierno, aunque ahora no había flores a la vista, solo un rechazo instintivo que comprendía y me dolía a partes iguales.

—No es posible…

Abrí los ojos y me enfrenté a su desconcierto.

—Lo es. Él y Essandora mantuvieron un romance que terminó cuando ella se quedó embarazada. Dowen temía que ese niño pudiera exigir derechos algún día, más aún cuando Issaen todavía no había podido darle un heredero. El miedo a que esa verdad saliera a la luz lo hizo enloquecer. Le nubló el deseo de poder y sacrificó lo único real y sincero que había tenido en su vida.

Apoyó la cabeza en el muro y suspiró hacia el cielo. El soldado estaba encajando las piezas y dándoles un sentido distinto al que habían tenido hasta entonces. Frunció el ceño y se volvió para mirarme.

—¿Y por ello ordenó su muerte?

—Así es. —Chasqueó la lengua y se perdió de nuevo en sus pensamientos—. No pareces sorprendido.

439

—Porque siempre pensé que había algo más que mi padre no nos contaba. El remordimiento es una losa que acaba haciéndose visible, Ziara, y en él aprendí a leerlo con facilidad, pese a ser un niño.

Asentí con comprensión, aunque también me tensé.

—Y, aun así, serviste al mismo rey.

Un destello de ira cruzó sus ojos y me arrepentí de haberlo juzgado de nuevo.

—Que intuyera que no conocía todas las partes de la historia no significa que juzgara las decisiones que se tomaron. Era mi padre, Ziara. Y mi raza. Y todos mis seres queridos murieron en esa guerra bajo las manos de tus hermanos. Ese rey y su venganza eran lo único que me quedaba.

Apreté los labios y pensé en disculparme, pero supe que lo que Redka necesitaba y merecía era algo muy distinto.

—También lo he visto. He visto a tu padre, Redka. Te pareces a él.

Noté cómo toda la tensión que había surgido se evaporaba y entrelazó su mano con la mía. Tragó saliva con fuerza y contuvo la emoción que amenazaba con escapársele por los ojos.

—Mi madre decía que compartíamos la mirada.

Sonreí y derramé las lágrimas que los soldados como él se negaban. Apoyé la mejilla en su pecho y oí su corazón inquieto latiendo rápido contra mi cara. Pese al dolor que siempre lo acompañaba cuando pensaba en su padre, en aquel instante Redka parecía incluso feliz.

—Sí, pero no solo me refiero a eso.

Me miró confuso y le di el mayor regalo que podía ofrecerle; le expuse que, aunque nadie lo supiera, su padre también había traicionado la confianza de Dowen y había deja-

440

do que el bebé de Essandora siguiera vivo. Le demostré que se parecía mucho más a su padre de lo que él jamás habría creído posible, más aún al ser por unos actos que llevaba tanto tiempo reprochándose y por los que creía que habría decepcionado a su progenitor. Le dije, entre palabras veladas, que ambos habían sido capaces de ver que el rey al que servían ya no era merecedor de su lealtad ciega y que habían sido los primeros en dar pasos por la libertad de Cathalian.

Le sostuve la mejilla y le susurré contra los labios. Sus ojos cargaban mil emociones distintas que estallaban en un verde más intenso que ningún otro.

—Él mató a mi madre, pero también me salvó la vida. A su manera, Valem de Asum me protegió para que un día yo pudiera llegar hasta ti.

El suspiro de Redka fue más sentido que la mayor de las declaraciones de amor.

Los Hechiceros respetaron nuestro espacio y no se asomaron más que para llevarnos algo de comida. El pan en Lithae era dulce y aceitoso, y las frutas, desconocidas y más jugosas que ninguna que hubiéramos probado.

—Estamos en medio del desierto, ¿cómo es posible? —dijo Redka con la barbilla cubierta del líquido anaranjado de uno de los frutos.

Lo limpié con una sonrisa.

—Aquí todo es… como un sueño. Ni siquiera estoy segura de que exista de verdad.

Asintió sin dejar de mirarme y sentí que pensaba lo mismo de mí. Aquello, en vez de avergonzarme, me halagó profundamente. Sin embargo, un instante después, su expresión se endureció y comprendí que sus pensamientos ya eran otros.

—No hagas eso —le reproché.

—¿El qué?

—No quiero que lo veas cuando me mires. —Redka apartó la vista y se removió inquieto—. Sé que no puedes evitarlo, pero no hay nada de él en mí.

No me arrepentí de la dureza de mi voz, porque necesitaba que lo tuviera claro. Si Redka dudaba, yo comenzaría a hacerlo y no podía permitírmelo. Aquel hombre y yo solo teníamos en común un origen, una estirpe y la sangre de Thara bajo la piel.

Redka chasqueó la lengua y negó haciendo aspavientos con los brazos.

—Es que…, por los dioses, ¡jamás lo habría imaginado! ¿Crees que él lo sabe?

—No. Es verdad que escapé de la Sala de la Verdad gracias a la luna, pero Dowen cree que, ante todo, soy una bruja. No creo que se le haya pasado por la cabeza la posibilidad de que sea la hija de Essandora.

«Y la suya», repitió una voz cruel en mi cabeza. La aparté de un empujón y me abracé las rodillas.

—¿Y cómo…? ¿Cómo es posible que lo seas?

Suspiré y le desvelé a un Redka impresionado otra de las verdades que habían marcado el destino de Cathalian.

—Porque él me regaló eso. Es su sangre, Redka. El mismo rey que desprecia a las brujas es portador de su magia por ser descendiente de una.

—No lo entiendo.

Le sonreí con ternura y pensé en ella. En la bruja de la que se habían escrito cuentos para atemorizar a los niños, canciones y versos de corazones rotos, leyendas con las que nos habían marcado a fuego que las brujas eran seres detestables que no merecían ni misericordia ni perdón.

—Rakwen era hijo de Giarielle.

Abrió mucho los ojos, totalmente conmocionado.

—¿Rakwen era un bastardo? Por la Madre Tierra… ¿Así que la leyenda de la bruja Giarielle es cierta?

—En parte. Siempre nos contaron que su hijo murió y que el de Danan y Niria sobrevivió al incendio que ella había provocado. Aunque lo que en verdad sucedió fue que Giarielle también mató al verdadero Rakwen y convirtió en rey a su propio hijo.

Redka se despeinó los cabellos y se pasó la mano por el rostro repetidas veces. Estaba nervioso y podía leer con facilidad las emociones que estaba experimentando, así como el curso de sus pensamientos mientras iba encajando las piezas de esa historia y a mí entre ellas.

—¿Y por qué no se ha sabido nada hasta ahora?

—La magia de las brujas se hereda por sangre, pero únicamente entre mujeres. Tanto Rakwen como Ceogar solo tuvieron varones, al menos que nosotros sepamos, y Dowen e Issaen no han logrado engendrar un heredero en más de veinte años. Por ese motivo, el poder jamás se manifestó en el linaje de los reyes.

Asintió con comprensión y entonces me observó de un modo nuevo. Noté que el desierto nos traía una brisa cálida que me revolvió el cabello y cubrió mis mejillas de pequeños granos de arena. Sentí que la mirada de Redka me rozaba de una forma parecida.

—Hasta llegar a ti. Ziara, ¿eres consciente de lo que esto significa?

Tragué saliva con fuerza y no dudé. Le sonreí y después miré al cielo.

—Que soy la única heredera al trono.

—Eres mucho más que eso. Por primera vez, alguien representa los tres grandes linajes de Cathalian. Durante años se buscó el equilibrio perfecto sin conseguirlo. Se decidió que los hombres merecían gobernar nuestra tierra, pero siempre hubo disidencias.

—¿Quién lo decidió? No creo que fueran los Hijos de la Magia —le pregunté con sarcasmo. Él pestañeó confundido y chasqueó la lengua.

—No lo sé, Ziara, esto ya es demasiado para mí como para plantearme la veracidad y cordura de las decisiones de mis antepasados.

Sin poder evitarlo, me reí. Parecía tan confuso que resultaba hilarante, aunque también lo notaba más cercano que nunca. Por primera vez, sentía que Redka me observaba sin temor y sin reticencias por quien yo era.

—El poder corrompió a nuestra raza, Redka. Cathalian es tan de la magia como del linaje de los humanos, aunque nos empeñamos en demostrar que el mundo nos pertenecía o que éramos superiores a los demás.

Suspiró y supe que estaba rememorando sus propios errores, pero no era momento de culparse. Todos cargaríamos para siempre con pecados con los de que debíamos convivir.

—Eres algo que nunca antes ha existido —murmuró, más para sí mismo que para mí.

—Lo sé.

—¿Y qué pretendes hacer?

—De momento, tengo que regresar a Faroa.

—Claro.

Percibí que se alejaba un poco de mí. Estiré el brazo y rocé el suyo en una caricia suave.

—No, no lo entiendes, Redka. No es una forma de decir que vuelvo a casa ni que me posiciono en un bando.

De hecho, ya no hay bandos; desde hace mucho tiempo solo hay un único enemigo. Debo regresar a Faroa y confiarles lo que he descubierto. Debo explicarles que estamos juntos en esto y pedirles ayuda, porque ha llegado el momento de que la guerra termine. Y, para que eso ocurra, debemos derrocar al rey de Cathalian.

La brisa que nos rodeaba aumentó y un pequeño tornado de arena nos envolvió. Sentí que el desierto me hablaba. Aquel lugar vivo que respondía a los latidos de la magia más antigua que existía me susurraba que había llegado el momento de derretir el trono de Dowen como ya me había mostrado en el sueño en el que también conocí a Redka.

A mi lado, el soldado me contemplaba con prudencia, pero con una serenidad que jamás había atisbado en él. Como si se hubiera desprendido de una carga sobre sus hombros tan inmensa como el mismo mar.

Se levantó y me observó desde arriba. El sol, a su espalda, lanzaba destellos sobre sus cabellos. Se irguió y me pareció más implacable que nunca. Un Hijo de la Tierra que jamás dejaría de serlo. Me tendió la mano y contuve el aliento.

—Necesitarás un ejército.

Acepté su invitación y entrelazamos los dedos. Tiró de mí y nos quedamos uno frente al otro, observándonos por primera vez como los que de pronto éramos y no como los que habíamos sido. Ya no éramos Ziara, la hija de Hermine, ni Redka de Asum. Tampoco la bruja fugitiva y Loux de Yusen, el Cazador. Solo éramos un comandante y la heredera a un trono que no deseaba, pero que estaba destinada a poner a salvo.

Suspiramos sobre los labios del otro y sonreí al notar el fuego creciendo en mi estómago. Esa llama siempre encendida que ardía con él.

—Necesitaré a mi lado al mejor comandante que este reino ha conocido.

Redka me devolvió una sonrisa preciosa y me sujetó por la nuca antes de atraerme con firmeza hacia él.

—Y te prometo que lo tendrás. Llevo días pensando que nací para servirte, esto solo me lo confirma.

Cerré los ojos, aliviada por tenerlo a mi lado, y sellamos aquella promesa con un beso inolvidable.

XLI

Egona nos despidió bajo el arco de arena. No hubo grandes palabras, solo una mirada de espirales doradas y una sonrisa tenue en sus labios resecos.

Antes de que atravesáramos Muralla de Huesos, el alcázar había desaparecido bajo el desierto.

Nos dirigimos en silencio hacia el extremo oeste del gran muro en dirección a Faroa. Thyanne se mostraba mucho más tranquilo que a nuestra llegada y avanzaba a buen ritmo. Redka suspiraba de vez en cuando contra mi pelo y yo cerraba los ojos para guardarme esos pequeños recuerdos, los detalles que sabía que añoraría cuando no estuviéramos juntos, porque ambos sabíamos que teníamos que hacerlo. Debíamos cumplir objetivos por separado por el bien común.

—¿Cuándo volveré a verte? —me atreví a preguntar cuando ya divisábamos la frontera con Iliza.

No lo sé. Haz lo que tengas que hacer en Faroa y dile a tu emperatriz que envíe una misiva al Hombre de Madera con vuestras decisiones. Nosotros reuniremos fuerzas desde Yusen. Estamos contigo, Ziara, pero esto no es un juego. Necesitamos conocer todas las intenciones de Dowen y anticiparnos a sus pasos. La guerra duerme, aunque no parece que vaya a seguir haciéndolo durante mucho más tiempo.

Tragué saliva y oculté el rostro dentro de mi capa. A ojos de cualquiera volvíamos a ser una Novia y su esposo enmascarado, aunque tras el disfraz éramos dos cuerpos bajo el peso de mil emociones.

—Voy a echarte de menos —susurré tan bajo que dudé de que me hubiera oído.

Enseguida noté sus manos rodeándome. Me giró el rostro y me encontré con sus ojos bajo esa máscara oscura que había comenzado a apreciar tanto como al resto de su ser.

—Pensaré en ti cada día. A cada instante. Lo hago desde el momento en que te conocí. ¿Por qué ahora iba a ser diferente?

Me mordí el labio y él siguió el movimiento con una mirada anhelante que me erizó la piel. Aún me estaba acostumbrando a que pusiera voz a sus sentimientos y ya tenía que despedirme.

—¿Estás seguro de esto? —le dije, refiriéndonos a nosotros.

—Jamás he tenido tanta certeza de algo en mi vida.

Suspiré turbada por todo lo que me provocaban sus palabras y apoyé la frente sobre la suya. En algún punto de nuestra conversación, Thyanne había parado y mordisqueaba una planta entre dos matorrales, regalándonos la intimidad de otro momento único. Noté los dedos de Redka acariciando por primera vez los collares de mi cuello y el gesto significó tanto para mí que me estremecí.

—¿Ya no estás enfadado? —le pregunté como una niña, porque algunas verdades seguían pesándome.

Para mi sorpresa, Redka se separó y me observó con el ceño fruncido hasta que comprendió el origen de mis dudas. Entonces sonrió y me besó los párpados, la nariz, el cuello. Sentí el aleteo de un millón de mariposas sobre mi cuerpo.

—Ziara, Ziara... —susurró con afecto—. No lo entendiste. Vivía enfadado, pero mi aflicción no tenía que ver contigo.

Lo miré estupefacta y noté que algo se curaba en mí. Una herida que no había logrado cerrar ni siquiera la magia.

—¿Entonces?

—Vivía enfadado conmigo. Por mis decisiones. Por mis errores. Por haber decepcionado a mi padre y a los míos. Sin embargo..., gracias a ti he comprendido que no fue así. Que el que fue mi rey ya no es el hombre que Cathalian merece. Que mi padre lo descubrió mucho antes que yo y que estaría orgulloso de mis elecciones.

Lo agarré del cuello y lo besé con un deseo agudo que casi no me dejaba respirar. Con ilusión. Con esperanza. Con amor. Un amor tan puro y real que merecía la pena luchar para que otros pudieran vivirlo algún día en su propia piel. Nosotros habíamos sido unos privilegiados por el hecho de que el destino nos hubiera emparejado, pero había muchos otros que sobrevivían en jaulas que debíamos erradicar. El amor solo podía ser libre y sincero como el que el soldado me profesaba entre besos.

Redka me había dicho que lo ideal era hacer noche aún en los dominios de Onize, porque Iliza era una zona más problemática en cuanto a escuadrones de Dowen; se trataba de la parte del reino que limitaba con Faroa, por lo que los encuentros entre ambas razas eran habituales. Según él, era una región violenta, repleta de grupos de asaltantes, disidentes de la corona que descendían del linaje de los Rinae y de otros saqueadores. Siempre que oía ese nombre, pensaba en Maie y la nostalgia me abrumaba, las dudas y el miedo a que su vida fuera una tan cruel como tantas que había presenciado ya. Me preguntaba si, igual que yo ya era una Ziara tan diferente a la que un día compartió infancia con ella, aún quedaría algo en su interior de la niña con la que me escapaba al Bosque Sagrado.

«Si escoges vivir en Iliza es porque te gusta luchar».

Después de esa revelación que no me tranquilizaba en absoluto, Redka se había cerrado en banda. Me daba la sensación de que lo que sucedía en Iliza siempre había sido un tema sobre el que se mostraba críptico y que evitaba. Su relación con Orion, el comandante de la zona, siempre había sido buena, pero esquivaba con facilidad mi curiosidad cuando intentaba descubrir más sobre la parte más occidental del reino. Pese a ello, ya había aprendido cuándo era mejor no hacer preguntas si no quería darme contra un muro de piedra. Por eso, cuando llegamos a un pequeño refugio oculto entre la vegetación espesa del último bosque de Onize y paramos, me tensé inevitablemente al recibir un olor intenso y desagradable que salía del escondite en el que teníamos intención de cobijarnos.

—Quédate aquí.

Ignoré la orden de Redka y bajé tras él del caballo. Lo seguí con rapidez y me tapé la boca con las dos manos al descubrir los cadáveres. Eran tres, dos hombres y una mujer. Bajo la capa púrpura de ella, se distinguía a la perfección un vestido blanco de encaje.

—Oh, por los dioses…

Me di la vuelta y contuve las arcadas. Respiré hondo y me concentré en respirar para que mi estómago se tranquilizara, mientras Redka analizaba la escena y murmuraba maldiciones.

—Él lleva el escudo de Onize. Diría que era un hombre acaudalado de la zona, por sus ropajes, y su guardia personal.

—¿Y ella?

—Su esposa. Recién destinados. Volvían del Bosque Sagrado. Mal paso para Casa Púrpura.

Me tragué las lágrimas, porque había despertado en mí un presentimiento oscuro. Siempre sentía una pena más honda cuando se trataba de una Novia, pero en esa ocasión no era solamente aflicción por su destino, sino que intuía que aquel hecho guardaba relación conmigo.

—¿Cómo lo sabes?

—Su vestido está impecable, pese al ataque y la sangre. La corona de flores, los polvos brillantes de sus mejillas, las galas de él…

Redka chasqueó la lengua y cerré los puños. Me sentía furiosa, y triste, y un poco descontrolada. Noté la magia acelerada pidiendo paso y apreté los dientes.

—¿Quién lo ha hecho? ¿Hay marcas o magia en sus heridas?

Él suspiró y se levantó.

—Humanos. Seguramente, saqueadores buscando algo.

Ahí lo tenía. Me mordí los nudillos para no gritar o prender fuego al bosque entero y me encaré con él. La ira me consumía y debía enfocarla en algo para que no estallara de otras maneras menos adecuadas.

—Dilo de una vez. ¡Di lo que estás pensando!

Redka me traspasó con una mirada que, de haber dirigido a algún enemigo, lo habría hecho temblar, pero que en mí solo aumentaba mi furia ya desmedida.

—Han sido víctimas de alguien que buscaba una recompensa.

451

—Lo que quieres decir es que han muerto por mí. Por mi culpa. Se han enterado de cómo viajamos y nos están buscando.

—Ziara, no…

Pero sus palabras fueron en vano, porque corrí hacia el interior del bosque y me perdí entre la maleza. Alguien nos había delatado o había descubierto que nos movíamos fingiendo ser una Novia y su esposo destinado y había atacado a tres inocentes. No sabíamos qué había ocurrido, aunque supuse que, tal vez, al descubrir que no eran quiénes creían habían desatado su furia contra ellos hasta la muerte. Recé por su alma y supliqué a los dioses que hubiera sido una muerte rápida. Caminé rabiosa de un lado a otro. Necesitaba descargar las emociones que me consumían. El odio. El rencor. Lo injusto que me parecía todo. El dolor. Necesitaba llorar, pero ya lo estaba haciendo y no era suficiente. Necesitaba que el mundo ardiera para poder respirar de nuevo.

No obstante, cuando estaba a punto de lanzar el fuego que se había condensado en las palmas de mis manos, percibí un haz de luz que se colaba entre los árboles y dibujaba un pequeño círculo en la tierra.

Alcé la mirada con el rostro cubierto de lágrimas y vi que la noche nos había encontrado. La luna me observaba desde el cielo. Cerré los ojos y la sentí. Percibí la energía blanca, plateada, pura y buena de Essandora y me abracé, sintiendo que eran sus brazos los que lo hacían. Lloré desconsolada en ese abrazo invisible y noté su aliento cálido en mi pelo. Sus susurros de consuelo. Su voz dulce y espectral envolviéndome como una canción para dormir. Siempre el punto de cordura que me devolvía a la realidad y me ayudaba a mantener el control. Siempre cuidándome, como una madre que te sostiene.

—Eres luz, Ziara, nunca lo olvides… No permitas que la apaguen.

Su murmullo me arrulló y la eché mucho de menos. La nostalgia lo ocupó todo y, en ese preciso instante, tuve la certeza de que también había amor para ella en mí. Percibí que el hilo que nos unía se estiraba en mi interior y prevalecía en ese momento sobre los demás. Sus destellos plateados, su suavidad, su templanza. Quizá la magia de las brujas era más impetuosa contra otros, como en el campo de batalla, pero la de la Luna acababa de salvarme de mí misma y eso la hacía casi más valiosa.

Sollocé hasta quedarme seca y, cuando abrí los ojos y me di cuenta de que volvía a estar sola, contemplé fascinada que el claro estaba cubierto de una capa brillante de magia en forma de pequeñas bolas de luz.

Redka me esperaba en la entrada del refugio. No sabía cuánto tiempo había transcurrido, pero el suficiente para que él se ocupara de dar a los tres muertos una sepultura decente. Los había trasladado hacia una zona de tierra blanda y les había cubierto los rostros con ella; me constaba que así era como los soldados se despedían de sus compañeros cuando morían por el camino y no podían trasladarlos a casa. Sobre la Novia había colocado flores. Sentí por Redka una emoción tan profunda que temblé.

—Gracias.

Asintió y se acercó a Thyanne.

—Debemos irnos. No podemos hacer noche aquí. Esto no es seguro.

Lo obedecí y me subí al caballo. Al fin y al cabo, no habrían muerto hacía mucho y eso significaba que debíamos llegar a Faroa cuanto antes. Vi que Redka observaba el trozo de bosque que aún centelleaba, regado por mi magia, y su expresión se ensombreció.

—¿Lo haces por ellos?

Pensé en Essandora, en Arien, en Missendra, en Cenea y, pese a que les tenía afecto, supe que la respuesta era otra. Una mucho más compleja. Una que necesitaba que entendiera de una vez por todas para que jamás volviera a dudar de mí.

—No. Lo hago por todos, Redka. Por los hijos de las que mataron, fueran de la Luna o humanos; por las brujas que se vieron relegadas al destierro por culpa del orgullo de otros; por cada soldado que murió en soledad para proteger el poder de un rey capaz de dejar a los suyos morir de hambre. Lo hago por cada criatura de otras razas que se vio obligada a elegir un bando y perdió lo que la hacía ser quien era. Lo hago por ti y por mí. Y lo hago por ella.

—¿Por ella? —preguntó extrañado.

«Por tu hija», quise decirle, pero guardé silencio, porque aquello solo complicaría las cosas. Porque temía que muriéramos antes de que ella fuera una realidad. Porque, pese a que sabía que aquella niña solo podía ser suya, aún era pronto para que Redka comprendiera el alcance de todo lo que la magia me había descubierto y que daba todavía más sentido a mi lucha.

Me agaché sobre el caballo y tomé al comandante de la mejilla para acercarlo a mí. Necesitaba sentirlo y que me sintiera. Lo besé con los ojos cerrados y el corazón en la boca buscando el suyo.

Ojalá hubiera sabido que se trataba de una despedida.

Aún con sus labios sobre los míos, percibí un movimiento extraño en él, una especie de espasmo, para segundos después llevarse la mano al costado y toser con fuerza.

—Corre, Ziara.

Se giró con avidez y entonces pude ver la flecha clavada en su piel. La sangre manaba sobre su camisa negra. Busqué de dónde provenía y me percaté de que estábamos rodeados. Hombres con aspecto fiero salían de sus escondites y nos amenazaban con arcos y espadas. Vestían de negro, pero no como Redka, sino que sus ropajes parecían los de un ejército oscuro. Casacas de piel, guantes y botas de un aspecto feroz. Estiré los dedos, preparada para atacarlos sin piedad y salvarlo; sin embargo, un susurro a mi espalda me provocó un escalofrío y sentí en la oreja la suavidad de la punta de una espada.

—¡Ni lo intentes, bruja!

Tragué saliva y me agarré de las riendas de Thyanne con nerviosismo, pero, aunque estuviera dispuesta a huir sin mirar atrás, no había salida. Habían bloqueado todos los puntos de escape y el acero había abierto mi piel en el lóbulo. Sentí la sangre gotear sobre mi hombro. Me había dejado llevar tanto por el beso que mis sentidos se habían relajado y centrado en otras emociones. También los de Redka. Habíamos bajado la guardia unos instantes y ese era el precio.

—Si le haces daño, te mataré —murmuró Redka con gran esfuerzo.

La herida no parecía muy grave, aunque le dolía y le impedía moverse con normalidad. Necesitaba quitarse la flecha, pero no podía hacerlo solo y ellos no parecían dispuestos a ayudarlo.

A mi espalda, una risa me provocó un escalofrío.

—¿En serio? No ha sido difícil clavarte una flecha. Creo que no mereces tu leyenda, *Cazador*. Así te llaman, ¿no? —dijo con desdén.

Redka no respondió, pero me fijé en que lo miraba con un resentimiento que iba más allá de la situación en la que estábamos, pese a que lo hubieran herido. Los observé a todos con cautela. Eran diez. Hombres, fuertes y con conocimiento en la batalla; me lo decían sus poses, sus movimientos, su arrojo. Estaban acostumbrados a pelear. Sus ropajes, pese a ser los apropiados para un combate, parecían de gente acomodada, aunque estaban viejos y gastados, como si hubieran lucido en otra vida y no en esta.

—¿Quiénes sois? —pregunté antes de que Redka pudiera advertirme con la mirada.

El hombre que me amenazaba guardó la espada y se acercó a Redka, colocándose entre él y Thyanne. Al instante, otro ocupó su lugar y una nueva hoja de acero me rozó el costado.

—Saqueadores de la Dama del Norte. Suena bien, ¿verdad?

Para mi asombro, Redka se rio y el líder de aquella brigada sonrió como respuesta. El brillo de un diente de oro me sorprendió. Me pregunté a quién se lo habría arrancado para hacerlo suyo.

—Podemos hablar —añadí para romper la extraña tensión entre ambos—. No parecéis aliados de Dowen, creo que podríamos ofreceros algo que os interesaría más que capturar a una bruja.

—¿Más que doblones de oro? Lo dudo.

—Estoy hablando de libertad.

El hombre ladeó el rostro y me miró con una sonrisa burlona, como si mis palabras le hicieran gracia o solo fueran las invenciones de una niña.

—Ya vivimos como queremos, bruja. Estos bosques son nuestros y hasta los hombres de Dowen lo respetan. Hace tiempo que no nos interesa la política; nunca nos dio más que desgracias. Solo queremos riquezas para nuestro pueblo. ¡Apresadlos!

Tras la orden, el grupo comenzó a disponerse para el ataque y me tensé. Tenía una espada pegada al costado y Redka otra en su nuca. Podría matar con facilidad a dos de ellos sin darles tiempo a pestañear, mi situación sobre Thyanne me daba ventaja, pero no al que se escondía tras la espalda que apuntaba a Redka y que lo atravesaría sin dudar.

No podía arriesgarme. No podía hacer nada más que aceptar que había perdido antes siquiera de intentarlo. Me entregarían a Dowen y entonces sí que el rey no cometería ningún error conmigo. Sería implacable. Mi padre sería implacable.

Percibí que la tensión era máxima y me removí inquieta. Thyanne dio un paso hacia atrás y los saqueadores se posicionaron para el ataque. Si hacían daño al caballo, no respondería de mis actos. Me lanzaría sobre ellos y las llamas llegarían. No había otra opción posible. Pudiera Redka protegerse o no, yo salvaría a Thyanne, porque él también era mi familia y sabía que el instinto de Thara primaría en mí en esas circunstancias.

Tragué saliva y chillé una negativa cuando vi que lo golpeaban en las patas para que se arrodillara. El caballo cayó al suelo y me derrumbé con él. Sentí que todo se precipitaba y que una chispa descontrolada se me escapaba y prendía en la tierra.

Sin embargo, antes de que alguno de ellos se diera cuenta, el grito de Redka nos paralizó.

—¡Ella no tiene nada que ofreceros, pero yo sí!

El cabecilla se volvió hacia él y lo miró con interés. Se acercó a Redka y lo observó con los ojos entrecerrados, como si de pronto hubiera visto algo familiar en los que el Cazador escondía bajo la máscara. O en su voz. Me estremecí y supe que estaba a punto de suceder algo que daría un nuevo giro a nuestras vidas.

—¿Qué puedes ofrecernos tú que nos haga ganar más que la recompensa por ella?

—Un muerto volviendo al mundo de los vivos.

—¡No! —grité, pero ya era tarde, porque Redka se había quitado la máscara y todos lo miraban conmocionados.

Lo reconocían. Mi intuición no se había equivocado. Todos ellos sabían quién era el soldado que había muerto por traicionar a su rey, lo que significaba que en algún punto del pasado sus caminos se habían cruzado.

—Por los dioses…

—¡Es el comandante de Ziatak!

—Debería estar en las profundidades de Beli.

—¡Cogedlo!

Pese a la orden, Redka alzó una mano y todos pararon. Compartió una mirada con el líder de aquel séquito oscuro y supe que estaban librando una batalla silenciosa a ojos de todos los demás.

—Solo si la dejáis marchar. Es un trato, Ciro. Los saqueadores los respetáis, ¿no es así?

«Ciro».

Un nombre que a mí no me decía nada, pero que para Redka parecía significar mucho más. Este negó con la cabeza y escupió sobre la tierra.

—Sabes que no puedo hacerlo. Cumplimos órdenes, como todos. Y pasamos hambre, Redka. La recompensa nos garantizará el futuro que tanto tú como tu rey nos negasteis.

Pese a la dureza y el reproche de su tono, Redka ladeó el rostro y sonrió.

—Entregarla te dará oro, pero si me entregas a mí serás una leyenda.

El silencio fue absoluto. Ciro pareció dudar, aunque, en el instante en que su boca se abrió para responder, fue otra voz la que rompió la quietud e hizo que mi mundo comenzara a dar vueltas.

—Siempre podemos hacer las dos cosas.

Me volví y una emoción intensa trepó hasta mi garganta. Un rostro dulce de ojos azules y piel pálida me observaba con expresión victoriosa. Intenté decir su nombre, pero dio la orden de que me amordazaran y uno de los hombres la obedeció; me cubrió la boca con una gasa y las manos con rejillas como habían hecho con anterioridad en el castillo de Dowen. Otros dos tiraron con fuerza de la cuerda con la que habían maniatado a Redka. Los nudos le lacerarían la piel y abrirían viejas heridas. Aún tenía la flecha clavada en el costado y, cuando lo empujaron para que caminara, percibí una mueca de dolor en su rostro.

Ni siquiera creía lo que estaba sucediendo.

—Haz lo que desees con él, Ciro. Yo me ocupo de ella.

La observé conmocionada, pero ni me miró. Solo tiró de la cuerda con la que me habían atado, haciéndome trastabillar como un animal apresado, mientras tres de los hombres hacían lo mismo con Redka en dirección contraria.

Un instante después, veía marchar a Redka con la herida sangrante y una espada golpeándole entre los hombros. El corazón se me encogió y sentí que algo me doblaba en dos; era el fuego de mis hermanas explotando dentro de mí. El comandante se giró una última vez y pude leer unas palabras en sus labios.

—Volveremos a vernos, Novia Roja.

Me guiñó un ojo y, pese a todo el dolor que estaba sintiendo, sonreí.

A mi espalda, un susurro suave me estremeció y me devolvió a una realidad en la que de nuevo el destino me separaba de Redka.

—Bienvenida a Rinae, Ziara.

Noté la sonrisa de Maie. Tan cálida. Tan familiar. Traté de volverme para verla, pero no me lo permitió. Nos acompañaban el resto de los hombres que nos habían atacado y era obvio que no deseaba que supieran que me estaba hablando entre murmullos.

—Creo que ya lo sabes, pero por aquí me llaman Dama del Norte.

Pestañeé, aturdida, e intenté girarme nuevamente, aunque mis esfuerzos fueron en vano. Necesitaba arrancarme las ataduras y preguntarle qué estaba haciendo, por qué fingía no conocerme y cuál sería el destino de Redka. Tenía que tocarla para asegurarme de que era real y no un mal sueño.

No obstante, lo único que conseguí fue que me agarrasen y tirasen de mí con violencia.

—Estás arrestada por orden de Maie de Rinae. Serás entregada a Dowen de Cathalian en nombre de la Resistencia Isen —dijo uno de los hombres de aquel ejército.

Estaba tan conmocionada que ni siquiera me defendí. Dejé que me empujaran por un camino hasta llegar a un castillo descuidado. Maie no volvió a acercarse. Se mantuvo a una distancia prudencial mientras daba órdenes que los suyos obedecían sin demora. Permitió que me encerrasen en una celda sin ventanas y ella misma se guardó la llave.

Los siguientes siete días no vi a nadie. Solo soñé con mi hija, con su cabello al viento y su risa de cascabeles.

Una de esas noches, sentí una brisa fría golpearme el rostro. Abrí los ojos y entonces las vi. Sus siluetas se balanceaban frente a mí, una mezcla de luz y niebla que me dejaba intuir sus rasgos. Los espíritus de las mujeres de mi vida se colaron en la mazmorra y me susurraron una verdad que me llenó de fuerza y amor. Mujeres de plata y fuego que me abrazaron y pusieron sus manos sobre mi abdomen.

Reí, lloré y me prometí que daría todo lo que era para que la semilla que ya había comenzado a crecer en mi vientre fuera una realidad y no solo un sueño.

Porque ella ya existía.

Porque, nos volviéramos a ver Redka y yo o no, una parte de él siempre latiría dentro de mí.

La batalla por sobrevivir había comenzado.

FIN

Hijos de la magia de Andrea Longarela
se terminó de imprimir en el mes de abril de 2024
en los talleres de Diversidad Gráfica S.A. de C.V.
Privada de Av. 11 #1 Col. El Vergel, Iztapalapa,
C.P. 09880, Ciudad de México.